HÔTEL

CHAMBRE DEUX

Du même auteur

Hôtel, Chambre un, Éditions First, 2014

Emma Mars

HÔTEL

CHAMBRE DEUX

FIRST
Editions

12, avenue d'Italie
75013 Paris – France
E-mail : firstinfo@efirst.com
Internet : www.editionsfirst.fr

ISBN : 978-2-7540-6552-8
Dépôt légal : septembre 2014
Imprimé en Espagne

Couverture : Hokus Pokus Créations

« C'est une sotte idée que de placer le bonheur
dans la conduite d'un autre,
et pourtant la vie des femmes n'est pas autre chose.
Condamnées à une perpétuelle dépendance,
elles subissent malgré elles
le sort qu'on leur impose,
elles en supportent les conséquences,
et lorsque ces conséquences les écrasent,
c'est encore à elles qu'on s'en prend. »

Alexandre Dumas, *Les Mémoires d'un aveugle*

Paris, dans les premiers jours du mois de mai 2010, une chambre d'hôtel au milieu de l'après-midi

Notre havre. Notre maison.

Telle est devenue la chambre numéro un, la Joséphine, à l'instant où je m'y suis réfugiée dans ma robe de mariée en lambeaux. Quand Louis m'a ouvert ses bras. Elle a peut-être perdu un peu de son lustre depuis que nous y avons tous deux élu domicile, ensevelie sous les plateaux-repas et les vêtements froissés. Mais elle distille aussi un charme plus subtil, celui des soupirs que nous accrochons jour après jour à ses murs, celui des râles qui coulent jusqu'au sol et peuplent son parquet, armée éphémère et invisible que nous sommes les seuls à percevoir. De toute manière, nous n'autorisons personne à entrer.

Dehors, c'est intensément le printemps. L'été, puis l'automne et enfin l'hiver ont filé comme un songe. Fermer les yeux, les rouvrir. Pfft. Déjà fini. Une année presque entière s'est écoulée, rue de la Tour-des-Dames. L'hôtel de Mademoiselle Mars sera bientôt prêt, rénové à l'identique de sa décoration romantique. Dix ans que Louis attend cela. À force de bouillonner, il piaffe et grince d'impatience à chaque mot, à chaque geste. Mes caresses font tout pour l'adoucir et tempérer son impatience. Je préfère exacerber ses sens qu'irriter ses nerfs.

D'ici l'emménagement, nous jouissons de ces jours ensoleillés à travers les rideaux et les draps, où l'astre radieux vient nous dénicher. Pendant tous ces mois, nous nous sommes apprivoisés, comme deux animaux, deux bêtes fauves, blottis constamment l'un contre l'autre. Nous nous sommes explorés minutieusement, avides de découvrir tous les dessins secrets, les sensibilités et les délicatesses d'un corps, d'un sexe, d'une âme. Nous nous sommes promenés nus, et c'est à peine si nous sommes sortis, hormis pour l'enterrement de Maude. Nous ouvrons à peine l'unique fenêtre. Nous préférons nous repaître de nos odeurs mêlées, musquées, nous enivrer de leur union parfaite.

Pourtant, je n'ai pas oublié David et ses mensonges. Je n'ai pas effacé de ma mémoire maman, ni son insupportable agonie. Je ne me suis pas vidée des souvenirs, je me suis emplie de Louis. Il a occupé le moindre espace en moi. Il a tout conquis. Absolue ivresse, absolue douceur, absolue envie d'absolu et d'abandon.

Aujourd'hui, je ne saurais dire quelle date nous sommes. Et encore moins dans quelle dimension vivent les autres, là, en bas, dans la rue, eux dont je suis restée coupée tout ce temps.

Dans notre dimension à nous, c'est doux, caressant, émaillé d'amour, seulement dérangé par les intermèdes triviaux que constituent les plats apportés de l'office par Ysiam, le malicieux complice de notre joie encore si jeune. Chaque rayon de lumière revendique de nous éclairer pour l'éternité. Et nous nous laissons bercer par cette bienveillance naturelle, indolents, affamés de nos seuls corps dénudés.

Drapée de clarté, à moitié assoupie, je sens la main de Louis qui glisse entre mes cuisses, serpent de désir prêt à me mordre, et remonte vers l'origine de la tentation. Il l'effleure à peine, et mon entrejambe palpite, mes jambes s'écartent lentement, par un réflexe qu'il accueille d'un sourire satisfait. Trois doigts sillonnent ma fente jusqu'à recueillir sa première rosée. Il attendrait que je sois prête si je ne me sentais constamment disposée à l'accueillir. Il le sait. Il en abuse, et je ne finis pas d'en jouir et de l'appeler en moi.

Je geins juste assez pour qu'il le comprenne. Je m'étends sur le dos comme une chatte pour lui offrir une vue complète, picturale, originelle. J'ai bien changé. Je ne redoute plus son regard et je me livre sans une once de retenue. Peu importent la posture, l'éclairage ou l'angle. Peu importent mes formes, auxquelles les siestes et l'oisiveté ont rendu leur rondeur. Je n'ouvre pas les yeux. Puisqu'il me veut maintenant, arrachée au sommeil, il me prendra indolente, sans plus d'entrain que ce mol abandon. Ses mains se posent où le soleil a déjà chauffé ma peau en la parant d'un éclat soyeux.

Quand je sens sa langue se poser sur mon capuchon, il est trop tard pour le repousser. En ai-je seulement envie ?

Il ne s'applique pas comme à son habitude sur le pourtour de mon gland rosé. Il presse le bouton du plat de la langue, comme pour éprouver la résistance élastique de ce berlingot arrosé de cyprine sucrée. Cette nouveauté me plaît. J'aime qu'il fasse des tentatives, qu'il réécrive nos règles, qu'il les transgresse, qu'il m'aime imprévisible. Le bonbon de chair enfle et frémit. Il est gourmand. Il en veut plus. Moi aussi. Je barbouille ses lèvres de mes sucs.

À l'aveugle, j'attrape son majeur et l'introduis en moi avec empressement. Il paraît surpris, puis s'y ébat, décrivant de grands cercles contre mes parois. Celles-ci se contractent, traversées de spasmes, irradiées du bonheur à venir. Quand il force sa dernière phalange tout au fond, mon con s'épanouit autour de son poing pour l'accepter.

— Continue… vas-y, comme… !

Je n'ai pas le temps d'un mot de plus. Son sexe a investi la place à son tour. Mes paupières clignent de reconnaissance. À travers mes cils, je devine son torse qui monte et descend sur moi. Il me semble moins maigre qu'à l'accoutumée. Plus musclé. Mais sans doute est-ce un effet de l'engourdissement de mes sens, de cet orgasme qui gronde quelque part au creux de moi et prépare sa charge ultime, imminente. Son pénis est moins précis que son doigt, mais la manière dont il m'emplit comble mes désirs. Je peux le sentir gonfler après une embardée plus violente. Espérer son retour à chaque retraite. Nos corps confits de paresse, chauds comme des pains sortis du four, se heurtent au ralenti. Ce n'est pas l'une de nos grandes chevauchées. C'est un amour pâteux et roboratif, où l'on savoure son plaisir avec la conscience de chaque bouchée. Du sexe vital, primordial, nourricier. Rien n'est trop intense pour nous. Et pourtant la douceur irradie de nous.

— Je vais venir… souligne-t-il au moment de ses premiers sursauts.

Je le supplie, au bord de la capitulation, moi aussi :

— Alors, viens !

Comme il s'apprête à m'inonder, j'ouvre grand les yeux. Je veux le contempler tout entier. Laisser son regard entrer en moi et me fouiller. Je veux accorder l'image et les sons, les odeurs et le contact de sa peau brûlante qui imprime son désir sur moi à chaque rencontre avec la mienne.

Plus que tout, je veux lire les pleins et les déliés de ses muscles longs, sur lesquels s'enroulent ses ultimes tatouages. La litanie de son alphabet vivant, dont j'aime tant voir onduler les arabesques tout autour de moi.

Mais je n'en vois pas… Son épaule gauche est vierge. De même que l'intérieur de son bras. Je manque l'expulser pour de bon, quand son visage m'apparaît enfin, fendu de son sourire émaillé, aussi triomphant qu'il sait l'être.

— David ?

J'avais dû crier en sourdine, arrachée à mon songe. C'était bien la première fois depuis des mois que je rêvais de David. Cette intrusion soudaine de son frère n'étonna pas Louis et il ne parut pas contrarié. Il me prit dans ses bras et me berça pour dissiper les reliefs du cauchemar qu'il pouvait lire dans mes yeux incrédules. Les spectres du passé pouvaient bien rôder autour de nous, la force de ses baisers n'avait plus de rival. Il avait triomphé sans doute ni partage. J'étais toute à lui. Qui pourrait en douter ?

1

10 mai 2010

La toute première image qui me fut donnée à voir de cette soirée était un fiacre noir emmené par deux chevaux alezans, dont la robe de feu attirait sur elle toute la lumière des réverbères. L'apparition de cet attelage dans la rue de la Tour-des-Dames ne faisait que préfigurer le thème suranné voulu par Louis. Une grappe d'hommes en redingote et haut-de-forme descendit, riant bruyamment lorsque l'un d'entre eux, manquant le marchepied, s'étala de tout son long sur la chaussée.

À mesure que j'approchais de l'hôtel de Mademoiselle Mars, je pouvais apprécier l'extrême sophistication des toilettes portées par les convives. À part moi – puisque Louis ne m'avait pas prévenue, me laissant comme unique consigne de rallier notre nouveau domicile à 22 heures précises –, tous avaient joué la carte des costumes période romantique, certains ayant emprunté toutefois quelques pièces au vestiaire des décennies suivantes.

Devant moi, deux jeunes femmes en robes roses – corolles vaporeuses s'achevant juste au-dessus de la cheville, manches béret courtes et large décolleté révélant leurs épaules graciles – pressaient le pas sur les pavés disjoints en de petits sauts joyeux, ravies de porter pareils déguisements.

Le laquais qui m'accueillit à l'entrée, en grande livrée et portant un candélabre, ne fit qu'amplifier la sensation de voyage dans le passé. On avait dû le prévenir que je serais la seule à ne pas suivre le *dress code* du soir, car il m'accueillit par mon prénom :

— Bonsoir, mademoiselle. Vous êtes bien Elle ?

— Oui.

— Votre robe vous attend au vestiaire, sur votre gauche, indiqua-t-il en se reculant pour me laisser entrer.

— Merci.

— On va vous aider à vous habiller.

À l'intérieur, où grouillait déjà une foule de fracs uniformément sombres et de robes bigarrées, une jeune femme, dont les cheveux noirs retombaient en deux grappes bouclées sur les oreilles, me prit d'emblée en charge, sans même me laisser le loisir de chercher le maître des lieux.

Malgré l'éclairage à la bougie, je devinai la splendeur du décor, restitué dans son caractère originel. Pour ce que je pouvais en juger, le résultat valait bien les années de patience et la fortune de Louis. On y retrouvait le style néopompéien de l'hôtel Duchesnois, son voisin, hissé à un niveau de raffinement sans commune mesure. La moindre frise florale était bordée d'un trait d'or fin, et il n'y avait pas un plafond qui ne portait ses festons et ses reproductions d'instruments antiques, lyres, aulos et harpes, coiffés d'oiseaux de paradis. Quelques ultimes détails, coups de brosse ou de pinceau, avaient encore été ajoutés depuis ma dernière visite.

— Ça te plaît ?

Comme j'enfilais l'étroit corset de soie rosée qu'il avait choisi pour moi avant d'endosser la robe en satin assorti, la voix chaude de Louis s'invita furtivement à mon oreille. Et avec elle les accords de vanille et de lavande, si familiers désormais, déjà attachés à tant de souvenirs, promesses de tant de plaisirs à venir. Je pouvais sentir son souffle balayer les mèches rebelles qui retombaient sur ma nuque, échappées du savant chignon dont on venait de me coiffer. Cela faisait des mois que je vivais aux côtés de Louis Barlet, et il conservait par sa seule présence ce pouvoir indicible de bouleverser mon corps, mon esprit et mes plus secrètes pensées. J'en tremblais encore lorsqu'il posa sur mon épaule l'une de ses mains si douces. Je me sentis brûler.

— Dis-moi... insista-t-il. Comment trouves-tu ?

Parlait-il de ma tenue, de la restauration de notre demeure, en tous points parfaite, ou de cette fête, la plus extravagante pendaison de crémaillère que j'aie jamais vue ?

— C'est merveilleux.

— Attends un peu... Ce n'est que le début !

Me faisant pivoter vers lui comme une poupée, il donna corps à cette promesse. Je le découvris enfin, son port aussi altier que lui permettait son genou blessé, d'une élégance suprême, incarnation parfaite de ses chimères romantiques, paré du costume des dandys : la redingote cavalière bleu nuit très cintrée, à la jupe évasée ouvrant sur un gilet doré et un foulard de soie brochée, le pantalon fuseau de couleur crème, les bottines recouvertes de guêtres assorties.

Il lut la fascination dans mes yeux et me détrompa aussitôt :

— Je ne parlais pas de moi, bien sûr... mais de tout ce qui t'attend ici.

Lorsqu'il versait dans un registre aussi béatement enthousiaste, il me faisait penser à son frère. Mais je contins ma remarque et l'encourageai plutôt d'un sourire, puis d'un baiser, et d'un autre encore, terminant par une petite révérence :

— J'avais compris, milord.

Au cours des derniers mois, j'avais adhéré à toutes les fantaisies qu'il avait imaginées pour nous, sans jamais m'y soustraire. Nous étions peu sortis des Charmes mais nous n'étions pas pour autant restés confinés dans la Joséphine, notre bien-aimée chambre un. Selon les jours et son envie, Louis m'avait fait explorer celles dédiées aux autres courtisanes :

Mademoiselle Deschamps, Kitty Fisher, Cora Pearl, Valtesse de La Bigne et Liane de Pougy.

Dans chacune d'elles, j'avais été initiée à un aspect de la pluralité sexuelle. Il ne s'agissait pas de me livrer à d'autres lèvres ou d'autres mains que les siennes, ni d'abandonner mon précieux amant à des bouches étrangères, mais d'immerger nos effusions dans une atmosphère de sensualité exacerbée. Ainsi, j'avais découvert le plaisir de faire l'amour devant d'autres yeux, à proximité d'autres corps, à l'unisson d'autres sexes, qui venaient puiser eux aussi dans ce grand creuset le carburant nécessaire à leur propre félicité. D'amants insatiables, nous étions devenus des libertins friands d'un voyeurisme sans tabous mais sans perversion. Comme un prolongement naturel, les couples qui partageaient notre lit succédaient aux illustres courtisanes et amants du passé.

Émettant de petits gloussements faussement effarouchés, deux demoiselles traversèrent le hall les fesses nues, vêtues de leur seul corset, aussitôt suivies d'une paire de verges au garde-à-vous. Je compris alors que ces nuits aux Charmes n'avaient été que de simples répétitions. Le grand spectacle se donnerait ici, et ce soir-là.

— Sachez, madame, que nous sommes aujourd'hui le 21 mars 1827, dit Louis, coupant court à mes divagations licencieuses.

— Fort bien, répliquai-je, entrant dans son jeu. Et pourquoi cette date ?

— Parce que c'est le jour où Anne-Françoise-Hippolyte Boutet, alias Mademoiselle Mars, a inauguré cette ravissante villa palladienne redécorée par Visconti.

— Luchino… Visconti ? m'étonnai-je, sans croire moi-même à l'anachronisme.

— Chérie ! me reprit-t-il, avec un nouveau baiser électrique au creux du cou. 1827 ! Louis Visconti, l'architecte. Pas Luchino, le cinéaste…

Il avait pris son ton le plus précieux et balayé l'espace d'un mouvement de bras circulaire où s'exprimait toute sa fierté. Je ne doutais pas que si les travaux avaient été achevés à temps, il aurait eu à cœur de faire coïncider les deux dates à travers les siècles. Mais il avait fallu patienter près de deux mois de plus.

— Alors ? Ce fut une fête si mémorable que tu veux la reproduire à l'identique ?

— Et comment !

Ce disant, il martela le sol marbré de sa canne, un modèle que je ne connaissais pas, au pommeau frappé de l'aigle impérial.

— Imagine le bal costumé le plus éblouissant de cette première moitié du siècle ! scanda-t-il, comme s'il avait lui-même été propulsé dans ce glorieux passé. La haute société est là, des princes, des marquises, des ambassadeurs étrangers, sans compter la crème des artistes du quartier : Sand, Chopin, Musset, Berlioz, Delacroix, Scheffer…

— D'accord, mais qu'est-ce qu'il y avait de si exceptionnel ? Des soirées comme celle-là devaient être courantes, non ?

— Viens, je vais te montrer.

Il attrapa ma main et, comme ma petite costumière plantait dans mon chignon à la Sévigné sa dernière épingle, je n'eus d'autre choix que d'emboîter son pas si enjoué qu'il en oubliait presque, pour une fois, de claudiquer.

Parvenus dans la vaste salle de réception, dont les trois baies cintrées donnaient sur le jardin à l'anglaise, il désigna d'un côté le buffet, généreusement garni, et de l'autre le parquet de danse, où plusieurs couples costumés s'essayaient au quadrille joué par un petit orchestre de chambre dans l'angle opposé.

— Tu ne remarques rien ?

— Désolée, non…

— Il manque pourtant un aménagement essentiel.

— Ah bon ? Quoi ?

— Il faut te remettre dans le contexte de l'époque, s'enflamma Louis. Dans toutes les soirées, l'usage voulait qu'on installe des tables de jeu pour les hommes. Ils accordaient une danse ou deux à ces dames, puis filaient dans un petit salon pour s'adonner à *leur* véritable passion. Tandis que leurs compagnes valsaient, parlaient et se sustentaient, les hommes se défiaient au jacquet ou au pharaon. Or rien ne se déroula ainsi ce fameux 21 mars 1827. Pas ce soir-là. Mademoiselle Mars leur a refusé cette prérogative.

— D'accord… mais en quoi était-ce si subversif d'interdire à ces messieurs de jouer ?

— Mais parce que, pendant cette unique soirée, ils ne se sont occupés que de vous, mesdames ! Tu peux me croire, ce n'était pas la moitié d'une révolution !

Pour mieux illustrer son propos, il m'entraîna dans le petit salon attenant, qui deviendrait notre salle à manger. Là, à même le tapis, un immense kilim ancien dont je peinais à évaluer le prix, étaient posés de gros coussins aussi larges que des matelas, sur lesquels s'ébattaient déjà plusieurs couples, leurs costumes étalés tout autour d'eux.

Parmi eux, je reconnus instantanément le duo de performers qui s'était offert tant de plaisir sous la lumière noire lors de mon deuxième rendez-vous aux Charmes avec Louis. L'un et l'autre me parurent moins menus que sur l'écran plat mais tout aussi déchaînés. Leur soixante-neuf, rendu plus harmonieux et excitant encore par la juste égalité de leurs proportions, fascinait les observateurs adossés aux murs de la pièce.

— Hum… commentai-je à voix basse. Je ne suis pas sûre que, à l'époque, ces beaux messieurs se soient *occupés* de leur amie en crinoline de cette manière.

— Détrompe-toi. Il n'était pas rare que ces fêtes dérapent en coulisse. Comme ce soir.

Sous nos yeux, un nouveau couple s'assembla, et j'identifiai la sculpturale métisse échappée du fichier de Belles de nuit, celle-là même qui avait su me faire jouir avec un manche d'éventail. Je lui avais donné un surnom qui lui seyait mieux que jamais : Liane.

— Qui est-ce ? demandai-je en donnant un petit coup de menton dans sa direction.

Louis parut s'amuser de ma question, qu'il accueillit d'un sourire entendu.

— Vous vous connaissez déjà, je crois.

— Oui, approuvai-je sans parvenir à dissimuler mon trouble. Je veux dire : comment s'appelle-t-elle ?

— Salomé.

Je balayai du regard le reste de l'assistance. Qui étaient tous ces gens ? Qui composait le cercle des proches de Louis, ses intimes ? Qui d'autre encore reconnaîtrais-je, à la taille de son membre, au galbe de son sein ? Avait-il de véritables amis, ou tous n'étaient-ils que les agents de sa débauche, comme lui-même avait été un instrument dans les plans de son frère ?

Au cours de notre réclusion volontaire, Louis s'était peu absenté, assistant à quelques rares dîners ou cocktails auxquels je n'avais pas eu envie de l'accompagner, préférant me consacrer à Sophia, que je négligeais trop en ce moment. Pas une seule fois nous n'étions apparus ensemble. Pas une sortie entre amis ou un concert, corps et âme dédiés à notre amour. Nous repoussions la possibilité de tomber dans une relation conventionnelle mais, ce soir-là, elle prenait forme sous nos yeux. Jusque-là nous étions des amants, mais voilà que nous devenions un couple, affligé de ses attributs sociaux dont Louis, je le voyais bien, s'empressait aussitôt de nous débarrasser.

Soudain, sa main fine et ferme empoigna ma taille comprimée par le corset et me colla contre son flanc, ses yeux plantés dans les miens.

— Tu es magnifique.

— Merci. Vous n'êtes pas mal non plus.

Je fis à nouveau mine de le détailler de la tête aux pieds.

« Magnifique. » David n'aurait pas employé un autre qualificatif. Le cadet des frères Barlet pouvait bien s'inviter dans mes rêves ou dans une expression car pour moi, il appartenait à un passé définitivement révolu, ombre à peine menaçante et qui s'était estompée, jour après jour, depuis nos noces avortées.

Et pourtant, il ne s'était pas passé un jour sans que je ne songe au mariage. Un autre mariage. Une union reposant sur des sentiments infiniment plus profonds, que le temps et la proximité avaient fait éclore et qui ne se bornaient plus à l'accomplissement de mes rêves d'enfant. En dépit de son aisance matérielle, de son pouvoir de séduction, des mille qualités nouvelles que je lui avais trouvées au cours de nos longues après-midi alanguies, Louis n'avait rien d'un homme idéal. Il était l'opacité et la complexité, et la vie qu'il me proposait ne ressemblait pas à ce voyage en première classe, sans trou d'air ni aucune sensation forte, qu'aurait été le quotidien auprès de David.

Louis désigna le dernier coussin libre et m'attira doucement vers cette couche improvisée, déboutonnant d'une main l'étroite redingote dont il s'était gainé pour l'occasion.

— Non, attends... le retins-je.

— Pourquoi ? Tu ne te sens pas à l'aise ?

— Non...

— Tu veux qu'on les congédie ?

— Pas du tout, me défendis-je avec un sourire. Ce n'est pas ça.

Aucun des amants présents ne semblait avoir perçu notre dialogue, et chacun s'adonnait à sa guise aux délices, usant de sa bouche, de son sexe ou de ses mains, sirènes protéiformes et mouvantes, dont l'appel gonflait en un seul gémissement.

— Alors qu'est-ce qui ne va pas ? demanda Louis.

S'il m'avait appris une chose, depuis notre rencontre, c'était bien à faire fi des conventions. À se moquer des usages et à détourner les codes au profit exclusif de notre plaisir, que nous prenions comme et quand cela nous agréait. C'était une chose d'appliquer ces préceptes dans notre chambre, bonbonnière pleine à ras bord de nos menus plaisirs, mais c'en était une autre quand il s'agissait d'engager nos vies. Et de le clamer à la face du monde.

Faute de réponse, je me laissai tomber sur le pouf géant. Louis eut l'élégance de le tirer à l'écart du groupe, me voyant affalée dans une posture enfantine qui incitait moins aux caresses qu'à poursuivre notre conversation. Il s'assit contre moi et saisit mon visage au creux de ses deux paumes.

— Elle… Qu'y a-t-il ? Ce n'est pas ainsi que tu imaginais notre arrivée chez nous, c'est ça ?

— Non, vraiment… Je t'assure, ça n'a rien à voir. Cette soirée est… parfaite !

Un piaillement d'orgasme qui montait en crescendo accrédita mon commentaire. Le pizzicato de « Oui » enivrés de la jeune femme s'accordait si bien à mon propos que j'eus du mal à contenir un fou rire.

— Ce que tu n'arrives pas à me dire est vraiment si drôle ?

— C'est très sérieux, au contraire…

— Alors peut-être vaut-il mieux le garder pour plus tard, se rembrunit-il brusquement, esquissant une retraite vers la salle de bal.

Je m'accrochai au long pan de sa veste, bien décidée à le garder à mes côtés.

— Non ! Reste. Ce que j'ai à te dire… est très simple. Et ça te concerne au premier chef.

— Bien. Je t'écoute.

D'un geste, je désignai l'écrin sublime qu'il avait façonné pour nous et, au-delà, la fortune, l'éducation, le goût si sûr et les relations qui avaient permis l'éclosion d'un tel miracle.

— Comme tu le sais, je n'ai rien de tout ça à t'offrir.

— Faux, me corrigea-t-il. Tu es propriétaire d'un somptueux pavillon à Nanterre-Ville.

Je n'aimais pas qu'on plaisante avec le souvenir de ma mère, qu'on se moque de son patrimoine si chèrement acquis, aussi modeste fût-il. Moi-même, je fuyais le sujet, repoussant constamment mes rendez-vous avec Me Whurman, son notaire, pour régler les derniers détails de sa succession, dont j'étais bien sûr l'exclusive bénéficiaire.

— Ce que je voulais dire, c'est que hormis ma petite personne et mes sentiments pour toi, je n'ai rien à t'offrir.

— Ne sous-estime jamais ta *petite personne*, murmura-t-il d'un ton badin.

— Arrête… Je n'ai même plus de job !

Nos licenciements respectifs de BTV étaient effectifs depuis déjà de longs mois. Justifié par une faute grave lors de l'enregistrement de la première de *Cultur'Mix* – je n'étais pas présente sur le plateau au moment de conclure l'émission –, le mien s'était soldé par un renvoi immédiat et sans indemnités, selon les termes du contrat en vigueur au cours de ma période d'essai. Je n'avais pas eu à repasser à la tour, porte de Sèvres. Chloé, l'assistante de David, s'était chargée de faire suivre mes quelques affaires à la dernière adresse connue, c'est-à-dire au 29, rue Rigault à Nanterre.

Pour Louis, salarié et actionnaire de Barlet Groupe depuis dix-neuf ans, et lui-même frère du P-DG, les choses ne s'étaient pas déroulées sans heurts. S'il se réjouissait de cette sanction qui le libérait enfin de son asservissement à l'empire familial, Louis n'entendait pas pour autant sauter du bateau dynastique en maillot de bain, sans bouée ni canot de sauvetage. La négociation financière orchestrée par son avocat, Jean-Marc Zerki, un jeune loup du barreau parisien, avait duré des semaines et abouti, non sans douleur, à un arrangement assorti de nombreux zéros, qui mettraient mon concubin à l'abri jusqu'à la fin de ses jours.

Si je l'épousais, il ne pouvait l'ignorer, je bénéficierais aussi de cet épais matelas doré.

— Et alors ? me répondit-il. Tout ce dont j'ai besoin, tout ce que j'ai toujours voulu est ici. Dans mes bras.

La référence était évidente. Ses mots paraphrasaient les paroles de la chanson sur laquelle nous nous étions unis pour la première fois, un an plus tôt.

Et ce n'était pas un simple clin d'œil. Je connaissais la portée symbolique que Louis donnait aux musiques, aux images, aux signes innombrables qui nous enveloppaient et qui résonnaient sans cesse, comme autant d'échos à nos sentiments.

Je me lançai enfin, résolue à ne plus différer ce qui grondait dans ma gorge, ma poitrine, mon ventre, mon sexe :

— Justement... Veux-tu m'épouser ?

Il me dévisagea un moment, qu'il laissa s'étirer jusqu'à l'inconvenance, réfrénant un gigantesque sourire, laissant éclore au bas de sa joue droite cette fameuse fossette, celle qui ne savait ni mentir ni dissimuler, et dont chaque apparition me portait au comble du ravissement. Il tenta de passer sa main dans mes cheveux puis, repoussé par le savant assemblage de ma coiffure, se replia sur ma nuque, qu'il flatta d'un revers doux et attendri.

— Annabelle Lorand, murmura-t-il de sa voix chaude et feutrée... Sacré petit bout de jeune femme... Dis-moi... tu prépares ton coup depuis longtemps ?

Tel était Louis quand on le sommait de se prononcer et qu'il se trouvait acculé : il pouvait renverser celui qui l'interrogeait d'un seul sourire, d'un seul mot bien trouvé. Je soupirai telle une jouvencelle et cachai mes joues rosies au creux de son cou.

— Oui... Enfin, non. Un petit moment.

Emmêlée à lui dans la chambre numéro un, perdue contre son torse, son sexe plongé dans le mien, je n'y pensais pas. Mais il suffisait de revêtir quelques instants nos attributs sociaux pour que notre différence d'âge m'apparaisse à nouveau comme un obstacle... Ce ne fut pas mon gloussement de gamine qui me rassura sur ma maturité.

— Bravo pour l'effet de surprise. Moi qui croyais être celui qui t'épaterait ce soir... Je crois bien que tu es la grande gagnante.

— Tu ne m'as pas répondu, me rebellai-je, sans lui laisser le temps de s'échapper.

— Je dois te donner ma réponse ce soir ?

Il ne se démontait pas. Il semblait jouir de la situation, de l'ascendant manifeste qu'elle lui conférait tandis que je me trouvais suspendue à ses lèvres et aux trois lettres, merveilleuses ou fatales, qui en sortiraient.

— Ben, oui... approuvai-je, ingénue.

— Personne ne t'a jamais dit que, sous nos latitudes, c'est l'homme qui demande sa main à la femme de son choix ? Pas l'inverse ?

— Non. Pas plus qu'on ne semble t'avoir informé qu'on ne vole pas la fiancée de son frère le jour de son mariage. Toujours sous nos latitudes, évidemment.

Son baiser me parut trop précipité et trop appuyé. Quelle gêne cherchait-il à dissimuler ? Quelle réponse indigne voulait-il étouffer ?

Après quelques secondes, nos lèvres se détachèrent déjà, et il semblait avoir repris de son aplomb.

— Dans ce cas, ma réponse est oui.

J'étais épatée. C'était donc si facile ? Il n'y avait qu'à prier pour être entendue ? Qu'à demander pour qu'un souhait soit exaucé ? Qu'à dénicher l'homme le plus exquis, le plus tendre, le plus aimant, le plus fougueux pour qu'il vous choisisse en retour ?

— Oui... *Oui* ?

Notre promesse de vœux avait-elle exacerbé les sens des couples alentour ? Un « Oui » tonitruant, cri de gorge extatique, râle de voix féminines et masculines qui se fondaient en une seule, éclata dans notre dos, comme pour souligner à quel point mon inquiétude était sans fondement.

L'incongruité de la situation ne perturba pas Louis le moins du monde, et il poursuivit sur le même ton assuré :

— Oui, abonda-t-il sur un air d'évidence. On pourrait le célébrer ici dans quelques mois. Qu'est-ce que tu en dis ?

— Quelques mois ? m'étonnai-je.

Je n'avais pu m'empêcher de voir dans ce délai, vague et soudain fort lointain, l'ombre d'une réserve.

— Si je peux me permettre, les décisions précipitées ne t'ont pas vraiment réussi dans le passé.

Sa remarque ne se contentait pas de m'égratigner. Elle convoquait une fois encore la silhouette de celui qui vivait de l'autre côté de ce mur mitoyen et que, pour ma part, je faisais tout pour oublier. Mais comment aurait-il pu, lui, tirer un trait aussi définitif sur son propre frère ? Comment aurais-je pu exiger cela de lui ?

— C'est sûr, tentai-je de m'adoucir.

— Et puis… il nous faudra bien ça pour achever ton éducation.

Je crus qu'il plaisantait et j'accueillis sa remarque avec un sourire goguenard, mais son expression me détrompa immédiatement. Il n'y avait là rien de facétieux. C'était même tout le contraire. Je l'avais rarement vu afficher pareille gravité.

— Mon éducation… Tu veux dire… ?

— Érotique, oui, conclut-il pour nous deux.

La contraction de sa mâchoire indiquait à quel point le sujet lui tenait à cœur et actionnait à son insu une réaction dans tout son corps. Ce n'était pas une idée en l'air. Il la vivait, il l'incarnait tout entier.

— Ne l'avons-nous pas déjà faite ?

Comprenez : ces derniers jours, ces derniers mois et encore avant, quand il n'était pour moi que ce fantôme hantant mes pensées et les chambres des Charmes où je me livrais à lui et tous ses délicieux succubes.

— Je considère plus ça comme une mise à niveau. L'apprentissage des rudiments.

Qui était-il donc pour me prendre de haut et rabaisser ma science de l'amour, certes encore fraîche, au rang de gribouillis sur une ardoise ? Étais-je si mauvaise que ça ?

Ou bien m'accusait-il des mêmes lacunes sensuelles que son frère faisait peser sur Aurore, mon sosie ?

Ma nuque se raidit, et il en retira aussitôt sa main.

— Vraiment ? Les rudiments ?

— Oui. Ne le prends pas mal, mais ta véritable éducation commence tout juste.

Cette fois, je me redressai tout à fait et décroisai mes jambes, prête à me lever.

Un regard oblique vers la sortie m'offrit une vue imprenable sur les fesses de Salomé, qui ondulait sur le corps de son partenaire comme une panthère qui approche de sa proie. L'homme allongé sous elle n'en pouvait plus d'attendre. Son sexe, qui me parut immense, remontait par saccades jusqu'à elle et tentait de la toucher, le gland rebondissant comme une balle en mousse sur le ventre plat et ambré. Comparée à elle, évidemment, je me sentais loin du compte. Qui ne se serait pas sentie une simple élève face à une telle maîtresse ?

— Et en quoi va consister la suite ? Tu m'intéresses...

— Comme tout parcours pédagogique, c'est un mélange de théorie...

Les lectures qu'il m'avait recommandées, supposai-je.

— ... de travaux pratiques...

Avec lui, s'entend. Et, sur ce chapitre, il me semblait que nous avions bien progressé au cours des derniers mois.

— ... et enfin d'examens destinés à valider tes connaissances.

— D'examens ? m'exclamai-je. Tu veux me faire passer le bac du sexe ?

— J'envisage plutôt ça comme une série d'épreuves.

— De quel genre ? m'enquis-je sèchement, toujours boudeuse.

Il hésita, à son tour balaya du regard les couples qui s'ébattaient à proximité, s'attardant avec un intérêt non feint sur telle levrette ou telle fellation qui devait lui paraître experte, puis me fit face à nouveau et soutint crânement mon regard :

— Hum… Un peu dans le style de ce soir. D'ailleurs, si tu veux, on peut considérer que cette épreuve aura été la première.

— La première… sifflai-je pour moi-même. Combien en prévois-tu, au juste ?

— Je ne sais pas. Peu importe le nombre. L'essentiel est que, toi et moi, nous constations ton évolution. Qu'en penses-tu ?

Une fille normale, et moi-même si je n'avais été si follement, si bêtement, si aveuglément éprise de lui, l'aurait sans aucun doute éconduit, le laissant seul à ses *Mille et Une Nuits* du pauvre. Mais, hébétée, je ne pus qu'opiner. Là où j'aurais dû me montrer rétive, offensive, rebelle à sa loi, je lâchai, résignée :

— Oui… J'imagine que c'est bien.

Des rites de passage, tout comme il m'avait déjà imposé ses commandements l'année précédente. Et qu'y aurait-il encore, après cela ? D'autres châtiments ? D'autres punitions ? Autant de petites ou de grandes morts ? Au moins avait-il borné à dix ses rendez-vous aux Charmes. Il ne m'échappait pas que, cette fois, il n'avait pas précisé le nombre de leçons, s'autorisant à étirer ma formation aussi longtemps qu'il la jugerait utile et repoussant l'échéance ultime. Certes, il n'en faisait pas une condition expresse à notre noce – plutôt un préalable. Il était clair, pourtant, qu'il ne se livrerait pleinement à moi qu'après avoir lui-même le sentiment de me posséder tout entière.

Il sembla lire les angoisses qui traversaient mes yeux car, accompagnant ses paroles d'une embrassade protectrice, il s'empressa de préciser :

— Hé ! Ne t'en fais pas. Il n'est question que de plaisir. Et ça ne remet pas en cause la réponse que je t'ai donnée.

Culpabilité fut le mot qui traversa mon esprit… Louis se sentait coupable vis-à-vis de son frère cadet. Je m'en doutais mais, pour la première fois depuis des mois, j'en percevais les signes sur mon compagnon. En rompant l'accord qu'ils avaient passé tous les deux, en lui ravissant sa promise, Louis avait ravivé ce conflit que les années et les triomphes de David avaient oblitéré. Pire, en lui chapardant son double, c'est Aurore qui était arrachée à David une seconde fois.

Il fallait que Louis dissipe cette félonie dans de nouveaux jeux, un nouvel étourdissement, quitte à faire de moi le flacon qui lui procurerait l'ivresse. Et à prendre le risque de me briser entre ses mains.

— Et puis, il ne tient qu'à nous d'en faire quelque chose d'amusant.

— D'amusant ?

— Oui ! On pourrait consigner toutes nos expériences dans le Dix-fois-par-jour.

Dans le secret de la chambre un, le carnet de mes pensées érotiques était tout naturellement devenu un support d'expression commun.

Mon envie de toi est totale

Depuis que Louis y avait apposé ces premiers mots, cette fois de sa plume, nous n'avions cessé de dialoguer par son intermédiaire, échangeant fantasmes, envies, rêves et souvenirs, puisant en lui comme dans l'infini réservoir de nos désirs.

— Pourquoi pas, concédai-je du bout des lèvres.

— Mais si ! cherchait-il à me persuader. Tu ne vois pas ? Ça va donner tout son sens à ce cahier. Et, grâce à lui, nous allons transformer ces épreuves en un authentique défi littéraire.

Il divagua ainsi de longues minutes, passionné comme jamais, convaincu de tenir là les prémices d'un projet majeur, qui nous unirait par-delà le désir et son usure.

Je ne savais plus que dire ou faire pour freiner son enthousiasme. Hélas, mes sentiments pour lui avaient beau être intacts, je ne parvenais pas à le partager. L'amour de Louis, je l'avais pressenti dès notre rencontre, n'était pas une chose qui se donnait à moitié. S'il vous choisissait, alors vous lui appartenieez en propre. Et il n'avait de cesse, dès lors, d'investir chaque parcelle de votre intimité comme un nouveau territoire à conquérir. Il pouvait moquer la soif de domination de son frère, voilà un point sur lequel il lui ressemblait fort.

Mon salut vint de la première tête connue qui se profila dans l'embrasure de la double porte : David Garchey, la coqueluche de mon nouveau futur mari et fer de lance de la galerie Alban Sauvage. Visiblement moins déluré que ses créations, le jeune homme, que la profusion de corps accouplés dans la pièce semblait tenir à distance, m'adressa un signe timide de la main.

Je me levai soudainement et me précipitai à sa rencontre, sourire sociable en avant, comme si nous étions de vieilles connaissances.

— Bonjour ! Je suis vraiment heureuse de vous revoir !

L'exagération de mon enthousiasme ne fit qu'accroître son malaise.

— Bonjour, répondit-il en me tendant une main molle et moite.

Dans mon dos, je perçus la présence de Louis qui était accouru à ma suite, vaguement offusqué. Il glissa une paume possessive sur mes fesses et cette recommandation à son jeune protégé :

— Je te confie mon chef-d'œuvre, mon ami. Prends-en soin.

Puis il s'éclipsa, accaparé par de nouveaux arrivants, et me laissa en tête à tête avec le gamin interdit, dont la nouvelle coupe de cheveux dissimulait plus encore le visage poupin.

— Vous préparez une nouvelle exposition ? lançai-je pour dissiper sa gêne.

— Oui. Bientôt. D'ici quelques jours, en fait.

— Toujours chez Alban ?

— Toujours. Ils défendent bien mon travail, avec Louis.

Entendre un garçon tout juste sorti de la puberté qualifier de travail ce qui relevait d'une pure provocation pornographique avait de quoi laisser pantois. Mais je ne me laissai pas déconcentrer pour autant.

— Je sais. Il y a certains domaines dans lesquels Louis s'investit vraiment à fond.

Il dut saisir le sous-entendu, car il rosit à vue d'œil et détourna aussitôt la conversation :

— Plus encore maintenant qu'il a acheté la majorité des parts de la galerie, s'empressa-t-il de préciser.

Première nouvelle. Je refrénai ma contrariété et choisis plutôt de l'interroger sur son œuvre à venir, en vertu du principe selon lequel un artiste digne de ce nom ne sait parler de rien d'autre ou seulement de lui-même. Je ne doutais pas que ce garçon mal dégrossi se rangeait dans cette catégorie :

— Et qu'avez-vous choisi comme matériau ? Encore quelques jouets gonflables ?

— Non non… se renfrogna-t-il légèrement, sensible au sarcasme sous-jacent. Ma nouvelle installation sera très orientée vidéo.

— Ah oui ? Et quel genre de films ?

— Essentiellement du temps réel, via une webcam…

— Intéressant, l'encourageai-je pour faire bon poids.

— … Ou, dans certains cas comme ce soir, des caméras de surveillance.

— Ce soir ?

Le froncement de ses sourcils m'indiqua qu'il en avait sans doute dit plus qu'il ne devait et, surtout, qu'il ne savait plus comment se sortir de cette conversation. Ne pas froisser la fiancée de son mécène devait constituer pour lui le b.a.-ba de l'artiste sponsorisé.

— Oui, on peut tout contrôler depuis la régie.

À en croire son cillement, deuxième bourde. Troisième, si je comptais ce qu'il m'avait laissé entrevoir quant à l'engagement de Louis dans la galerie Sauvage.

— Ah, mais me voilà rendue très curieuse ! minaudai-je avec un rire haut perché qui ne me ressemblait pas. Voulez-vous me montrer ?

— D'accord...

Il resta interdit une seconde puis comprit que j'attendais sagement de lui emboîter le pas. Traversant le grand salon, désormais bondé de redingotes et de robes-saules ou robes-papillons, il m'attira dans le hall, d'où une petite porte nichée sous l'escalier principal plongeait dans les profondeurs de la bâtisse.

Qu'il fût le premier à m'en offrir la visite était peut-être malséant, mais j'en ressentis un réel frisson au moment de découvrir la lourde porte blindée qui ouvrait sur le sous-sol. Là, l'installation s'avérait d'autant plus sobre et moderne que les étages réhabilités, eux, étaient rendus à leur patine d'époque. Au bout d'un petit couloir gris et sans âme, seulement traversé par diverses gaines techniques, une seconde porte métallique donnait sur une pièce équipée d'une console vidéo et d'une bonne dizaine d'écrans monochromes.

— Voilà ! De là, on voit à peu près tout ce qui se passe dans la maison.

Le porche sur la rue, l'entrée, le salon, la salle à manger où les couples s'épuisaient, la bibliothèque, la cuisine, le jardin et même notre future chambre à coucher, aucune des pièces principales ne manquait.

Mais ce n'est pas ce qui retint le plus mon attention.

— Vous enregistrez toutes les images ? demandai-je en désignant d'un geste vague le mur de moniteurs.

— Non, juste celles des écrans au clignotant rouge.

Soit : entrée, salon, salle à manger.

En haut à gauche de la mosaïque, deux écrans restaient éteints.

— Et à quoi correspondent ceux-là ? On peut les allumer ?

— Je ne sais pas... se défila-t-il, au comble du trouble.

— Eh bien, allez-y, l'exhortai-je. Ça doit être drôle.

D'un doigt tremblant, il s'exécuta comme un zombie, pressant une volée de boutons. Je reconnus immédiatement les pièces. Elles n'appartenaient pas à l'hôtel de Mademoiselle Mars mais à son voisin, l'hôtel Duchesnois. La première salle, que j'identifiai comme le salon néopompéien, était déserte et plongée dans une obscurité crépusculaire. Quant au second écran, il montrait la chambre à coucher de David, à peine mieux éclairée, mais où l'on pouvait voir très distinctement s'agiter deux silhouettes collées l'une à l'autre et qui variaient de postures sur le lit avec une régularité de métronome, comme si elles étaient chronométrées. Il y avait peu de doutes quant à l'identité de l'homme – cette carrure athlétique, ce brassard de soie nacrée au bras gauche – mais je dus patienter une bonne minute, dans les raclements de gorge embarrassés de Garchey, avant d'apercevoir le visage de la créature longiligne qui accompagnait David.

Soudain, elle releva d'une main le rideau de cheveux blonds qui la dissimulait, et m'apparut alors le rictus extasié d'Alice Simoncini. L'ancienne maîtresse, un temps répudiée, revenue dans les grâces de son prince.

2

Quelques jours plus tôt, au tout début du mois de mai 2010

Pour ne rien vous cacher – nous n'en sommes plus là, vous et moi –, cette soirée n'avait pas marqué ma première incursion dans l'hôtel de Mademoiselle Mars. Vous vous rappelez peut-être que, à la faveur d'une escapade de mon chat, Félicité, j'avais pu glisser un œil inquisiteur derrière la porte bleu roi que Richard, le chauffeur attitré de Louis, s'était empressé de me fermer au nez. Ma découverte du lieu s'était alors limitée à un aperçu fugace du vaste chantier, loin du splendide résultat que l'on peut contempler aujourd'hui.

Mais, surtout, une poignée de jours avant le bal transtemporel voulu par Louis pour marquer notre entrée officielle dans les lieux, je posais le premier pas dans *mon* hall, quand avait claironné derrière moi cette voix si familière :

— Putain de bordel… Ce délire !

Pas besoin de me retourner pour savoir qui avait lancé cette grossièreté pleine d'ébahissement. Sophia s'avança à mes côtés et s'abandonna comme moi à la contemplation du spectacle éblouissant qui s'offrait à nous. Tous les meubles n'étaient pas encore arrivés, ni disposés à leurs emplacements définitifs, si bien qu'on pouvait admirer à loisir le raffinement du travail de restauration accompli.

— N'est-il pas, très chère ? plaisantai-je.

— Moi qui trouvais déjà son jumeau presque trop luxueux…

Je me souvins de sa réaction d'enfant lorsqu'elle avait exploré avec moi l'hôtel Duchesnois.

— Oui. Enfin, disons qu'ici, je ne m'imagine pas traîner en jogging ou en grenouillère pilou au saut du lit.

— C'est sûr, approuva-t-elle avec sérieux. Va falloir revoir ta garde-robe.

— Comme si j'avais besoin d'un prétexte !

Elle embrassa le décor d'un regard panoramique éloquent.

— Oui, mais cette fois il faudra faire du shopping dans les musées plutôt qu'aux galeries Lafayette !

Elle n'imaginait pas si bien dire, au vu de ce bal auquel Louis – qui avait entretenu avec elle des relations très particulières – ne la convierait pas.

Un timbre plus grave, surgi dans notre dos, vint se joindre à ce concert de louanges.

— Ah la vache ! C'est pas Nanterre, les filles.

Casque en main, son blouson de cuir entrouvert, Fred Morino, mon ex, avait fait son apparition presque en même temps que Sophia. Il opinait du chef comme un chien à l'arrière d'une voiture, appréciant la magnificence du bâtiment par de brefs sifflements entre ses dents. Ma meilleure amie et lui ne s'appréciaient guère du temps où nous sortions ensemble, monsieur-grosse-cylindrée et moi. Mais depuis la catastrophe de mon mariage annulé, événement au cours duquel ils s'étaient alliés pour me soutenir, ils étaient restés naturellement en contact, et je soupçonnais le prétexte de « s'échanger des nouvelles d'Annabelle, de temps à autre » de ne pas être leur seule motivation.

De Monaco à la terrasse des cafés en petits coups de fil « juste pour savoir si tout va bien », une certaine complicité était même née – et sans doute un intérêt rempli d'arrière-pensées chez le motard. Pour l'heure, leur relation n'avait accouché de rien d'autre qu'une jolie amitié, et je ne pouvais que la bénir. Qui ne voudrait pas que les gens qu'il aime s'aiment entre eux ?

Les congratulations et embrassades passées, ils m'aidèrent à rentrer à l'intérieur les quelques cartons et sacs que je rapatriais des Charmes dans une vieille camionnette prêtée pour l'occasion par monsieur Jacques, le concierge de l'hôtel. À la faveur d'un détour par le pavillon de Nanterre, je rapportais aussi une partie de ma penderie de post-adolescente et de mes vieux papiers.

— Cela ne ressemble pas non plus au Paris des gens comme Fred ou moi... remarqua Sophia en soulignant le gouffre social qui les séparait de mon nouveau cadre de vie.

J'ai toujours aimé l'ambiance des déménagements entre copains. Les blagues qui fusent, les mains qui se touchent, les souvenirs qu'on exhume et ceux qu'on casse sans les regretter. Raison pour laquelle j'avais décliné les offres répétées faites par Louis de confier la tâche à des professionnels. Une paire de potes enthousiastes, quelques heures et quelques vannes balancées avec affection, c'est tout ce qu'il me fallait.

— Tu es sûre ?

— Mais oui ! À quoi servent les amis si on ne les fait pas suer sur une pile de cartons de temps en temps ? Franchement ?

Franchement ? La camaraderie fut ce jour-là à la hauteur de mes attentes. Et leur présence à mes côtés, à l'instant d'entrer dans cette nouvelle vie, me prodiguait ce baume réconfortant qui me manquait parfois dans la ferveur démesurée que Louis me vouait. Aimer et être aimée de Louis Barlet était un grand vent de mer puissant, féroce, porteur de toutes les expériences les plus exaltantes, de toutes les folies. En revanche, cela n'avait rien du souffle bienfaisant qu'on attend des relations quotidiennes, plus ordinaires, avec ceux qui nous entourent.

— Tu nous fais visiter ton château ? suggéra Fred, visiblement impressionné par ce qu'il entrevoyait.

À dire vrai, Louis ne m'ayant remis mon trousseau que le matin même, je n'avais guère eu le temps d'investir l'ensemble du bâtiment. Je m'étais même heurtée, au moment de chercher un endroit où entreposer des caisses, à une certaine porte de cave, obstinément verrouillée, qu'aucune de mes clés ne parvint à ouvrir.

— Il cache quoi, ton homme, dans votre sous-sol ? Un donjon SM ?

Dans la bouche de Sophia, cette hypothèse ne sonnait pas comme dans un livre d'architecture médiévale. Depuis que je l'avais mise au fait des fantaisies érotiques de mon homme, et qu'elle en avait même été le témoin direct lors d'une expédition commune aux Charmes, elle ne cessait de me taquiner à ce sujet.

Que je sois passée à ses yeux du statut d'ange à peine sexué à celui de soumise BDSM était pour elle une source inextinguible de surprise et de réjouissance.

— Si c'était le cas, tu penses bien qu'on aurait déjà essayé tous les équipements !

— Mouais, je demande à voir…

— Dans tes rêves !

S'agissant de rêves, notre suite conjugale constituait probablement la pièce maîtresse de l'hôtel particulier. Plus que pour tout autre espace de la maison, Louis avait exigé ici une conformité scrupuleuse, presque maniaque, à la configuration d'origine, qu'une somme impressionnante de documents avait permis d'établir sur la foi des travaux effectués en son temps par Louis Visconti. C'était d'ailleurs pour l'instant la seule pièce achevée, où pas un élément de mobilier ne manquait, jusqu'au plus petit détail. On pouvait ainsi y apprécier, dans de fidèles répliques des originaux conçus par l'ébéniste Bénard, un lit de forme antiquisante à chevets inégaux et rehaussé sur une estrade, une commode à vantaux décorée de médaillons en porcelaine, deux fauteuils en acajou, deux chaises faites de la même essence, une grande psyché, un meuble de toilette de type barbière à montants en têtes d'Égyptienne et, enfin, un candélabre. L'ensemble, déjà très chargé, était complété par une cheminée en marbre rouge avec ses appliques en bronze doré.

— Eh bien, madame la marquise, s'exclama Sophia-la-gouailleuse, c'est pas des bébés que tu vas nous pondre là-dedans, c'est des lingots d'or !

Ni Fred ni moi n'avons ri à sa remarque, tant elle tombait juste. Je me demandais bien, en effet, ce que deviendrait notre sexualité si débridée, légère, spontanée, dans ce cadre empesé par les siècles. Bien sûr, il y avait cette bonne vieille théorie des souvenirs érotiques attachés aux murs par nos illustres devanciers. Mais ceux-ci avaient-ils résisté aux couches d'enduit et de peinture neuve ? Que restait-il des soupirs de Mademoiselle Mars ?

À bien y songer, un donjon SM ne serait pas de trop pour que notre libido demeure vivace et que nos amours ne soient pas étouffées sous ces ors et ces tentures.

La sonnette de l'entrée – je l'entendais pour la première fois – me tira de cette réflexion, et je me précipitai au rez-de-chaussée pour jouer mon rôle tout neuf de maîtresse de maison. Derrière la porte bleue, accotée à la colonne de gauche, se profila la lourde silhouette d'Armand, qui tenait dans ses bras une boîte de transport pour animaux.

— Bonjour, Elle.

Je ne l'avais pas revu depuis l'instant où, après avoir quitté la cérémonie de mariage, j'étais imprudemment revenue rue de la Tour-des-Dames avant de rejoindre Louis aux Charmes. J'entendais encore son cri me poursuivre, dans ma robe blanche souillée, petite fuyarde aux pieds nus : « Elle ! Revenez ! »

Le miaulement contrarié de Félicité dissipa ce flash nostalgique. De toute manière, que m'aurait-il dit ce jour-là ? Quels mots auraient été capables d'infléchir ma décision et de museler mon amour pour Louis ?

— Bonjour, Armand, lâchai-je. Je…

Je ne savais quoi dire. Demeuré au service de David, il appartenait au camp adverse. Un camp qui n'avait pas hésité, d'ailleurs, à adresser à Louis, moins d'un mois plus tard, la facture des épousailles avortées. Grand seigneur, le frère aîné avait réglé l'addition au centime près, sans rien contester ni commenter, jusqu'au cachet de la star annoncée, pénalités comprises.

Un camp si ennemi que David n'était même pas apparu aux obsèques de Maude, ma mère, ni ne s'était manifesté d'aucune manière pour présenter ses condoléances. Ni carte, ni fleurs, ni message. Pas même un SMS. Rien qui laisse supposer qu'il partageait un tant soit peu ma peine, tandis que Louis se montrait le plus compatissant, le plus attentionné et le plus ferme des soutiens, écoutant autant que j'avais besoin d'être écoutée, trouvant des mots simples et apaisants quand il le fallait, sachant aussi se taire et laisser libre cours à mes pleurs, dans son cou ou sur son épaule, lorsqu'il n'y avait plus de place pour autre chose.

— Je vous ramène Félicité.

— Merci, fis-je en saisissant la cage en plastique dur.

— Je suis désolé, je ne voulais pas solder les comptes dès le jour de votre emménagement… Mais David a insisté pour qu'on en finisse.

— Je comprends. Ne vous en faites pas.

— Les rapports avec Sinus et Cosinus ne se sont pas améliorés, ces derniers mois. Leurs bagarres ont encore fait une victime la semaine dernière.

— Une victime ? m'inquiétai-je pour la forme.

— Un vieux Ming qu'il tenait de son père, André.

Des victimes de cet acabit, David pouvait s'en offrir des containers entiers. La nouvelle ne m'émouvait pas plus que de raison.

— Annabelle, je ne sais pas comment vous le dire…

Il tortillait son vieux gilet de laine comme une gamine tire sur le revers de sa robe.

— Alors ne le dites pas, fis-je, plus cinglante que je ne l'aurais voulu.

— ... Il y a des circonstances qui nous poussent malgré nous à la division.

Il était si touchant que je ne prêtai pas attention à la grosse berline noire qui filait dans son dos et s'arrêta quelques dizaines de mètres plus loin.

— Je sais...

— Ce que je veux dire, c'est que même si je comprends la colère de David, vous avez encore toute mon affection.

— Oui, c'est normal que vous restiez attaché à Louis, éludai-je.

— Pas seulement à Louis, insista Armand. À vous aussi.

À ces mots, il me prit dans ses bras, accolade brève et maladroite, si soudaine que je faillis en laisser tomber la boîte de Félicité, qui miaula son mécontentement. Il me relâchait tout juste lorsqu'un appel, presque un cri, s'éleva depuis la chaussée. Accompagnées de deux claquements de porte sonores, deux ombres, fines et élégantes, s'extrayaient du luxueux véhicule.

— Armand !

C'était David, cintré dans son costume impeccable, le menton relevé, le regard aussi ombrageux que le temps était clair, flanqué d'une Alice plus blonde et marmoréenne que jamais.

J'abandonnai Armand un bref instant et fouillai précipitamment mon sac à main à la recherche de la clé principale de l'hôtel Duchesnois. Tout ce temps, je l'avais conservée près de moi, attendant l'occasion qui me permettrait de la restituer à son propriétaire. Mais je n'étais pas pressée de me confronter à David, pas plus que je ne me figurais glissant ladite clé dans sa boîte aux lettres.

L'ayant trouvée, je tentai alors de la fourrer dans la paume du majordome mais celui-ci retira prestement sa main. Son clignement appuyé de paupières semblait dire : « Gardez-la donc, on ne sait jamais. »

Dans le dos du vieil homme, à quelques pas seulement de nous, David renouvela son jappement, en maître à la patience éprouvée par l'insubordination de son domestique. Il ne me gratifia d'aucun regard, ignorant ostensiblement ma présence.

— Armand !

Ce dernier se retourna lentement, le regard las.

— Ne traînez pas, s'il vous plaît, compléta David sur un ton plus amène. Le voisinage n'est plus ce qu'il était.

Puis, prenant Armand par les épaules comme s'il récupérait son bien, il l'entraîna avec lui jusqu'à la grille du bâtiment voisin, sans m'adresser davantage la parole.

À sa suite, balançant telle une écolière son sac acheté avenue Montaigne, Alice affichait un sourire de triomphe qui se voulait contenu. Regarde, c'est à moi qu'appartient tout ça désormais, clamait chaque mouvement chaloupé de ses hanches au gré du pavé et du déséquilibre de ses talons exagérément hauts, jusqu'à ce qu'elle disparaisse à son tour dans le palais voisin.

— Viens, me contentai-je de souffler à mon chat. On rentre à la maison.

Je retrouvai mes deux comparses dans le hall, redescendus à ma rencontre.

— Ça va, ma belle ? T'es toute pâle.

— Oui, oui, ça va.

— T'as vu un fantôme ou quoi ? appuya Fred.

— C'est un peu ça, grimaçai-je.

— T'as croisé David ! Me dis pas que c'est lui qui est venu te rendre ta bestiole ?

Je m'occupai alors de libérer l'animal, pressée d'en finir avec le sujet et d'échapper au feu nourri de leurs questions.

— Oui… Et non, il ne m'a pas rapporté Félicité. C'était Armand.

— Je l'ai toujours trouvé chelou, celui-là, embraya Sophia.

— Pourquoi ? m'étonnai-je.

— J'sais pas. Une impression. Par exemple, le jour de ton « mariage »...

Elle figura les guillemets de deux paires de doigts repliés.

— ... quand tout le monde a compris que tu ne viendrais plus...

— Ben quoi ?

— Je sais pas. Il avait presque l'air soulagé.

— Ça, c'est parce qu'il s'est dit que ça ferait moins de boulot et de saletés si le traiteur remportait les plats encore garnis, spécula Fred, tentant de faire diversion.

— C'est malin ! gloussa mon amie. Au fait, toi, le big boss ne t'a toujours pas viré ?

La question de Sophia était pertinente, et elle avait l'avantage de détourner de moi leur attention. La situation de Fred, preneur de son professionnel au sein de BTV, demeurait une énigme. Bien après nos licenciements respectifs, à Louis et moi, il avait conservé son poste sans qu'aucune menace ne pèse sur lui. Chaque matin il s'attendait à être convoqué à un entretien préalable de licenciement, et chaque soir il repartait aussi serein que la veille. Tout le monde le félicitait pour son travail, et ses plus proches collègues, évidemment au fait de ses antécédents sentimentaux avec la future ex-madame Barlet, le surnommaient « le miraculé ».

— Si tu veux mon avis, je dois ma peau uniquement au fait qu'il m'ait zappé.

— Possible, validai-je l'hypothèse.

— Rappelle-toi, juste avant ton départ, quand il m'a vu à la porte de ton bureau, il m'a limite pris pour un stagiaire. Alors se souvenir que je suis ton ex...

— Au moins, en attendant, tu as ton salaire à chaque fin de mois, se lamenta Sophia, dont les affaires dans le milieu de la danse périclitaient plus que jamais.

— Oh, je ne me plains pas !

— Pourtant, il y aurait de quoi raconter sur les conditions sociales dans le groupe Barlet ! Je me trompe ?

L'intervention de Louis nous surprit tous. Aucun d'entre nous ne l'avait entendu entrer. Je me précipitai à sa rencontre et l'accueillis d'un baiser que je me retins toutefois de trop appuyer. Je l'ai dit : je n'étais pas encore habituée à afficher notre amour en société.

Si Fred était reconnaissant à mon nouveau compagnon de l'avoir arraché à sa condition de chômeur, les rapports entre les deux hommes s'étaient à nouveau refroidis depuis que Louis occupait dans ma vie la position qui avait un jour été la sienne. Fred avait tourné la page, il ne se montrait pas jaloux. Il avait fait son deuil de notre relation, mais un léger voile de gêne que chacun d'entre nous pouvait ressentir persistait.

— Enfin, pour moi, c'est pas le bagne, hein… minimisa Fred. J'ai connu bien pire.

À ce porte-à-faux, s'ajoutait celui qui mettait Fred en posture d'agent double. À la fois notre ami et un employé de David, il disposait désormais sur les affaires du groupe Barlet d'un point de vue que Louis pouvait légitimement lui envier. Et ce dernier ne se gênait pas pour le charrier à ce sujet :

— Quelles sont les nouvelles de la chaîne ? David flirte toujours avec ses Coréens ?

— Moi, tu sais, je ne suis pas dans le secret des dieux. La seule grosse actualité récente, c'est le retour de Simoncini…

— Alice ? m'écriai-je avec trop de vigueur.

— … Même si personne ne sait encore à quel poste il va la réintégrer.

— Il l'a déjà remplacée dans sa fonction précédente, abonda Louis.

— Oui. Apparemment ça fait partie d'un jeu de chaises musicales à la direction.

— Au moins, il y a des filles qui ne couchent pas pour rien ! se lamenta Sophia dans un hoquet.

Le regard plein de morgue d'Alice, quelques minutes plus tôt, prenait tout son sens.

— Rien n'est encore officiel, j'imagine ? s'enquit Louis.

— Non. La rumeur en interne veut que David organise une conférence de presse en petit comité, plus genre magazine people que journaux économiques.

— Où aura lieu la conférence ?

— Pas à la tour, en tout cas, sinon le branle-bas de combat aurait déjà été décrété à tous les étages.

Une nouvelle sonnerie mit un terme brusque à ses confidences, et le sourire immaculé et doux d'Ysiam se dessina dans la partie vitrée de la porte d'entrée. Les bras chargés d'une grosse enveloppe kraft, le groom de l'Hôtel des Charmes n'était pas vêtu de son habituelle livrée, signe qu'il avait pris sur son temps libre pour nous rendre visite.

— Bonjour, mademoiselle !

— Bonjour Ysiam. Entre, je t'en prie.

Il refusa d'un geste timide de la main et se contenta de me tendre son paquet, pressé de s'en délester.

— Oh non, non, je viens juste déposer votre courrier.

— C'est très gentil, merci.

Comme il repartait déjà, mes deux assistants se remirent au travail, avec cette fois le renfort de Louis, dans la mesure où sa patte folle le lui permettait. À nous tous, la tâche serait rapidement accomplie.

Mais avant d'y retourner, je restai seule un instant avec mon enveloppe rebondie, que je décachetai machinalement. Depuis plusieurs mois déjà, j'avais fait suivre mon courrier adressé à Nanterre et à l'hôtel Duchesnois jusqu'à notre chambre des Charmes. Avec son habituelle prévenance, monsieur Jacques avait donc pris l'initiative d'acheminer ma correspondance ici.

Je passai rapidement la pile en revue, qui contenait pêle-mêle son comptant de factures, de publicités et d'offres promotionnelles. Rien de palpitant. Mais la dernière enveloppe retint toutefois mon attention.

Mlle Lebourdais
SAS Les Charmes
55, rue Jean-Baptiste Pigalle
75009 Paris

Il s'agissait assurément d'une erreur dans le tri. Je ne connaissais pas de Mlle Lebourdais qui travaille aux Charmes. Sans doute était-il question d'une secrétaire ou d'une comptable qui n'était pas en contact avec la clientèle.

Sans y prêter plus d'attention, je déposai le pli sur une petite console en acajou, songeant que je le restituerais à Ysiam lors de son prochain passage.

Félicité, qui revenait de sa mission de reconnaissance, se frotta longuement à mes jambes dans un ronron jovial et obligé où je l'entendais dire quelque chose comme : « On va être bien ici, toutes les deux. » Je voulais tant y croire, moi aussi.

3

12 mai 2010

Mon homme n'avait peut-être pas fixé le nombre ou la nature des épreuves qu'il me réservait, mais je savais que je serais jugée autant sur mes initiatives que sur ma capacité à me conformer à ses propres exigences. Plus je le surprendrais, et plus je marquerais de points. Plus ma formation serait proche de son terme, et plus Louis m'appartiendrait complètement, prisonnier de ces bras, ce ventre et ce sexe qui lui étaient déjà grands ouverts et n'espéraient que lui.

En attendant de nouveaux épisodes de ce feuilleton brûlant, la vie commençait à s'organiser dans l'hôtel de Mademoiselle Mars. Plus encore que dans le bâtiment voisin, où David avait métissé les reliefs du passé et les attributs du présent, il était difficile de se familiariser avec le cadre, aussi sophistiqué que chargé d'histoire. Il me faudrait probablement de longs mois avant de m'y sentir véritablement chez moi. Dieu merci, Sophia choisissait n'importe quel prétexte pour passer me voir, conférant au lieu une convivialité qui contribuait à mon acclimatation.

— Des fiançailles ! s'exclama-t-elle, bouche ouverte, quand je lui exposai mon projet.

— Enfin, juste Louis et moi. Un truc sans invités.

— Oui, j'avais bien compris, mais quand même…

De la stupeur, de la joie, un peu d'envie et de jalousie sans doute aussi, tout cela défilait sur son visage comme la bande-annonce de ses sentiments.

— Oh, à propos de fiançailles… Tu n'as pas vu la meilleure de l'année.

— Quoi ?

Comme attirée par nos éclats de voix, Félicité avait fait son entrée dans le petit salon, là même où j'avais vu s'ébattre les couples conviés par Louis, le soir de la crémaillère. Elle se frotta à mes jambes puis grimpa d'un bond sur mes genoux.

— T'as déjà une connexion à Internet dans ton palais ?

— Ben oui, dis-je en haussant les épaules. Il y a quand même certains détails qui montrent qu'on ne vit plus au XIXe siècle.

— Alors apporte ton ordinateur, j'ai un truc de dingue à te montrer.

Je m'exécutai, déplaçant une Félicité contrariée d'être si vite chassée du moelleux cocon de mes jambes croisées, et ouvris l'appareil qui se mit instantanément sous tension.

— OK. Maintenant tape « David Barlet + Alice Simoncini », me guida-t-elle.

— Qu'est-ce qu'ils ont encore fait, ces deux-là ?

Les images des deux amants sur le moniteur en noir et blanc me revenaient par vagues. Depuis cette soirée, la porte métallique donnant accès au sous-sol, au donjon SM, comme l'avait qualifié Sophia, était restée hermétiquement fermée. David Garchey avait-il fait part de ses bourdes en série à Louis ?

— Tu vas voir. Vas-y, tape !

Aussitôt la chaîne de caractères dûment saisie dans le moteur de recherche, un nombre impressionnant de résultats s'afficha sur mon écran. Les premiers d'entre eux comportaient une vignette qui donnait à voir les deux tourtereaux tendrement enlacés sur un canapé que je ne connaissais que trop bien.

— Maintenant, clique sur une vidéo.

— Laquelle ?

— N'importe, c'est la même. Ils ont vendu l'exclu à *Match*. C'est en ligne depuis ce matin.

— À *Match* ? Mais ils ne devaient pas faire une conférence de presse officielle ?

— Justement… C'est là que ça devient vraiment drôle. Clique, ma fille, clique !

Ce que je fis, l'index tremblant, plus curieuse qu'inquiète.

Passé un écran publicitaire pour un monospace familial, puis le carton de présentation aux couleurs du célèbre hebdomadaire, j'identifiai dans l'instant le lieu de tournage : le salon de l'hôtel Duchesnois. Plus de doute possible. Assise en amazone, les jambes repliées sous elle, Alice se tenait droite, le sourire figé, sa crinière blonde mieux lissée que jamais. Il était évident qu'un coiffeur et un maquilleur avaient fait leur œuvre. Même David, délesté de son éternel costume, tout sourire dans sa chemise rose pâle ouverte sur son torse glabre, paraissait plus halé qu'au naturel.

La voix du journaliste s'éleva soudain :

« — David Barlet, pourquoi ce souhait de prendre la parole, aujourd'hui, avec Alice à vos côtés ?

— Tout simplement pour assumer notre relation. Et pour montrer à tous que…

— … Que c'est du sérieux, compléta Alice, tous seins en avant.

Ils se penchèrent alors l'un vers l'autre et échangèrent un bécot fugace.

— Je peux vous demander depuis combien de temps… ?

— On est ensemble ? Ça fait cinq mois.

— Bientôt six, ajouta la plantureuse créature. Hein, chaton ? »

Alice élargit encore son sourire béat et appliqua sur le nez de son compagnon une pichenette complice, comme on ne s'en donne d'habitude que dans l'intimité.

Ce n'était pas juste ridicule, et un peu indécent, c'était tout bonnement grotesque.

« — Dans ce cas, il n'est pas incongru de vous demander si vous avez des *projets* ?

— Non, en effet, confirma David. Nous prévoyons de nous fiancer, très prochainement.

— C'est une très belle nouvelle, flagorna hors-champ le journaliste. Toutes mes félicitations.

— Merci ! » répondirent-ils de concert, effaçant le mince espace entre leurs deux corps dans une étreinte impeccable.

Quelques plans de coupe les montraient ensuite tous deux dans diverses pièces de l'hôtel particulier, jouant les affairés, passant à leur poignet des bijoux qu'on devinait hors de prix, se gratifiant de petits baisers dans le cou et se prenant par la taille. Puis, brusque retour au salon et plan serré sur « Chaton ».

« — Je crois que vous souhaitez nous annoncer une autre nouvelle, David…

— En effet. Alice n'est pas seulement la femme que j'aime, c'est aussi une professionnelle des médias, l'une des plus compétentes que j'aie vues dans ma carrière. Ceux qui nous connaissent l'un et l'autre savent d'ailleurs que c'est précisément dans ce contexte que nous nous sommes rencontrés.

— À BTV, dont Alice était précédemment la directrice marketing, c'est bien cela ?

— Directrice marketing international, corrigea Alice, sur un ton un peu pincé.

— Et d'ici quelques jours, elle sera officiellement mon bras droit, sur cette chaîne qui demeure le fleuron du groupe Barlet, avec le titre de directrice générale adjointe. Je suis convaincu qu'elle saura m'épauler pour hisser BTV au rang qu'elle mérite.

— C'est-à-dire ?

— Celui de première chaîne d'information d'Europe. »

Oublié le flagrant délit scabreux avec Christopher Heames. Envolé le licenciement sans ménagement. Être à ce point amnésique, face caméra, sans ciller ni bégayer, cela relevait du plus pur talent d'acteur.

Sophia tendit la main et cliqua d'autorité sur pause.

— C'est pas l'hallucination totale, ce truc ?

— Si... admis-je, partagée entre le choc et l'hilarité.

— Si tu voyais comme ils se font dégommer sur les réseaux sociaux ! Entre ceux que ça fait rigoler et ceux que ça scandalise, tout le monde leur tombe dessus. Fred m'a même dit que les syndicats envisageaient de demander des comptes à David au motif que cela donne une image déplorable du groupe.

— Tu m'étonnes, approuvai-je dans un souffle. Mais j'ai encore du mal à croire que David ait pu sacrifier à une telle mascarade.

Pourtant, la demande en mariage dont j'avais moi-même fait l'objet de sa part, florilège de clichés à la limite du mauvais goût, m'avait prouvé que l'homme n'était pas réfractaire à un certain sens du kitsch et de la démesure. Et que, même grand patron bardé de diplômes et de comptes en banque, il était capable de s'y ébattre comme un vacancier dans ses tongs fluo.

— Attends, c'est clair que l'idée vient d'elle. Regarde comme cette conne jubile ! Elle n'en peut plus ! Elle s'éclate comme si elle avait décroché le pompon Mickey dans un manège !

Il y avait du vrai dans ce jugement sans appel. Et pourtant je ne pouvais m'empêcher de voir dans cet affligeant étalage l'œuvre de mon ex-fiancé. Impression inexplicable que, malgré ce show ridicule destiné à épater la galerie, il n'avait pas encore passé l'éponge sur notre fiasco de l'an passé. Et plus il en rajouterait dans ce registre, plus j'aurais la conviction que ses interventions publiques me seraient adressées, à moi, à moi seule, celle qui avait eu l'impudence de le rejeter. Surtout m'en mettre plein la vue. Surtout clamer haut et fort qu'il était passé à autre chose.

Qui croyait-il abuser ainsi ?

Je refusais de relever le gant qu'il me jetait et de m'engager dans un duel contre ce Napoléon et cette Joséphine d'opérette... N'en demeurait pas moins que, pour ne pas être distancés, Louis et moi devions au plus vite donner une forme à notre engagement. Même si cela demeurait privé. Même si nous en gardions le secret. Fiançailles, avais-je annoncé à Sophia ?

Il me fallait organiser les fiançailles au plus vite. Et c'est ainsi, le couple impérial se rappelant à mon souvenir, que l'idée de la Malmaison s'imposa d'elle-même. Mais pas n'importe quelle version de la Malmaison...

— Où va-t-on ? s'enquit Louis, un bandeau sur les yeux, tandis que je le poussais sans ménagement à l'arrière de la limousine. Je peux savoir à quelle sauce vous comptez me manger aujourd'hui, mademoiselle ?

— Absolument... pas, très cher. Quel intérêt si vous connaissez le menu par avance ?

Docile, amusé par cette soudaine prise de pouvoir, il se laissa délester de sa canne et offrit ses poignets pour que je les attache.

— Richard, lança-t-il joyeusement au chauffeur, ne me dis pas que tu es complice de cette petite mise en scène ?

Oh si, il l'était, et plutôt deux fois qu'une. Depuis que j'étais officiellement entrée dans la vie de son employeur, Richard-le-chauffeur s'était détendu dans ses relations avec moi. Dire qu'il était devenu aimable friserait l'excès de langage, mais je lui reconnaissais une disponibilité sans faille et un dévouement total à son patron. Deux qualités qu'il avait accepté bien volontiers de mettre à mon service quand je lui eus exposé l'objet de mon plan : séquestrer Louis et le conduire jusqu'à la chambre de l'impératrice, au premier étage, dans l'aile nord du château de Malmaison. Tout cela en prenant assez de précautions pour qu'à aucun moment notre *victime* ne devine notre destination finale, ni le sort qui lui serait réservé sur place.

C'était sans compter les sens aiguisés de Louis et sa faculté de déduction tout aussi affutée.

— On entre dans un second tunnel, avec un pont entre les deux... spécula-t-il à voix haute comme nous achevions la traversée de Neuilly-sur-Seine. Attendez... on va à la Malmaison, c'est ça ?

Comme il était convenu entre nous, ni Richard ni moi ne répondîmes à ses interrogations. Il n'était pas question de jouer à chaud ou froid, ou toute autre facétie qui aurait pu le mettre sur la piste. Il en savait déjà trop.

Ce qu'il ignorait, néanmoins, c'était le petit miracle que son précieux carnet d'adresses, dont Richard avait extrait les coordonnées utiles à ma machination, m'avait permis d'accomplir. Quelques coups de fil de sa part – Musées nationaux napoléoniens, mairie de Rueil-Malmaison, direction du Domaine national de Malmaison et une poignée d'autres officiels et factotums dont il avait fallu graisser la patte –, et le prodige s'ouvrit à nous, tandis que les grilles s'effacèrent à l'approche de notre véhicule, dans une enchanteresse fluidité.

Tout le bâtiment principal nous appartenait jusqu'au lendemain matin. Évidemment, il avait fallu signer plusieurs décharges et souscrire une très dispendieuse assurance en cas d'imprévus. Mais personne n'envisageait une éventualité aussi dommageable, bien sûr.

— Des graviers ! On roule sur des graviers ! s'exclama Louis.

En effet, la limousine remontait maintenant la large allée bordée de thuyas coniques, entre lesquels moutonnaient d'abondants massifs à l'anglaise, méli-mélo de fleurs bigarrées mêlant espèces sauvages ou plus domestiques.

Je me sentais prête moi aussi pour une complète floraison, une explosion sauvage de mes sens, le jaillissement anarchique des bourgeons de désir qu'il avait plantés sur moi, en moi, toute l'année. Être la grande ordonnatrice de nos plaisirs apportait son lot de responsabilités, et une boule au ventre ne m'avait pas quittée depuis plusieurs jours, mais cela décuplait également mes envies et parsemait chaque instant d'inspirations grivoises et d'images inopinées.

— Taisez-vous, monsieur, soufflai-je à l'oreille de Louis, forçant à l'excès la sensualité de mon timbre vibrant. Taisez-vous donc… Ou je serai bientôt contrainte de vous punir !

Cette cuisante promesse lui tira un sourire d'enfant : il savait que l'attente serait difficile, et longue, mais que le délice n'en serait que plus intense.

Les yeux toujours bandés, il sortit de la voiture, et nous l'accompagnâmes à travers la cour d'honneur, l'encadrant de part et d'autre, jusqu'à la tente de bois turquoise qui marquait l'entrée de l'édifice.

Dans le vestibule aux épaisses colonnades de marbre rose, nous prîmes à droite et, passant l'élégante salle de billard, nous poussâmes une double porte ouvrant sur l'escalier desservant l'étage. Richard-le-chauffeur et moi avions repéré les lieux afin que tout se déroule au mieux le moment venu. Nous y étions donc.

La chambre de l'impératrice était située après le coude du palier en L. Il fallait contourner la pièce en rotonde sur la gauche, puis emprunter l'étonnante double porte vitrée, dont le reflet amplifiait encore les dimensions de ce chapiteau à seize pans.

J'aidai Louis à enjamber le parapet en bois destiné à contenir les visiteurs du côté des deux grandes fenêtres, puis le fis asseoir sur l'un des deux petits sofas rouges, tous deux brodés sur leur dossier d'un immense J majuscule doré. Sur un étroit guéridon égyptien en or et acajou, nous attendait sagement une bouteille de champagne fraîche et deux flûtes ainsi que quelques mignardises, macarons et calissons, en clin d'œil à celles que Louis avait offertes à Maude.

— Est-ce que les enfantillages sont bientôt terminés ? Tu m'autorises à enlever le bandeau ?

— Attends, non ! Juste une minute…

Congédiant Richard – il s'éclipsa avec une furtivité étonnante pour son gabarit –, je tirai les épais doubles-rideaux et entrepris de retirer mes vêtements. Il n'était pas question cette fois-ci d'un effeuillage savant. La surprise que je lui réservais allait bien au-delà des figures imposées d'une vulgaire strip-teaseuse.

Dans l'un des grands miroirs, je vérifiai que l'encre n'avait pas bavé et donnai enfin à Louis le signal qu'il avait hâte d'entendre :

— Tu peux ouvrir les yeux.

Il me contempla un long moment, silencieux, visiblement ravi de ce qu'il découvrait.

— Ma fleur… souffla-t-il à mi-voix.

C'est vrai, j'étais sa fleur. Et quelle fleur ! L'entrelacs des tiges peintes le long de mes jambes sur mes flancs, puis la soudaine éclosion des boutons roses et rouges sur mon ventre ou mes seins : cet ensemble de formes déliées et de couleurs vives contribuait à redessiner mes courbes, à leur donner un élan inédit.

Et si j'acceptais pleinement ce titre qu'en d'autres temps j'aurais pu trouver un peu niais, ou trop grand pour moi, c'est que je m'étais ouverte à lui, durant ces mois, dans la serre des Charmes où notre amour s'était épanoui, où mon corps avait appris à domestiquer les afflux de sève en lui.

Le matin même, Sophia avait passé plusieurs heures penchée sur mon corps étendu à reproduire les motifs que nous avions sélectionnés ensemble, subtiles arabesques de tiges et de pétales ouvragés. Elle s'était appliquée à en restituer toute la finesse, les nuances, si bien que mon corps tout entier s'était métamorphosé en un gigantesque bouquet.

Première heure, défaire le bouquet

À l'aide d'un chiffon de coton doux et d'une crème hydratante, Louis occupa toute la première heure à me dévoiler, à me sortir de ma gangue, effaçant une à une les fleurs qui me couvraient. L'encre choisie par Sophia – elle en avait éprouvé les qualités pour l'un de ses spectacles – disparaissait dès le premier passage, comme évaporée au contact du fluide laiteux. Je sentais bien, à son regard appliqué, que Louis s'émerveillait à mesure qu'il dégageait mon corps de son enveloppe végétale, comme s'il me découvrait pour la première fois.

— Et après ? se soucia-t-il, alors qu'il attaquait tout juste le vaste champ de mon ventre et de mes seins.

— Après ? Nous avons encore neuf heures avant d'éclore l'un à l'autre.

— Tu fais l'amour à la Joséphine, c'est ça ?

Je ne pouvais rien lui cacher. Pas à lui.

Joséphine de Beauharnais avait fait de la Malmaison l'écrin parfait de ses passions florales. Un éden aussi luxuriant que sa Martinique natale.

Les gestes de mon homme étaient légers mais méthodiques. Il abordait chaque nouvelle aire de mon anatomie avec la délicatesse d'un archéologue révélant un trésor, usant de son bout d'étoffe comme d'un pinceau. La caresse du tissu me faisait frissonner, et j'avais parfois envie de gémir. La zone qu'il dévoilait se dépliait et s'ouvrait à lui comme un nouveau pétale, frémissante de reconnaissance.

Deuxième heure, humer le parfum de ma fleur

Dès qu'il approchait des lèvres entrouvertes au creux de mes jambes, perlées de rosée, je repoussais sa main. Nous avions toute la nuit. Je tenais à étirer ces délicats préliminaires le plus possible. Adopter la patience du jardinier. Laisser pousser nos envies au rythme de la nuit. Puiser dans le terreau de nos fantasmes sans tout saccager à coups de reins précipités. Respecter nos natures.

— Sens-la… Parle-lui.

Il me souleva dans ses bras et me porta jusqu'au lit – il m'avait été demandé de faire particulièrement attention à celui-ci, dont le conservateur du Musée m'affirma qu'il était d'origine, et que Joséphine en personne y avait dormi. Louis m'y déposa au ralenti, sur le flanc, et vint placer son visage entre mes cuisses.

Le nez reposant dans ma rose, il prit un long et tendre moment pour la sentir, savourant le parfum brut, notes tour à tour acides ou musquées, que je m'étais efforcée ces derniers jours de préserver avec un lavage à l'eau claire. Ma nature à l'état de nature.

— J'adore te sentir… Je pourrais rester comme ça des jours durant, avoua-t-il pour la première fois.

Je n'étais donc pas la seule à fétichiser l'odeur intime. Cette découverte se déploya en moi comme un papillon et m'emplit d'une confiance inédite. Je n'aurais plus à craindre désormais qu'il me hume avec insistance, et nous pourrions nous renifler tels deux chiens affamés ou échanger librement sur le sujet.

Mais Louis ignorait que, au-delà des lectures qu'il avait préconisées, j'avais mis la main, lors d'une expédition que j'avais menée en solitaire à la Musardine, sur plusieurs autres ouvrages très instructifs. Parmi ceux-ci, se trouvait le texte d'un certain E.D., auteur énigmatique des années 1900 qui avait écrit une perle érotique nommée *Odor di femina.*

Sous-titré *Amours naturalistes*, ce bref roman narrait le parcours d'un homme qui, lassé des sexes fades et sans odeur de la ville, partait à la campagne en quête de parfums intimes plus authentiques.

— J'aimerais être nez-parfumeur pour extraire ton suc et en distiller le parfum, susurra Louis.

Comme pour mieux m'en convaincre, il renonça à l'éloquence et plongea dans ma fente. Il y enfouit son visage comme un chiot, se barbouillant de jus translucide et odorant, relevant la tête une seconde pour flairer l'arôme déposé sur sa lèvre supérieure, repartant aussitôt à l'assaut de mes effluves secrets. Il s'enivrait jusqu'à la folie, autant qu'il me ravissait.

Troisième heure, effacer mes pétales

Grandes lèvres, nymphes, périnée… enfants abandonnés des amours féminines. Quel homme vous cultivera un jour avec toute l'attention et la dextérité requises par vos muqueuses si fines, votre incomparable délicatesse ?

Le mien. Mon homme.

La pulpe de ses doigts, si soyeuse. La pointe de sa langue, si précise. Il s'appliqua à leur offrir ce que mes replis charnus méritaient. Le sexe d'une femme est une plante complexe. Aucun homme ne peut prétendre le connaître s'il ne s'y attarde pas, s'il ne prend pas la peine d'explorer avec minutie ses multiples recoins, ses anfractuosités, cette structure changeante, mouvante, gonflée ou dilatée par endroits, baignée de cyprine, à peine reconnaissable d'une fois sur l'autre. Il faut du temps et de la patience pour cela. Nous avions le premier et Louis la seconde.

Par instants, il roulait un bourrelet de chair entre son index et son majeur, remontait ainsi jusqu'au capuchon, avant de renoncer au pied de celui-ci et de redescendre bien plus bas, vers l'anus. Chacune de ces lames provoquait une onde qui irradiait toute ma vulve.

Je ressentais le besoin de plus en plus violent qu'il me pénètre, là, sans délai, ne serait-ce que d'un doigt ou deux. Mais à chaque nouveau passage, je trouvais la ressource pour résister et tentais de me concentrer sur les sensations fines et furtives.

Cela faisait trois heures déjà que nous étions plongés dans les préliminaires, concentrés sur la fusion de nos corps, chaque contact, même le plus ténu, le plus localisé, les assemblant mieux que jamais. Entre nous circulait un courant électrique. Si bien que l'obscurité avait envahi la pièce depuis un moment, estompant nos traits et nos silhouettes, quand nous nous résolûmes enfin à allumer la lumière. J'aurais préféré que l'éclairage soit composé de bougies mais, comme tous les murs étaient garnis de tentures, le conservateur s'y était opposé formellement.

Nous poursuivîmes donc sous l'éclat un peu trop cru à notre goût de petits spots discrets, cachés dans les plis de satin rouge. Louis était tellement concentré sur l'éclosion lente de ma fleur qu'il y trouva une nouvelle source d'émerveillement.

— On dirait qu'elle produit sa propre lumière !

Comme les fleurs phosphorescentes, la mienne semblait distiller une lueur irisée et, comme il relevait son visage d'entre mes cuisses, je crus voir Louis nimbé de mon éclat intérieur.

Quatrième heure, butiner mon pistil

Nos mains et nos corps se pétrissaient comme on malaxe une terre nourricière. Sous leur action sourdaient des pousses de plaisir comme nous n'en avions jamais senties. Les sensations jaillissaient de partout, parfois d'une parcelle de peau, parfois de tous les horizons à la fois, mamelons, lèvres, ventre, fesses, langue.

L'envie était devenue trop forte, et il me semblait qu'il était temps de lâcher prise. Nous allions quitter nos attitudes si sages, si policées, et laisser libre cours au désir jusque-là ordonnancé en alignements propres et soignés tel un jardin à la française.

Désignant mon clitoris d'un index fripon, je lui ordonnai :

— Occupe-toi de lui… Suce-le.

Il excella mieux que quiconque, et même mieux qu'il ne l'avait jamais fait auparavant. Il s'attardait agréablement et donnait à chaque étape toute son importance, jusqu'aux limites du supportable.

Il commença par des coups de langue très légers sur le capuchon, sous lequel on devinait le renflement exaspéré du bouton de chair sensible. J'avais la sensation que celui-ci gonflait en cadence, davantage à chaque effleurement humide, comme dans ces films réalisés image par image qui donnent à voir la naissance d'une fleur en accéléré.

— Dans ta bouche. Prends-le dans ta bouche, le suppliai-je après de longues minutes de ce traitement délicieux.

Les lèvres en avant, il aspira ma protubérance, d'abord avec lenteur, puis de plus en plus vite, sans se soucier du bruit de succion qu'il générait et qui me ravissait. Il ne s'y prenait pas comme avec un simple bonbon. À chaque immersion du clitoris dans sa bouche, il le gratifiait d'un petit coup de langue, cherchant à soulever le capuchon pour entrer en contact direct avec le gland. Il n'y parvenait pas toujours, mais ses succès étaient systématiquement récompensés par une décharge qui traversait tout mon bas-ventre, soulevait mes reins et déclenchait dans ma gorge un long gémissement irrépressible.

J'ai joui au moins trois ou quatre fois pendant cette quatrième heure. Entre-deux, il me laissait tout juste le temps de reprendre mes esprits, et à mon clitoris celui de s'apaiser, avant la reprise d'un contact direct, avant de repartir à l'assaut, déterminé à épuiser mon corps autant que les variantes de cette caresse. La bonne graine, sur la bonne terre, avec le bon arrosage et l'ensoleillement idéal, produisait la plus belle fleur de plaisir.

Cinquième heure, flatter sa tige

Mais n'allez pas croire que je concevais nos fiançailles comme une floraison dont j'aurais été la seule bénéficiaire. La nuit enveloppait désormais le château, les animaux jouaient leur symphonie nocturne, lorsque je décidai que la fleur devait soigner en retour son jardinier.

Louis portait encore ses vêtements, et je l'en débarrassai avec sérénité, couche après couche. Lorsqu'il fut nu, enfin, j'embrassai chacun de ses nombreux tatouages, m'abreuvant à leur encre pérenne, aspirant leurs éternels motifs comme il avait gommé les miens. Je le sentais frémir au contact de mes lèvres.

Mes lèvres. Au cours de notre captivité volontaire dans la Joséphine, il leur avait écrit une ode, et même dédié cette forme littéraire à laquelle il m'initia : le blason. Bref poème glorifiant une partie de l'anatomie féminine, le blason fut très prisé à la Renaissance. En quelques minutes, devant moi, modèle offert à ses yeux et à sa verve, il composa :

Lèvres à ma bouche collées
Lèvres à mon corps soudées
Lèvres qui ne connaissent ni l'ennui ni l'échec

Lèvres si charnues qu'on les croque d'un bec
Quand elles croyaient à leur tour manger

Lèvres, fleurs de ton corps
Éternellement écloses
Lèvres abouchées à moi et à ma chose
Lèvres qui ne pourront jamais s'en séparer

Lèvre, essaie donc si tu l'oses !

Je ne possédais pas sa plume, mais j'avais pour moi ces deux fruits de chair qu'il aimait tant.

Comme un écho à ses vers, je les écrasai partout où elles voulaient se poser. Je les humidifiais à dessein, les pressais comme pour en tirer plus de jus. Mon petit manège l'affolait, je le voyais bien. Lui, d'ordinaire si calme, se tordait sous elles et manifestait sa fringale.

Lorsque enfin elles se refermèrent sur la pointe de son gland, je crus qu'il allait suffoquer. Il ouvrit grand la bouche et chercha un air qui paraissait lui manquer.

— Oui… se contenta-t-il de feuler.

Après une année passée à son service, il n'ignorait plus rien des qualités de ma bouche lorsqu'elle se refermait sur son bourgeon gonflé, se serrait autour de sa hampe, trempée jusqu'à ses testicules. Et, pourtant, je parvins à le surprendre ce jour-là. J'imaginai d'infimes variations, mille façons originales de conformer ces lèvres si fameuses autour de son membre, pompant, aspirant, avalant, boxant, jusqu'à éprouver leur texture même au contact de sa virilité.

— Attention, m'alerta-t-il dans un cri étouffé.

Je ne le voulais pas répandu dans ma bouche. Pas cette fois-ci. Je me retirai vivement vers l'arrière et saisis ses fesses à pleines mains pour le plaquer contre mon buste.

La fleur de sperme qui jaillit de lui vint fertiliser ma poitrine. Elle y dessina, à la place des fleurs de maquillage noir effacées par Louis, un motif blanc. La tache s'étala lentement sur ma peau, coulant entre mes seins, dans le creux de mon cou, déployant ses pétales un à un.

Sixième heure, composer un massif

La sixième heure fut celle des effusions croisées, des assauts plus libres, des figures plus attendues. Nous étions déjà au milieu de la nuit. Un peu de fatigue légitime s'était emparée de nous. Pour lutter contre l'apathie et les effluves de sommeil qui flottaient dans l'air, j'avais imaginé quelques innovations au programme : toutes les positions que nous adoptions portaient des noms de fleur ou en revêtaient l'apparence. Ainsi, nous enchaînâmes sans transition ou presque des postures aussi évocatrices que le lotus, le bouton de rose, l'orchidée ou encore la liane, cette dernière nous voulant étendus de tout notre long, l'un contre l'autre, nos jambes et nos bras emmêlés inextricablement.

Le végétal, dans cette façon singulière de faire l'amour, ne se cantonnait pas à ces dénominations et résidait davantage dans la fluidité et l'extrême lenteur avec laquelle nous officiions. Aucune des poussées de Louis en moi n'était précipitée ni violente. Ses pénétrations relevaient plus de l'intromission, presque superficielle, à l'orée de mon corps. Ses caresses s'apparentaient à un enveloppement. Ses spasmes, à une montée toute progressive de la sève, en lui, et jusqu'à moi.

Tenter de s'aimer une heure durant, en retenant ses exultations, en bridant ses orgasmes, presque immobiles l'un contre l'autre, à l'affût du moindre mouvement souterrain, est un intense défi. Glissements progressifs du plaisir de l'un dans le désir de l'autre...

Car c'était bien là la magie de cette formule. Comme dans le grand cycle de la nature, rien ne se perdait. La jouissance que l'un d'entre nous éprouvait alimentait le désir de l'autre, jusqu'à reverdir sans cesse nos ardeurs.

Par moments, je me contentais de contracter mon vagin autour de son sexe ou d'écouter celui-ci palpiter en moi comme un cœur. Si j'en avais été capable, si j'en avais simplement eu la force, j'aurais écrit un petit blason de mon cru en son hommage.

Septième heure, nourrir la terre

Richard, dont j'avais presque oublié qu'il s'était engagé à rester sur place, frappa à la porte du côté de la chambre contiguë, dite chambre ordinaire de l'impératrice, et glissa une tête chiffonnée. Il portait un plateau en argent lesté de tasses, d'une grande cafetière et de divers gâteaux et fruits secs.

— Un petit remontant ?

Nous accueillîmes sa proposition avec des soupirs satisfaits. Son tribut déposé sur le petit guéridon égyptien, d'où il retira les restes de nos précédents en-cas, il repartit aussitôt. Avec avidité, et sans un mot, nous nous restaurâmes.

Une fois allongés de nouveau sur le lit, encadrés par les deux immenses cygnes dorés, je crus que nous allions sombrer. Mais Louis colla sa bouche à mon oreille, prêt, je le sentais, à laisser fleurir les mots.

— Je t'aime...

Je ne m'étais pas trompée. Autant David abusait des déclarations, autant Louis en était avare. Peut-être était-ce même la toute première.

— ... Et j'aime tellement que tu me surprennes.

Je reçus la première phrase comme un trophée. Et la seconde comme l'engrais de nos jeux à venir. Puisqu'il m'aimait entreprenante, je ne manquerais plus une occasion de le dérouter. Je m'y engageai en silence, répondant à ses tendres manifestations par une nouvelle salve de baisers, un entrelacement de nos jambes, une main grimpante sur ses fesses et sur son sexe.

Je ne me rappelle plus précisément les mots que nous échangeâmes ensuite. Je sais qu'il fut question de discussions plus sérieuses. De notre union, notamment. Louis évoqua notre contrat de mariage, mais aussi celui qui avait été établi entre David et moi. Entre deux bâillements, je trouvai la force de lui demander que le nôtre, établi comme son prédécesseur par Me Olivo, soit transmis à son confrère Me Whurman, le notaire de maman.

Certaines plantes ne donnent pas que des fleurs. Mais aussi des pousses stériles, voire des épines.

Huitième heure, résister au changement de saison

Cette heure fut la plus âpre, la moins fleurie, celle où, en dépit des quantités de café ingurgitées, la lutte fut la plus difficile. Dehors, une rosée bienfaisante tombait sur les plantes. Elles étaient belles à voir, si impatientes de sortir de la nuit, si assoiffées de lumière et de soleil. Je me fis alors la réflexion que ces heures où nous avions été enfermés ici seraient pour nous les dernières. Qu'après avoir fait mûrir notre couple dans l'ombre, d'abord aux Charmes, puis ici, il était temps de l'exposer au grand jour.

Pour l'heure, pour que nous ressentions la fraîcheur de l'aube, j'eus l'idée soudaine de plonger une main en moi. J'en ressortis assez de cyprine, encore fluide, ni trop visqueuse ni trop collante, et l'étalai partout où je le jugeais bon sur mon amant : ses joues, son front, son cou, sa poitrine et même sa bouche, qui aspira mes doigts goulûment. Je n'omis pas ses tempes et le creux derrière son oreille, car je savais d'expérience que quelques gouttes à cet endroit le stimulaient mieux que partout ailleurs.

Quand j'eus fini, il me rendit la pareille avec son liquide séminal. Mais je n'en fus ni offusquée ni dégoûtée, et fus même prise de l'envie soudaine de boire le mélange à sa source.

Neuvième heure, se réjouir d'un printemps nouveau

Les yeux de Louis papillonnaient, tout près de la reddition, quand Richard s'annonça d'un *toc toc* léger et reparut dans l'entrebâillement, suivi d'une ombre plus fluette.

— La demoiselle que vous attendiez est là, annonça-t-il à mi-voix.

— Merci. Faites-la entrer, s'il vous plaît.

Je reconnus la jeune femme à cette casquette militaire qu'elle portait déjà lorsque j'étais venue la solliciter, dans sa boutique de la rue du Roi-de-Sicile, Dragon Tatoo.

Elle-même tatouée sur nombre de parties visibles de son corps, y compris les bras, le dessus des mains et le cou, elle arborait une dégaine masculine avec laquelle tranchait la finesse de ses traits.

— Bonjour, salua-t-elle en esquissant un sourire.

— Entre Stéphane, entre.

Un prénom androgyne, comme celui de la comédienne Stéphane Audran.

Louis sortait de sa léthargie et il parut découvrir notre visiteuse seulement à ce moment.

— Stéphane ?

Il la connaissait bien, puisque c'est à sa main agile et à son talent qu'il devait certains de ses plus beaux tatouages, notamment les entrelacs de roses sur l'épaule gauche.

— Qu'est-ce que tu fais… ?

— Tss, un peu de patience, monsieur ! le repris-je.

La tatoueuse en débardeur kaki déballa son matériel, dont elle contrôla à plusieurs reprises la stérilité ainsi que le bon fonctionnement. Lorsque tout fut enfin prêt, elle s'adressa à moi :

— Je commence par qui ?

— Par moi, si ça ne te dérange pas.

— Je croyais que tu ne voulais pas en entendre parler ? intervint Louis.

— En effet. Je ne l'envisageais pas comme un projet individuel. Mais là... C'est différent.

— Qu'est-ce que tu veux dire ?

Nul besoin de m'épancher plus avant. Il avait parfaitement compris l'idée, à défaut d'entrevoir encore la forme que prendrait ce projet.

Aussi, plutôt que de lui répondre, je m'étendis sur le dos, nue, offrant à Stéphane mon pubis qu'elle entreprit aussitôt de raser dans son intégralité. Ne subsista vite qu'un mince sillon de fourrure au bord de mes grandes lèvres.

Louis ne savait s'il devait applaudir à cette folie ou se rebeller. Au moins avais-je gagné cette manche-ci : il semblait stupéfait !

Le contact de l'aiguille avec ma peau tendre, si fine à cet endroit, me tira un piaillement que je parvins par la suite à contenir. Il suffisait de s'habituer à cette petite douleur lancinante mais au demeurant supportable.

Dans le dos de la tatoueuse, se profilait le visage de Louis, curieux comme un gamin, incapable d'anticiper ce qui naissait sous ses yeux, point après point d'encre.

— Qu'est-ce que c'est ? ne put-il se retenir de demander.

— Attends un peu... tu vas voir.

— Une plume ?

Non. Il s'agissait d'un simple pétale, pointu en bas et bombé en haut, creusé sur la gauche et replet sur la droite, subtilement nervuré en niveaux de gris.

Stéphane travaillait vite et, moins d'un quart d'heure plus tard, elle dévisagea Louis avec un sourire faussement interrogateur.

— À toi ?

J'acquiesçai d'un hochement de tête davantage destiné au tatoué qu'à la tatoueuse, et Louis, que je connaissais par ailleurs si sûr de lui, si rétif à toute autorité, se coucha à son tour sans piper mot.

Comme moi, elle le débarrassa de sa toison pubienne et, dans un silence religieux, non sans avoir pris quelques mesures sur sa peau à l'aide d'un mètre-ruban, elle lui apposa le strict pendant du dessin qu'elle venait de tatouer sur moi : un autre pétale, identique au mien quoique tête-bêche, pointu en haut, et rond en bas.

— Ça forme bien ce que je crois ? m'interrogea Louis, tandis que l'artiste achevait son œuvre à même sa peau rougie.

— Je ne sais pas, le taquinai-je. De quoi crois-tu qu'il s'agit ?

Quand Stéphane eut fini et que le baume apaisant fut dûment étalé sur nos deux épidermes encore cuisants, je m'allongeai sur Louis, aussi doucement et légèrement que possible, vérifiant d'un œil glissé entre nos ventres que les deux ornements s'ajustaient comme je l'avais rêvé.

C'était parfait. Une fois nos corps réunis, les deux pétales formaient une seule et même sphère, son yang masculin désormais indissociable de mon yin féminin. Dorénavant, nous ne nous sentirions plus complets, plus accomplis, que dans l'association de ces deux forces. Il nous faudrait assembler ces deux énergies, fondues l'une dans l'autre, pour recomposer le tout sensuel que nous étions devenus.

Est-ce le moment où, je crois, il a pleuré ? Ou celui où je me suis endormie ?

4

15 mai 2010

— Mademoiselle Barlet, on peut dire que vous êtes une jeune femme très occupée ! Depuis combien de mois essayons-nous de caler ce rendez-vous, déjà ?

L'homme en costume noir qui me tendait la main, vieux séducteur proche de la soixantaine, le cheveu dégarni et gominé, se montra, malgré ce reproche à peine déguisé, d'une affabilité presque trop exubérante pour sa profession. Après tout, rien n'interdisait à un notaire de se montrer sympathique avec sa clientèle. Il tira pour moi un vieux fauteuil club épuisé et prit place de son côté du bureau, dans un siège en cuir flambant neuf. Voulu ou non, le message exprimé par ce détail ne m'échappa pas : ici, seul lui était supposé s'enrichir.

— Je sais, je suis désolée… En revanche, je ne m'appelle pas mademoiselle Barlet, mais Lorand. Comme ma mère, Maude Lorand.

Son sourire enjôleur s'effaça, et il chaussa ses demi-lunes pour plonger dans la paire d'épais dossiers qui garnissaient son maroquin.

— Oui, oui, oui… bien sûr. Nous avons deux dossiers à voir ensemble, c'est bien cela ?

— C'est ça, abondai-je.

— Une succession au nom de Maude Lorand, au bénéfice de sa fille, Annabelle *Lorand,* nous sommes bien d'accord…

— Oui.

— … Ainsi qu'un contrat de mariage établi par mon confrère parisien, maître Olivo, entre vous-même, mademoiselle Lorand, et monsieur Louis *Barlet*.

En attente de mon assentiment, il leva vers moi un sourcil fourni qui le faisait ressembler à un chien espérant un signe de son maître.

— C'est bien ça.

— Parfait, parfait, parfait. Voilà déjà qui est plus clair.

Le motif de ma présence aurait dû l'être dès avant mon entrée dans son office, si l'on considérait que Me Whurman était le notaire de maman depuis toujours et que le dossier de son héritage prenait en effet la poussière ici depuis de longs mois.

Un léger tiraillement, là où Stéphane la tatoueuse m'avait marquée à l'encre trois jours plus tôt, chassa cette petite contrariété. La douleur était faible mais, quand le baume étalé sur la plaie s'asséchait, elle se rappelait parfois à mon bon souvenir.

— Selon vos instructions, poursuivit-il sa lecture, nous avons procédé à la mise en vente du bien principal porté au patrimoine de madame votre mère, à savoir un pavillon sis au 29, rue Rigault à Nanterre, et dont elle était l'exclusive propriétaire. Et vous, de fait, l'unique héritière. Comme mon clerc a dû vous le préciser au téléphone, nous avons reçu une offre ferme sur ce bien, et si les termes vous conviennent, nous pouvons procéder dès aujourd'hui à la signature du compromis.

— D'accord, je suis d'accord, bredouillai-je.

— Bien, bien, bien, dit-il en cherchant à me réconforter d'un large sourire.

Je me demandai s'il répétait toujours ses formules d'approbation trois fois ou si ce traitement m'était réservé, eu égard à mon air affligé.

— Nous allons donc préparer tout ça, et vous pourrez signer ces documents dans le bureau à côté dans quelques minutes. En attendant…

Il avait retiré ses lunettes, et quitté avec elles sa mine bonasse et vaguement libidineuse.

— … Je me dois de vous mettre en garde. La somme que vous allez recevoir est importante. Et l'expérience prouve qu'un tel capital se dilapide bien plus vite qu'il ne se constitue.

Avait-il tiqué sur mon sac monogrammé ? Me prenait-il pour l'une de ces fashionistas capables de claquer tout l'argent de maman en futilités ? Ou tout simplement pour une fille de mon âge, jeune et influençable, entourée de parasites et de pique-assiettes ?

— J'ai parfaitement conscience de tout ça.

— Excellent ! s'exclama-t-il, une seule fois. Si vous le souhaitez, je peux vous conseiller quelques placements tout à fait avantageux.

Voilà donc le filou sortant du bois. Car ne je doutais pas que lesdits investissements lui auraient rapporté au passage une part profitable.

— Merci, mais j'ai déjà ma petite idée sur ce que je compte faire de cet argent.

— Ah, ah, ah, tripla-t-il sa déconvenue sur un ton théâtral, la mâchoire soudain crispée. Et quel est ce projet, sans être indiscret ?

— M'acheter un appartement à Paris.

L'appartement que je n'aurais jamais pris avec Fred. Celui auquel mes fiançailles avec David, puis mon histoire débutante avec Louis, m'avaient fait renoncer. Celui que, des années durant, j'avais décoré en songe, imaginant jusqu'au moindre détail, appliquant les couches de peinture imaginaires comme un baume sur mes états d'âme.

— Hum, fit-il avec une moue. La somme dont vous héritez est certes coquette mais, vu l'état du marché, n'espérez pas vous offrir une pépite.

— Je ne suis pas très gourmande.

Avait-il rosi à ces mots, comme je crus le distinguer dans la pénombre de son bureau mal orienté ?

— C'est-à-dire ?

— Un studio ou un petit deux pièces me suffira amplement.

— D'accord, d'accord, d'accord. Je saisis mieux, se réjouit-il. C'est donc un investissement locatif que vous voulez effectuer ?

— Oui… *A priori*.

Quel autre usage aurais-je donc pu faire d'un studio dans Paris, moi qui venais d'emménager dans les mille mètres carrés habitables d'un hôtel particulier ? Cela avait beau être le rêve de mes vingt ans, une preuve de réussite et d'indépendance dont la réalisation m'aurait remplie d'allégresse encore un an plus tôt, il était rendu en partie obsolète par les circonstances. En partie seulement. Je n'y habiterais pas, c'était une évidence. Mais me savoir dûment propriétaire d'un tel bien, moi, la petite Annabelle de Nanterre, occultait temporairement mon manque abyssal de confiance en moi.

— C'est une option très judicieuse.

Le notaire cligna des yeux, trois fois de suite, évidemment, pour signifier son approbation.

— Néanmoins, nuança-t-il en reprenant bruyamment son souffle. Étant donné cet autre sujet qui nous occupe…

Il tapota le second dossier, opportunément placé sous sa main gauche, toujours à trois reprises.

— … Je me dois de vous poser la question : souhaitez-vous que cette acquisition figure au patrimoine mentionné dans votre contrat de mariage ?

— Euh… hésitai-je. Ce n'est pas obligatoire ?

— Si, si, si. Mais je vois ici que vous avez opté pour un régime de communauté de biens réduite aux acquêts. Tout ce que vous posséderez *avant* la date de votre union demeurera votre propriété exclusive, il n'y a aucune ambiguïté là-dessus.

— J'ai bien compris, maître, ponctuai-je, comme pour le rappeler aux impératifs déontologiques de sa corporation. Mais justement : si ce bien demeure cent pour cent le mien après le mariage, pourquoi cacherais-je son existence à mon futur époux ?

Il se dandina dans son fauteuil d'une manière un peu ridicule qui acheva de froisser son charme d'ex-jeune premier.

Pour mieux se défiler, il se plongea dans le dossier dont il feuilleta les premières pages, mouillant son index entre chacune.

— J'ai ici le projet de contrat de mariage avec M. *David* Barlet.

Il accentua à dessein la mention du prénom pour éviter toute confusion.

— Il m'a été transmis par Me Olivo en même temps que celui vous liant à M. *Louis* Barlet.

— Le premier contrat est caduc, me récriai-je, plus cassante que je ne l'aurais voulu. Je ne l'ai pas paraphé de ma signature habituelle.

Je me félicitai à nouveau de cette présence d'esprit qui m'avait poussée, au dernier moment, à porter sur le document officiel une griffe qui l'avait rendu nul. Me Whurman me dévisagea une seconde puis se racla la gorge d'une façon peu ragoûtante.

Que pouvait-il trouver de si embarrassant à cette configuration pour me conseiller, lui, l'homme de loi, de mentir par omission à mon futur mari ?

— Oui, oui, oui, je sais tout cela. Si je vous en parle, c'est juste que…

— Juste que… ? le pressai-je, agacée par ses atermoiements de vierge effarouchée.

— Eh bien, si l'on compare les deux documents, une petite anomalie apparaît clairement. Regardez.

Il me tendit la première page de chacun des deux contrats, celui de mon mariage avec David, appartenant à un passé heureusement révolu, et celui de mon bonheur à venir avec Louis. Y avait-il plus dissemblable ? Existait-il contraste plus flagrant ?

— Et alors ? Que suis-je censée remarquer ?

D'une branche de ses lunettes, il pointa tour à tour la ligne spécifiant l'état civil de mon conjoint, puis celui de l'homme qui avait failli l'être.

— Là. Il n'y a rien qui vous frappe ?

Mes yeux volaient d'une page à l'autre. Je ne vis rien d'abord, puis tout s'éclaira. Je n'arrivais pas à le croire.

David Barlet : né le 5 janvier 1969 à Saint-Servan, 35400, Ille-et-Vilaine.

Louis Barlet : né le 18 mai 1968 à Paris, 75015, Paris.

— Selon ces contrats, reprit-il, David et Louis Barlet sont nés à sept mois d'intervalle. Le dénommé Louis d'abord, puis son frère David. Sept mois plus tard, mademoiselle. Sept. Et pas neuf, douze ou dix-huit. Vous me comprenez ?

Je n'avais pas besoin d'avoir été enceinte pour comprendre l'impossibilité biologique que Louis et David soient nés de la même mère.

— Il est évident qu'il s'agit d'une erreur de saisie, assénai-je.

Comment ce détail avait-il pu m'échapper, un an plus tôt, quand Armand m'avait soumis le premier de ces deux documents ? Il faut dire que j'avais tant tardé, puis tant regimbé à signer le contrat me liant à David, qu'il n'était pas surprenant que j'aie laissé cette information m'échapper.

Me Whurman mit la branche accusatrice dans sa bouche et esquissa une moue dubitative.

— Peut-être n'en est-ce pas une…

Ces quelques mots suffisaient à entrouvrir la porte de son office aux spéculations les plus rances, et je m'y refusai.

— Écoutez : j'ai vécu plusieurs mois avec David. J'ai vu de mes yeux ses papiers d'identité. Je peux vous garantir qu'il est né le 5 janvier 1970. Donc plus d'un an et demi après son frère aîné. Aucun miracle à cela.

— Bien, bien, bien. Si vous le dites…

— Je vous le dis ! aboyai-je presque, contenant avec difficulté la nature réelle de mon émotion.

— Je voulais juste vous éviter une mauvaise surprise ou je ne sais quelle déconvenue. En cas de nouvel héritage, par exemple.

Je bridai mon exaspération et répliquai en parvenant à peu près à maîtriser la sécheresse dans ma voix :

— Je gère très bien toute seule la complexité de cette situation, je vous remercie.

— J'en suis ravi…

— Moi aussi.

— Et j'en conclus que nous porterons votre future acquisition à l'état de votre patrimoine, si toutefois vous l'effectuez avant la signature du contrat de mariage. N'est-ce pas ?

Je demeurai interdite un instant de trop pour masquer le flottement indécis qui s'était emparé de moi.

— N'est-ce pas, mademoiselle ? insista-t-il.

— Je… Je ne sais pas. Nous verrons quand j'aurai trouvé l'appartement en question, si vous le voulez bien.

Je frémis. Je ne croyais pas moi-même que des mots si déterminés soient sortis de cette bouche qui dévorait celle de Louis, et son corps, et son sexe, et toute son âme, quelques jours plus tôt dans le cocon végétal de la Malmaison. Nous étions déjà bien loin de la folle floraison d'alors… À cette pensée, mon tatouage me tirailla, provoquant une légère grimace.

Ma réponse, tout en différant ma décision, était assez ambiguë pour lui prouver que sa suggestion ne me laissait pas de marbre. Pourtant, sur le moment, je ne pus qu'hésiter.

Le notaire acquiesça avec un sourire discret où le sous-entendu narquois affleurait sans qu'il pût le dissimuler autant que l'aurait exigé la réserve inhérente à sa charge.

Lorsqu'il m'eut conduite au bureau de son clerc, une femme étonnamment jeune et affriolante pour la fonction, Me Whurman posa une main sur mon épaule, exerçant une pression insistante qu'il accompagna d'une ultime recommandation aux accents paternels :

— Vous avez raison de ne rien précipiter. Prenez le temps de réfléchir… On ne consacre jamais assez de temps aux recherches liminaires.

Parlait-il de mon futur studio ou du passé des frères Barlet, au moment où j'allais convoler avec l'aîné d'entre eux ?

J'en étais encore à sonder l'ambivalence de sa tirade qu'il avait déjà regagné son antre, crabe louvoyant jusque sous son rocher.

Heureusement, notre cerveau effectue constamment un travail de coupe comparable à celui d'un monteur de cinéma. Il procède par ellipses. Ainsi passe-t-on, dans nos souvenirs, des instants critiques aux moments intenses, effaçant l'ordinaire de notre quotidien.

Ce 15 mai était l'un de ces jours, miraculeusement réduit à ces seuls moments forts. Ainsi, sans rien avoir retenu du cours nébuleux des choses qui m'avaient conduite de l'étude de Me Whurman à ce hall fleurant le pot pourri épicé, je me trouvais vers 20 heures dans un petit hôtel coquet de la porte Dorée, tenu par un duo d'Anglaises aussi avenantes que leur établissement était douillet.

— Bonjour. Je suis attendue dans la chambre numéro quinze.

— La quinze… confirma la brunette aux cheveux courts et à l'accent prononcé. Oui, votre ami est arrivé. C'est au premier étage.

C'est au cours de nos paresseuses après-midi dans la Joséphine que j'avais raconté à Louis, pour le moins intrigué, ces rendez-vous à l'aveugle qu'un client anonyme donnait à

Sophia depuis de longs mois. Il s'étonnait que l'homme ait continué à la voir en dépit de la fermeture officielle de Belles de nuit, l'agence d'*escorts* qui les avait mis en contact.

Ce qui n'était au début qu'une formule un peu piquante, rompant le train-train des missions ordinaires de mon amie, avait viré, avec le temps, à l'obsession. Et si l'inconnu n'avait pas menacé, à plusieurs reprises, de disparaître définitivement, elle aurait sans nul doute tenté de le démasquer, faisant brusquement le jour dans la chambre totalement obscurcie où ils avaient leurs secrètes habitudes. Depuis lors, l'homme dont le sexe avait un parfum de fraise ou de framboise hantait si fort sa libido, pourtant déjà riche de plus d'un scénario échevelé, qu'elle me parlait de lui des heures durant et repoussait sans cesse le moment de s'engager avec Fred, mettant mon ex-petit ami au supplice.

— Tu es là ? murmurai-je en poussant la seconde porte du sas de la quinze.

Telle était la condition *sine qua non* du fantasme : pénétrer dans la chambre sans voir ni être vu et, pour ce faire, aucun éclat lumineux ne devait s'immiscer. Ainsi, seules les chambres pourvues d'une seconde porte suivant la porte palière, réservant ainsi entre les deux l'espace d'un couloir, permettaient de contrôler cet afflux indésirable avec une précision satisfaisante.

J'attribuais donc le choix de l'hôtel à cette particularité, car rien ne justifiait par ailleurs que nous nous encanaillions hors de nos Charmes bien-aimés et si loin de notre domicile.

— Viens… siffla-t-il depuis l'angle opposé à la fenêtre.

Non, c'est faux, je m'en souviens maintenant. Il n'avait rien dit de tel. Au contraire, il avait tenu avec un souci maniaque à ce que l'illusion de l'anonymat soit parfaitement entretenue entre nous. Raison pour laquelle il n'avait pas prononcé un seul mot tant que nous étions restés dans cette chambre. Il s'était aussi abstenu de s'asperger ce jour-là de son habituelle eau de toilette. En clair, je n'avais pour le reconnaître que mes mains et la confiance que je lui accordais. Rien d'autre ne pouvait me certifier qu'il s'agissait bien de lui dans cette obscurité totale.

Son silence m'intima le mien. C'est à peine si je devinais une ombre, posée sur la méridienne qui regardait le lit. Il ne bougeait pas. Depuis le temps qu'il m'attendait, ses yeux avaient dû s'habituer à l'obscurité, car je sentis son regard fouiller la pénombre, scruter ma silhouette et mes déplacements furtifs devant lui. Sans un mot, je me dévêtis, pièce après pièce, soucieuse à mon tour de ne rien brusquer et de respecter cette bulle d'éther sombre où nous nous efforcions de flotter. Je m'allongeai sur le lit qu'il avait pris soin d'ouvrir et demeurai étendue ainsi, l'oreille et le nez aux aguets.

À l'effleurement doux de sa peau, crissement soyeux et léger lorsqu'il déplia ses jambes, je conclus qu'il était nu, lui aussi. Puis, plusieurs autres sons enflèrent peu à peu dans la pièce : un souffle plus court, plus précipité, un frottement soutenu, percé par moments par un chuintement humide, qui laissait deviner l'état d'excitation liquide, séminale, dans lequel il se trouvait déjà. L'entendre se masturber sans le voir ni le toucher m'apparut comme la plus délicate des invitations. Ce qui pouvait sembler trop cru, ou trop direct, lorsque le regard était en jeu se muait dès lors en un ballet complice où chaque sens s'amusait à prendre les autres de cours, à les distancer un instant, et à attendre enfin qu'ils le rattrapent. Jeu de la chatte et du souriceau.

Grâce à cette situation, j'imaginais pour la première fois des choses que je m'étais jusque-là contentée de voir : j'entendais son prépuce décalotter son gland puis revenir dans sa position initiale ; j'écoutais son frein se tendre jusqu'à la douleur et lui tirer un bref gémissement ; je percevais ses lèvres humides entrouvertes, la salive qu'il déposait au bout de ses doigts, puis l'enveloppement plus fluide de la main sur la pointe violacée de sa verge traversée de spasmes.

Malgré la distance entre nous, mon nez percevait l'odeur de son sexe dont le désir mûrissait à chaque passage et dont le bouquet plus fort, plus âcre, annonçait l'imminence de son plaisir.

Je n'avais attendu aucun ordre pour me caresser à mon tour, les jambes écartées en grand, sans redouter l'indécence de son regard inquisiteur. Moi qui répugnais toujours à me livrer à cet exercice devant lui, je pouvais m'y abandonner sans la moindre réserve. Frotter ma vulve en de larges mouvements circulaires. Pincer le sommet gonflé de mon clitoris sans redouter qu'il ne fasse de même à son tour, et moins adroitement que moi-même. Plonger dans mon con détrempé trois doigts réunis, impérieux, conquérants, sans qu'il ne prenne cette envie soudaine pour un appel. Je voulais être comblée, oui ; par lui, oui ; mais seulement quand je le voudrais, sans rien amputer de ces délicieux préliminaires. Ne plus m'arrêter, surtout, enivrée par les folles fragrances de nos sexes dont les notes successives saturaient l'air.

Le choc balourd de son gland sur mon visage stoppa net mon envolée. J'en fus moins contrariée que surprise. Emportée par mon propre passe-temps, je n'avais pas perçu ses pas sur la moquette épaisse. Ni ce souffle puissant que je sentais maintenant habiller tour à tour mon cou, mon ventre ou mes seins, comme un voile, une pluie fine dans la nuit.

Je jetai ma bouche en avant, lèvres entrouvertes, la langue tendue tel un capteur. De la pointe, j'effleurai la boule de chair boursouflée, une fois, puis une autre, suffoquant d'envie, prête à la croquer si par mégarde elle s'offrait à mes dents, avant qu'elle ne s'engouffre d'un coup sec dans ma gorge et y plonge pour de bon, accueillie par nos soupirs réunis. Tous deux comblés d'aise, soulagés d'avoir établi le contact entre nos planètes séparées par ce noir infini.

Je le laissai aller et venir dans ma bouche un moment. Parfois trop loin, parfois jusqu'au haut-le-cœur, mais peu importait. J'adorais le sentir grossir, encore et encore, jusqu'à me demander quelle monstrueuse proportion je serais capable d'abriter. Mon pouvoir était là, dans cette verge que j'étais capable de faire gonfler tel un ballon, univers de plaisir en constante expansion. Et, en l'espèce, j'étais la déesse ; la seule capable de lui offrir cette éternité.

Quand les premières contractions secouèrent sa hampe et firent trembler son gland, je m'agrippai à ses hanches de toutes mes forces, luttant contre son réflexe de retrait. Je voulais sa sève dans ma gorge, je voulais boire sa Voie lactée, me repaître de sa pluie de matière cosmique. Il comprit mon geste et, plutôt que de s'y soustraire, il s'élança plus loin encore, renonçant à me ménager, plongeant l'un de ses majeurs dans ma fente désormais brûlante. Nous nous coordonnions sans avoir besoin du moindre regard. Nous nous contentions de laisser ces forces surnaturelles nous guider, sans la moindre fausse note pour polluer ce silence des origines.

De ma main libre, je passai de ma petite météorite incandescente – l'image me fit sourire – à la pesanteur de son scrotum, qui frappait mon menton en cadence, ou au trou noir de son anus qui, moins d'une année-lumière avant nos orgasmes conjoints, accueillit mon index et arracha à Louis un hoquet reconnaissant.

Je crois que ce fut le premier jour où mon sexe l'aspergea. Grand jet translucide qui inonda sa main et le drap en dessous. Ma vulve se contracta si fort qu'elle conserva un instant son majeur prisonnier. Puis, quand je le relâchai enfin, il put à son tour se faire liquide, et sa lave blanche et cuisante se répandit en moi à longs traits généreux, tapissant mes muqueuses d'amour salé et de plaisir poisseux. J'avalai tout comme un nectar. Je claquai même la langue pour savourer.

Nous eûmes juste la force de nous écrouler sur le lit souillé, chacun posant la main sur l'intimité de l'autre, bienheureux propriétaire d'un morceau de ciel.

5

18 mai 2010

Unis par les liens sacrés du tatouage.

Voilà ce que nous étions maintenant, Louis et moi, en plus de ces chaînes sensuelles qui nous asservissaient un peu plus chaque jour l'un à l'autre. Oui, pour préfigurer notre union, j'avais préféré cette marque à l'encre indélébile plutôt qu'une bague. Comme on s'en souvient peut-être, les anneaux de fiançailles ne m'avaient pas réussi, jusqu'ici…

À ce propos, David avait-il de nouveau recyclé l'alliance de Hortense, celle qu'il m'avait initialement destinée, au doigt d'Alice ? J'avoue avoir feuilleté compulsivement la presse people à la recherche d'une photo où celle-ci ne cachait pas sa main gauche. Mais, vérification faite, son annulaire paraissait vierge. Étrange. Ou alors peut-être ne lui passerait-il ladite bague au doigt que lors d'une cérémonie plus officielle que leur risible vidéo – mais avec son comptant de journalistes et de paparazzi, bien sûr.

Le soir de notre rendez-vous anonyme, j'avais longuement hésité à cuisiner Louis à propos de l'anomalie pointée par Me Whurman. Trois fois rien, une bêtise… à laquelle je ne cessais pourtant de penser. À deux jours de son anniversaire, aborder le sujet était facile, et si tentant. J'avais sottement cédé. La curiosité nous tue, voyez-vous, quand elle ne nous rend pas fou.

— Mai 1968… Ce n'est quand même pas banal, comme date de naissance, lançai-je avec une distraction feinte.

Comme presque chaque année, la presse prédisait un printemps social digne de ce fameux antécédent, et les politiques et syndicalistes de toutes obédiences conjecturaient sur l'opportunité d'un tel mouvement ainsi que ses potentielles conséquences. À la télévision, l'un d'entre eux pontifiait à ce sujet. Louis ne regardait que d'un œil, accaparé par la lecture d'une revue d'art.

— Mouais… Enfin, nous devons être quelques centaines de milliers à être nés en 1968, dont quelques dizaines de milliers à avoir vu le jour au mois de mai. Je ne suis pas le seul de mon espèce.

— C'est sûr, mais tout le monde n'a pas d'anecdotes aussi croustillantes que les tiennes à raconter sur sa naissance.

Le 18 mai 1968, les grèves duraient depuis presque trois semaines, et les stations-service ne délivraient plus une goutte d'essence. Faute de voiture au réservoir plein ou de taxi en circulation, André Barlet avait réquisitionné un petit triporteur à pédales utilisé pour la distribution des journaux qu'il éditait, afin de pouvoir amener Hortense en urgence à la clinique. Et c'est dans le même carrosse que, quarante-huit heures plus tard, il avait ramené femme et enfant à la maison, sous l'œil effaré des Parisiens condamnés à la marche. La scène était si burlesque que des voisins avaient dégainé leur appareil photo pour l'immortaliser. L'épisode restait dans la mémoire familiale comme l'un de ces hauts faits qu'on ressort à chaque réunion pour égayer les dîners ennuyeux.

— Peut-être bien que ce n'est pas si commun, en effet, éluda-t-il.

— Regarde David, par exemple, insistai-je.

— Eh bien ?

— J'imagine que personne ne doit se souvenir de détails amusants sur les accouchements du mois de janvier 1969.

Puisqu'il ne réagissait pas, je repris derechef :

— Ça devait être un mois complètement ordinaire, janvier 1969. Surtout le 5, pile quatre jours après le 1er de l'an.

Tout en poursuivant sa lecture, il corrigea avec un calme presque trop maîtrisé :

— Janvier 1970. Pas 1969. David est né le 5 janvier 1970, appuya-t-il d'une voix métallique.

Il était supposé lire, et pourtant j'aurais juré que ses pupilles étaient restées parfaitement fixes en prononçant cette phrase.

— 1970, tu es certain ? insistai-je sans trop appuyer ma voix.

— Oui, David est né le 5 janvier 1970. Je connais quand même la date de naissance de mon frère.

Son ton d'évidence ne me convainquit qu'à moitié. Oui, bien sûr, sur le principe, cela était incontestable.

Mais rien ne servait de le prendre de front sur un tel sujet. Je voyais bien que je n'obtiendrais rien de plus dans l'immédiat.

— Oui, enfin, 1969, 1970… c'est pareil, fis-je mine de le prendre à la légère.

— Pas vraiment.

Il se leva d'un bond, jeta le magazine sur la table basse et, sans me donner la chance d'approfondir, suggéra tout à coup sur un ton badin :

— Dites donc, mademoiselle l'historienne, tu sais où peut bien se trouver le Dix-fois-par-jour ?

Sa question me prenait de court – c'était de toute évidence le but –, et je ne trouvai rien de mieux à répondre que :

— Dans notre chambre, non ?

— Non, justement. Je l'ai cherché tout à l'heure et je ne l'ai trouvé nulle part dans la maison.

J'avais encore du mal à employer ce dernier terme, s'agissant du palais qui était devenu notre résidence régulière. Maison. La

Belle au bois dormant disait-elle de son château : « Allez, ras-le-bol de la chasse au dragon, les gars, on rentre à la maison » ?

D'un espace confiné, mais confortable, chaleureux et douillet, dont chaque recoin était saturé de nos plaisirs passés, nous étions passés à une gigantesque demeure, qui ne manquait certes pas d'âme, mais où aucune vie n'avait circulé depuis longtemps. Trop longtemps.

— Ah… Au départ des Charmes, n'avions-nous pas dit que tu t'en chargeais ?

Je n'aimais pas l'accabler de reproches, mais tel était néanmoins notre accord, je m'en souvenais parfaitement.

— Si, justement. Je me demande si je ne l'ai pas oublié dans la numéro un.

— Ah. Eh bien, j'irai le chercher.

— Super, approuva-t-il. En attendant, nous pouvons utiliser des recharges de feuilles intercalaires, si tu veux.

— OK. Enfin, je croyais que c'était toi qui voulais écrire dedans ?

Nous n'avions établi aucune règle claire à ce propos. Et cela n'était pas nécessaire. Tant que nous vivions dans les vingt ou vingt-cinq mètres carrés de la chambre un, le Dix-fois-par-jour tombait entre les mains de l'un ou de l'autre au gré de nos ébats, de nos siestes et de nos rares séances de rangement. Nulle nécessité de planifier, et chacun y écrivait quand et comme bon lui semblait. Ainsi, un événement ou une sensation partagée se retrouvait couché sur les feuilles perforées du carnet sous l'une ou l'autre de nos plumes, parfois les deux à la suite.

— Je pensais plutôt à relire des passages…

Nous l'avions peu fait, jusque-là.

— Ah oui, et pourquoi ça ?

Il s'approcha de moi, me prit dans ses bras avec fermeté, plaquant nos ventres tatoués l'un contre l'autre, ses yeux dardés dans les miens :

— Parce que je me réjouis au plus haut point de votre récente évolution, mademoiselle…

Nos fiançailles à la Malmaison lui avaient plu, et sans doute aussi notre rendez-vous à l'aveugle. Je pouvais le lire dans sa manière retenue de sourire, comme si un trait acidulé avait éclos dans sa bouche. Je jubilais intérieurement d'avoir su prendre sur lui ce petit avantage.

— … Et que j'avais envie de confronter la Elle d'aujourd'hui à celle d'hier.

— Et encore, me fis-je énigmatique, tu n'as pas encore vu celle de demain !

Inclinant la tête sur la droite, je fis mine d'offrir mon cou à ses baisers et me ruai plutôt sur le sien, pile là où naissait ce bourgeon de rose que lui avait tatoué Stéphane. J'adorais poser mes lèvres sur ses tatouages. J'avais l'impression de m'y abreuver et, en retour, d'insuffler un peu de vie aux motifs.

— Hum… Tu m'intrigues.

Ce petit jeu entre nous n'était pas gratuit. Nous étions le 16 mai, l'avant-veille de ses quarante-deux ans. Il avait saisi la promesse implicite dans mes paroles sans qu'un sous-titrage fût nécessaire.

— J'espère bien ! Mais tu peux me torturer pendant deux jours entiers, tu ne sauras rien, très cher !

— Seulement deux jours ? plaisanta-t-il en plantant cette fois ses dents au bas de ma nuque.

— Aïe !

Son cadeau, tel que je l'avais préparé avec la complicité d'Ysiam, je peux vous le confier, était le prolongement direct de la nuit florale. Sa version urbaine, pourrait-on dire. J'avais privatisé toutes les chambres des Charmes, la nuit du 18 au 19 mai, et nous serions tenus d'explorer chacune d'elles, où un nouveau fantasme masculin serait chaque fois incarné… En tout cas tel que je les imaginais proliférer dans la psyché de Louis.

Mais, plus encore qu'épuiser les envies de mon amant et futur mari, je souhaitais lui faire percevoir à quel point cette galerie de chimères me permettrait de déployer mes propres désirs. Je ne le satisferais que dans la mesure où j'y trouverais moi-même le carburant nécessaire à mes fantaisies. Serait-il sensible à ce changement ? Verrait-il pointer mon téton d'apprentie sorcière du sexe dans l'ombre du maître ?

La vitrine de la galerie Sauvage me parut bien sobre lorsque je la découvris ce soir du 18 mai au bras d'un Louis en grande tenue. Une série d'écrans vidéo sans images, désespérément gris, occupait l'essentiel de la devanture donnant sur la rue de Sévigné, dans l'indifférence des passants.

— C'est ça, l'installation choc de ton petit protégé ? Des écrans noirs ?

— Sois patiente…

Il me tira à l'intérieur, où un Alban Sauvage aussi volubile et affable que dans mon souvenir, toujours aussi chauve et barbu mais le visage chaussé de nouvelles lunettes au top de la tendance, ne cachait ni son excitation ni sa fébrilité.

— Ça va dé-chi-rer, les amis ! Déchirer ! Le cabinet de la ministre m'a dit qu'elle passerait jeter un œil. Et absolument toute la presse sera là. Même l'envoyé de *Time Magazine* en France va faire un saut.

La foule des curieux était encore clairsemée et, pour ma part, je n'arrivais toujours pas à identifier la nature de l'exposition. Sur les murs blancs s'alignaient plus de moniteurs encore qu'à l'extérieur. Eux aussi sans vie. La seule chose qui les différenciait de leurs congénères sur rue était la mention, au-dessus de chacun d'entre eux, d'une ville différente à travers le monde : Londres, Tokyo, Sydney, San Francisco, Rio, Moscou, Rome, Johannesburg, Shanghai, Calcutta, Berlin, Stockholm, etc. « Essentiellement du temps réel, en webcam… », avait prophétisé David Garchey lors de notre crémaillère.

C'était donc ça, son grand coup ? Des vues touristiques du monde entier ? Pour qui nous prenait-il ?

— Les filles sont en place ? s'inquiéta Louis, une main sur ma taille.

À ces mots, il désigna un grand rideau noir au fond de la galerie, derrière lequel on devinait le volume d'une petite scène.

— Elles finissent de se faire maquiller. Elles seront à pied d'œuvre dans dix minutes, l'informa le galeriste.

— Parfait.

— Il y a un spectacle ? m'enquis-je, ma curiosité soudain chatouillée.

— En quelque sorte…

Louis tenait à ses effets de surprise, et je pouvais le comprendre. L'art contemporain tel qu'il le défendait procédait par électrochoc. Il s'agissait avant tout de placer le spectateur dans un état de sidération, par tous les moyens possible. Une fois assommé, celui-ci devait être capable de rassembler ce qui lui restait de discernement pour décoder la critique sociale contenue dans ce rata conceptuel.

— Oh, oh ! fit Alban en avisant un groupe à la porte d'entrée. Je crois que nos nouvelles victimes arrivent. On va pouvoir balancer la purée.

Les habitués des vernissages ont une sorte de radar pour cela. C'est imparable : dès que les premiers petits fours fleurissent sur les tables du buffet et que le champagne fait danser ses bulles dans les flûtes sagement rangées à leurs côtés, voilà qu'ils daignent enfin se montrer.

— David est dans les parages ?

David Garchey, bien entendu, la vedette de la soirée. Celui dont la percée de Louis dans le monde de l'art dépendait – et réciproquement.

— S'il est au même endroit qu'il y a cinq minutes, il doit toujours vomir ses vodkas-orange dans les toilettes.

— Va le chercher, tu veux bien ?

Parmi les nouveaux arrivants, j'aperçus Rebecca Sibony, la patronne de Belles de nuits, l'agence d'*escorts* à laquelle j'avais un temps appartenu. Sa blondeur et son corps si mince, presque décharné, étaient gainés dans un tailleur fuchsia d'une mode sans âge. Nous ne nous étions plus vues depuis que Sophia et moi avions débarqué chez elle, un matin de juin, l'année précédente. Cela me semblait déjà une autre époque. Je laissai Louis à ses obligations et allai à la rencontre de son ancienne maîtresse.

— Bonsoir, Rebecca. Ça fait un bout de temps...

— En effet. Et je suis ravie de voir à quel point la future conjugalité te réussit. Tu es magnifique.

Elle souligna cette appréciation en détaillant du regard la robe chinoise très ajustée, de nature à vanter la finesse de ma taille et l'ampleur de mes hanches, que Louis m'avait offerte pour l'occasion.

Sous le compliment, je ne pouvais m'empêcher d'entendre l'expression de son vieux dépit. Car ce couple avec Louis, c'est elle qui avait longtemps rêvé de le former.

— Merci.

Une interminable seconde de gêne s'installa, durant laquelle divers instantanés me traversèrent. Me revenait notamment cette façon si familière qu'elle avait eu de s'adresser à Louis, dans l'enregistrement pirate que Fred avait effectué de l'une de leurs conversations téléphoniques : « Mon Lou. » « Tu sais que je suis là pour toi, mon Lou. Tout entière. » Et ce soir encore, elle était là, présente à ses côtés.

Depuis, j'avais souvent retourné les termes de leur échange dans mon esprit. J'aimais croire qu'on n'y décelait pas la moindre trace d'ambiguïté : Louis avait d'abord joué le jeu de David. Puis il était sincèrement tombé amoureux de moi et avait comploté, avec la complicité de sa vieille camarade, pour me faire renoncer au mariage avec son frère cadet. Mais cette explication n'avait pas résisté à la suite de la découverte : j'étais le sosie d'Aurore, leur commun amour de jeunesse. Depuis lors... J'avais tout simplement arrêté de me torturer à ce sujet. Qu'importe, n'est-ce pas, puisque je vivais désormais avec le seul homme que j'avais jamais aimé ?

— Tu sais ce qu'ils nous réservent ? me demanda Rebecca.

Elle désigna les écrans noirs tout autour de nous et, comme si une oreille invisible avait attendu ce signal, tous se mirent soudainement sous tension. Une sorte de mire s'afficha d'abord, puis des images brouillonnes, qui laissaient supposer le calage des diverses webcams tout autour du monde. On commençait à entrevoir des sous-vêtements, slips, caleçons ou strings, des poils pubiens de couleur et densité variées, et des peaux de différentes couleurs.

Au bout d'une poignée de secondes, le propos véritable de l'installation ne fit plus aucun doute : une bonne quarantaine de sexes des deux genres, tous âges, origines et constitutions confondus, s'exposaient en très gros plan et en direct.

Le plus surprenant résidait dans le câble de couleur vive qui partait de chaque écran et courait sur le plafond de la salle sous la forme d'un réseau tentaculaire bariolé. Les fils convergeaient vers le fond de la galerie et disparaissaient derrière le rideau qui occultait encore la petite scène.

— Bonsoir et bienvenue à la galerie Alban Sauvage-Louis Barlet…

Voilà qui officialisait en effet l'entrée de mon homme dans le monde le plus fermé et le plus snob de la planète : celui des galeries d'art contemporain.

Très à son aise, Alban avait pris le micro et déambulait parmi l'assemblée qui se densifiait à vue d'œil.

— Nous sommes très heureux de vous accueillir ici ce soir, Louis et moi, pour partager la nouvelle œuvre de David Garchey, *Permanent Sex*.

Il déblatéra ensuite un galimatias philosophico-conceptuel pendant quelques minutes, avec à peu près autant de sérieux que s'il avait annoncé les fiançailles d'un prince anglais avec une chanteuse de R'n'B, puis il tendit le micro à l'artiste à mèche, blanc comme un linge, qui avait émergé de nulle part.

Le jeune gandin s'en saisit et, tournant le dos à l'assistance, s'adressa aux écrans comme s'ils étaient des personnes physiques :

— *Okay, touch yourselves, please.* Touchez-vous, s'il vous plaît.

Dans un synchronisme de ballet, autant de mains qu'il y avait de parties génitales commencèrent à s'aventurer sur leur anatomie dénudée.

— *Now, go jerk off*, les encouragea David Garchey. Caressez-vous.

Ainsi, avec la même simultanéité, tous se mirent à se masturber pour de bon. C'est seulement à ce moment-là que je remarquai qu'il y avait autant de femmes que d'hommes, disposés en alternance, un homme puis une femme et ainsi de suite, comme le veulent les règles de savoir-vivre autour d'une table.

À mesure que chacun des participants anonymes s'activait, manifestant son contentement de façon plus ou moins bruyante, le câble lumineux correspondant s'éclairait. Bientôt, on se crut dans un night-club, avec ses lumières criardes de néons bigarrés.

Je n'avais pas remarqué la présence d'Alban à mes côtés, qui décrypta le dispositif en susurrant à mon oreille :

— On mesure le plaisir de chaque participant d'après le spectre sonore de ses gémissements… Plus il prend son pied, plus la lumière et la couleur correspondantes sont vives.

— Ça ne sert qu'à ça ? demandai-je, déconcertée par l'aspect kitsch du dispositif. Transformer la galerie en boîte de nuit qui jouit ?

— Tu ne crois pas si bien dire… Leurs râles sont aussi convertis en notes de musique par un programme de type Auto-Tune. Et l'ensemble va être mixé en direct. Il faut juste attendre qu'ils atteignent le volume minimum.

À ces mots, David Garchey exhorta ses bons petits soldats du plaisir à obtenir d'eux le niveau sonore requis :

— *Harder… Harder, please, guys !* Plus fort… Plus fort, s'il vous plaît, les amis !

Plus les râles se faisaient entendre, plus les murmures de la foule enflaient autour de moi. Chacun observait les autres invités pour se composer une attitude, tandis que quelques-uns peinaient à réprimer un soupir de dégoût ou une saine hilarité.

Je captai le regard de Rebecca et lui demandai à voix basse :

— La ministre de la Culture va vraiment venir voir… *ça* ?

Elle haussa un sourcil impuissant, si blond et si fin qu'il en devenait invisible. Les premières notes d'une musique atmosphérique et planante, juste assez rythmée pour donner envie de se dandiner, s'élevèrent dans les haut-parleurs de la salle. Je déduisis qu'il s'agissait d'une composition produite en temps réel par la somme des soupirs récoltés dans le monde entier. Toute l'ingéniosité de l'installation résidait dans cette méprise : on pensait assister à une banale installation provocante, et on écoutait en réalité une performance musicale, fruit des sensations réunies sous nos yeux.

Au même instant, le rideau noir se leva sur trois danseuses en Bikini couleur chair, presque transparent, plus aguichantes et scandaleuses encore que si elles avaient été entièrement nues. En dépit du trouble suscité par cette apparition, je reconnus immédiatement Salomé, la métisse. Puis Peggy, la fameuse camarade de Sophia, un temps hotelle chez Belles de nuit, et qui nous avait prêté sa coccinelle décapotable. Et Sophia elle-même. Toutes trois se déhanchaient avec lascivité, esquissant des moues et des œillades de biches ingénues, épousant du mieux qu'elles le pouvaient l'harmonie douteuse produite par les masturbateurs cosmopolites.

— C'est bien la peine d'avoir essayé d'inculquer à ces filles un minimum de décence… se lamenta Rebecca entre ses dents.

— Vous étiez au courant ?

— Mais enfin, absolument pas ! se récria-t-elle. Je n'aurais jamais cautionné une… saleté pareille !

Louis aurait pu recruter n'importe quelle fille pour son petit show. N'importe quelle fille bien fichue et n'ayant pas froid aux yeux. Mais pas Sophia. Pas *mon* amie ! Pas pour une telle exhibition !

— Sophia est une vraie danseuse, la défendis-je. Une artiste. Pas cette…

— Mais je sais, je sais !

Sur scène, l'intéressée esquissait un strip-tease, lequel se résumait à dégrafer le haut de son maillot de bain. Elle fixait un point à l'horizon, dans le but évident de ne pas rencontrer certains regards embarrassants.

Quant à Louis, David Garchey et Alban, ils semblaient satisfaits de la stupéfaction qui dominait le public et souriaient aux anges tels trois gamins. Écouter, se rincer l'œil ou réfléchir au sens à donner à tout cela, les invités ne savaient que choisir et affichaient pour la plupart des moues incrédules et gênées.

— OK. Je me casse d'ici ! lâchai-je, prenant la direction de la sortie.

Au brouhaha et à l'attroupement qui gonflait dans la rue, je compris que ce spectacle était retransmis sur les écrans de la vitrine – je me demandais bien s'il l'était en totalité, musique de synthèse comprise.

Une fois dehors, j'en obtins la confirmation. Les vues des trois danseuses alternaient avec celles des divers sexes dans le monde entier, en direct, en train de se masturber… en pleine rue.

Étaient-ils donc devenus complètement fous ?

J'aperçus la silhouette de Louis qui traversait les journalistes et les convives, lancé à ma poursuite, quand les sirènes de plusieurs voitures de police éclatèrent dans la rue, se rapprochant à grande vitesse. Louis n'avait toujours pas atteint la porte, Alban à ses basques, quand deux flics en civil, seulement reconnaissables au brassard orange à leur bras gauche, se présentèrent.

— Police… Police, laissez-nous passer, s'il vous plaît.

Ils tentaient moins de chasser les curieux que de se frayer un chemin jusqu'à l'entrée. La scène me parut si surréaliste que, au lieu de prendre la fuite comme je comptais le faire l'instant d'avant, je restai tétanisée sur le trottoir au milieu des badauds éberlués.

Le plus âgé des deux policiers, un blond dégarni au bouc rasé court, demanda sans ménagement à l'homme qui bouchait le passage :

— C'est vous le responsable de ce bazar ?

— Ben non, pourquoi ? répondit mollement le quidam.

Pendant ce temps, son collègue, aussi fin et brun que le premier était athlétique et blond, prenait de multiples vues de la devanture avec un gros appareil photo reflex maintenu à son cou par une dragonne.

— C'est moi !

Louis avait jailli depuis l'intérieur de la galerie, aussi prestement que lui permettaient son genou et sa canne. Il dégaina son sourire social, celui qui lui ressemblait si peu, celui qui ne laissait jamais éclore sa fossette, et tendit une main qu'il voulait cordiale :

— Louis Barlet. Je suis le responsable légal de la galerie.

— Capitaine Lechère... répondit l'officier sans saisir la paume qu'on lui tendait.

— Je peux vous demander ce qui nous vaut l'honneur de votre visite, capitaine ?

— Vous vous foutez de moi ? Vous avez vu un peu le bordel qu'a déclenché votre petite projection entre amis ?

Il pointa les écrans d'un index accusateur, pile à l'instant où deux sexes, l'un masculin, l'autre féminin, s'y étalaient sur un bon mètre cinquante de diagonale. Celui de la fille, qui avait introduit deux doigts dans son vagin, semblait assez proche du plaisir ultime.

— Écoutez, je ne vous demande pas de comprendre ou d'apprécier... se raidit Louis. Mais, en l'occurrence, il s'agit d'art. Un art très coté, même.

Comme pour le contredire, le dispositif s'éteignit soudain, d'un seul coup, la vitrine ainsi que les écrans à l'intérieur.

Alban, qui s'agitait en tous sens, avait visiblement pris peur et tout éteint d'urgence.

Le flic toisa Louis un instant puis reprit sur un ton posé mais sans appel :

— J'ai oublié de vous préciser : je représente la Brigade de protection des mineurs, alors je ne suis pas habilité à déterminer si ceci ou cela est de l'art. Mais je peux vous dire, cher monsieur, qu'exposer des sexes en pleine action dans la rue, à moins de deux cents mètres d'un collège, est une atteinte grave aux droits de l'enfant. Et un délit passible de prison.

Le dernier mot gifla Louis et le laissa sans voix.

L'adjoint à l'appareil photo avait rejoint son supérieur et, de son blouson, il sortit une paire de menottes. Une onde d'indignation se propagea parmi les flâneurs.

— Pouvez-vous me dire ce qui se passe ? s'enquit Louis, soudain plus grave.

— Oh, c'est très simple, vous allez nous suivre pour une garde à vue.

À ces mots, le policier brun s'approcha de Louis, pince ouverte en avant, à la recherche de son poignet.

— Attendez… Je vais venir avec vous. Mais je ne pense vraiment pas que ce genre de méthode soit nécessaire.

— Vous êtes gentil, c'est moi qui décide ce qui est nécessaire.

D'un hochement bref de la tête, il confirma à son collègue qu'il pouvait opérer. Louis fit un pas en arrière, puis se laissa approcher sans résistance. En un tournemain, le policier entrava dans le dos ses deux poignets par les bracelets d'acier et poussa mon fiancé vers la plus proche des deux voitures, dont les gyrophares n'en finissaient plus de repeindre la rue de lumière bleue.

Ma colère contre Louis avait beau culminer, elle fut submergée par une vague de peur et de sollicitude qui vrilla mes viscères. Mon ventre ne supportait pas qu'on l'emportât ainsi loin de moi, comme un délinquant. D'étranges palpitations explosèrent, spasmodiques, et s'abattirent sur mon pubis et mon sexe comme autant de tsunamis. Mon corps refusait qu'on me l'arrache.

Cette succession de coups dans mon abdomen dissipa ma torpeur. Fendant le premier rideau d'anonymes, j'intervins enfin :

— Capitaine !

— Vous êtes qui ? aboya le blond barbu, se retournant brusquement pour me faire face.

— Je suis sa fiancée.

— Et alors ?

— Je peux vous demander qui vous a prévenu ?

— Pardon ? feignit-il de ne pas comprendre.

— Ne me faites pas croire que vous êtes passés devant cette vitrine par hasard. Le vernissage venait à peine de commencer. Pour débarquer aussi vite, il a bien fallu que quelqu'un vous informe, non ?

Nous ait dénoncé, me retins-je de dire.

Il plissa les yeux, ce qui tordit légèrement son visage, et se contenta d'une réponse laconique :

— Une association de parents d'élèves.

— De parents d'élèves ? m'étonnai-je.

— Le collège et le lycée Victor-Hugo sont juste au bout de la rue, mademoiselle. Selon l'article 227-24 du Code pénal, exposer des mineurs à un spectacle pornographique quel qu'il soit est passible de trois ans d'emprisonnement et soixante-quinze mille euros d'amende. L'installation d'un sex-shop ou d'un lieu réservé aux adultes est interdite à moins de deux cents mètres d'un établissement scolaire. C'est la loi.

— Mais ce n'est pas un sex-shop ! m'insurgeai-je. C'est une galerie d'art !

— Tout ce que je dis, c'est qu'il vaut mieux vérifier certains détails quand on pratique ce genre *d'art*.

J'allais insister, prête à en découdre avec ses préjugés de fonctionnaire, quand une main amicale s'abattit sur mon épaule. La main d'Alban.

— Laisse ! me souffla-t-il à l'oreille. Tu ne vas faire qu'aggraver son cas.

— Merde, on ne peut pas le laisser se faire embarquer comme ça !

— Laisse, je te dis. Perso, j'ai déjà connu ça au moins une demi-douzaine de fois en dix ans. Il va s'en sortir. Ne t'inquiète pas.

Mon ventre clamait le contraire, boule de plomb qui malaxait mon utérus et mes intestins dans sa grosse main métallique.

Je regardai Louis s'engouffrer à l'arrière de la Peugeot banalisée, la rose à son cou disparaissant dans l'habitacle, brusquement flétrie.

— Ils vont le garder un jour ou deux. Ils vont lui faire peur, mais je t'assure que ce n'est rien de méchant, crut bon de me dire Alban, faisant part de ses expériences personnelles. En plus, maintenant, tu as le droit d'avoir ton avocat avec toi durant la garde à vue.

— Avocat ? Mais quel avocat ?

— Zerki, répondit-il sur le ton de l'évidence. Jean-Marc Zerki. L'avocat de Louis. Tu ne le connais pas ?

Louis l'avait bien évoqué lors de son licenciement du groupe Barlet, mais je n'avais jamais rencontré son homme de loi. Ni suspecté que celui-ci fût au courant des nouvelles activités de mon futur mari.

— Au fait, Louis m'a confié ceci pour toi.

Le galeriste barbu me tendit une clé plate percée d'une infinité de petites encoches. Un modèle qui d'ordinaire déverrouille les serrures multipoints ou les portes blindées.

— Qu'est-ce qu'elle ouvre ?

— Aucune idée. Il m'a dit que tu saurais.

— Mais quand a-t-il eu le temps de te la confier ?

— Là, à l'instant. Quand il a vu les flics débarquer.

— D'accord…

Je considérai la clé avec défiance.

— Il veut aussi que tu récupères votre carnet aux Charmes et que tu mettes sous clé tout ce qui pourrait être un peu trop « chaud ». Ce sont ses termes. Là encore, il m'a dit que tu comprendrais.

Dès les premiers hululements des sirènes de police, Louis avait anticipé ce qu'il pouvait advenir de la galerie et de lui, son mandataire. Il avait donné ces quelques consignes à Alban pour que je limite les dégâts. Nous qui avions placé la sexualité au cœur de notre histoire de couple, voilà qu'il fallait la mettre à couvert, de peur que la justice ne s'en serve comme arme contre nous. Cela paraissait si absurde, si injuste. Un autre uppercut vint cogner mon bas-ventre.

— Elle ! Elle !

Un bruit de pas précipités et une voix familière me firent pivoter.

Profitant de l'agitation à l'intérieur de la galerie, Sophia et ses copines avaient quitté la scène. Mon amie, vêtue d'un peignoir très court passé à la hâte, se ruait vers moi, aussi honteuse qu'affligée par ce qu'elle avait deviné de la scène.

— Elle, laisse-moi t'expliquer…

Alors, sans réfléchir, je me mis à courir droit devant moi, malgré mes foulées entravées par ma robe étroite, me frayant un chemin à travers les promeneurs qui continuaient à affluer dans l'étroite rue en sens unique. Je ne savais pas où je filais – le long de la rue Saint-Antoine, plus ou moins en direction de la Seine.

Je voulais juste fuir. Dissiper mes visions de la rose de Louis emportée par les flics. Dissiper les effluves de son parfum qui hantaient encore les pavés. Ne garder en moi que les souvenirs de nos deux corps assemblés et chasser tout le reste, ces sentiments et ces images parasites qui, à chaque instant, menaçaient de tout gâcher.

Tout était gâché, à commencer par mon cadeau. Ma surprise aux Charmes était compromise, ce soir.

6

Le Marais occupe une place à part dans la géographie parisienne et la légende de la ville. Juifs orthodoxes autour de la rue des Rosiers, gays et artistes un peu partout dans le quartier, branchés de tout poil y composent une faune hétéroclite.

Ce que je trouve le plus singulier, ici, c'est que le plus central des quartiers parisiens – à cheval sur les 1er, 3e et 4e arrondissements – n'affiche pas les attributs prétentieux qu'on pourrait attendre. À sa manière, il arbore au contraire des airs de périphérie, plus typée, plus modeste. En dépit de ses monuments prestigieux, de ses appartements hors de prix à poutres apparentes, il a conservé un air accessible, spontané, populaire diront certains. On peut y acheter un falafel ou un sandwich au pastrami à toute heure. On peut s'adresser à n'importe lequel de ses résidents sans avoir cette sensation désagréable d'être un déclassé, comme dans les très aristocratiques 8e ou 16e arrondissements. Le Marais a si bien mélangé la mémoire et la modernité, le patrimoine et l'avant-garde, le chic et le *cheap*, que tout s'y est fondu depuis longtemps en un seul ensemble. Le cœur de Paris a du cœur. Et cela ne cesse de me surprendre et de m'enchanter.

Pourquoi je vous raconte tout ça ? Parce que le Marais m'était devenu familier, à moi la banlieusarde, à l'époque où

Belles de nuit y avait ses bureaux. Après Drouot et ses environs, ce périmètre de rues étroites bardées de boutiques et de bars était celui où Sophia et moi avions le plus nos habitudes.

C'est donc tout naturellement dans ces parages que j'avais débuté mes visites de studios à vendre, dès le lendemain de mon rendez-vous chez Me Whurman. Les deux pièces excédaient mon budget, mais si j'acceptais de limiter mes ambitions à une chambre-salon-dressing-salle-à-manger unique, plus ou moins dans cet ordre-là, alors mon implantation dans le quartier devenait un rêve raisonnable, dans la limite des trois cents et quelques milliers d'euros qui me resteraient une fois les frais de succession déduits. Après plusieurs horreurs vétustes et sans lumière, j'avais déniché un petit nid ravissant, au sixième et avant-dernier étage sans ascenseur, dans la bien-nommée rue du Trésor, une impasse pavée et arborée réputée pour ses terrasses. Je n'avais pas encore fait d'offre, et l'agent immobilier me pressait, selon l'antienne habituelle qui veut que :

— À ce prix, dans une impasse, c'est un bien exceptionnel ! Il vient d'être mis en vente et, croyez-moi, il ne va pas rester longtemps sur le marché. J'ai déjà deux autres visites cet après-midi.

— Je peux l'acheter cash, m'étais-je contentée de répondre, pas mécontente de pouvoir, pour une fois, bander les muscles de mes petites économies.

— Quand vous dites cash… ?

Son œil s'alluma.

— Je dispose de la totalité de la somme, appuyai-je. Enfin, je l'aurai dans quelques jours. Je n'ai pas besoin d'un prêt.

— Frais de notaire compris ?

— Je dois refaire mes calculs… mais oui, je crois.

À quel prix ? La mort de maman. Mais n'était-ce pas la même Maude qui m'avait toujours enjoint de préserver mon indépendance ? Elle qui s'était battue pour faire de la sienne un espace délesté de toutes les servitudes que son époque imposait encore aux femmes ? Après la disparition de mon père, aucun homme n'avait plus eu sur elle le moindre ascendant. Elle avait bien dû connaître quelques aventures, mais plus aucun maître qu'elle-même en sa maison. Ma mère n'avait pas été une féministe militante. Une femme libre, ça oui. Une femme qui ne laissait personne dicter sa conduite ni diriger sa vie.

Ainsi, tandis que je fuyais à toutes jambes la galerie Sauvage, Sophia et l'infortune qui s'abattait sur Louis et nos récentes fiançailles, j'eus le réflexe de bifurquer sur la droite, dans la rue du Roi-de-Sicile, en direction de cet appartement que j'envisageais d'acheter. Comme si, par miracle, l'acte de vente allait se signer sans moi et les clés allaient apparaître comme par enchantement au creux de ma main.

J'approchais du salon de tatouage Dragon Tatoo – le fief de Stéphane et de ses trois acolytes, toutes des filles – quand je remarquai que Sophia s'était lancée à mes trousses. Pieds nus, son peignoir à moitié ouvert sur son ventre dénudé et son opulente poitrine, elle gagnait du terrain sur moi. Maudite robe chinoise qui brisait mon élan !

— Arrête ! Arrête, Elle... putain !

Je ne voulais rien entendre. Je poursuivis ma marche forcée, au risque de me tordre les chevilles sur mes talons de gala.

À l'appel suivant, la voix de Sophia me parut plus distante. Elle avait pris du retard.

— Arrête... Louis n'est pour rien là-dedans... C'est moi qui ai supplié Alban de me prendre.

Je me figeai. Sophia était plantée là, à demi nue, attirant l'attention sur elle, au beau milieu de la chaussée. Seulement plus tard, l'idée saugrenue me viendrait que les passants nous avaient sans doute prises pour deux lesbiennes en pleine crise de couple.

Je considérai un instant les quelques pas qui nous séparaient, mais c'est elle qui fit l'effort d'abolir cette distance. Elle me prit par le bras et me traîna comme une poupée sans vie jusqu'à l'Escale du Liban. Je reconnus ce petit traiteur où Rebecca m'avait donné rendez-vous, un an plus tôt. Celui où, pour la première fois, j'avais mesuré les sentiments que Louis me portait.

Nous nous affalâmes, épuisées – nos entraînements à la course dans les allées du bois de Vincennes étaient un lointain souvenir –, et Sophia commanda d'autorité deux thés ainsi qu'un assortiment de pâtisseries.

— Tu veux me faire croire que Louis n'est pour rien dans ce… ?

— Je te jure, pour rien. Peggy est une amie commune de David et moi.

— Une amie de David ?

— De David Garchey, s'empressa-t-elle de préciser. Elle m'a parlé de l'exposition par hasard, parce qu'il lui avait proposé, qu'elle trouvait ça drôle… Mais il n'était pas question que je participe. Ils se doutaient tous les deux que tu n'apprécierais pas. C'est moi qui ai insisté pour que David et Alban acceptent.

— Nom de Dieu, So… Tu vaux tellement mieux que ça.

Elle me fixa et croisa les pans de son peignoir, entre lesquels l'œil du serveur se glissait dangereusement. Il déposa boissons et douceurs devant nous et s'éclipsa avec un sourire égrillard.

— Réveille-toi ! Je vaux ce qu'on veut bien me donner. Tu crois que j'accepte de telles conneries de gaieté de cœur ? Tu crois que je n'aspire pas à autre chose qu'agiter mon cul pour ces snobinards ? Franchement, ils ne valent pas mieux que les gros dégueulasses des peep-shows. Ceux-là au moins ne se trouvent pas d'alibis intellos à la con quand ils ont envie de se palucher.

— Alors… ne le fais pas.

— Super ! Va dire ça à mon proprio. À mon banquier. Aux organismes de crédit qui me permettent de survivre. Va dire ça au connard du supermarché, bordel !

— Du supermarché ?

— Le mec qui oublie de biper mes boîtes de serviettes hygiéniques pour qu'en échange je lui montre mes seins quand je me penche pour payer !

Je ne sus que répondre. Je lui avais déjà proposé mon aide à plusieurs reprises ces derniers mois, mais elle avait à chaque fois décliné mon offre, alléguant que ma charité, aussi amicale et bienvenue fût-elle, ne résoudrait en rien son problème. Ce n'est pas un peu de liquide dont elle avait besoin, mais d'un vrai job, d'une situation stable, de revenus réguliers. Pas de dettes supplémentaires accrochées à la pile de ses encours.

— C'est facile pour toi. Tu es passée de chez ta mère à chez David, de chez David à chez Louis... Rappelle-moi quand tu as eu un loyer à payer ? Un frigo à remplir ? Des factures à honorer à temps ?

Sa remarque était injuste, un peu cruelle aussi, et elle le mesura aussitôt, levant sur moi un regard contrit.

— Excuse-moi. Je ne voulais pas dire ça.

— Je sais, admis-je, plus sèchement que je ne l'aurais voulu.

J'avalai une gorgée de thé brûlant pour faire refluer le sanglot que je sentais grossir dans ma poitrine. Je n'avais pas envie de fondre en larmes devant elle. Je parvins à reprendre mon souffle.

— De toute façon, je sais que le problème entre nous n'est pas là, reprit-elle.

— Qu'est-ce que tu veux dire ?

— Tu n'as toujours pas digéré que j'aie pu coucher avec lui avant toi.

Avec lui : Louis. Ce n'était pas la première fois que l'homophonie entre son prénom et le pronom personnel était sujette à un jeu de mots. Ou, comme ici, à une substitution subtile. C'était bien la première fois, en revanche, que nous abordions de front ce sujet, elle et moi.

— C'est complètement faux, me défendis-je sans conviction.

— C'est complètement vrai, et tu le sais très bien.

Si la sincérité devenait la règle de cette partie, elle venait de marquer un point.

— OK… Admets qu'il y a plus agréable que d'apprendre que ton amoureux a sauté ta meilleure amie avant même votre premier baiser, lui dis-je amèrement.

— Donc, toi, il t'embrasse et, moi, il me saute. Charmant !

— Tu n'étais pas Sophia, ces soirs-là, plaidai-je. Tu étais une hotelle.

— Vrai. Et ce qui a été fait ne peut plus être effacé. Même si j'en suis désolée…

Louis n'était pas tout à fait de cet avis.

Et pour cette raison, il souhaitait que nous fassions l'amour dans tous les lieux qui, autrefois, avaient compté pour nous. En particulier ceux où nous avions connu l'un ou l'autre un amour très fort.

Il pensait que nos passés respectifs, y compris dans leurs pires errances, pouvaient être recouverts par les souvenirs érotiques que nous ferions naître ensemble. Il ne voulait pas parler d'oubli. Il employait ce terme précis, « recouvert », comme s'il s'était agi d'un linceul.

Ainsi m'avait-il entraînée quelques jours auparavant au café des Antiquaires, prétextant une vente de mobilier du début XIXe siècle à Drouot, tout à côté. Je n'avais pas de mauvais souvenirs affectifs dans ce petit établissement douillet de la rue de la Grange-Batelière. Ce qui m'y rattachait était juste la force des habitudes que nous y avions prises, Sophia et moi. Mais cela suffisait pour que Louis prétende m'en offrir une vision nouvelle et sensuelle.

— Bois ton café et va aux toilettes côté hommes, m'avait-il ordonné avec sérieux.

— Pourquoi pas chez les femmes ?

— Parce qu'il y a toujours plus de monde chez les femmes. Et puis, jamais un homme ne viendra se plaindre qu'un couple batifole dans les cabines.

— Tu en es sûr ?

— Absolument, mademoiselle. Au pire, le type restera à écouter le bruit qu'on produit et se touchera dans le W.-C. d'à côté. Alors qu'on ne sait jamais comment une femme réagira. Elle pourrait nous dénoncer au patron.

Parlait-il d'expérience ? Avait-il déjà été surpris ou avait-il été lui-même le voyeur qui s'excite au contact de ces amants aventureux ?

Je lui obéis et choisis la plus large des deux étroites cabines, côté messieurs. Comme dans la plupart des cafés parisiens, la propreté était négligée, et l'odeur d'urine dominait celle des nettoyants aux arômes artificiels de fleur.

Deux minutes plus tard environ, je perçus un bruit de pas claudiquant sur le carrelage, puis un *toc toc* léger à ma porte de bois brun.

« Trois coups brefs, puis deux longs. Alors tu m'ouvriras. »

Son signal fut conforme à celui annoncé. Il se glissa à mes côtés dans le petit réduit, et je notai qu'il avait pris le soin – mais aussi le risque – de laisser sa veste au dossier de sa chaise dans la salle.

« On aura peu de temps. On ira à l'essentiel », m'avait-il avertie.

C'était vrai. Le cœur cognant, les tempes traversées par de longues pulsations, je ressentis de tout mon corps cet état d'urgence dont il m'avait parlé. La peur d'être surpris s'ajoutait à l'inconfort et à l'exiguïté. Il était évident qu'un coït en bonne et due forme serait malaisé. Alors, l'évidence me frappa et je tombai à genoux, abaissai sa braguette d'un geste leste et sortis aussitôt sa queue qui jaillit d'un coup, déjà dressée, une goutte de liquide perlant à sa pointe.

« Tu me suceras avec plus d'avidité que jamais.

— Ah oui ? avais-je souri non sans malice. Et qu'est-ce qui te rend si sûr de toi ?

— Tu verras. »

Je vis son gland palpitant gonfler dans la pénombre, si empressé de s'engouffrer entre mes lèvres. Son visage en contre-plongée, contracté par le désir. Ses mains se plaquer sur les parois de l'habitacle, pour ne pas chanceler et à la fin s'écrouler sur moi.

J'avais senti, aussi. L'odeur si spécifique de son sexe l'emporter sur les autres. Le fumet de mon homme, mon mâle dominant, marquer son territoire et l'emporter sur les autres spécimens qui étaient passés ici avant lui.

Était-ce le danger ? Était-ce de le sentir si impatient, mais surtout si vulnérable ? Je ne fis pas dans le détail. Je n'explorai pas les replis de son prépuce du bout de ma langue, comme j'aimais tant le faire d'ordinaire. J'arrondis juste les lèvres au mieux, au plus suave, au plus juteux, et me contentai de le pomper à grands coups empressés, humides, bruyants, aussi baveux et débordants qu'une chienne lapant son eau. Assoiffée de lui.

« Je vais sans doute éjaculer dans ta bouche, tu dois t'y préparer. »

Assez vite, il fut clair que sa décharge serait imminente. À sa manière d'agripper mes cheveux, de plaquer ma tête contre son bas-ventre, de propulser son membre loin dans ma gorge. Il haletait de plus en plus fort.

La porte des toilettes claqua brusquement et je me figeai, sa bite enfoncée à moitié en moi. Louis retint son râle, le temps que le client se soulage dans une pissotière voisine, ignorant tout de ce qui se tramait à quelques pas de lui, dans l'intimité des petits box imitation acajou. « Ne bouge pas ! » m'intima mon amant du regard. Le type prenait tout son temps. Il pissait à son rythme. Je me demandai à quoi il ressemblait – jeune, vieux, beau ou non ? – et sa queue flasque aussi.

« Et moi ? J'aurai droit à quoi ?

— Toi ? Tu te caresseras, ma belle. »

C'est ce que j'entrepris alors. Passant une main sous ma robe, j'effaçai ma culotte et balayai ma vulve trempée de deux doigts d'abord timides. Tout le pourtour de mon sexe était si sensible que j'eus du mal à contenir mon gémissement. L'homme qui se soulageait arrêta net le jet qu'il expulsait et demanda à voix haute :

— Y'a quelqu'un ?

Face au silence revenu, il n'insista pas, et j'enfonçai un majeur dans mon sexe grand ouvert. Un flot inonda aussitôt ma main. Je crois même que quelques gouttes de cyprine tombèrent sur le dallage crasseux. Les yeux de Louis me dévoraient. De son point de vue dominant, il devait juste m'apercevoir sous le premier plan de sa verge plantée dans ma bouche. La juxtaposition de ces tableaux devait le porter au comble de l'excitation. Et être astreint à cette immobilité forcée devait le mettre au supplice.

Finalement, le bruit d'un lavabo se fit entendre, puis celui d'une serviette roulante qu'on tire avec force, et l'anonyme sortit des toilettes sans plus se soucier de nous. J'agitai alors mon doigt en moi avec une vigueur décuplée. Pour aller plus profond, je redressai ma jambe gauche, et l'accès à mon vagin s'élargit immédiatement. Ainsi, je pouvais accéder à ces renfoncements sensibles, réceptifs au moindre contact. Un monticule de chair grêlée gonflait un peu plus à chaque passage. Il diffusait dans mon ventre une vibration assez faible mais très sourde dont la fréquence secouait tout mon corps.

J'avais à peine remarqué que le va-et-vient de Louis avait repris dans ma bouche.

« Et tu crois qu'on pourra jouir comme ça ? »

C'est ce que nous fîmes. Au même moment, ou presque. Son flot se répandit en moi comme un nuage de lait dans une boisson chaude. Je l'avalai goulûment, lentes gorgées glutineuses, riches, épaisses.

Sous moi, la petite flaque s'était élargie. Louis me releva d'un bras ferme, et s'empara de ma main qui avait officié dans les tréfonds de mon corps. Il la prit dans sa bouche et la rinça avec une application gourmande.

Décidément, nous ne considérerions plus jamais de la même façon le menu des Antiquaires.

La voix chaude de Sophia me sortit de ma rêverie :

— Mais tu sais... sans cette mission que Rebecca m'avait donnée avec lui, vous ne vous seriez peut-être jamais rencontrés, tous les deux.

— Comment ça ?

— Ils ne voulaient pas que je te le dise...

— « Il » ? Qui, « Il » ?

— *Ils*, au pluriel. Rebecca et Louis.

— Pourquoi ?

— Va comprendre, souffla-t-elle en levant les yeux au ciel. Ce que je sais, c'est que le premier soir où j'ai eu rendez-vous avec lui, j'avais une photo de nous deux en fond d'écran sur mon portable. Toi et moi.

Je me souvenais de cette image. On l'avait prise aux Antiquaires, justement, un soir où l'on s'était réconfortées avec de bons remontants. La photo avait été prise à bout de bras, alors que nous nous trouvions dans un état d'ébriété avancé, et cela lui donnait, pour nous, toute sa valeur.

— À un moment, enchaîna-t-elle, mon téléphone a sonné, et notre portrait s'est affiché. Disons qu'on se trouvait dans une position où il était obligé de l'apercevoir... D'ailleurs, il m'a tout de suite demandé s'il pouvait y jeter un œil.

— C'est tout ?

— Non... Il a aussi demandé qui tu étais.

— Tu veux dire qu'il m'avait vue avant de me rencontrer ? Avant de me découvrir dans le fichier de Belles de nuit ?

— Oui. Et même bien avant ta mission avec David. Ce dont je te parle là s'est déroulé à peu près un mois avant ta fameuse soirée des anciens de l'HEF.

Soit aux environs de début mars 2009. Plus ou moins quatre mois après mes débuts en tant qu'hotelle. Il faut croire que les frères Barlet ne consultaient pas le fichier de Rebecca tous les jours ou que celle-ci avait réussi à limiter leur accès.

Jusqu'ici, j'avais sciemment refusé de m'interroger sur l'attachement de Louis à la défunte Aurore. Au gré de ses diverses confidences, il avait reconnu l'avoir aimée. Mais il avait mis un point d'honneur à minimiser la force de ses sentiments pour elle, prétendant que le choix fait par Aurore – celui de David plutôt que lui – avait été un soulagement.

Qu'en était-il vraiment ? Qu'avait-il ressenti lorsque, le premier, il avait été confronté au double de la jeune femme, moi, sur cette fameuse photo ?

— Il est le premier à être tombé amoureux de moi... conclus-je pour moi-même.

— Je crois bien, oui, abonda mon amie. Et s'il y a bien une chose dont tu ne dois pas douter, c'est la sincérité des sentiments qu'il éprouve pour toi.

— Tu crois ça ?

— J'étais là quand il a vu cette photo. J'ai éprouvé ce qu'il ressentait. Louis ne s'est pas juste épris d'un fantôme. Il t'aime *toi*.

— Ce n'était pas moi. C'était juste mon image.

Notre image, aurais-je pu aussi bien dire, évoquant mon sosie.

— Peut-être... Mais il avait l'air vraiment chamboulé. Genre coup de foudre.

Pourtant, il m'avait abandonnée à son frère. Pourtant, il avait été un temps le complice de ce scénario tordu, où l'un m'épousait tandis que l'autre m'initiait à ses jeux corrompus. Pourtant, comme David, il aimait une femme qui était le sosie de celle qu'il avait chérie vingt ans plus tôt.

Je chassai ces perspectives troubles. Car, pour moi, Louis avait pris tous les risques. À commencer par celui d'une brouille fraternelle surgie après deux décennies de trêve.

À voir mon air mélancolique, Sophia dut mesurer sur quelle pente savonneuse m'entraînait sa révélation car elle changea brusquement de sujet, quoique le nouveau ne fut guère plus léger :

— Et toi, le boulot, t'as des pistes ?

— Que dalle. Avec ce qui s'est passé, tu penses que David a tout fait pour que je sois *persona non grata* dans le milieu.

— T'en sais rien, dit-elle pour dédramatiser.

Un bruit de percolateur perça l'espace de ces échappements stridents et suspendit ma réponse. Puis le calme revint enfin, dans lequel flottaient des effluves de café frais et d'épices que je ne pouvais identifier.

— Quand des gens que tu n'as jamais rencontrés te disent au téléphone que ton profil ne correspond pas « à leurs standards en termes de professionnalisme », il n'y a pas de questions à se poser.

— C'est sûr…

— Et je ne sais pas si Fred t'en as parlé, mais je lui ai demandé de récupérer une copie de mon unique numéro de *Cultur'Mix*.

L'émission qui devait marquer mes grands débuts à la télévision et dont le pilote n'avait jamais été diffusé à l'antenne.

— Alors ?

— Devine ce que les archives de BTV lui ont répondu.

— Je ne sais pas.

— Que la démo, les rushes et même les bandes des essais et des castings avaient été effacés à la demande de la direction. Fin de l'histoire. C'est comme si mon émission n'avait jamais existé. Même pas à l'état de projet.

— Au moins, ça a le mérite d'être clair.

— Oui. Enfin, le problème est que je me retrouve avec aussi peu d'expérience que le jour de ma remise de diplôme. Et en prime un joli trou de plus d'un an sur mon CV !

Lorsque nous sortîmes enfin de la cantine libanaise, Stéphane fumait une cigarette sur le trottoir d'en face, appuyée contre la devanture de son salon. L'air absent, elle trônait devant le grand logotype sur la surface vitrée : trois silhouettes féminines blanches surplombant le nom *Dragon Tatoo* et agrémentées de trois fleurs orange.

Elle nous aperçut et nous adressa un petit salut discret.

— Salut. Ça va, ton tatouage ne brûle pas trop ? Tu mets bien ton baume ?

— Oui, oui, ça va… Mais je ne sais pas si j'aurai envie d'en refaire un autre tout de suite, spéculai-je avec un sourire.

— Ton homme est plus courageux que toi.

Que voulait-elle dire par là ? Louis avait-il déjà programmé les prochaines étapes de son projet Alphabet Man ?

Il restait très secret à ce propos, préférant me faire la surprise à chaque nouvelle lettre enluminée, une fois l'ouvrage accompli.

Plutôt que de mettre Stéphane en porte-à-faux, je fis celle qui était au courant :

— Oui, il ne s'arrête plus ! D'ailleurs, il m'a dit que tu avais du nouveau à me montrer.

— Je viens de finir ses prochains calques. Tu veux entrer pour les voir ?

Dans le petit salon d'attente occupé par un épais canapé couleur or, elle nous exposa ses crayonnés, tirés d'une pochette *Louis Barlet* qui débordait de modèles et de motifs divers.

Le nouveau projet de mon homme consistait en un amoncellement de rochers frappés par de hautes vagues, bordés d'écume, et dont émergeaient les deux lettres suivantes, frappées en majuscule : S F.

— S et F… comme SF ? s'étonna Sophia. Ton mec est fan de science-fiction ?

— Euh, non, pas à ma connaissance. Ses goûts littéraires sont plus classiques.

— SF comme *Semper Fidelis*, nous apprit Stéphane.

Que la tatoueuse en sache plus que moi-même sur les messages et symboles avec lesquels jonglait Louis me contraria.

Mais je dissimulai mon exaspération et préférai satisfaire ma curiosité :

— Ce n'est pas la devise de l'armée ? Ou de je ne sais plus quelle police ?

Je ne pus m'empêcher de jeter un œil à l'éternelle casquette militaire qui couvrait la tête de Stéphane en toutes saisons et en toutes occasions.

— C'est celle des marines américains depuis 1883, valida Stéphane. Mais ce n'est pas la raison pour laquelle il a choisi ces initiales.

— Ah bon ? Et pourquoi, alors ?

— Bien avant que les militaires yankees ne s'en emparent, *Semper Fidelis* était déjà la devise d'une ville française.

— Laquelle ? Saint-Félicien ? plaisanta Sophia, qui semblait partager ma soif d'en apprendre plus.

La tatoueuse pointa les rochers et les vagues d'un index fin et soigné.

— Saint-Malo. En Bretagne.

Là où Aurore reposait à jamais, au cimetière de Rocabey.

7

19 mai 2010

Je n'ai jamais su dire non à Sophia. Elle a toujours eu sur moi cet ascendant d'aînée. De grande sœur que je n'ai jamais eue. Elle pourrait me proposer d'embarquer à sa suite pour les pires bêtises, j'hésiterais avant de refuser et je trouverais même à son programme une forme de charme. Depuis notre rencontre sur les bancs de la fac, c'était ainsi : tout était plus séduisant, tout vibrait plus fort, quand Sophia le suggérait.

J'étais pourtant loin d'avoir le cœur à ce genre d'emplettes, ce soir-là.

— Ça va te changer les idées, argumenta Sophia sans réel effort de conviction.

Cela me ramenait surtout à la nature de ma relation à Louis, ce chantier érotique jamais achevé, où la tension sexuelle faisait office de ciment au même titre que les sentiments. À hauteur de ces derniers.

Au pied du numéro 24 de la rue du Roi-de-Sicile, l'immeuble où siégeait autrefois l'agence Belles de nuit, était installée une boutique de sextoys, Dollhouse. Malgré mes passages fréquents par la porte cochère voisine, je n'y avais jamais mis les pieds. Sophia, en habituée, tenait à combler cette lacune et, en dépit de ses ressources limitées, à m'offrir le dernier gadget à la mode, celui qu'un fabricant de préservatifs bien connu venait de lancer sur le marché et dont les magazines féminins faisaient déjà des gorges chaudes : la culotte vibrante commandée à distance par SMS.

— C'est quoi l'intérêt ? tentai-je, sceptique, pour la dissuader.

— Enfile-la un soir où Louis est absent, donne-lui le numéro d'appel de ta culotte… et je t'assure que tu sentiras très bien l'intérêt, ma chérie !

— Encore faudrait-il que je le revoie vivant, soupirai-je, forçant l'accent mélodramatique.

J'avais du mal à cacher mon inquiétude. Et ce n'est pas le plus incongru des cadeaux qui suffirait à me rendre le sourire.

Un peu plus tard dans la soirée, une fois Sophia rentrée dans ses pénates précaires, Alban me communiqua dans un message l'adresse de la Brigade de protection des mineurs de la Police judiciaire. Elle était hébergée dans les locaux de la préfecture de police de Paris, 12, quai de Gesvres, soit à une quinzaine de minutes à pied, tout au plus. Mais sur place, un fonctionnaire ressemblant autant qu'on se l'imagine à une porte de prison m'avait signifié, premièrement, que leurs bureaux étaient fermés au public depuis 16 h 30 ; excédé par mon obstination, il avait ajouté, deuxièmement, qu'il était impossible de visiter un prévenu dans le cadre d'une garde à vue, quand bien même je me serais présentée ici dans les clous de leurs horaires étriqués.

Louis n'était déjà plus un citoyen comme les autres. Voilà qu'il était un « prévenu ». Et le seul emploi de ce vocable pour qualifier l'homme que j'aimais me fit frémir.

Ironie du sort, il était tout juste 22 heures lorsque je parvins rue Jean-Baptiste-Pigalle, à l'entrée des Charmes. L'heure de nos rendez-vous passés, à Louis et moi. Fait exceptionnel, la stature haute et un peu guindée de monsieur Jacques ne dépassait pas du comptoir d'accueil. Sans doute s'affairait-il dans les étages. À sa place, j'aperçus depuis la rue le sourire avenant d'Ysiam.

Dès qu'il me vit, le jeune homme s'agita, cherchant avec frénésie dans les nombreux casiers de bois vernis qui s'alignaient derrière lui. En guise de bonjour, il me tendit une nouvelle enveloppe en attente.

— Je suis désolé, je n'ai pas eu le temps de passer vous déposer tout ça.

Le pli était plutôt rebondi, en effet. Le dernier passage d'Ysiam remontait déjà à plusieurs jours, quand j'avais remarqué l'erreur de destinataire.

— Ce n'est pas grave. Je n'attends rien d'urgent. Par contre… hésitai-je.

— Oui ?

— Louis pense avoir oublié un carnet qui nous appartient dans la Joséphine.

J'avais failli l'appeler chambre un, avant de me reprendre : le chiffre lui avait été attribué par nous seulement, pour symboliser la place qu'elle occupait dans nos cœurs, nos mémoires, et aussi nos sexes. Une place capitale. Pour tous les autres, elle demeurait la Joséphine, une simple chambre du premier étage de l'hôtel.

— Comment est-il, ce carnet ?

— Couleur argent. Avec des spirales. Ça vous dit quelque chose ?

— Non. Et si une femme de chambre le trouve, elle le donne tout de suite à moi.

Sa maîtrise approximative des temps en français ne laissait pourtant aucune place au doute : personne ne lui avait rapporté le Dix-fois-par-jour. Que celui-ci fût introuvable ne faisait pas que me surprendre, cela me contrariait au plus haut point. Toute notre intimité s'y étalait par le menu. Et si je redoutais qu'un œil tiers puisse se vautrer dans ces lignes comme dans son propre lit, je n'osais imaginer le profit qu'un esprit plus retors encore pourrait en tirer. Il me fallait impérativement le retrouver.

— OK. Ça vous ennuie si je vais jeter un œil ?

— Maintenant ?

J'aurais juré qu'il avait rosi malgré le hâle de sa peau.

— Oui. Ça pose un problème ?

— Euh…

— Elle est occupée, c'est ça ?

— Oui, acquiesça-t-il avec soulagement.

— Bien, je comprends.

Il fallait s'y faire. Depuis notre départ, la chambre un était redevenue une location comme les autres, offerte à d'autres amants, d'autres effusions. La chambre était une hotelle, en quelque sorte, elle se livrait au plus offrant.

— Vous pourrez me prévenir si quelqu'un le trouve ?

— Oui, bien sûr, mademois'Elle. Je peux aussi regarder quand la chambre sera vide.

— Merci, je veux bien.

Il grignotait parfois mon diminutif jusqu'à fusionner ma civilité et mon nom en un seul mot-valise : mademois'Elle. C'était ravissant.

— Oh ! Et, Ysiam… ajoutai-je au moment de prendre congé. N'en parlez pas à monsieur Jacques, s'il vous plaît. Inutile de le déranger avec ça.

Ma nuit, seule dans l'hôtel de Mademoiselle Mars, fut tourmentée. Un pic de repos, bref et agité, aussitôt suivi d'un rêve hanté et d'un réveil en sursaut. Et ainsi de suite, sept ou huit heures durant, la fièvre au front et au ventre, ma nuisette imbibée de sueur.

J'attribuai principalement cette agitation à l'absence de Louis. À son manque. À la peur qui gagne n'importe quelle femme, la nuit, dans une aussi grande bâtisse. Et aussi à cette inquiétude qui me tourmentait à l'idée qu'il doive rendre compte devant la justice. Mais, par-dessus tout, mon agitation avait une cause beaucoup plus simple : c'était ma première nuit sans lui depuis un an. Mon corps s'était habitué au sien, ma chaleur à la sienne. Mes rondeurs appelaient ses angles, contre lesquels elles avaient pris la douce habitude de se lover. Les tristes événements du jour venaient de m'amputer et, comme une malade privée d'un de ses membres, j'en ressentais encore la fantomatique présence.

Le lendemain matin, encore groggy, j'appelai tous ceux qui étaient susceptibles de me donner des nouvelles de Louis. Alban, Sophia, David Garchey, Rebecca, et même Peggy. Personne n'en avait. Le galeriste insista néanmoins pour que je note le numéro de mobile de Jean-Marc Zerki, l'avocat du gardé à vue. Mais je m'abstins de l'appeler. Je redoutais ce qu'il pourrait me dire. Que ce soit bon ou mauvais, je ne voulais pas l'entendre sur un ton de technicien froid.

Je me contentai donc de lui adresser un SMS pour me présenter et lui demander de me tenir au courant. Ce à quoi il répondit par le plus lapidaire des assentiments : OK.

Je me retins aussi de contacter Ysiam. Je ne doutais pas une seconde que si le gentil groom sri-lankais avait eu du neuf, il se serait empressé de m'en faire part. Je n'avais donc qu'un temps morne à tuer et aucune arme pour lui régler son sort. Aucune, si ce n'est cette absurde culotte vibrante – à quoi me servirait-elle, au bout du compte, si Louis finissait en prison ? Il me restait cette clé qu'Alban m'avait fourrée dans la main.

Je la retournai longuement dans ma paume, telle une espèce d'insecte, étrange et inconnue. Je m'étais fait la réflexion sur le moment : un tel modèle ne pouvait ouvrir qu'une porte récente, et résistante, le genre de porte haute-performance en matière de sécurité. Excepté celle de l'entrée sur rue dont la carouble présentait un aspect trop différent pour correspondre, je n'en voyais qu'une autre dans tout le bâtiment.

Je me trouvai presque aussitôt au pied du grand escalier. La porte blindée donnant accès au sous-sol était close. Je ne l'avais plus vue ouverte depuis mon incursion avec David Garchey, le soir de la crémaillère. Je glissai la forme longue et étroite dans le barillet, à plat, et elle s'y engagea complètement, sans aucune résistance. Je tournai deux tours entiers sur la gauche, et un triple déclic m'indiqua que les points avaient quitté leur logement. La serrure était ouverte. Je n'eus plus qu'à abaisser la poignée, à presser l'interrupteur en haut de l'escalier, et à descendre vers les profondeurs du vieux bâtiment.

Au bout du couloir gris, dans la salle vidéo, tous les écrans étaient éteints. Cela me rassurait – Louis n'était peut-être pas le voyeur maladif que je redoutais – mais la raison pour laquelle il m'avait confié cette clé n'en était que plus nébuleuse. Qu'attendait-il de moi ?

Louis avait missionné Alban en ces termes : « Il veut aussi que tu récupères votre carnet aux Charmes… » Avant d'ajouter, cette fois plus évasif : « et que tu mettes sous clé tout ce qui pourrait être un peu trop “chaud”. » Voulait-il que j'enferme certains documents ici, dans cette pièce, comme notre Dix-fois-par-jour ? Cela ne rimait à rien. En cas de perquisition, les flics feraient sauter le blindage et les verrous avec plaisir. Et puis, que pouvait-on qualifier de « chaud » parmi les innombrables ouvrages érotiques et autres curiosités que Louis collectionnait depuis toujours ? Dans le contexte de sa garde à vue, lesquels de ces textes ou de ces images pouvaient-ils devenir compromettants aux yeux pudibonds de la justice ?

À moins qu'il n'ait voulu me faire passer la consigne inverse : non pas enfermer ici ce qui devait échapper au regard des censeurs, mais au contraire dénicher ce qui devait être mis à l'abri ailleurs.

Sur la vaste console électronique constellée de voyants et de boutons-poussoirs, j'avisai une commande rouge plus grosse que les autres, surmontée d'un *Power On-Off* à demi effacé. J'appuyai dessus, et de nombreuses lumières colorées s'allumèrent. Sur un petit écran à cristaux liquides au milieu de la platine – ce qui me parut être le centre des commandes –, plusieurs menus s'affichèrent. Avec la molette située juste en dessous, je choisis l'item *Files*, que je déployai d'une pression sur la touche *Select*. Je supposais qu'il s'agissait de la mémoire de la console, en quelque sorte le disque dur contenant les enregistrements. Il comportait plusieurs sous-dossiers et fichiers aux intitulés chiffrés abscons. Certains semblaient correspondre à des dates, mais la plupart ne répondaient pour moi à aucune logique particulière.

Je sélectionnai au hasard l'un d'entre eux, et un écran au milieu du mur de moniteurs, juste en face de moi, s'anima enfin. Des images en noir et blanc apparurent. Familières, sous certains aspects. Je reconnus instantanément l'une des chambres que Louis et moi avions fréquentée aux Charmes, la Kitty Fisher, du nom de cette célèbre courtisane anglaise immortalisée par le récit que Giacomo Casanova avait fait de sa rencontre avec elle, dans les années 1760.

La fille qu'on découvrait sur les images était une blonde tout juste dans la vingtaine, filiforme en dépit des deux obus qui habillaient son buste étroit. La vue en plan très serré et la plongée sur sa bouche rendaient hommage à ses qualités de fellatrice, que l'heureux propriétaire du pénis concerné récompensait de gémissements rauques. Je passai la vidéo en accéléré – le défilement rapide fit ressembler les personnages à des pantins ridicules – jusqu'à tomber sur l'éjaculation faciale qui décora son visage poupin de multiples zébrures blanchâtres. Bien qu'ébranlée, je notai un aspect important dans cette séquence : elle était horodatée, en bas à gauche de l'image 12-05-1997 23:52.

Mais surtout, c'était loin d'être la seule séquence de ce genre. Je les ouvris une à une. Chacune dans une chambre différente, mais toujours filmée selon cet angle et ce cadrage qui faisaient du caméraman le héros sans visage de ces parties fines. Ou plutôt hard. Car, selon l'ambiance et la période – je remarquai que les pratiques tendaient, avec le temps, vers une forme de radicalisation –, notre homme s'adonnait à du soft ou du hard, à deux ou plusieurs, avec ou sans accessoires.

L'une des toutes dernières vidéos, datée de l'été 2005, était à la limite du soutenable. Notre protagoniste y enfonçait un dong démesuré, trois à quatre fois le volume d'un pénis ordinaire, dans le vagin étroit d'une asiatique de petit gabarit. La fille couinait de douleur – ou était-ce de plaisir ? –, et tout l'intérêt de la situation semblait résider, pour l'acteur-opérateur, dans la capacité de ce godemiché monstrueux à tirer d'elle des gémissements sans cesse plus aigus et exaspérants. À moins qu'il ne se soit agi, comme Louis me l'avait appris, d'une figure imposée des films X japonais, où la victime des assauts masculins se doit de simuler une reddition d'autant plus bruyante qu'elle est honteuse. Peu à peu, l'objet noir et disproportionné se couvrit d'une sorte d'écume blanche, un peu plus épaisse à chaque introduction. Et, malgré mon dégoût, je sentis naître en moi un flux comparable.

Mais la plus excitante de toutes, à mes yeux déjà embués d'envie, voyait notre baiseur mystère s'acharner sur une jeune femme brune à la peau claire, aux cheveux longs, qui me ressemblait. La similarité était déroutante, jusqu'à sa manière de se mouvoir sous son assaillant ou cette façon de bramer son plaisir. Fallait-il en déduire qu'à physique comparable, la manière de jouir était la même ?

Au climax de son orgasme, longue clameur traversée de spasmes qui soulevaient son corps possédé, la fille reposait sur le ventre, les jambes grandes ouvertes, et l'auteur du film était étendu entre elles, sur le dos de sa partenaire. Je remarquai au passage qu'il s'agissait de la posture dans laquelle Louis m'avait prise et fait jouir pour la première fois, un an plus tôt. Après un mouvement confus de caméra, le plan suivant donna à voir leurs sexes accouplés depuis un angle qui embrassait leurs cuisses et leurs fesses. Alors, dans un cri ultime, tandis que la verge sans nom se retirait d'un coup, jaillit du vagin encore extasié une fontaine translucide, jets brefs et saccadés, qui trempèrent instantanément les draps. Elle venait d'éjaculer, comme je l'avais fait moi-même quelques jours plus tôt dans la chambre plongée dans le noir.

Ce n'est qu'après avoir visionné une bonne quinzaine de ces films, tous d'époques différentes mais s'inscrivant entre le début des années 1990, quelque chose comme 1992, et l'année 2007, que j'osai enfin me poser cette question : qui était cet homme ? À qui appartenait ce sexe anonyme qu'on voyait pénétrer toutes sortes de femmes de styles et d'apparences très divers, mais qui étaient toutes jeunes et avaient un physique avantageux ? Oh, s'agissant de ces demoiselles, il n'y avait guère de mystère. Sur les extraits les plus récents, j'avais reconnu certaines des filles de Rebecca. Et j'en conclus sans trop prendre de risques que ce baiseur compulsif avait fait, pendant tout ce temps, son marché parmi les hotelles de Belles de nuit.

Quant à l'homme… Qui d'autre que *mon* homme, Louis, accro au sexe, habitué de prestations tarifées… Qui d'autre que lui cela pouvait-il être ? Sur les images, déformées par l'angle, brouillées de pixels rendus granuleux par la faiblesse de l'éclairage, sa queue me semblait reconnaissable. Certes, elle m'était familière, mais je n'aurais pas pu jurer qu'il s'agissait à chaque fois du même sexe, ni de celui que j'aimais tant flatter.

Le doute subsistait d'autant plus qu'à aucun moment sa voix ne se faisait entendre sur la bande-son. Seules ses partenaires gémissaient, hurlaient, piaillaient et parfois même commentaient par de petits « Oh oui ! » et autres « Mon Dieu, oui ! » Mais lui avait pris soin de n'être jamais audible, pas plus que visible, pour ne pas être identifiable. Avait-il poussé son souci d'anonymat jusqu'à nettoyer à cet effet le son des enregistrements ?

Si toutefois c'était bien Louis qu'on apercevait sur ces images, cela ne faisait que confirmer mon pressentiment, mais aussi les allégations fielleuses de David : durant toutes ces années, Louis n'aurait fréquenté quasiment que des professionnelles, des hotelles fournies par Rebecca grâce à l'agence.

Lui octroyait-elle un tarif préférentiel ? Le service était-il gratuit pour lui ?

Mais la question la plus importante résidait ailleurs : pourquoi un homme aussi beau, captivant, bien né et riche que lui s'était-il borné à des relations tarifées sans lendemain ? Une interrogation qui en appelait une autre, plus sournoise, et qui me concernait au premier chef : pourquoi ce phobique manifeste de l'engagement avait-il rompu brusquement avec sa routine et ses vieux principes d'indépendance pour moi, dès qu'il m'avait vue sur le téléphone portable de Sophia ? Ne l'avais-je arraché à sa maladie de sexe que par la vertu de ma ressemblance avec Aurore ? Ou, comme le prétendait mon amie, y avait-il autre chose qui n'appartenait qu'à moi, quelque chose de plus vrai, de plus fort ?

En manipulant les commandes de la console, je repérai une fonction de suppression des fichiers. Un doigt suspendu au-dessus du bouton, je tergiversai de longues minutes : devais-je les effacer, comme Louis l'avait suggéré ? Devais-je me priver de ces éléments troublants sur le passé, pour le moins chargé, de mon futur conjoint ?

— Mais dis donc, jeune fille, qu'est-ce que tu fais là ? Les étages ne te suffisent plus ?

L'intrusion soudaine de Félicité, toutes moustaches en avant, avide d'explorer cet espace qui lui était d'ordinaire interdit, décida pour moi.

« Je te cherchais », semblait dire son ronron régulier, une fois la demoiselle grimpée sur mes genoux.

Je renonçai donc à toute opération définitive que je pourrais regretter et me contentai de presser l'interrupteur général. Tous les écrans et voyants s'éteignirent, et je saisis ma boule de poils préférée pour remonter avec elle à la surface.

L'hôtel Mars, mon domicile conjugal, m'apparaissait à présent comme un décor de cinéma, ou comme le savant appareillage d'un magicien, dont chaque recoin serait désormais susceptible de me livrer de nouveaux secrets sur cet homme dont je savais si peu.

Où cachait-il ses mystères ? Les enfermait-il à clé dans son bureau, comme David ?

Non, le plus déconcertant était que, hormis le sous-sol, aucune porte, aucun tiroir ou aucune serrure n'opposait de résistance aux minutieuses investigations que je poursuivis une grande partie de la journée. Je ne trompais personne, et surtout pas moi, en prétextant explorer la maison avant les flics, pour soustraire à leurs recherches tout élément préjudiciable. Je ne faisais que succomber à cette curiosité maladive, dont j'avais déjà éprouvé les limites et subi les effets délétères. C'est elle qui me fit approfondir mes recherches dans son bureau plus que dans toute autre pièce.

J'allais abandonner, quand mon pied nu heurta une lame du parquet, très légèrement descellée.

— Aïe ! Putain… Quelle connerie !

Je m'apprêtais à pester contre les ouvriers et les travaux qui ne sont jamais achevés avec tout le soin voulu, quand une pression du talon d'un côté de l'étroite planchette de chêne la fit basculer d'un coup, libérant une étroite cache poussiéreuse. Je me penchai sur cette bizarrerie et distinguai une petite enveloppe blanche, du genre qu'on utilise pour l'envoi de faire-part.

— C'est quoi ce délire ?

Je la retirai avec précaution de sa cache et la considérai un bon moment avant d'oser lever le rabat. À l'état du papier grisé, rongé aux angles, on devinait que le séjour de ce pli dans sa tanière de bois verni ne datait pas d'hier. Enfin, ma poitrine soulevée par des inspirations presque haletantes, je me résolus à l'action et tirai le triangle d'un geste sec.

À l'intérieur, il n'y avait qu'une photo de format réduit, jaunie, dentelée sur son pourtour comme cela se pratiquait dans les années 1960 ou 1970. De fait, les couleurs fanées, la pose des protagonistes ainsi que leurs tenues, tout contribuait à rattacher le cliché à cette époque.

On y apercevait un couple d'adultes debout aux côtés d'un sapin de Noël décoré avec ostentation et, devant eux, deux enfants en bas âge, d'environ deux et trois ans, pour ce que l'état de la photographie me permettait d'apprécier. Car si le plus grand des deux, le petit garçon, était tout à fait reconnaissable – les traits de David avaient peu changé avec le temps – la petite fille aux longs cheveux châtains qui lui tenait la main était impossible à identifier. Son visage avait été gratté intégralement, à la pointe d'un couteau ou d'une paire de ciseaux, presque jusqu'à transpercer l'épaisseur du papier glacé.

Bien qu'ayant échappé à ce massacre, le visage de l'homme et de la femme ne me rappelaient personne. Pour avoir vu de nombreuses photos d'André et Hortense Barlet dans leurs archives aux Roches brunes, je pouvais certifier qu'il ne s'agissait pas d'eux. Alors qui étaient-ce ? Et que fabriquait donc David dans ce portrait de famille ? Qui était la gamine au visage scarifié, et pourquoi s'était-on ainsi acharné sur elle ?

Mais, par-dessus tout : pourquoi Louis conservait-il un tel cliché dans la confidence hermétique de son plancher ?

Je retournai l'image pour vérifier si le dos portait la moindre inscription de nature à m'éclairer, mais il était vierge.

Alors j'eus ce réflexe : dégainer mon téléphone portable et photographier le cliché afin d'en conserver une trace au chaud, sagement rangée quelque part dans la mémoire électronique de l'appareil.

La petite fille sans visage était sortie de son parquet amnésique. Moi, en tout cas, je ne l'oublierais pas.

8

20 mai 2010

GAV de Louis prolongée de 24 h.
Vous tiens au courant. JMZ

Voilà le genre de SMS que Jean-Marc Zerki était capable d'adresser à ses clients ou, comme c'était le cas, à la future femme de l'un de ses clients. Pas un « Bonjour », pas un « Désolé », pas la moindre trace d'affect ou de compassion. Stricte efficacité. Professionnel jusqu'au bout du Code pénal.

De toute façon, qu'aurais-je pu lui répondre s'il avait engagé un dialogue empreint d'un peu plus d'humanité ? Que je me morfondais seule dans les mille mètres carrés de notre château ? Que j'hésitais entre pleurer tout le jour et retourner les parquets dudit palais au pied de biche ? Que sans Louis je dépérissais ?

Mon prof à moustaches – si, souvenez-vous, je vous en ai déjà parlé – avait coutume de dire à ses étudiants en journalisme : « Une expression, ça reste une expression. Dix expressions, c'est un effet de style. Si toutefois vous l'assumez », se dépêchait-il d'ajouter. Alors je pourrais dire que je m'arrachais les cheveux, me rongeais les ongles jusqu'au sang, tournais comme un fauve en cage, ne m'alimentais plus, que sans mon homme je n'étais guère que l'ombre de moi-même… Rien de tout cela n'était vrai, et pourtant je n'étais plus très loin du sens littéral.

Ce que monsieur moustache et sa sagesse n'auraient pas pu anticiper, c'est à quel point le manque physique de mon amant surpassait toute autre sensation. Le manque érotique. Mon lit orphelin de lui, mais aussi ma bouche, mes seins, mes fesses, mon sexe… privés de leurs homologues masculins et de toutes les combinaisons sensuelles appliquées chaque jour. J'ai bien dit : chaque jour. Depuis un an, il ne s'était jamais écoulé plus de douze heures sans que nous ne fassions l'amour ou que nous n'ayons une activité sexuelle, ne serait-ce que des caresses ensommeillées sous la couette.

La découverte des vidéos cachées dans la console du sous-sol aurait dû tempérer mes ardeurs. N'importe quelle femme à ma place se serait sentie trahie, salie, avilie, quand bien même les séquences en question remontaient à avant le début de notre relation. N'importe quelle fille sensée aurait fui à toutes jambes ce monstre libidineux, ce satyre, ce dingue de sexes – j'insiste sur le pluriel tant la multiplicité semblait au cœur même de son addiction.

Et moi je ne faisais que brûler plus encore, me consumer d'un feu dont l'intensité croissait un peu plus à chaque heure que je passais sans lui. N'était-ce pas cette folie, cette furie, cette frénésie licencieuse qui m'avait attirée dès le premier abord, m'avait aimantée à lui malgré l'interdit puis incitée à franchir tous les obstacles pour m'y perdre, contre toute raison, et m'y dissoudre ? Pouvais-je décemment lui en faire le reproche ?

Ce jour-là, je me caressai plusieurs fois de suite, étendue sur notre lit, habillée des dessous qui avaient sa préférence, un ensemble de tulle transparent, balconnet et tanga ourlés d'un fin liseré de satin rose, qu'il m'avait rapporté un soir aux Charmes et que je supposais d'un prix inversement proportionnel à sa surface couvrante.

Sur le moment, je ne voyais pas quoi faire d'autre pour lui que me donner du plaisir. Qu'aurait-il pu attendre de moi, si ce n'est l'offrande de ma jouissance ? Le sexe était devenu notre langage, muet, invisible, et je ne trouvai d'autre message à lui adresser par-delà les murs de sa cellule.

Je ne jouis pourtant pas dans la joie. Mes doigts s'imposaient en moi avec force, presque avec sauvagerie. Je me masturbais comme on cogne un mur de rage et d'impuissance, percutant mon vagin à grands coups. Le fouillant avec la férocité d'une bête affamée. Et les quelques orgasmes que ce traitement de brute finit par déclencher n'eurent pas la saveur parfumée de ceux que Louis me donnait. Ils claquèrent comme des gifles. Me tordirent comme un linge humide. Et me laissèrent à la fin sonnée et pantelante, état étrange où l'amertume le disputait au plaisir.

— Mets BTV ! Tout de suite !

L'appel de Sophia sonna comme un ordre. Je crus qu'il était survenu quelque chose de grave. Ou de grand. Tout simplement, quelque chose d'important. Je n'avais plus regardé cette chaîne désormais honnie depuis mon départ de la tour Barlet. Mais je me forçai à allumer le poste sur la chaîne 24, de deux pressions rapides sur la télécommande.

— Ça y est, tu le vois ?

Je m'attendais à voir apparaître Louis au milieu d'une horde de journalistes, Zerki l'avocat robotique à ses côtés, mais à la place la trogne sans caractère et peu avenante d'un quinquagénaire dégarni apparut. *Antoine Gobert – Président de l'APECEP, district Paris IIIe*, annonçait le bas de l'écran.

Si ce quidam en chemise bleu ciel et foulard de soie ne me disait rien, je reconnus en revanche la rue de Sévigné et, en second plan, la devanture de la galerie Sauvage.

— C'est qui, cet abruti ? lâchai-je, atone.

— Cet abruti est l'abruti qui a envoyé ton mec dormir chez les flics.

— Mais c'est quoi l'APECEP ?

— J'ai cherché sur le Net : Association des parents d'élèves croyants de l'enseignement public. Sympathique, hein ?

— Attends… J'essaie d'écouter.

J'avais monté le son pour tenter de capter, au milieu des bourdonnements d'émotion qui saturaient mes oreilles, le babil de cet affable personnage :

« … situation est très claire : *nous*, parents d'élèves, ne tolérerons pas que certaines personnes peu recommandables, sous le prétexte fallacieux de défendre l'art contemporain et la liberté d'expression, prennent nos enfants pour cible d'un tel bombardement pornographique. Et, ce, quasiment à la sortie des établissements dans lesquels ils sont scolarisés. Nous sommes là, aujourd'hui. Mais si nous ne manifestons pas très fermement notre désaccord, de quoi sera fait demain ? De sextoys distribués dans les écoles primaires ? Hein, après tout, ce sont des jouets, non ? »

— Voilà une idée ! gloussa Sophia à l'autre bout du fil.

— Chut ! la réprimandai-je pour capter la suite.

« — Donc si je vous comprends bien, intervint hors-champ la voix juvénile de la journaliste, vous refusez de retirer votre plainte contre la galerie Sauvage et son représentant, Louis Barlet ?

— Vous avez très bien compris. Nous ne retirerons rien du tout.

— Pourtant l'exposition de l'artiste qui vous posait problème a été annulée, elle…

— Peut-être, mais ces images que nos enfants ont vues, on ne pourra pas les retirer de leur mémoire comme on décroche un tableau. Le mal est fait. Et c'est pour cela que nous voulons obtenir réparation. »

— Il parle plutôt bien, pour un abruti, conclut Sophia tandis que le sujet suivant avait chassé le visage d'Antoine Gobert.

Je venais de me faire la même réflexion. Et aussi celle que j'aurais aimé être à la place de l'intervieweuse.

Sophia me connaît si bien qu'elle avait dû l'entendre sans que j'aie à le prononcer :

— Ça te dit d'aller lui dire bonjour ?

— Qu'est-ce que tu veux dire ?

— Eh bien, j'ai appelé le siège de… l'APECEP, c'est ça, et j'ai pris ma plus jolie voix d'hôtesse de l'air. On a rendez-vous avec Sa Majesté Antoine Gobert dans deux heures.

— Sous quel prétexte ?

— La pure vérité. Enfin presque : deux étudiantes en journalisme qui doivent rendre un papier pour demain matin. Je fais très bien la moue mutine au téléphone.

Pour la première fois depuis des jours, j'éclatai de rire et approuvai son plan.

Une averse de milieu d'après-midi cessait tout juste, pluie chaude et poisseuse, quand nous déboulâmes au numéro 12 de la très bourgeoise rue de l'Arcade, à quelques pas de la Madeleine.

Une secrétaire à chignon gris nous fit patienter quelques minutes avant que le « président Gobert » ne daignât nous recevoir.

Il était encore plus laid au naturel, avec ce quelque chose de prognathe et de tombant dans la mâchoire qui alourdissait son visage et me donnait un peu la nausée.

— Mesdemoiselles, je vous en prie, dit-il en désignant deux fauteuils élimés.

Son bureau était sinistre, mal éclairé, les murs tapissés d'images pieuses et de portraits des différents papes des cinquante dernières années. Même Jean-Paul II à la fin de sa vie paraissait plus vif et bienveillant que notre hôte.

— Je vous écoute, nous encouragea-t-il en forçant un sourire hideux. Je suis tout ouïe pour vos questions.

Qui employait encore une expression telle que « tout ouïe », aujourd'hui ?

— Nous aimerions comprendre pourquoi l'exposition de la galerie Sauvage vous dérange particulièrement, lançai-je mon offensive par une question générale et assez anodine. Après tout, ce n'est pas la première à mettre en scène la sexualité de manière aussi crue. Si mon souvenir est bon, la rétrospective *Masculin/Féminin* du centre Pompidou, il y a quelques années, proposait quelques pièces au moins aussi provocantes.

— Vous avez parfaitement raison, mademoiselle. Et le questionnement des artistes sur un sujet aussi fondamental que la sexualité humaine ou les rapports hommes-femmes ne me dérange pas. Chacun est libre d'explorer son champ artistique comme il l'entend... Je fréquente moi-même assez les musées pour apprécier un nu de Michel-Ange ou de Botticelli. Le problème n'est pas là.

— Il est où, alors ? intervint Sophia sur un ton légèrement trop agressif. Ces enfants que vous tenez tellement à protéger, eux aussi vont au Louvre. Eux aussi voient des seins et des statues avec des zizis.

Le crapaud humain qui nous faisait face se raidit dans son siège pivotant et déglutit bruyamment, avant de reprendre :

— Vous caricaturez ma position, mademoiselle. Je ne cherche pas à soustraire la moindre trace de nudité aux yeux de nos enfants. Non seulement celle-ci peut être le fruit d'un travail artistique incontestable, les exemples que je viens de vous donner en sont la preuve, mais ce serait de toute manière peine perdue. Entre la télévision, le cinéma, la publicité... le nu est partout, aujourd'hui. C'est comme ça. C'est un fait de civilisation et, dans une certaine mesure, nous devons composer avec.

— Dans ce cas, je ne comprends pas, chargeai-je. Pourquoi vous acharnez-vous sur cette exposition et ceux qui l'ont commanditée ?

Il planta ses petits yeux cruels dans les miens, comme un hameçon s'accroche à la gorge d'un poisson, bien décidé à ne plus me relâcher.

— Parce que cette *exposition*, comme vous l'appelez, ne se contente pas de montrer des zézettes et des zizis tels que les enfants en gribouillent sur les murs des toilettes. Les sexes y sont montrés en pleine action, et la juxtaposition de ces images offre une représentation absolument déformée de ce que devrait être une sexualité respectueuse de l'autre et épanouie. Ce n'est plus de l'art… C'est de la pornographie affichée en pleine rue !

— Ah, parce que vous savez ce que c'est, vous, une sexualité respectueuse et épanouie ? aboya Sophia.

L'allusion à son physique ingrat et aux limites évidentes que celui-ci devait imposer à sa vie intime était à peine voilée. C'est tout juste si mon amie s'était retenue de lui cracher sa gouaille à la figure, quelque chose du genre : « Non mais vous avez vu votre gueule de tue-l'amour ? »

Le mal était fait, pourtant, et le président de l'APECEP lisait désormais clair dans notre jeu. Il faillit se lever pour de bon, comme s'il craignait pour sa sécurité, puis se ressaisit et décida de passer à son tour à l'offensive :

— Qui êtes-vous vraiment ? Qu'est-ce que vous me voulez ?

— Je m'appelle Annabelle Lorand, déclarai-je, abattant alors mon masque. Et je souhaiterais que vous reconsidériez votre plainte contre la galerie Sauvage et monsieur Barlet.

— Et pourquoi, je vous prie ? demanda-t-il sur un ton beaucoup moins caressant.

— Parce que…

C'est vrai, quel argument avais-je à lui opposer, si ce n'est mon amour pour l'homme qu'il accablait de la sorte ?

— … Parce que nous devons nous marier prochainement, Louis Barlet et moi. Et, à choisir, je préférerais que ça ne se passe pas dans le quartier VIP de la Santé.

Mon accès de sincérité lui fit à peine cligner des yeux, puis il reprit sa moue chafouine et son ton vindicatif :

— Écoutez, vous m'en voyez désolé, mais je me fiche complètement que notre action contrarie vos projets matrimoniaux. Je ne crois pas que vous ayez bien saisi ce qui est en jeu, ici…

— Je l'ai parfaitement compris. Et je pense que l'opinion publique a longuement eu l'occasion de vous entendre à ce sujet. Maintenant, je vous demande juste de ne pas vous entêter à…

— Non, mais qu'est-ce que vous croyez ? tonna-t-il brusquement. Que je fais ça pour montrer ma tête à la télé ? Pour me faire de la pub ? Quand on a des convictions, mademoiselle, et par-dessus tout une morale, elles ne s'évanouissent pas quand les caméras arrêtent de tourner ! Nous ne lâcherons rien sur la protection de nos enfants ! Vous m'entendez ? Rien !

— Et leur défense justifie de jeter un innocent en prison, d'après vous ? me récriai-je.

— Ça, il fallait y penser avant d'installer ces ignominies dans la rue. C'est un peu facile de balancer n'importe quelle horreur et de pleurer ensuite !

Il était évident que le bougre ne lâcherait pas prise si facilement. Je craignais même que mon intervention ne le conforte davantage dans ses positions et l'incite à donner à cette affaire un retentissement médiatique plus large encore. L'aubaine était trop belle. La mise en cause de Louis, certes moins connu que son frère mais dont le patronyme suffisait à retenir l'attention, offrait à Gobert un boulevard dans lequel il était visiblement déterminé à s'engouffrer. Quant à l'invocation de la morale telle qu'il la concevait, cela revenait sans doute pour lui à clore la discussion.

— Laisse tomber, me souffla Sophia. C'est un con.

Nous ne lui laissâmes même pas le temps de s'indigner et, l'instant d'après, nous avions disparu de son bureau.

J'étais si remontée que je déclinai le Monaco que Sophia proposait pour arroser notre déconvenue. Je rentrai directement à l'hôtel Mars, où un visiteur surprise m'attendait sur le pas de la porte.

— Bonjour, Elle.

David se tenait là, en tenue décontractée, polo, pantalon de toile et pull de couleur crème sur les épaules, presque souriant. Aussi beau et solaire qu'il était capable de l'être. Lumineux, à sa façon.

— Salut, glapis-je, la gorge prise dans un étau.

— Je me doute que ma présence t'étonne un peu… Mais j'ai appris, pour Louis.

Je répondis d'un haussement de sourcils irrité. Qu'aurais-je pu ajouter ? Comment accueillir autrement sa sollicitude ?

— Je voulais te dire que je suis sincèrement désolé. Et que je suis prêt à vous aider… Je veux dire, à l'aider, *lui*. Il reste mon frère.

Malgré le passé. Malgré la trahison. Malgré toi, moi, Annabelle, et le choix que tu as fini par faire. Mais il n'exprima aucune de ces réserves qui affleuraient dans chacune de ses inflexions, chacun de ses regards gênés.

— C'est gentil. Mais il est bien conseillé.

— Zerki, approuva-t-il d'un air entendu. C'est un très bon avocat.

— Tu le connais ?

— C'est moi qui l'ai présenté à Louis, il y a des années. Mais dans ce genre d'affaires, un avocat ne suffit pas pour s'en sortir.

— Qu'est-ce que tu proposes ? demandai-je, toujours sur la défensive.

Son sourire s'élargit. Ce sourire capable à lui seul de renverser les oppositions les plus franches, d'infléchir les tendances les plus mal engagées et d'emporter à la fin l'adhésion des indécis. Un sourire à faire de la politique, m'étais-je souvent dit du temps de notre relation.

— Tout d'abord, je te propose de dîner. Comme ça j'aurai tout le temps de t'exposer mes vues sur la manière de sortir mon idiot de frère de cette panade.

— Tu ne dînes pas avec Alice ?

— Pas ce soir. Elle reçoit ses parents qui viennent de province pour la voir.

Je réservai ma réponse, le regard perdu dans la rue de la Tour-des-Dames, comme si l'attitude à adopter allait jaillir de l'un des hôtels particuliers voisins, celui de Talma, par exemple, le célèbre comédien. Lui aurait su quelle contenance prendre.

Louis n'aurait pas approuvé ce soudain rapprochement. Mais cette détente dans nos rapports n'était pas sans me soulager. Sans être réduite à néant, ma culpabilité s'en trouverait amoindrie.

— OK. Mais on reste dans le quartier, d'accord ? suggérai-je pour me rassurer.

— Si tu veux. Il y a le petit italien de l'avenue Trudaine.

— Très bien.

La Pizzetta ressemblait davantage à une cantine de quartier qu'à une adresse gastronomique, mais la foule à l'intérieur semblait indiquer qu'elle était plutôt courue.

Dès notre entrée, le serveur nous conduisit à une table réservée, proche du comptoir et des alignements de vins italiens, ce qui me laissa supposer que David avait prémédité la soirée. Je ne m'en formalisai pas et tentai de présenter bonne figure. Je ne voulais pas lui abandonner le rôle de sauveur, de superhéros opportunément surgi de sa Batcave, ni me complaire dans celui de l'éplorée qu'on secourt.

Aussi passai-je à l'offensive dès l'arrivée sur la table de nos deux Martini :

— Alors, que penses-tu de l'affaire de Louis ?

L'image de David petit garçon devant ce sapin de Noël flottait devant mes yeux, se superposant par instants à sa version adulte. Mais jamais les deux ne coïncidaient tout à fait et, face à son visage fermé, je renonçai à évoquer avec lui cet autre sujet sensible. Pour le moment.

— Je ne veux pas t'inquiéter plus que nécessaire, mais je crois, hélas, qu'elle est plus mal engagée qu'il n'y paraît.

Ce fut dit sans drame, mais avec gravité.

— Pourquoi ?

— Il faut vraiment que je te fasse un dessin ?

La serveuse déposa les deux assiettes fumantes devant nous, paccheri au thon et aux asperges pour tous deux, et nous laissa à notre tête-à-tête après avoir glissé un « Bon appétit » à peine audible.

— Écoute, si c'est pour me parler par allusions et sous-entendus… répliquai-je.

Pour lui montrer ma détermination, je fis mine de négliger mon assiette pourtant très appétissante.

Il piqua dans ses pâtes et opina du chef, les yeux mi-clos.

— D'accord. Ce n'est pourtant un secret pour personne : Louis est un obsédé.

— Un obsédé… fis-je celle qui ne veut pas comprendre.

— Annabelle, pas à moi. Tu sais très bien ce que je veux dire. Louis est un dingue de cul. Un sexe ambulant. Un hyper-sexuel, si tu préfères.

— OK, OK, c'est bon, m'agaçai-je. J'avais bien entendu la première fois.

— Et ça ne date pas d'hier, poursuivit-il sur le même ton affligé.

Il m'avait déjà tenu ce genre de propos au sujet de son frère dans la cour de l'hôpital Max Fourestier de Nanterre lorsqu'il avait cherché à se défausser sur lui au sujet de mon recrutement via Belles de nuit : « Le genre chasseur, tu vois… Toujours en quête de chair fraîche. »

— Quel rapport avec la situation présente ? me braquai-je.

— Le rapport, c'est que ce n'est pas la première fois que son addiction au sexe le met dans une situation délicate.

Il en disait trop, ou pas assez.

— Ah bon ? Donne-moi un exemple.

— J'en ai plus qu'il n'en faut. Mais je ne crois pas que ce soit à moi de...

— Vas-y, balance ! le brusquai-je. Juste un seul exemple.

Il engloutit une bouchée de paccheri et d'asperges, prit tout son temps pour la mâcher, et se lança enfin :

— Il y a une dizaine d'années...

— Eh bien ?

— ... Louis a été arrêté pour exhibition sur la voie publique.

Je restai d'abord sans voix. Louis, l'homme que j'aimais par-dessus tout. J'étais incapable de me le représenter comme l'un de ces vilains messieurs en imperméable qui hantent les sorties d'école pour entrouvrir leur pardessus devant des fillettes médusées. L'image ne collait pas avec le Louis que je connaissais.

— Qu'est-ce que tu entends par « exhibition » ?

— Je te rassure, Louis n'est pas un pervers qui se montre aux gamines.

L'instantané abject se dissipa aussi vite qu'il s'était invité dans mon esprit et laissa place au soulagement.

— Qu'est-ce qu'il a fait, alors ?

— Il s'est fait surprendre en train de faire l'amour avec une copine dans une voiture. En pleine rue, et en plein jour.

Je ne pus contenir un sourire en coin. Si je n'ignorais pas ce que la loi stipulait à ce propos, j'avais du mal à y voir un acte si répréhensible. Après tout, il n'y avait là rien que nous n'aurions pu être tentés d'expérimenter nous-mêmes. Et si les amours automobiles manquaient encore à notre palmarès, cette anecdote me donnait plutôt envie d'en faire une de nos priorités érotiques.

— Je sais ce que tu vas me dire : il n'y a pas de quoi fouetter un chat.

— En effet, admis-je.

— Le problème, c'est qu'à cause de ce type de passe-temps, mon frère est déjà répertorié chez les flics pour un délit ayant trait aux mœurs. Et je peux te garantir que dans le cas qui l'occupe aujourd'hui, ça ne plaide pas en sa faveur.

— Il a déjà été condamné ?

— Non. Il s'en est sorti à chaque fois avec une amende et une sévère réprimande du juge.

À chaque fois. J'en déduisis que l'épisode de la voiture n'était pas le seul de ce genre.

Je dévisageai un instant les clients aux tables voisines. Des hommes et des femmes encore jeunes, tous plutôt séduisants et propres sur eux. Je me demandai lesquels d'entre eux pimentaient leur sexualité avec ce genre de fantaisies. Cantonnaient-ils tous leurs ébats dans leur chambre à coucher ou s'octroyaient-ils parfois un peu plus de fantaisie, quitte à s'exposer à de tels risques ? La libido tendance Louis Barlet était-elle devenue la norme ou m'étais-je engagée avec lui, sans même en avoir conscience, sur les chemins ô combien excitants et néanmoins malaisés de l'illégalité ?

— Qu'est-ce que tu cherches exactement, David ? À me mettre en garde contre ton frère ? À me faire peur ?

Il soupira longuement puis posa une main lourde sur la mienne, que je retirai aussitôt.

— Elle... Toi et moi, c'est du passé, on est d'accord là-dessus. Tu vis avec Louis. Je vais épouser Alice. Je n'ai aucune intention de contester ces choix-là.

— Encore heureux, soufflai-je.

— Je veux juste que tu sois pleinement consciente de la situation. Louis a déjà dérapé. Et, sans chercher à t'effrayer, il est probable qu'il recommence.

— C'est-à-dire ?

— Ne te fais pas plus naïve que tu n'es. Louis n'est pas qu'un collectionneur de BD érotiques ou de films X.

Les séquences enregistrées dans la mémoire de la console me revenaient par flash. Son membre enfourné dans tous ces sexes. Son foutre répandu sur tous ces visages, ces ventres, ces seins…

David me fixa. Ses yeux cherchaient à établir avec les miens une connexion, une sorte de dialogue, que le papillonnement de mes yeux rompait par intermittence.

— C'est un prédateur, Elle. Un consommateur de sexe compulsif. Et, désolé de te dire ça, mais aussi charmante sois-tu, j'ai du mal à croire qu'il se contente éternellement de la même proie. Il n'en a jamais été capable. Pourquoi crois-tu qu'il a eu l'idée de créer Belles de nuit ?

— Pour te trouver une nouvelle Aurore, hasardai-je.

— Faux ! N'importe quel détective privé ou n'importe quel site de rencontres aurait pu faire l'affaire. Il ne l'a conçue que comme un cheptel dans lequel il pourrait se servir d'autant de chair fraîche que l'exigerait son appétit. Il était vraiment insatiable, à l'époque, et je crois savoir que la promiscuité des clubs libertins ne lui convenait qu'à moitié.

Insatiable. C'est exactement l'impression que m'avait laissé le florilège de vidéos hard sur la console de la salle de contrôle.

Quant au projet de l'agence, quand j'avais interrogé Rebecca sur ce chapitre, elle s'était montrée évasive, incapable de se rappeler lequel des deux frères Barlet avait pris l'initiative du projet Belles de nuit.

— C'est bien toi qui as pris des parts dans la société, pas lui, tentai-je de le contrer.

— À *sa* demande ! Et uniquement par amitié pour Rebecca. La pauvre était en loque. Il venait de la larguer pour la je ne sais combientième fois. Mais tu peux vérifier : c'est Louis qui a déposé les statuts de l'agence au centre de formalité des entreprises, et c'est lui qui a inscrit la marque Belles de nuit, au moins un an avant que l'activité ne débute réellement. C'était *son* projet. Pas le mien.

Je n'avais pas remarqué jusque-là le fond musical, qui se fit soudain plus présent. Je ne sais pour quelle raison le patron avait dû juger bon d'en monter le son. Les enceintes distillaient une chanson pop-rock quelconque, comme en diffusent ces radios qu'affectionnent les ménagères et les représentants de commerce, robinet nostalgique donnant la sensation qu'un producteur fou a manipulé nos souvenirs sur la grande table de mixage de la vie.

Les premières notes du morceau suivant me laissèrent hébétée. « *More than this* », se mit à feuler la voix de velours de Brian Ferry. « *More Than This* », l'un des premiers morceaux que Louis m'avait fait entendre aux Charmes. L'une de ces musiques qu'il avait inscrites à la parfaite bande-son de ses ébats.

— Tu peux demander à Rebecca, s'obstina David, comme s'il n'avait pas perçu mon absence. Elle est déjà passée par là…

Je tâchai de me secouer :

— Tu me permettras d'y voir une sérieuse différence : Rebecca n'a pas fait l'objet de tes jeux pervers, elle.

— Toi non plus, se défendit-il, épongeant la sauce sur ses lèvres d'un pan de serviette pliée.

— Tu prétends que tu n'as rien à voir avec les rendez-vous que Louis me donnait dans cet hôtel ?

— Rien, affirma-t-il, et il soutint mon regard sans ciller. Je ne lui ai jamais demandé de te… de te pervertir comme il l'a fait.

Cette version des faits heurtait de front celle confessée par Louis, la veille du mariage annulé, dans la chambre du Chevalier d'Éon. Une version où il n'était que l'exécutant d'un plan conçu par son frère cadet.

Elle contredisait surtout ces indices troublants, ces secrets sur ma manière d'être au lit, que seul David avait pu confier à Louis. Du moins, c'est ce que j'avais cru tous ces mois.

Mais depuis, d'autres éléments étaient venus troubler mes certitudes : la caméra placée dans la chambre à coucher de l'hôtel Duchesnois, grâce à laquelle Louis aurait pu me mater à l'œuvre avec David depuis le sous-sol du bâtiment voisin. Et si David disait vrai ? Et si Louis avait été le seul instigateur de ce piège sensuel dans lequel je m'étais précipitée ?

— Il faut que tu ouvres les yeux : le seul d'entre nous à user du sexe comme d'une arme, c'est Louis.

More than this. Toujours plus de sensations. De maîtresses. De jouissance. D'expériences extrêmes. Toujours plus de sexe, sous toutes ces formes. Je ne voulais pas donner raison à David, mais force était de constater que cela concordait en tous points avec le Louis que je fréquentais depuis un an. Mon amour ne me rendait pas aveugle au point d'oublier tout à fait ces aspects de sa personnalité.

— Pas une arme, défendis-je toutefois mon fiancé. Il n'a jamais cherché à blesser qui que ce soit.

En étais-je si sûre ? Les couinements stridents de la frêle Asiatique sonnaient encore à mes oreilles.

— C'est encore pire ! éructa-t-il en sourdine, contrôlant d'un regard oblique que personne ne profitait de notre altercation. Il est comme un gamin avec un flingue à la place de la bite !

Un tel accès de vulgarité ne ressemblait pas au David que j'avais côtoyé.

— Classe, fis-je semblant de m'offusquer.

— Tu comprends très bien ce que je veux dire : il croit faire plaisir et *se* faire plaisir, mais il se fiche complètement des pots cassés sur son passage. Et Rebecca n'est pas la seule à en avoir fait les frais, crois-moi.

Sophia ? Salomé ? Qui d'autre encore, combien de filles attirées par son aura unique et sacrifiées sur l'autel de ses orgies, comme les victimes expiatoires de je ne sais quel obscur rituel ésotérique ?

— Vas-y, raconte, tu m'intéresses, le pressai-je, prise d'un brusque haut-le-cœur, repoussant mon assiette à moitié pleine d'une main dégoûtée.

Il se pencha à nouveau vers moi et continua à voix très basse, sur un ton de conspirateur :

— Bon d'accord, j'ai fréquenté des hotelles, moi aussi. Tu es bien placée pour le savoir... Enfin, je n'en ai pas fait une habitude.

— Viens-en au fait.

— Une fille que j'ai vue une fois s'est un peu épanchée auprès de moi. En la sondant, j'ai découvert qu'elle avait passé au moins une douzaine de nuits avec Louis.

Figurait-elle sur les vidéos ? À quoi ressemblait-elle ? Je muselai ma curiosité et fis signe à David de poursuivre tandis que la serveuse repartait avec nos assiettes, visiblement contrariée que nous n'ayons pas fait honneur à leur contenu.

— Elle m'a dit qu'elle était tombée sur des carnets qu'il tenait. Qu'il y consignait absolument tout sur ses conquêtes, dans les moindres détails, y compris les plus scabreux.

L'ancêtre du Dix-fois-par-jour, songeai-je avec une rage contenue. Une version primitive des notes anonymes qu'il m'avait envoyées, plusieurs semaines durant, avant même le début de notre relation occulte.

Jusque-là, les révélations de David m'avaient moins choquée que vexée. Mais que Louis dédie sa plume à la première fille culbutée à la va-vite me scandalisait, moi qui croyais être la première !

— Chacun ses hobbies, je suppose, dédramatisai-je, les dents serrées.

— Ce n'est pas fini. La jeune femme m'a laissé entendre que Richard – c'est le pseudo qu'il prenait à l'époque dans le cadre de ses rencontres éphémères – diffusait les meilleurs passages de son journal intime sur Internet. Et parfois même les accompagnait de photos de ses partenaires. Des photos volées et osées, d'après elle.

Un frisson glacé me parcourut de part en part.

— Tu lui as parlé de ces rumeurs qui couraient à son sujet ? remontai-je au créneau, prête à soutenir mon homme coûte que coûte.

— Bien sûr. Il a commencé par nier. Puis il a avoué en minimisant et en me jurant que c'étaient des erreurs de jeunesse, qu'il ne « touchait plus à ça » depuis longtemps.

On aurait dit le plaidoyer d'un junkie présenté devant la justice ou confronté à ses médecins. J'avais beau savoir que le sexe pouvait devenir une addiction, un poison aussi destructeur que n'importe quelle drogue, je ne parvenais pas à me figurer Louis dans ce rôle. Cela ne pouvait pas être vrai !

— Ces publications sur le Net, tu les as vues ?

— Non. Mais je ne vois pas pourquoi cette fille aurait fabriqué une histoire pareille.

Si la folle passion de Louis pour le sexe était indéniable, je ne l'avais jamais envisagée chez lui comme une maladie. Il y mettait trop d'attention, de raffinement, de culture même, il impliquait tant son âme et son intelligence que cela ne cadrait pas avec le monstre compulsif assoiffé de nouveauté que David cherchait à me dépeindre. Chez Louis, le sexe ne m'était jamais apparu comme une dépendance, une substance dont le manque l'aurait plongé dans des états seconds mais, au contraire, comme un art de vivre. J'en prenais pour preuve ces innombrables lectures qu'il m'avait conseillées et qui comptaient tant pour lui. S'il était vraiment hypersexuel, aurait-il supporté les atermoiements qu'il avait lui-même imposés à notre découverte sensuelle ?

— Tu veux savoir autre chose ?

Cette manière d'étirer entre nous le désir jusqu'à l'insupportable. Cet art consommé des préliminaires et des jeux qui préfiguraient l'apothéose finale. Un tempo aussi lent, aussi patient, ne collait pas avec la soi-disant fringale physique, violente et irrépressible, d'un dingue qui n'aurait eu de cesse de se jeter sur sa proie pour s'en repaître, jamais rassasié. Louis n'était pas comme ça. Pas avec moi, en tout cas.

— Elle… me rappela David en me secouant doucement le bras. Tu veux savoir autre chose ?

— Non merci, ça va.

Je me repris aussitôt.

— Si, juste un détail...

— Oui ?

— Dis-moi : tu es bien né le 5 janvier 1970 ?

— Oui. Oui... bien sûr.

Les muscles de son visage se contractèrent brusquement en un masque dur. Celui du capitaine d'industrie. Celui de l'homme capable de licencier n'importe lequel de ses salariés d'un mot griffonné sur un simple Post-it – l'anecdote était authentique et m'avait été confirmée par de nombreux salariés de BTV, dont Albane.

— Pas en 1969 ? insistai-je.

— Non, en 1970, tu le sais bien. Pourquoi me demandes-tu ça ?

— Pour rien. Comme ça. Sur le projet de notre contrat de mariage...

Il jouait nerveusement avec son verre d'apéritif, infligeant au liquide rosé une rotation qui menaçait de le faire déborder du verre.

— Eh bien ?

— Ta date de naissance était le 5 janvier 1969.

— N'importe quoi !

Il écarta cette hypothèse d'un geste agacé.

— Ce doit être une erreur de saisie.

La même excuse commode que celle que j'avais servie au notaire de maman.

— De toute façon, plus personne ne fait son travail correctement dans ce pays. Même recopier une date, c'est la mer à boire, de nos jours.

Son couplet aigri ne m'intéressait pas. Je voyais bien qu'il ne m'en dirait pas plus.

D'un geste vaguement approbateur, je coupai court à sa litanie réactionnaire – elle s'inscrivait dans le discours ambiant, celui de ce mal français, laxisme, paresse, laisser-aller, qui poussait de plus en plus de nos concitoyens à tenter leur chance à l'étranger. Je posai ma serviette sur la table pour signifier que j'en avais fini, du dîner comme des questions.

Comme s'il espérait ce signe libérateur de ma part, David s'était déjà levé pour régler le repas, attendant au comptoir que le lecteur de carte bleue soit disponible.

Dehors, une nuit printanière tombait au ralenti sur l'avenue traversée de vélos en libre service et de couples qui déambulaient nonchalamment, bras dessus, bras dessous. La nuit s'annonçait douce. Deux spécimens chic et élancés longèrent la devanture, enlacés, et m'adressèrent un regard apitoyé. Il faut croire que je leur faisais de la peine, seule à ma table, la tête écroulée entre les mains, les yeux prêts à fondre. Après un bref signe destiné, je suppose, à chasser ma morosité, ils s'éloignèrent, brusquement habillés d'un rayon de soleil retardataire avant de disparaître dans la pénombre, comme happés par leur nuit de tendresse à venir.

C'était un beau soir pour un dîner en amoureux, pensai-je. Une bien belle soirée, parfaite pour une promenade à deux. Et je l'avais passée avec mon ex, à l'écouter salir l'homme que j'aimais. David prétendait m'apporter son aide ; il n'avait fait qu'assombrir un peu plus encore le cours chargé de mes pensées.

Nous nous quittâmes sans un mot devant nos portes jumelles. Une fois dans l'entrée, je résistai à la tentation de descendre au sous-sol et à celle, plus cuisante encore, d'activer la surveillance de l'hôtel Duchesnois. À quoi bon ? J'avais déjà surpris David et Alice dans leur intimité. Et je la considérais avec à peu près autant de commisération que ce couple avait eue à mon égard devant le restaurant.

Je me vautrai plutôt sur mon lit, rejointe par Félicité, comme moi en manque de chaleur. L'air qui s'engouffrait par la fenêtre entrouverte était frais. Mais ce n'est pas lui qui me glaçait le plus. Il y avait ces idées, ces images, ces mots, plus sournois les uns que les autres. La fresque esquissée par David infusait en moi et révélait peu à peu ses contours.

Soudain, je me redressai d'un bond, éjectant sur le dessus-de-lit ma chatte ébouriffée.

— Mon ordi, bordel… Où j'ai fourré mon ordi ? pestai-je contre moi-même, avant de le retrouver à moitié enseveli sous un oreiller.

Je soulevai l'écran de l'appareil, ce qui eut pour effet de le mettre aussitôt sous tension. Une fois mon mot de passe saisi, je me précipitai sur le navigateur Internet. Face au champ de recherche, je restai interdite quelques instants. Que fallait-il taper ? Quels étaient les mots justes ? Je tentai plusieurs formules, que j'effaçai toutes l'instant d'après, avant d'arrêter mon choix sur celle-ci : « journal + intime + sexe + Richard ».

Puisqu'il se présentait sous cette identité à ses partenaires d'un soir, cela me semblait le plus logique. Google n'était pas de mon avis, car parmi l'avalanche de résultats qui s'affichèrent sur l'écran, aucun n'était probant. La première occurrence évoquait les tumultueuses amours de Richard Burton et Liz Taylor. La seconde un roman érotique anonyme intitulé *Journal intime de mon sexe* – je notai le titre pour une possible lecture ultérieure. La troisième, toutefois, intitulée *Journal intime d'une escort girl*, attira mon attention. Mais il s'agissait manifestement d'une fausse confession, probablement rédigée par un auteur professionnel, destinée à attirer les visiteurs et vendre son comptant de publicité en ligne.

— Idiote, m'invectivai-je à mi-voix. Pourquoi se serait-il caché ?

Tant que le nom des Barlet était protégé, pourquoi dissimuler le reste de son identité ? Mieux : pourquoi utiliser la couverture inventée pour les hotelles au risque de la cramer pour l'*escort* suivante ?

Je réitérai donc ma requête en remplaçant le prénom : « journal + intime + sexe + Louis ».

Les liens que j'avais déjà vus occupaient désormais les deuxième et troisième places du listing. Quant à la première, la seule qui capta mon attention, tout était résumé dans son intitulé, d'une cinglante actualité. Je fus submergée par une vague géante qui me coupa le souffle et noya le cri de rage qui sourdait déjà dans ma gorge.

ELLE & LOUIS – Journal d'une passion érotique
elle-et-louis.leblog.fr/index.html
10 mai 2010 – Elle & Louis est le journal d'une relation érotique et passionnelle, narrée dans les moindres détails, et dont certains choix intimes sont régulièrement soumis au vote de ses lecteurs...

9

21 mai 2010

J'avais suggéré le café Marly à défaut d'une autre idée. Nous revoir là où nous nous étions rencontrés la fois précédente tombait sous le sens. François Marchadeau approuva d'ailleurs ce choix sans discuter, et rendez-vous fut pris pour l'après-midi même. Pourtant, le convaincre de me revoir n'avait pas été chose facile, le journaliste et ami de David nourrissant plus d'une réserve à mon égard.

— Soyons bien clairs : j'accepte de vous voir, mais je n'oublie pas pour autant ce qui s'est passé il y a un an.

Le désastre du mariage avorté – François devait être le témoin de David – mais aussi ces confidences compromettantes que je l'avais poussé à me faire sur le compte de son vieil ami.

David, lui, n'était pas dupe. Il s'était bien douté quelle était ma source d'informations, et leur amitié n'avait tenu qu'à un fil. Ou, plutôt, à un filet de tennis, le duo réglant ses comptes à grand renfort de smashes et de passing-shots bihebdomadaires.

— Je ne vous demande pas d'oublier.

— De toute façon, je ne vois pas bien ce que je peux faire pour vous…

— David pense au contraire que vous pouvez m'être très utile, bluffai-je. Enfin, à son frère.

— Vous avez revu David ?

— Nous avons dîné ensemble hier soir.

— Vraiment ?

— Vraiment… Vous pouvez vérifier. Il n'y a que les idiots qui n'enterrent pas le calumet de la paix.

Ça ne voulait rien dire, mais j'adorais mixer de la sorte les proverbes et autres adages populaires : Ne pas y aller avec le dos de la main morte, ou L'hôpital qui se fout de l'auspice, étaient mes expressions-valises préférées. Leur absurdité composite me disculpait d'avoir recours à de tels lieux communs.

Marchadeau était du genre à apprécier ce genre d'humour littéraire. Je l'entendis sourire à l'autre bout du fil, puis il confirma l'heure de notre entrevue.

J'arrivai la première sous l'arcade orientée plein sud, inondée de soleil en ce milieu d'après-midi. La terrasse était bondée, et j'eus du mal à obtenir une petite table, plutôt mal placée, en bordure d'allée.

Sur le plateau encore maculé de sucre et de café traînait un exemplaire du quotidien *Le Figaro*, notoirement conservateur. Outre les gros titres de l'actualité économique et internationale, une accroche retint mon attention en bas de page : *Sexe et art : peut-on tout se permettre ? (suite page 12)*. Je tournai fébrilement les grandes feuilles de papier journal et tombai enfin sur un portrait en quart de page d'Antoine Gobert, aussi laid et suffisant qu'au naturel. Dans l'encadré qui lui était consacré, le président de l'APECEP déplorait en des termes fort peu amènes ce qu'il désignait comme « le cancer pornographique ». Hélas, je mesurais maintenant les effets aggravants de notre intervention à son bureau. L'homme semblait plus déterminé que jamais à mener sa croisade morale contre « les amuseurs pornographes qui tentent de présenter à nos enfants la violence sexuelle comme un simple loisir ». Louis était cité nommément, et la galerie Sauvage-Barlet dépeinte comme l'un des principaux suppôts de cette œuvre maléfique. De telles attaques tombaient au plus mauvais moment pour Louis.

Ce ramassis de bêtises me donna la nausée, et je tentai de diluer mon dégoût dans un Monaco bien frais. À elle seule, cette charge justifiait ma présence en ce lieu, ainsi que celle de l'homme qui fit alors irruption devant moi.

— Je me répète sans doute, mais vous êtes toujours aussi ravissante.

Le journaliste m'apparut baigné d'un halo de lumière aveuglante, chemise blanche et panama crème, tenue très détendue pour un jour de semaine. Il ne manquait pas de classe, et même d'un certain charme, si l'on aimait ce style baroudeur chic qu'il entretenait savamment.

— En effet, vous vous répétez. Mais je supporterai, minaudai-je.

Il tira le petit fauteuil rouge à surpiqûres blanc cassé qui me faisait face et s'y affala de tout son poids, avec cette aisance proche de l'arrogance qu'affichent les Parisiens dès lors qu'ils jouissent d'un certain niveau de vie.

Sans lui laisser le temps de passer sa commande, je brandis le journal sous ses yeux, ouvert à la page ignominieuse.

— Hum… Que suis-je censé dire ? me questionna-t-il, après avoir survolé le papier d'un œil distrait. Que je désapprouve les principes de ce monsieur ?

— Je ne vous demande pas d'adhérer à ce que fait Louis. Je vous demande de nous aider à contrer cette campagne qui le traîne dans la boue.

Il haussa les sourcils d'un air perplexe.

Je ne pouvais lui en tenir rigueur. Car, pour ce qui était de se vautrer dans la fange, mes découvertes de la veille au soir tendaient à me prouver que Louis se débrouillait très bien tout seul.

Je n'avais pas lu dans leur intégralité les notes publiées sur le blog Elle & Louis, mais ce que j'avais compulsé avait suffi à me mortifier : la plupart de ces billets se présentaient comme des retranscriptions fidèles, presque à l'identique, de nos confessions dans le Dix-fois-par-jour. Celui-là même qui avait disparu de notre chambre numéro un. Le pire n'était pourtant pas là. Le pire, c'était en effet ce système de vote qui proposait aux internautes d'évaluer selon leur goût, de une à cinq étoiles, chacune des scènes relatées. Ainsi les épreuves informelles dont Louis ponctuait nos effusions ces dernières semaines se trouvaient-elles soumises à l'appréciation de chacun et mes performances notées comme celles d'une pouliche après la course. Je vous fais grâce des commentaires grivois, parfois même orduriers, qui ne semblaient avoir fait l'objet d'aucune modération.

Ce n'était pas seulement dégradant, humiliant, c'était un viol de notre intimité. De *mon* intimité. Je me sentais exposée en vitrine, livrée aux yeux de tous, comme les sexes qui s'étaient étalés dans celle de la galerie Sauvage. Et si le jansénisme d'Antoine Gobert provoquait chez moi une réaction de rejet épidermique, je partageais désormais ses positions sur un point : tout ne pouvait pas être montré, ni à n'importe qui... Et encore moins à l'insu de celui qu'on donnait ainsi en pâture. Louis, mon amour, Louis, mon homme et ma passion, Louis que je ne cesserai jamais d'aduler malgré les pires avanies, Louis qui me ravissait, me déconcertait, me chamboulait à chacune de ses actions, cet homme-là venait bel et bien de me trahir.

À moins qu'il s'agisse d'un nouveau jeu, d'une ultime facétie pour tester la force et la résistance de mes sentiments ? N'avait-il pas risqué son lien fraternel pour moi ? Jusqu'à l'intégrité de sa famille ? Et moi, que lui apportais-je en échange ? À l'aune de quel sacrifice pouvait-il mesurer mon amour ?

Je renonçai pour le moment à dévoiler l'existence du site à Marchadeau. L'exposition de David Garchey, la plainte de Gobert, la réputation de Louis, tout cela me semblait suffisamment accablant.

— C'est David qui vous a promis mon aide ?

— Non, admis-je. C'est moi seule qui vous sollicite.

— Que pensiez-vous que je puisse faire ?

— Je ne sais pas. Un propos qui élève un peu le débat : un avis d'expert, du genre…

Je réfléchis un instant avant de me lancer :

— Du genre : l'avant-garde artistique a pour vocation de bousculer les conventions, et l'usage de la sexualité dans les œuvres les plus novatrices a toujours été un levier particulièrement puissant pour permettre des avancées sociales plus vastes qui excèdent largement ce qui se passe dans les chambres à coucher, échafaudai-je précipitamment. Le sexe en tant qu'art est, en quelque sorte, le brise-glace du conformisme et de l'immobilisme des classes. Si l'on interdit de telles formes artistiques, c'est l'obscurantisme le plus sombre qui nous guette.

Un friselis dans son œil m'indiqua qu'il aimait la formule.

— C'est pas mal, « le brise-glace du conformisme ».

— Oui, enfin, dis-je avec modestie, ce n'est pas moi qui vais vous apprendre comment écrire ce genre de papier.

Puis il revint à son expression plus neutre, plus distanciée.

— Il n'empêche, maugréa-t-il. Je ne vois pas bien ce que je pourrais faire. *L'Économiste* n'est pas à proprement parler un magazine d'opinion. Et puis, je n'en suis que le modeste rédacteur en chef adjoint. Aujourd'hui, dans la presse, pour jouer les Zola, mieux vaut s'assurer de l'appui des actionnaires avant de prendre la plume. Sinon, c'est le chômage assuré.

En d'autres termes, cela voulait dire non. Un non irrévocable et sur lequel je vis bien qu'il était inutile de revenir.

Je perçus néanmoins, à son regard soudain plus débonnaire, presque amical, qu'il ne cherchait pas à jouer contre moi. Juste à préserver ses intérêts. N'avait-il pas mentionné une vie familiale instable, lors de notre précédente rencontre ?

— Côté boulot, reprit-il, ce n'est pas trop difficile après ce qui s'est passé à BTV ?

À l'évidence, il posait la question pour la forme. Car il ne pouvait ignorer la politique de la terre brûlée dont usait David Barlet.

— Disons que les portes ne s'ouvrent pas en grand devant moi.

— J'imagine, répondit-il en trempant ses lèvres dans le demi qu'une ombre en tablier venait de déposer devant lui.

Il posa son chapeau de soleil sur la table et me considéra comme on soupèse la marchandise, sirotant son jus de houblon, frais et mousseux.

— Ça vous dirait, une petite chronique dans mon magazine ?

— Je ne vous suis pas : je croyais que vous ne pouviez rien pour moi.

— Je ne vous parle pas de votre mission de pasionaria au service de son homme. C'est très touchant mais, je vous le confirme, il n'y a rien que je puisse faire dans nos pages. Non, maintenant que je vous vois, j'envisage quelque chose pour *vous*.

— Pour moi ?

J'avais prononcé cette question avec la candeur d'Alice dans la version de Walt Disney, quand le chapelier fou et le lapin lui souhaitent un « Joyeux non-anniversaire ». Il dut y songer aussi, car il répliqua du tac au tac :

— Pour vous, ma chère. Que diriez-vous, dans un premier temps, d'une chronique dans la version online de *L'Économiste* ?

— Une chronique ? Mais sur quoi ?

La chronique régulière constitue, pour le journaliste de presse écrite, une forme ultime de consécration. Ne sont admis d'ordinaire dans le cercle très fermé des chroniqueurs de news magazine que des plumes chevronnées, par ailleurs écrivains, chercheurs, professeurs d'université, éditeurs ou patrons de presse, dans tous les cas des intellectuels respectés.

J'étais certes néophyte, mais pas au point d'ignorer ce genre de règle élémentaire.

— Je pensais à une sorte de journal de bord masqué, que vous signeriez sous pseudo : La Vie privée d'un patron du CAC. Ou quelque chose dans le goût.

— Le caque ? me fis-je plus blonde que je ne l'étais, un peu submergée par la surprise que suscitait en moi une telle offre.

— Le CAC 40, Elle, le CAC 40.

Il se désaltéra à nouveau et attendit patiemment que je morde à l'hameçon.

— Vous voulez que je tienne un journal anonyme sur la vie privée de David ?

— Pas sur sa vie intime. Il ne s'agit pas de faire dans le people. Pour ça, David s'en sort très bien tout seul.

Il faisait évidemment référence au reportage bouffonesque des jours précédents.

— Quoi, alors ?

— Des papiers d'ambiance, un côté *embed*, comme disent les Américains : le quotidien d'un homme de pouvoir, sa journée type, ses tracas, ses travers, ses manies, ses doutes. Tout ça à travers le regard d'une femme qui partage sa vie.

— Justement, j'ai quitté David depuis presque un an. Vous le savez.

— Bien sûr. Mais vous êtes sans doute celle qui l'a approché de plus près ces dernières années. Rien ne vous empêche de broder un peu, d'extrapoler sur ce que pourrait être sa vie aujourd'hui.

Je restai déconcertée, le regard fixé sur les grappes de touristes qui convergeaient vers la pyramide de verre dans la cour du Louvre, puis revins enfin à lui.

— Excusez-moi, mais je ne comprends pas bien vos motivations : David est votre ami. Pourquoi lui faire un coup pareil ?

— Ce n'est pas un coup, ni contre lui ni pour le journal. David ne sera pas nommé, et toutes les situations seront modifiées pour masquer son identité et celle de ses proches.

— Mais alors, quel est l'intérêt ?

Il élargit le sourire qui était né sur son visage depuis qu'il avait abordé ce sujet.

— Contrairement à ce que vous pouvez croire, ce projet joue au contraire en sa faveur. Même si on reconnaît David derrière le masque. *Surtout* si on le reconnaît.

— Je ne vois pas en quoi divulguer la marque de ses céréales ou la raison de ses crampes d'estomac redorera son blason dans l'opinion, taclai-je.

— David se fiche pas mal de l'opinion publique. Et si vous voulez mon avis, il a tout à fait raison.

— Mais qui veut-il atteindre, alors ?

— Vous avez sans doute entendu parler de GKMP ?

— Moui, approuvai-je mollement.

— C'est le premier groupe sud-coréen de télévision privée. Le Canal + du Sud-Est asiatique, en quelque sorte.

Les fameux Coréens, ceux avec lesquels David avait si souvent rendez-vous pour déjeuner ou pour dîner lorsque nous vivions ensemble, au point que j'avais fini par croire qu'il s'agissait d'un alibi fallacieux pour d'autres activités plus secrètes. Après tout, j'étais la preuve vivante qu'il résistait à peine mieux que son frère aux charmes de certaines rencontres tarifées.

— Bon... David prépare une fusion entre les deux groupes. Les négociations ont tellement duré que les rumeurs filtrent depuis plusieurs mois déjà. Mais, quand même, je ne vous ai rien dit.

— Et en quoi j'interviens là-dedans ?

— Disons que David fait tout ce qui est en son pouvoir pour que le groupe Barlet ne soit pas l'entité qui se fera croquer par l'autre. C'est toujours le risque, quand on opère des mouvements capitalistiques à si grande échelle. Il veut faire en sorte que le marché conclu soit le plus équitable possible. Et, dans ce genre de guerre des nerfs économique, tous les messages envoyés au marché comptent. Y compris ceux qui impliquent directement les patrons des deux groupes respectifs. En clair, c'est le moment ou jamais pour lui de briller dans les médias. De se montrer à son avantage aux yeux des actionnaires, si vous préférez.

Cela pouvait expliquer la mise en scène avec Alice. Et aussi cette idée de chronique qui venait de germer dans l'imagination de François Marchadeau. Une idée peut-être soufflée par son vieil ami..

— Je comprends, mais pourquoi ne le faites pas vous-même ? Vous connaissez David depuis bien plus longtemps que moi. Et vous n'avez pas le même…

— Passif ? suggéra-t-il.

— Oui.

— C'est vrai. Mais je n'ai jamais mangé les mêmes céréales que lui au petit déjeuner, ni soigné ses crampes d'estomac. Pour ce genre d'articles, le métier ou le style comptent moins que le vécu. Le lecteur veut vivre au plus près du personnage.

Mon téléphone portable, posé sur la table, se mit à vibrer. Le visage de Sophia apparut sur l'écran.

Mon interlocuteur, s'immisçant sans se gêner dans ma sphère privée, se tordit le cou pour apercevoir le visage rieur de la jolie brune aux cheveux bouclés.

— Qui est-ce ?

— Ma meilleure amie.

— Très jolie.

Je pressai la touche tactile rouge, renonçant à l'appel. Le sourire de Sophia s'effaça aussitôt.

— Écoutez, dans l'immédiat, je ne le sens pas, finis-je par confesser.

— Réfléchissez. Vous n'êtes pas obligée de me répondre tout de suite.

— Ce n'est pas une question de temps.

— Pour moi, si. La fusion Barlet-GKMP doit avoir lieu dans quelques semaines. Peut-être moins. Si vous tardez trop, ça n'aura plus aucun intérêt pour *L'Économiste*.

— J'ai bien compris.

— Dans ce cas…

Il récupérait déjà son panama, prêt à se lever, quand je saisis l'occasion :

— À propos de David, vous saviez qu'il était né le 5 janvier 1969, et pas en 1970, comme on lit partout ?

Ma question le laissa interloqué.

— Pardon ?

— Sur notre contrat de mariage, il est indiqué que David est né le 5 janvier 1969, et non 1970, comme je l'avais toujours cru.

— Ce doit être une erreur.

— Vous êtes sûr ?

— On ne peut plus sûr : on a rempli nos dossiers d'inscription à l'HEF ensemble. Je l'ai vu de mes yeux indiquer sa date de naissance sur le formulaire.

François Marchadeau était assez malin pour savoir que son témoignage ne prouvait rien. Rien sinon que David produisait cette date à chaque fois qu'il en avait l'occasion.

Mais je n'insistai pas plus. Pas pour le moment.

— Vous avez raison. Le notaire a dû se tromper.

Ce soir-là, l'hôtel de Mademoiselle Mars me parut plus vide et plus lugubre que jamais. Sans la présence de Félicité, il m'aurait semblé presque hostile. Je ne parvenais pas, à l'instar de Louis, à me nourrir avec profit des fantômes de son passé. Malgré son charme et la réussite indéniable de sa restauration, il ne m'apparaissait la plupart du temps que comme un musée dont j'étais une simple visiteuse et qu'on me sommerait de quitter à la fermeture.

Depuis la veille, je n'avais pas trouvé le temps de vérifier les insinuations que David avait égrenées au cours de notre dîner. Comme le soir précédent, je m'installai donc sur le lit, mon chat étendu contre mon flanc, et posai mon ordinateur portable sur mes genoux. Le registre des sociétés, que j'avais pourtant interrogé un an auparavant en consultation gratuite, me confirma la première des informations : Louis était bien celui qui avait déposé les statuts de la SARL Belles de nuit, le 13 février 1992.

La base de données en ligne de l'INPI, consignant les dépôts de marques, donna une seconde fois raison à David : un certain Louis Barlet y avait enregistré la dénomination Belles de nuit dans la très vaste classe 41, fourre-tout regroupant pêle-mêle les services d'éducation, formation, divertissement, ainsi que les activités sportives et culturelles. La démarche, comme David l'avait suggéré, remontait à une année avant le début de l'activité de l'agence, soit au mois d'avril 1991.

Le doute n'était plus possible. Quand bien même David avait fini par prendre des parts dans la société, c'était Louis, et Louis seul, qui avait été à l'origine de sa création.

Mais pourquoi ? La lubricité était-elle alors son unique motivation, comme son frère me l'avait laissé entendre ? La recherche de la nouvelle Aurore n'avait-elle servi que d'alibi bien commode à sa soif inextinguible de débauche ?

Je quittai mon lit d'un bond et m'habillai pour sortir. Tout m'agressait, soudain, dans ce décor idyllique mais que je n'avais pas choisi. Tout devenait insupportable, comme si chaque détail, la moindre frise, la moindre fresque, la moindre couche d'or ou de peinture, menaçait de révéler, à son tour, une vérité sur Louis que je ne voulais ni voir ni entendre. Je remarquai, alors que je franchissais déjà le seuil de la maison, que mon présent fiancé comme son prédécesseur m'avait imposé son cadre de vie, telle une évidence. Parce qu'on ne refuse pas un tel luxe, autant d'histoire et de beauté, quand on ne possède rien. Mais quelle part de moi y avait-il en ces lieux ? Aurais-je élu pour domicile l'un ou l'autre de ces hôtels particuliers si j'avais eu le choix ? Me ressemblaient-ils un tant soit peu ? Si la question m'avait été posée, ne leur aurais-je pas préféré la page blanche d'un appartement moderne et fonctionnel, où nous aurions pu écrire une belle et nouvelle histoire, délestée du poids des amours passées ?

Je ressentis le besoin impérieux de me réfugier dans un lieu familier. De me lover dans des draps accueillants. De laisser mes yeux errer sur un plafond ami. Le pavillon de Nanterre était vendu. Quant à mon appartement parisien, il n'existait pour l'instant qu'à l'état de rêve. Vraiment, je ne voyais qu'une seule adresse où je puisse me sentir chez moi : les Charmes, et la chambre un. La Joséphine.

10

25 mai 2010

Ses mains dégrafèrent mon soutien-gorge avec lenteur et minutie. Aucune précipitation dans ses mouvements. Aucune impatience. Il devait jouir tout son saoul du spectacle : je savais qu'il aimait me contempler ainsi, mystérieuse et fragile. Lorsqu'il eut glissé les deux bretelles au bas de mes épaules et que la pièce de dentelle rose nacré fut tombée sans bruit sur le tapis, il colla son buste contre mon dos, le nez posé sur ma nuque tel un papillon aux ailes déployées, son souffle chaud faisant voleter quelques mèches folles, ses paumes calées sous mes deux seins pour les arracher à la gravité.

— J'aimerais ne plus jamais bouger, murmura-t-il à mon oreille.

— Je sais. Moi aussi.

Contredisant aussitôt ce qu'il venait de professer, il lâcha ma poitrine et agrippa plutôt mes hanches, dont la rondeur semblait gonfler d'aise et d'envie au contact de ses mains. Tout homme est un sculpteur, voyez-vous. Nous, les femmes, ne leur disons jamais assez. Nous ne valorisons pas suffisamment cette capacité que leurs étreintes ont de nous façonner, d'exalter nos défauts, de les muer en voluptueux volumes. Je n'avais pas maigri, tant s'en faut, au cours de l'année écoulée. La faute à notre sédentarité et au room-service assuré par Ysiam. Mais mes formes pétries, palpées et aimées par Louis avec tant d'ardeur me paraissaient bien plus gracieuses qu'autrefois. Elles n'étaient plus ce motif d'inconfort ou de complexes. Par la vertu de ses cajoleries, elles avaient gagné un sens qui leur faisait auparavant défaut. Elles ne s'épanouissaient plus de manière stérile. Elles vivaient pour lui et me donnaient en retour un plaisir inédit. Après les avoir détestées, puis tout juste tolérées, je finissais enfin par les aimer. Elles étaient l'ancre du désir de Louis. La grande voile de ses fantasmes. L'étrave de mes plaisirs.

Dévalant le renflement de mes fesses, sa main droite s'immisça entre elles, écartant les deux lèvres déjà gonflées, légèrement humides. Un majeur s'introduisit en moi, visiblement curieux de sonder l'état de mon vagin. Était-il prêt à plus ? Assez humecté ? Ses flancs s'effaçaient-ils sans résistance, désormais disposés à d'autres inquisitions ? Il tourna le doigt comme pour les élargir, pressant mes muqueuses, par endroits douces, ailleurs plus rugueuses, de plus en plus sensibles.

Insensiblement, sans même m'en rendre compte, j'avais creusé mes reins, basculé mon bassin en arrière, tendu les fesses vers lui. Nous le savions déjà, et l'avions expérimenté à de nombreuses reprises, les positions debout nous convenaient bien. Nos tailles et nos morphologies respectives nous prédisposaient à de telles acrobaties. Un tabou subsiste, y compris dans les couples où l'on échange le plus librement sur ces sujets : tous les corps ne s'accordent pas de manière idéale, tous ne sont pas formés pour permettre l'ensemble des combinaisons.

Louis m'a expliqué un jour que le Kâmasûtra, cet ouvrage de référence sur la vie sexuelle des amants, dispensait une théorie à ce sujet, attribuant à chaque homme et à chaque femme un animal totem en fonction de la manière dont son corps et ses organes génitaux sont en accord. Taureau, cheval ou lièvre pour les hommes ; éléphante, jument ou biche pour les femmes. Parmi les neuf combinaisons déterminées par ces attributs, deux seraient franchement défavorables, à savoir celles qui réunissent les opposés les plus flagrants (cheval et biche, lièvre et éléphante), quatre s'avéreraient moyennes et, enfin, les trois où les égaux s'accouplent seraient les plus favorables. Était-il lièvre ou taureau ? Étais-je biche ou jument ? Je n'en sais rien. Mais son membre, long et fin, s'adaptait parfaitement à mon sexe dans toutes les positions où la pénétration était malaisée.

Il enfourna sa verge en moi, d'une embardée sèche du pubis contre mes fesses. L'une de ses mains empoignait ma taille. L'autre s'agrippait à mon épaule. Il allait et venait en moi avec l'assurance de celui qui se sait accueilli, attendu, espéré, seigneur en son fief. Chaque coup de boutoir m'élargissait et menaçait l'équilibre fragile de notre cathédrale de chair frémissante.

Mais je ne voulais pas qu'il me ménage. Pas par crainte de le décevoir, mais par souci de ma propre satisfaction. J'aimais le sentir aller loin en moi, me percer de part en part, flatter le seuil de mon utérus comme on tutoie les anges. Ses incursions en moi n'étaient jamais assez fougueuses, jamais assez profondes.

— Vas-y plus fort, l'exhortai-je à mi-voix.

Alors je le sentis fléchir un peu les genoux pour trouver un angle qui le propulserait d'un seul coup dans le boulevard sans fin de mon sexe. Loin, loin dans ma nuit chaude et moite. Je ne pus retenir le cri qui suivit ce subtil changement.

— Oui ! Oui !

Il arrivait que je hurle des « Oui » chapeautés d'un L, son prénom devenant synonyme de plaisir.

Advint enfin ce qui survenait souvent lorsqu'il me prenait de la sorte. Les prémices de mon orgasme me tabassaient si fort, déflagrations sourdes qui partaient de mon vagin et se répandaient tout autour, dans mon ventre et mes cuisses, que j'en perdis toute résistance. Je me sentis chanceler sur mes jambes de coton et basculer en avant, retenant son sexe en moi d'un geste désespéré, tentant de me retenir à ses reins ou à ses fesses. Je chutai alors de tout mon poids sur le lit, écrasée par mon partenaire qui, sans me laisser la moindre seconde de répit, pistonnait mon con grand ouvert, livré à lui sans aucune entrave. J'adorais qu'il me comble ainsi, affalé sur mon dos, pesant sur moi de toute sa masse. Certaines fois, il écartait mes cuisses sans ménagement. D'autres, il glissait un pouce ou un index humecté dans mon anus transi d'effroi, dont le sphincter se soumettait pourtant dès le premier essai. D'autres encore, il passait une main entière sous mon ventre et venait titiller mon clitoris enseveli entre ma toison et les plis du drap. La conjonction des deux attaques avait raison de moi en quelques secondes. Cette fois encore, il me fit exploser de plaisir instantanément.

— Ohhhh... Louis...

Des souvenirs tels que celui-ci, consignés dans notre Dix-fois-par-jour et dévoilés à tous sur le blog – je le consultai à nouveau ce soir-là, tremblante de rage et d'envie –, Louis et moi en avions des dizaines entre ces murs. Si cela avait été possible, nous aurions remplacé les pans de tissu pourpre par autant de miroirs, pour contempler à loisir les amants déchaînés qui, jour après jour, gravaient leurs deux noms à la surface du verre. Elle & Louis. Voilà ce que m'évoquaient nos prénoms accolés. Pas une exhibition en ligne fétide à destination de masturbateurs solitaires.

Je crois que je me suis caressée dans un demi-sommeil, en songeant à toutes nos folies d'avant. J'étais la seule à avoir le droit de le faire.

Tard dans la soirée, je fus prise d'une fringale et appelai l'office. Ysiam décrocha et, une dizaine de minutes plus tard, il me délivra en personne le club-sandwich demandé.

— Vous allez bien mademois'Elle ? Vous êtes contente de rentrer à la maison ?

Était-ce si évident ? Mon expression trahissait-elle à ce point la satisfaction que je ressentais à réintégrer cette chambre, *notre* chambre ? Le gentil groom s'était arrangé pour m'obtenir la Joséphine, en dépit d'un planning de réservation défavorable. Je crois que j'aurais pu lui demander la lune rôtie au petit déjeuner, selon l'expression consacrée de maman, il se serait débrouillé pour me l'obtenir.

Pour le Dix-fois-par-jour, cependant, il fut impuissant. Et mes propres recherches dans la chambre furent vaines.

— Très contente d'être revenue, approuvai-je avec un hochement de tête réjoui. Et morte de faim, aussi !

Je me jetai sur le sandwich à étages, croquant de toutes mes dents dans son épaisseur croustillante et savoureuse. Ysiam ne lésinait pas sur l'avocat – l'un de mes péchés mignons –, et je lui en étais à chaque fois reconnaissante.

— Je vous ai monté votre courrier. Je profite, ajouta-t-il dans son français approximatif.

Il me tendit la sempiternelle enveloppe kraft.

— Monsieur Jacques veut savoir combien de temps vous restez.

— Aucune idée pour l'instant, répondis-je sur un ton distrait.

Je passais déjà les plis en revue, factures et publicités pour l'essentiel, quand je tombai sur le libellé suivant :

Émilie Lebourdais
Les Charmes
55, rue Jean-Baptiste Pigalle
75009 Paris

Encore cette femme, dont je découvrais à cette occasion le prénom. Encore cette même erreur.

— Décidément, quelqu'un tient absolument à me confondre avec cette personne.

— Ah, désolé.

Il reprit l'enveloppe d'un air contrit.

— Vous savez qui c'est ?

— Non, répondit-il avec une apparente sincérité. Enfin, je crois quelqu'un qui s'occupe des comptes. Mais j'ai jamais vu elle.

Sa faute grammaticale me fit sourire. Je trouvais amusant qu'il assimile le pronom personnel à mon diminutif, comme cela arrivait si souvent à Louis.

— Ysiam, je peux vous demander un dernier service ?

Il me confirma son dévouement de plusieurs battements de cils.

— Oui.

— Si monsieur Louis appelle ou s'il se présente à la réception… Ne lui dites pas que je suis ici.

— Et si lui demande à voir la chambre ?

— Dites-lui qu'elle est louée à quelqu'un d'autre.

Et il s'éclipsa comme il était venu, refusant avec un rictus presque offensé le billet de dix euros que je lui tendais.

Par le passé, j'avais déjà écrit des lettres d'amour ou de rupture. Pas beaucoup, mais suffisamment pour savoir dans quelle catégorie ranger chacune d'entre elles. Y compris cette note brève que j'avais adressée à David depuis le pavillon de Nanterre, le jour où j'avais fui notre avenir commun.

Le message que je rédigeai cette nuit-là pour Louis, depuis la chambre qui avait vu éclore mon amour pour lui, n'appartenait ni à l'une ni à l'autre de ces deux familles. Ni déclaration ni adieux. Certes, je l'aimais encore, et je ne comptais pas laisser nos mésaventures récentes entamer ce sentiment forgé une année durant. Mais sur quoi reposait-il, désormais ? *On n'analyse jamais assez ce qui nous motive pour partager la vie d'un homme ou d'une femme*, avais-je griffonné autrefois à l'attention de mon ex-fiancé. M'étais-je pliée à cet exercice avec Louis, ou m'étais-je laissé porter par cette vague si puissante, née entre mes jambes ? Sur quelle base se fondait maintenant mon amour pour lui ? De quel terreau se nourrissait-il ? Étais-je seulement capable de le couper en fines lamelles et de l'observer sous le microscope de ma raison ? Ou ne valais-je pas mieux que ces écervelées que le premier orgasme emporte ? Étais-je simplement une poupée jouissante que quelques parties de jambes en l'air élaborées suffisaient à bouleverser ?

La sexualité avait pris une place si prépondérante dans ma vie qu'il m'était difficile, même maintenant que nous habitions ensemble, de déterminer quel autre attache pourrait m'unir durablement à Louis. « Le sexe c'est capital, mais il y a un moment où même le meilleur coup du monde ne te fera pas oublier qu'il faut payer les factures », synthétisait Sophia à sa façon. Même si elle philosophait de manière simpliste, elle pensait souvent avec justesse. Notre problème ne résidait certes pas dans le règlement des factures, mais dans le sens à donner à notre couple. Cela m'apparaissait à la fois moins critique et plus fondamental.

Car si ce ciment s'effritait – le blog Elle & Louis n'en serait pas la moindre cause – que resterait-il de nous, entre nous ? Les circonstances troubles de notre rencontre, puis de nos débuts, ne suffiraient pas à entretenir notre flamme. Un couple se construit peut-être sur sa propre mythologie, mais un temps vient où le mythe se mine, s'étiole et se délite. À quoi carbure l'amour, alors ?

Faute d'inspiration, je barbouillai à la hâte quelques lignes à l'attention de Louis, chapelet de prétextes et de lieux communs indignes de moi et de nous.

Mon amour,

Si tu reçois ce message, c'est que tu es sorti de garde à vue. Surtout, ne prends pas ces quelques mots et mon absence à tes côtés pour un désaveu.

Tu sais que je te soutiens sans réserve dans ton combat. Mais l'agitation de ces derniers jours m'a fait ressentir le besoin d'une brève coupure. D'une respiration. Nous ne nous sommes plus quittés depuis ce 18 juin dernier et notre entrée aux Charmes. Il faut croire qu'un peu d'air me manque.

Un peu de transparence aussi. Je ne t'en fais pas le reproche, mais tant d'écrans opaques nous séparent encore. Tant de zones d'ombres subsistent, qui pèsent sur ton passé et sur nos vies.

De nouvelles épreuves, disais-tu ? Une nouvelle formation pour devenir une amante parfaite ? Sache que je ne m'y soumettrai plus tant que tu n'auras pas pleinement ouvert ton cœur à mes interrogations. Je t'aime. Je suis de ton côté. Sois, toi aussi, du mien. Du nôtre.

N'aie pas peur de mon jugement, comme je ne redoute en rien le tien.

Elle, tienne et follement aimante

Dès le lendemain matin, je cachetai l'enveloppe et la confiai à Ysiam. Celui-ci s'engagea à la déposer dans l'heure à l'hôtel Mars. Je m'étais bien sûr abstenue de mentionner le blog. Trop frontal. Trop douloureux. Une explication à ce sujet devait se dérouler de vive voix, ses yeux dans les miens.

En attendant…

— Bonjour, mademoiselle Lorand à l'appareil. J'ai visité un studio, rue du Trésor, il y a quelques jours. Je me demandais s'il était possible de signer un compromis dès aujourd'hui ?

— Aujourd'hui ? Mais le prix vous convient ?

— Oui, oui.

— Sachez que j'ai déjà reçu une offre.

— De combien ?

— Sept mille euros sous le prix affiché.

— Pas de souci. Je le prends au prix.

— Au prix ? Vous êtes sûre ?

— Certaine, soutins-je avec fermeté.

Il me demanda le temps d'un coup de fil et, moins d'une demi-heure plus tard, il me confirma que le compromis de vente pourrait être établi le jour même. Le vendeur validait mon offre et, comme il avait déjà réuni tous les certificats et diagnostics obligatoires, rien ne s'opposait à un accord aussi rapide.

Le notaire ayant ses bureaux rue Vieille-du-Temple, à quelques dizaines de mètres de mon futur appartement, je passai l'heure précédant le rendez-vous, fixé en milieu d'après-midi, à la terrasse du Trésor, la grande brasserie de cette impasse si charmante. Bientôt *ma* rue.

À ma demande, Sophia m'y rejoignit quelques instants après, un air chafouin chiffonnant son beau visage hâlé. Même son premier Monaco de la journée ne suffit pas à dissiper son expression.

— Ça va ? lançai-je. T'as pas l'air dans ton assiette.

— Je viens d'avoir ton mec au téléphone.

Depuis qu'Ysiam lui avait remis mon mot, Louis me harcelait, moi aussi. Il alternait les messages vocaux et les SMS, réclamant une explication qu'il estimait légitime. Il implorait la grâce d'une entrevue. Je n'avais répondu à aucune de ses manifestations. J'avais beau être celle qui demandait des comptes, je ne me sentais pas encore capable de soutenir une telle confrontation. Comment m'assurer de sa sincérité ? Comment ne pas me laisser emporter une fois de plus par ce charme devant lequel toutes mes défenses s'effondraient, plus fragiles qu'un château de cartes ?

— Et alors ?

— Et alors, on ne peut pas dire qu'il prenne très bien ta fuite au moment où les flics lui tombent dessus.

— Ils l'ont relâché quand ?

— Aujourd'hui, au petit matin.

Pourtant, Louis avait attendu de recevoir ma lettre pour s'inquiéter et me pourchasser de messages inquiets et même, parfois, vindicatifs.

Je m'étonnais aussi que Zerki, son avocat, ne m'ait pas informée de la libération de son client. Décidément, l'homme de loi faisait peu de cas de la place que j'occupais dans la vie de Louis.

— Ils l'ont mis en examen ? m'enquis-je.

— Non, pas pour l'instant. Mais son avocat pense que ça ne va pas tarder. La campagne que mène notre *ami* Antoine Gobert n'aide pas vraiment, il faut dire.

Sur la table voisine, j'avisai un quotidien glissé dans une baguette en bois, signe que cet exemplaire était laissé là à la disposition des clients du café. Je l'attrapai et feuilletai distraitement ses pages.

— Écoute, Elle, je n'ai rien à voir dans vos histoires. Ça ne me regarde pas…

— En effet, répondis-je avec plus de froideur que je n'en ressentais à son égard.

— Mais je crois quand même que tu devrais rentrer chez vous. Quelle que soit la raison pour laquelle tu t'es fait la malle, Louis mérite que tu lui donnes une explication. Tu ne crois pas ?

Que lui avait-il dit pour la convaincre de jouer ainsi les mademoiselles-bons-offices et plaider sa cause ? Lui avait-il promis un nouveau job de danseuse légère ? Je gardai mes questions chagrines pour moi et lui exposai plutôt, en des mots simples et directs, la nature de mes récents griefs : les épreuves, les vidéos accablantes, les révélations de David et, par-dessus tout, ce satané blog.

— Même quand j'étais une hotelle, aucun client ne m'a traitée comme ça.

— Tu le dis toi-même : c'étaient des clients. La relation est contractuelle. Dans la plupart des cas, ça nous met à l'abri des dérapages.

— Donc là, comme Louis est mon homme et qu'il ne me paie pas, il a le droit de faire n'importe quoi avec mon image ?

De raconter à la terre entière comment je mouille ou comment je le suce ? C'est ce que tu me dis ?

J'avais dû parler un peu trop fort, car un couple avec enfant, attablé un peu plus loin, me fusilla du regard, outré par mes propos scandaleux.

— Bien sûr que non, tenta Sophia pour me calmer. Mais j'imagine qu'il a conçu ça plutôt comme une forme de jeu entre vous.

— Tu parles d'un jeu ! Au moins faudrait-il qu'il m'informe que la partie a commencé.

— Je suppose que, dans son esprit, cela faisait partie des règles.

— Le fait que je découvre le blog par accident ?

— Oui.

Une telle stratégie ressemblait en effet au Louis qui m'avait initiée l'année précédente. Celui qui se cachait sous un masque et une combinaison de latex noir. Celui qui avait étiré jusqu'au supplice mon désir de lui, par mille facéties, lors de nos rendez-vous aux Charmes.

Mais j'aspirais désormais à un autre homme. Au Louis qui avait retiré son masque et que je pensais avoir découvert, ces derniers mois, dans sa vraie nature, nu, débarrassé enfin de tous ses artifices. L'homme que j'aimais.

Je frissonnai longuement, à bout d'arguments. Ma peau frémissante se souvenait de ses mains avec tant d'acuité, tant d'intensité, que parfois ces dernières semblaient se glisser là, sous mes vêtements, n'importe où et à tout instant.

— À ce propos, il m'a confié un message pour toi.

Je ne l'écoutais déjà plus : mon regard s'était arrêté, dans la section économie du journal, sur une pleine page consacrée à la fusion annoncée entre les groupes Barlet et GKMP (Global Korea Media Group). La rumeur évoquée par Marchadeau n'avait plus rien de secret. L'article regorgeait en effet de détails, y compris le montant supposé de l'échange d'actions qui avaliserait la transaction : deux milliards d'euros.

Le journaliste y ajoutait, avec une perfidie à peine masquée, qu'à la faveur de ce savant tour de passe-passe financier David Barlet doublerait presque sa fortune personnelle. L'opération n'était donc pas uniquement profitable aux entreprises. Leurs patrons, qui faisaient l'objet de deux encadrés distincts, le Coréen à gauche, le Français à droite, y trouvaient également un intérêt personnel immédiat.

— Oh ! Tu m'écoutes ?

— Attends…

Sans quitter la feuille de chou des yeux, je suspendis un index en l'air pour lui intimer quelques instants de silence et de patience. Je parcourus rapidement le portrait de David mais m'attardai sur la fiche biographique, petit cartouche de couleur saumon déporté en fin d'article. La première ligne y indiquait la date de naissance. Ici, le 5 janvier 1970. La date officielle. Celle que l'intéressé avait toujours revendiquée devant moi. Celle que Louis, puis François Marchadeau, avaient confirmée lorsque je les avais interrogés.

— Quoi ? lui demandai-je, relevant enfin le nez. Quel message ?

— Il aimerait que tu le rejoignes ce soir. Pas chez vous. Dehors.

— Il t'a précisé où ?

— Non. Il m'a dit que tu saurais l'endroit et l'heure.

Les Charmes. 22 heures. Quoi d'autre ?

— Je n'irai pas, répliquai-je sans hésiter.

Sophia arrondit des yeux incrédules. Elle surjouait souvent ses mimiques mais, à cet instant, je voyais bien qu'elle exprimait un étonnement sincère et spontané.

— Pourquoi ? Tu ne veux pas qu'il s'explique ?

— Si, mais pas là. Pas comme ça.

Pas en usant sur moi de cet ascendant érotique qui dégoupillerait mes questions avant même que je ne les pose. Les Charmes ? Non, *son* charme, ce pouvoir qu'il exerçait sur moi dès que nous partagions un peu d'intimité.

La signature chez le notaire ne fut qu'une brève formalité, que j'accomplis dans un état de semi-hébétude. Bonjour, merci, parfait, tout à fait, dès que possible, ravie, au revoir : je résumai ma conversation à quelques expressions fonctionnelles et lapidaires. Cet engagement était peut-être le plus important de ma vie à ce jour, et je le bâclais comme on s'acquitte d'une démarche administrative sans conséquences.

Mon esprit était ailleurs. À la Malmaison, par exemple. Parmi les massifs de roses immortalisés par le peintre Pierre-Joseph Redouté. Dans ces entrelacs de pétales et d'épines où nous nous étions engagés l'un envers l'autre, Louis et moi, quelques jours auparavant.

Du côté de Nanterre, aussi. Car c'était avec l'argent de maman, fruit d'une vie de labeur et de sacrifices, que je venais à mon tour de devenir propriétaire sur un coup de tête. L'argent, cette chose qui ne s'amasse qu'avec patience et opiniâtreté, mais se dilapide le temps d'un battement de cils.

Comme Louis devait rôder aux Charmes, je m'interdis d'y rentrer avant une heure avancée de la nuit. J'enchaînai deux séances de cinéma dans un multiplexe des Halles – je ne saurais plus dire quel film je vis tant je prêtai une attention distraite aux images sur l'écran. Un kebab dans le ventre, je passai les heures suivantes dans un cybercafé du boulevard Sébastopol, qui jouxte un sauna libertin au fronton de bois ouvragé.

De ma place, je pouvais en surveiller l'entrée et observer les couples de tous âges qui y pénétraient avec discrétion, et les voir ressortir, plusieurs heures plus tard, les cheveux encore humides et le sourire épanoui. L'un d'entre eux en particulier me toucha : la fille, jeune et brune, me ressemblait un peu, et elle était accompagnée d'un homme plus âgé qu'elle, comme Louis. Nous aurions pu être à leur place, parmi les corps assemblés, au milieu des râles et des soupirs.

La formule de leur bonheur semblait si simple, si proverbiale. Aurais-je dû, comme eux, diluer mes angoisses dans un bouillonnement de bulles et de sexe ?

J'alternai ce spectacle et quelques recherches en ligne à propos de la fusion Barlet-GKMP. Selon les sites, on insistait sur ses aspects purement économiques ou, au contraire, sur le volet people de l'affaire : les fiançailles de David et Alice. Au hasard des liens, j'étais fréquemment dirigée sur la fameuse vidéo qui faisait d'eux la risée des réseaux sociaux. Le phénomène médiatique retombait un peu, mais je ressentis un brusque coup au cœur en découvrant ce qui était présenté comme un nouveau développement dans le feuilleton de la vie privée de David Barlet : *Fiancé, et déjà infidèle ?* s'interrogeait la légende sous l'image. C'était une photo volée avec un Smartphone, floue et mal cadrée. Pourtant, il était aisé de nous reconnaître, David et moi, à notre table de la Pizzetta, et de constater que rien dans notre attitude ne prêtait à la moindre ambiguïté. D'après l'angle et les éléments parasites au premier plan, je supposai que ce cliché avait été pris d'une table à l'autre bout du restaurant, sans doute proche du comptoir. Louis ne décolèrerait pas si d'aventure ses yeux croisaient cette image de paparazzi amateur.

Je décidai alors de changer de poste de consultation et dénichai un recoin où mon écran ne pourrait pas être aperçu d'une autre place. Une intuition, je suppose. Ou un reste de pudeur.

Je tapai l'adresse du blog dans la barre d'adresse, et sa page d'accueil s'afficha presque aussitôt dans la fenêtre principale du navigateur. Je remarquai d'emblée que le design du site avait été amélioré depuis ma dernière connexion. Le titre était désormais agrémenté d'un visuel érotique en noir et blanc, deux corps anonymes nus et enlacés sur un fond de draps froissés. Mais ce qui attira le plus mon attention était un nouveau bouton rouge clignotant sous lequel figurait la mention « En direct ». S'agissait-il d'une publicité déguisée ?

De l'un de ces liens attrape-nigauds destinés à pirater votre numéro de carte bancaire ?

Mue par cette maladive curiosité qui m'incitait toujours à pousser les portes verrouillées – mon « côté journaliste », aurait dit ma mère – je décidai de cliquer. Une seconde fenêtre, plus petite, s'ouvrit aussitôt. Au centre du pop-up, le symbole d'un chargement en cours progressait rapidement. Au bout d'une poignée de secondes apparut enfin une image, d'abord trop sombre pour qu'on puisse y distinguer quoi que ce soit, puis peu à peu plus lisible.

Cette fois, je n'eus besoin d'aucun sous-titre pour reconnaître le lieu de l'action : la chambre Marie Bonaparte. Au moins Ysiam avait-il appliqué ma consigne et préservé notre sanctuaire, la Joséphine, notre chambre numéro un. *Chez nous*.

Quant aux deux corps emmêlés, luisants de plaisir et de sueur, surpris en pleine action, l'homme s'agitant avec vigueur contre le postérieur de sa partenaire à quatre pattes, je les identifiai sans peine, eux aussi. Ce cul magistral, rond et ambré, si parfait qu'il semblait le produit sans défaut d'un algorithme informatique, était celui de Salomé. Elle imprimait la même ondulation que j'avais admirée lors de la crémaillère. Cela devait être sa marque de fabrique. L'homme qui la pénétrait en cadence, son sexe fin tendu à l'extrême, concentré sur ce seul point focal de ses sensations, et qui semblait prêt à venir en elle à chaque nouvelle intromission… Il me fallait bien l'appeler encore mon futur mari. Oui. Louis. Lui.

11

27 mai 2010

Parfois, tout conspire contre vous. D'autres fois, au contraire, tout s'enchaîne à une vitesse si stupéfiante, presque grisante, que vous doutez de votre chance et attendez le grain de sable qui enrayera la mécanique.

L'achat de mon studio, rue du Trésor, se déroulait comme dans un rêve. Le bien faisait lui aussi l'objet d'une succession, et les deux héritiers s'étaient entendus en amont pour parvenir à une vente la plus rapide possible. Par chance encore, l'appartement était vacant, et vide de tout meuble, ce qui permettait une entrée dans les murs presque immédiate, quelques heures seulement après la signature définitive, elle-même organisée le surlendemain du compromis. D'ordinaire, et par principe, aucune des parties n'accepte que le processus se fasse dans une telle précipitation. Surtout pas le notaire, qui veille à ce que le délai de rétractation de sept jours, minimum légal supposé incompressible, soit dûment respecté.

— Combien ?

Le lendemain matin de ma soirée au cybercafé, j'avais forcé la porte de son office de la rue Vieille-du-Temple et déjoué la résistance de sa secrétaire-cerbère. Le notaire était nettement plus décati que Me Whurman, mais tout aussi vénal.

Sa vertu ne s'achetait pas à n'importe quel prix, et il joua de scrupules et de pudeur pour faire monter les enchères :

— Combien pour quoi ? fit-il mine de ne pas comprendre.

— Pour écourter le délai légal.

— Enfin mademoiselle, c'est la loi, cela ne se négocie pas !

— D'accord, je sais... Mais combien ?

Il laissa son regard flotter sur la pile de dossiers ouverts sur son bureau, et le leva enfin vers moi :

— Nous sommes bien d'accord que l'arrangement restera entre nous ?

— Absolument d'accord. C'est simple, je suis devenue muette comme une carpe.

— Bien, bien, bien...

Tous les notaires avaient-ils le même tic de langage ? Il se pinça les lèvres et lâcha à demi mot :

— Dans ce cas, disons un pour cent.

— Un pour cent de plus sur le montant de vos frais ?

— C'est ça.

Soit environ trois mille euros empochés illégalement qui passeraient de la main à la main, de ma poche à la sienne, puis de sa poche à son coffre, sans jamais transiter par les cases banque ou fisc.

— OK, acquiesçai-je.

Le même jour, animée par une énergie furieuse et sans répit qui étranglait ma tristesse, je fis un détour par mon agence bancaire. Après avoir établi le chèque du notaire, je voulus retirer le maximum d'argent.

— Deux mille euros par semaine ? Je ne suis pas autorisée à plus ?

— Non, je suis désolée, se confondit en excuses l'employée. C'est le plafond prévu par votre contrat. Si vous souhaitez l'augmenter, il faudra établir un nouveau protocole.

— Ça prend du temps ?

— Une semaine environ : il faut respecter un délai de rétractation.

L'absurdité kafkaïenne de la situation me donna envie d'éclater de rire.

C'est dans ces circonstances que David est un atout intéressant. Un SMS, et il accepta de mettre à ma disposition le complément, mille euros en espèces, à la réception de la tour Barlet. L'amitié nouvelle de mon ex-fiancé me surprenait un peu. Certes, il ne s'était pas gêné pour me rapporter les ragots les plus sulfureux à propos de Louis, mais il semblait sincèrement vouloir m'éviter de nouveaux écueils et retrouver une bonne entente avec moi.

Comme je me trouvais exceptionnellement à Nanterre, je fis un détour par le pavillon de maman. À force de tri et de grands sacs poubelles déposés sur le trottoir, la maison ne portait presque aucune trace de sa présence. Mes souvenirs demeuraient vivaces, mais ils se trouvaient orphelins, eux aussi, sans un bibelot ou un élément de décor auquel se raccrocher.

Enfin, je rendis la visite que je repoussais depuis plusieurs mois. Je fus étonnée de découvrir que la tombe de maman était fleurie, et plutôt bien entretenue. Il était flagrant qu'une bonne âme s'était souciée d'elle. Et, comme je n'en imaginais pas d'autres, je me représentai la silhouette fragile de Laure Chappuis, courbée sur la sépulture de sa vieille amie, suppléant avec une fidélité de toutou les manques de l'ingrate que je suis.

Tout à coup, je m'effondrai. À peine m'étais-je assise sur le marbre glacé d'une tombe voisine que toute la rage qui me supportait s'évanouit en un instant. Je pleurai comme on ouvre un robinet, d'un flot égal et régulier, sans hoquet et sans trêve. Combien de temps ? Je ne sais pas. Cela me parut des heures. Je l'admettais pour la première fois : maman me manquait. Son bon sens, sa bienveillance caressante, son parfum à la rose, tout m'avait manqué, et je n'aurais su dire lequel de ces ingrédients faisait le plus défaut à ma vie.

Si elle avait été à mes côtés, elle aurait su analyser ma situation avec clairvoyance, je n'en doutais pas. Elle n'aurait pas seulement pansé mes plaies, elle aurait vu clair dans le jeu de Louis. Elle aurait su me dire à quelle nouvelle épreuve celui-ci soumettait mon amour, les fantaisies que je devais refuser à mon amant et celles que je pouvais accepter pour mon plaisir. Elle aurait tenté de combler, par sa présence attentive, le manque si viscéral que je ressentais pour lui. Mieux : elle aurait tout mis en œuvre, à la mesure de ses moyens, pour faire de notre amour l'aventure simple et belle qu'elle espérait pour moi.

Louis était-il le prédateur que David m'avait dépeint ? Après tout, n'avait-il pas fait de moi sa captive aux Charmes ? Mes larmes se tarissaient enfin et, entre deux reniflements sonores, l'évidence m'apparut : Louis était le pendant masculin des amazones de *Femmes secrètes*, ce livre qu'il m'avait conseillé, un an plus tôt. À l'abri des regards, les héroïnes asservissaient un cheptel d'hommes dévolus à leurs plaisirs. Esclaves sensuels, comme je l'étais pour Louis.

— Vous savez pourquoi aucune plante ne pousse jamais autour des tombes, mademoiselle ? Enfin, si l'on fait exception de quelques mauvaises herbes…

Le vieillard à casquette avait surgi sur le côté, à la limite de mon champ de vision. Il portait un imperméable beige, peu adapté à la saison, et l'un de ces pantalons de velours côtelé dont Armand était aussi un adepte. Sa main droite était lestée d'un gros arrosoir débordant. Un sourire timide ondulait comme une vaguelette à la surface de son visage fripé.

— Vous savez pourquoi, au moins ?

Je toisai l'importun à travers mon rideau de pleurs tout juste secs. Il était évident que le spectacle que j'offrais l'avait ému, et qu'il cherchait à me distraire.

— Non, avouai-je.

— Tout simplement parce que les larmes contiennent beaucoup trop de chlorure de sodium. Trop de sel. Et aucun végétal ne peut se développer sur un sol salé.

— C'est logique, soupirai-je.

— Il n'y a qu'à faire un tour du côté de la mer Morte pour comprendre de quoi je parle. Vous y êtes déjà allée ?

— Non.

— Vous avez encore le temps… En tout cas, si vous voulez faire fleurir quelque chose ici, il ne faut pas pleurer comme ça. Le cimetière est le plus mauvais endroit pour pleurer, si vous voulez mon avis.

Comment lui dire que je ne pleurais pas sur ma défunte mère, mais sur moi ? Comment opposer la futilité de mon chagrin à la justesse de ses recommandations ?

Je le vis s'éloigner au gré des allées rectilignes, puis s'arrêter devant une stèle au pied de laquelle il arrosa chacun des petits géraniums anémiques plantés dans la terre grise et caillouteuse.

Les deux jours suivants ne furent qu'une succession un peu folle de démarches et d'emplettes : récupérer la petite enveloppe accordée par David, faire établir plusieurs doubles des clés pour en confier un à Ysiam – je ne sais pas pourquoi, je plaçais en lui une grande confiance –, acheter un lit, une commode et rapporter de Nanterre le linge de maison et les ustensiles de cuisine ; tout installer dans mon studio aux murs blancs, repeints de frais et saupoudrés d'une petite touche de décoration ; appliquer une étiquette à mon nom sur ma boîte aux lettres, remplir l'unique placard de la kitchenette de provisions, nettoyer les sols et les fenêtres et changer une ampoule défectueuse.

M'écrouler sur le lit et contempler le plafond où une longue fissure me souhaitait la bienvenue chez moi, tel un sourire. *Chez moi*. Je me répétai ces deux mots, étourdie et incrédule, étendue sur la couette tout juste sortie de son emballage. Je restai comme ça plusieurs heures, une oreille à l'affut des bruits du voisinage, l'autre enfoncée dans l'oreiller replet. *Chez moi…*

Ce n'était pas encore tout à fait vrai, et je n'étais déjà plus qu'une étrangère dans le pavillon de maman, une passante dans l'hôtel de Louis.

Celui-ci m'avait adressé une quinzaine de messages supplémentaires, que j'ignorai tous. Je lus ceux de Sophia, sans plus y répondre toutefois. Qu'aurais-je pu trouver à dire par exemple à ceci :

Fred et moi, ça y est. Plutôt joli.
Appelle-moi, je te raconterai. So.

Mon ex et ma meilleure amie ensemble. Je ne parvenais pas à me réjouir pour eux, pas vraiment. Mon allégresse était plus raisonnée que sincère. Je ne parvenais pas à me sentir concernée.

Le soir venu, après avoir réchauffé une conserve sur les plaques de cuisson intégrées, j'allumai la télévision. Pile à l'heure des actualités. Le journal s'ouvrit sur une nouvelle sportive : l'UEFA venait de désigner la France comme pays organisateur de l'Euro 2016 de football. En Inde, le déraillement criminel d'un train, revendiqué par la rébellion naxalite, avait fait cent cinquante morts. Puis, soudain, un visage familier me tira de ma torpeur. :

« ... Les choix de mon frère Louis ne concernent en aucun cas le groupe Barlet, qu'il a quitté il y a déjà plus d'un an pour se consacrer à ses nouvelles activités. Quel que soit mon sentiment personnel à l'égard de ses conceptions artistiques et des œuvres qu'il défend, je n'ai aucune légitimité à l'exposer. Tout ce que je peux vous dire aujourd'hui, c'est que ni moi ni le groupe Barlet ne cautionnons les formes de création qui pourraient mettre en péril nos enfants. »

David prenait donc une distance prudente vis-à-vis de son aîné. Étant donné sa position et le trust de son entreprise, je pouvais le comprendre. Mais je ne l'acceptais pas pour autant. Cette attitude frileuse me décevait. J'en attendais plus de celui qui était venu m'offrir spontanément son aide. À moins que son but ait été différent...

« — Vous soutenez donc que vous n'avez aucun lien avec l'exposition *Permanent Sex* ? demanda le journaliste.

— Absolument aucun. Vous pouvez vérifier : je n'étais pas invité au vernissage.

— Pourtant, certains prétendent que votre groupe est actionnaire dans des productions pornographiques qui, de plus, font travailler des clandestins…

— Écoutez, si c'est à l'affaire Delacroix que vous faites allusion, je n'ai rien à ajouter. C'est à la justice de se prononcer. Elle est souveraine. Merci. »

David disparut aussitôt du champ de la caméra, qui cadra alors, telle un immense phallus érigé, la tour Barlet dans laquelle il venait de s'engouffrer.

À l'antenne, le visage simiesque du présentateur occupa de nouveau l'écran, et celui-ci enchaîna avec une maestria de vieux briscard du JT :

« L'affaire Delacroix, on l'évoquait à l'instant, revient sur le devant de l'actualité. On se souvient de cet homme, Stephen Delacroix, un analyste financier embauché par le groupe Barlet pour diversifier ses investissements, qui fut compromis dans un trafic d'actrices X issues des pays de l'Est et travaillant clandestinement en France. Delacroix, condamné par la Cour d'assises de Paris en première instance, contre-attaque aujourd'hui. Son procès en appel aura lieu dans quelques semaines. Il prétend toujours que la direction du groupe Barlet et David Barlet en personne auraient dicté sa prise de participation dans la société East-X Prod. On lui aurait demandé de fermer les yeux sur le statut de ces femmes ainsi que sur leurs conditions de travail. Au-delà des aspects judiciaires du dossier, nous nous sommes penchés sur ces fameux réseaux. Qui sont les jeunes femmes, venues de Roumanie, Bulgarie ou Pologne ? Qui organise leur entrée clandestine en France ? Dans quelle mesure le travail de ces sociétés de productions peut s'apparenter à de la prostitution ? "Films X : la filière de l'Est", un reportage que vous pourrez retrouver en intégralité dans le magazine *Grand Format*, en deuxième partie de soirée. Attention, l'extrait que vous allez voir maintenant n'est pas adapté à un jeune public. »

Je m'expliquais mieux la manière assez lâche dont David s'était défaussé face à son intervieweur. À l'approche de son mariage économique avec GKMP, il avait déjà assez d'une affaire Delacroix sur les bras, sans appesantir encore sa barque avec un autre dossier crapuleux. Louis pouvait bien se débattre dans ses frasques érotomaniaques, ce n'était pas *son* problème. Une petite félonie vis-à-vis de mon homme qui me noua un instant le ventre.

Je regardai d'un œil distrait les visages floutés, quand mon portable posé sur la couette attira mon attention. Rebecca Sibony, nouveau SMS reçu.

Louis s'inquiète beaucoup pour toi.
Où es-tu ? Appelle-le.
Ou appelle-moi.
R.

Louis s'inquiétait ? Louis se souciait tant de moi qu'il noyait son angoisse dans le sexe d'une autre ? Des images crues et des mots orduriers me secouèrent un long moment. Je peinais à les maîtriser. Je savais déjà que Salomé avait été l'une de ses hotelles régulières, le genre de professionnelle qui développe une clientèle d'habitués plutôt que des rencontres occasionnelles, inconfortables et plus risquées. Rebecca n'en parlait jamais, mais il n'était pas si rare que l'une de ses protégées ait été séquestrée, battue, ou qu'on lui impose des pratiques violentes ou dégradantes.

Je me demandai si Salomé était restée sa maîtresse durant notre année de réclusion aux Charmes. En effet, je n'avais jamais accompagné Louis lors de ses quelques sorties, et il aurait pu la retrouver quand bon lui chantait. Faute d'une connexion Internet déjà opérationnelle, je ne pouvais revoir leur vidéo. Il ne m'en restait que quelques bribes, quelques instantanés fugaces que je convoquais en fermant les yeux. Maintenant que j'y songeais, la prédominance des images animées sur le blog m'étonnait. Louis, le Louis que j'aimais et dont j'admirais la science des mots, s'était-il mué soudain en un banal exhibitionniste, privilégiant l'obscénité de la vidéo à la grâce du texte ? Cette trahison de sa personnalité me peinait autant que la trahison de nos fiançailles. Pour que le lien ne se distende pas irrémédiablement entre nous, je tâchai d'imaginer la façon dont nous aurions pu décrire une telle scène dans le Dix-fois-par-jour commun… si elle y a sa place :

Il s'allonge sur le dos et elle approche de lui comme une bête sauvage, lentement, sans bruit, ses petits seins pointus dardés vers le membre qui se dresse peu à peu. Le roulement de son fessier parfait donne déjà le rythme du coït à venir. Il est le métronome de sa sensualité. Il part d'un côté, revient de l'autre, fluide, souple, tel un culbuto mu par une force intérieure.

Elle ne s'empale pas sur lui tout de suite. Elle prend son temps. Tandis que les mains de l'homme cherchent les tétines tumescentes, elle frotte doucement sa vulve humide sur la hampe rigide, cette dernière si tendue qu'elle repose sur le pubis velu de son amant. Elle n'en finit pas d'agacer la verge dilatée de ses lèvres humides, dont elle use tel un badigeon, enduisant tour à tour de cyprine le scrotum, les veines bleutées, le frein si délicat et la base du gland violacé.

Si elle n'avait pas posé une paume sur la bouche de son partenaire pour le bâillonner, celui-ci la supplierait sans doute d'en finir. Mais elle étire ce supplice jusqu'à ne plus pouvoir tenir elle-même, jusqu'à sursauter à chaque rencontre de son clitoris tuméfié avec le relief intime de l'homme qui gît sous elle. Elle est si douée, si maîtresse des mouvements chaloupés de son bassin, qu'elle n'a pas besoin de ses mains pour introduire la verge en elle. Son vagin l'aspire d'un coup, avec une avidité affamée. Elle ne bouge pas tout de suite. Elle préfère comprimer les parois de son sexe autour de l'invité. À chaque pression, il ferme les yeux et soupire. Elle attend qu'il les garde clos pour entreprendre la danse savante de son cul somptueux, roulis si nonchalant, si délié, dont l'homme ne tarde pas à ressentir les effets grisants. « Arrête… Arrête, je n'en peux plus », glapit-il dans un râle étouffé.

Le vibreur de mon portable interrompit brusquement mon rêve, dont l'élan commençait à faire grossir dans mon bas-ventre cette boule d'envie caractéristique.

Rebecca insistait. Je finis par lui répondre, d'un message lapidaire :

Voyons-nous. Où et quand ?

Après tout, qui mieux que la compagne de ses jeunes années pouvait lever un pan de voile sur Louis et les arcanes si complexes de sa personnalité ? La moindre miette de sincérité, la plus banale anecdote, serait un soulagement dans l'état de détresse qui m'accablait.

J'avais déjà noté ce goût de Rebecca pour les points de rendez-vous touristiques de la capitale. Le choix du lieu ne me surprit donc pas. Je n'avais plus mis les pieds sous l'imposante cloche de vitraux colorés du Printemps depuis mon enfance. Maman m'avait embarquée dans le RER pour une expédition dans les grands magasins du boulevard Haussmann. Le chef-d'œuvre du maître verrier Brière n'avait rien perdu de son lustre ni de son pouvoir de fascination. En attendant Rebecca, perchée sur l'un des tabourets hauts qui ceignaient le bar circulaire, je restai de longues minutes, le cou cassé, à contempler le détail des milliers de panneaux vitrés.

— C'est beau, n'est-ce pas ?

Rebecca apparut cintrée dans un tailleur noir bordé d'ourlets crème, toujours aussi classe malgré la fermeture de Belles de nuit.

— C'est magnifique, oui, approuvai-je.

— Tu sais que pendant la guerre, pour qu'ils échappent aux bombardements, les vitraux ont été retirés un à un ? Il a fallu attendre 1973 pour qu'on se souvienne de l'endroit où ils avaient été stockés avant de les réinstaller.

— Je ne savais pas.

— Hum… grommela-t-elle en se hissant sur un tabouret voisin. Mais tu n'es pas là pour que je te raconte les merveilles Art déco de Paris.

En effet. Aussitôt nos deux capuccinos servis, exagérément mousseux, je lui exposai ce que David m'avait révélé sur la genèse de l'agence. Des informations que j'avais vérifiées depuis, comme je le lui précisai.

Elle pinça ses lèvres fines. Elle était acculée et elle ne chercha même pas à nier les faits.

— David t'a présenté la création de Belles de nuit comme la cause de tous les maux de son frère… Je comprends bien pourquoi. Mais ce n'est qu'une conséquence.

— Une conséquence de quoi ?

— De ses sentiments déçus.

— Pour Aurore ?

— Évidemment. Pendant vingt ans, il n'a été question que d'elle entre eux.

Jamais aucun d'eux, Louis, David ou elle, ne m'avait explicité cette rivalité sentimentale en des termes aussi simples et directs.

— Il n'y a qu'une manière, pour un homme, de noyer sa déception et ne pas se consumer de frustration.

— Le sexe ? proposai-je.

— Pas juste *le sexe*, appuya-t-elle sur ce dernier mot. Une débauche de sexe. Une orgie de sexe ! Une femme qui n'obtient pas l'homme qu'elle désire plus que tout mange du chocolat et regarde des films niais avec ses copines. Un homme, lui, baise toutes les femmes qui peuvent lui faire oublier celle qui lui échappe.

— La quantité pour compenser le manque de qualité.

— Si tu veux… gloussa-t-elle en sourdine.

Cela ne changeait rien aux motivations de Louis mais celles-ci m'apparaissaient désormais dans une lumière nouvelle. Il n'était pas qu'un malade. Il était un homme désespéré. L'image me rassura et soulagea un peu la pression qui comprimait chacun de mes organes dès qu'il était question des zones obscures de Louis.

— Je ne comprends pas qu'il se soit détruit pour une femme qu'il n'a même jamais eue. On ne peut pas regretter aussi longtemps quelqu'un qui n'a été qu'un mirage, m'emportai-je.

— Tu te trompes. Elle a été pour lui plus qu'un simple fantasme.

Je demeurai sans voix, et me laissai captiver un instant de plus par cette pluie de couleurs qui tombait sur nous depuis les hauteurs de la coupole.

Voilà qui réfutait tout ce que Louis avait pu me dire. Aurore avait choisi David, le grand gagnant de la compétition instaurée par leur père, et ces deux-là avaient convolé. Fin de l'histoire, si je m'en tenais à son récit.

— Avant ou après le mariage d'Aurore avec David ? finis-je par demander.

— Avant *et* après.

Une phrase prononcée par Louis me revint, petit copeau de vérité dans la masse sombre et compacte de ses mensonges : « Elle l'a même trompé sans aucune vergogne. » « Avec moi », s'était-il bien gardé de préciser.

Rebecca avala quelques lampées de son breuvage sucré, une mince moustache de crème venant maquiller sa lèvre supérieure.

Si David s'acharnait donc tant à brosser de son frère le portrait d'un homme déviant, c'est qu'il avait été lui-même la victime de ce comportement.

Autrefois avec Aurore, comme aujourd'hui avec moi.

— J'imagine que tu as accepté de me voir pour me poser d'autres questions ?

Sa question visait juste. En quelques mots choisis, je lui divulguai l'existence de ce maudit blog et des vidéos qu'on pouvait y trouver.

Elle plissa les traits réguliers de son visage jusqu'à creuser ses rides qu'elle comblait pourtant à grand renfort de fond de teint. Elle paraissait surprise par ces révélations.

— Tout cet étalage... Cela ne lui ressemble pas, finit-elle par commenter avec une moue dubitative.

— Je sais. Et pourtant, il y a peu de doutes. Les textes en particulier, sont ceux écrits dans notre carnet.

— Soit... admit-elle du bout des lèvres. Tu ne m'empêcheras pas de trouver étrange que Louis te *trompe*...

Elle insista sur le mot, comme s'il était mal trouvé pour qualifier les écarts de Louis. Le projet de tatouage présenté par Stéphane, le soir de l'arrestation, me revint en mémoire : *Semper Fidelis*. Toujours fidèle. L'ironie du message ne m'échappait pas, mais je ne parvenais pas à m'expliquer l'utilité de cette provocation. Absurde.

— ... Je veux dire, avec une fille comme Salomé, ajouta-t-elle dans la foulée.

— Pourquoi est-ce si étonnant ?

— D'abord, parce qu'elle n'a jamais eu sa préférence...

C'était pourtant bien au bras de la belle métisse que je l'avais rencontré, la toute première fois, ce jour où – j'avais beau le nier à l'époque – j'étais irrémédiablement tombée amoureuse de lui. Peut-être la considérait-il avant tout comme une escorte, au sens littéral du terme, une femme au physique spectaculaire et dont la présence à ses côtés, lors de ses sorties en public, contribuait à son propre prestige. Car, à bien nous comparer, j'étais très loin de cette tigresse aux lignes irréprochables. Comme beaucoup d'hommes, Louis établissait une séparation manifeste entre les femmes qu'il voulait pour parader et celles qu'il appréciait dans son lit.

— Vraiment ?

— Salomé se complaît dans les conflits. Or, elle n'a jamais caché son intérêt plus que prononcé pour Louis.

— Donc s'il cherchait un petit extra discret et sans conséquences, il n'irait certainement pas se coller à une fille pareille.

C'est bien ce qui m'inquiétait. Pourquoi l'aurait-il choisie elle, justement, s'il ne s'était agi que d'un jeu un peu pervers entre nous ? N'aurait-il pas pu choisir une autre dans le vivier encore abondant de Rebecca ?

J'insistai longuement avant que cette dernière ne cède et me livre l'adresse de Salomé.

— Salomé est son pseudo d'hotelle, me précisa-t-elle. En vrai, elle s'appelle Véronique Duclos.

Nettement moins exotique, en effet.

— Si elle te demande comment tu as eu son nom et son adresse, je n'y suis pour rien, on est d'accord ?

Les colères de Salomé-Véronique étaient-elles si redoutées ? Après avoir quitté une Rebecca tracassée, je m'engouffrai dans le RER A, puis changeai aux Halles, où j'empruntai la ligne B en direction de Saint-Rémy-lès-Chevreuse. La ligne B, celle qui cristallisait les problèmes endémiques du réseau ferré de banlieue, et les plaintes des usagers excédés. Par chance, la rame me conduisit cette fois sans heurts ni arrêts imprévus jusqu'à Bourg-la-Reine.

L'immeuble de Salomé se situait à moins de cinq minutes à pied de la gare, et je ne tardai pas à presser son nom sur l'interphone :

— Bonjour, c'est Annabelle Lorand. Elle, si tu préfères, m'annonçai-je.

Un silence suivi d'un déclic électrique me répondit. Je me présentai bientôt devant sa porte, au premier étage du petit bâtiment cossu.

— Qu'est-ce que tu fous là ? aboya-t-elle d'emblée.

— Je suis là pour Louis.

— Et qu'est-ce que ça peut me faire, à moi ? C'est ton mec. Tu l'as voulu, tu l'as eu.

J'opposai une main à la porte qu'elle refermait déjà sur moi.

— Tu sais qu'il risque la prison ?

— Hum… j'ai entendu ça. Et en quoi ça me concerne ?

— Il a publié certaines choses sur le Web qui te concernent, justement… Et qui pourraient le desservir au procès.

— Quel genre de choses ? s'adoucit-elle un peu, soudain plus attentive.

Je la laissai mariner un instant, à dessein, puis tentai ma chance :

— Si tu me laisses entrer deux minutes, je pourrai te montrer ça.

Elle me dévisagea, hésitante, puis rouvrit la porte et s'effaça pour me laisser entrer. L'intérieur était un deux pièces équipé de mobilier suédois jusqu'au moindre détail. Il aurait pu figurer en bonne place dans un catalogue, à la rubrique « optimisation d'une petite surface ».

Dans le salon, elle me désigna l'ordinateur portable allumé sur le plateau en verre dépoli de son bureau :

— Fais comme chez toi. Mais dépêche-toi, je dois sortir dans un quart d'heure.

Je nous connectai au blog Elle & Louis, où je constatai que la vidéo que j'avais regardée en direct figurait désormais dans les archives. Je cliquai sur le bouton de lecture, et l'odieuse séquence débuta presque aussitôt.

Salomé avait perdu sa morgue. Elle ne pouvait plus nier que, parmi ces deux corps assemblés, celui de la femme, lascive, féline, si entreprenante, était le sien.

— De quand ça date ?

— Je l'ai regardée en direct il y a… quatre jours.

— Alors c'est impossible.

— Pour quelle raison ?

— Parce que ces images ont plus de deux ans.

— Deux ans ?

— Oui. Et si c'est ça qui te préoccupe, je n'ai plus couché avec Louis depuis que vous êtes ensemble.

Bluffait-elle ? Je ne remarquai sur son visage aucun des signes symptomatiques du mensonge : son regard ne fuyait pas vers le bas ; elle ne clignait pas des yeux, ne mordait pas ses lèvres ; ne suait ni ne présentait la moindre marque d'échauffement.

— Comment je peux être sûre que tu dis la vérité ?

Elle se tourna sans un mot vers l'écran, laissa défiler quelques secondes la séquence qu'elle observa avec une attention soutenue, puis l'arrêta soudain d'un clic. Le plan donnait à voir Louis de trois quarts, sur son côté gauche. On y découvrait notamment toute la surface de son dos, sa nuque, et…

— Tu dois le savoir mieux que moi… Regarde son épaule gauche.

Elle était vierge de toute inscription !

— Ton mec s'est fait tatouer son rosier il y a un peu plus d'un an, c'est bien ça ? m'interrogea-t-elle, son assurance retrouvée.

Il y avait un peu de mépris dans cette manière familière de qualifier Louis, « ton mec », mais je reçus pourtant la formule comme la plus douce des officialisations. Si Salomé le considérait comme tel, c'est bien qu'il m'appartenait.

— Oui… balbutiai-je.

— Alors, explique-moi pourquoi une vidéo prise il y a quatre jours le montrerait sans tatouage à cet endroit-là ?

12

29 mai 2010

Depuis longtemps, déjà, j'ai identifié chez moi une nature bien spécifique de vague à l'âme que j'appelle la mélancolie du RER. Les arrêts fréquents, la succession rapprochée des portions de tunnel et des stations, les ralentissements intempestifs, le *tatac tatoum* régulier des roues, le crissement strident au moment du freinage, la sonnerie paresseuse et exaspérante à la fermeture des portes, le silence endormi qui règne dans les rames en dehors des heures de pointe, tout cela prédispose à la somnolence et à une rêverie éveillée qui m'emporte loin, vraiment très loin du paysage urbain. Seul le RER provoque cet état en moi.

Lors du trajet du retour, mes pensées se bousculaient selon un drôle de tangage, vers l'espoir et le soulagement, puis vers l'affliction la plus difficile à raisonner. Les derniers mots de Salomé tournaient en boucle : « Explique-moi pourquoi une vidéo prise il y a quatre jours le montrerait sans tatouage à cet endroit-là ? »

Si Louis n'avait pas couché récemment avec son ancienne maîtresse, quel était l'objectif de la publication trompeuse de cette vidéo sur le blog ?

Je me sentais comme ces imprudentes qui ont fait l'amour avec un inconnu sans préservatif et qui craignent au moindre rhume le signe d'une contamination. J'attendais comme eux l'annonce d'un résultat – positif ? négatif ? – qui me semblait avoir droit de vie ou de mort sur moi. J'étais en sursis.

Tandis que le train roulait nonchalamment vers la capitale, accueillant de plus en plus de voyageurs à mesure que nous en approchions, d'autres propos me revinrent en mémoire, ceux de Sophia, quelques jours auparavant : « J'imagine qu'il a plutôt conçu ça comme une forme de jeu entre vous. »

Et si tout cela n'était qu'un jeu, ou plutôt une forme de langage, un dialogue qu'il établissait avec moi, à distance, faute de parvenir à me parler avec sincérité lorsque nous étions ensemble ? Alors tout prenait sens : ces éléments n'étaient que des balises, des signaux pour me faire réagir. Peut-être s'agissait-il de messages d'alerte, d'appels au secours, et moi je me comportais comme une enfant qui se vexe et se détourne à la première contrariété.

David définissait la place qu'occupait la sexualité dans la vie de Louis comme une addiction. Mais ne fallait-il pas plutôt l'envisager chez lui comme un mode de communication, le seul à sa disposition ? Le seul qu'il maîtrise ? Dans ce cas, la longue série d'épreuves à laquelle il me soumettait – le blog en était une nouvelle, certes plus spectaculaire et blessante que les précédentes – ne devait-elle pas être considérée comme une manière un peu plus brutale d'établir avec moi un contact qu'il estimait rompu ? Ou bien de pousser plus avant l'échange, au-delà des mots et des caresses elles-mêmes ? Le sexe élevé au rang d'art, de mode relationnel sophistiqué, ne pouvait-il pas s'apparenter à une forme de télépathie entre les êtres ? Un moyen de se parler au-delà des mots, des corps, du plaisir, même ?

Si cette hypothèse se vérifiait, il n'abandonnerait pas ses mœurs étranges de sitôt. Et je devrais alors me préparer à une vie entière d'expériences, dont certaines s'apparenteraient à ce genre de brimades. Étais-je prête à affronter cela ? À sentir le virus de sa perversité proliférer en moi, jour après jour, avec son cortège d'effets déplaisants ?

Non, car si je pouvais accepter ce dialecte si singulier, j'avais besoin qu'il se fasse entendre avec simplicité, sans tous ces casse-tête alambiqués. Je voulais juste ses bras autour de moi, sa peau étendue sur la mienne telle un drap frais, ses lèvres soudées à mes lèvres pour me redonner le souffle et la confiance qui me faisaient défaut.

Deux bonnes nouvelles m'attendaient à mon studio : la connexion Internet était établie et, dans ma boîte aux lettres, je trouvai la copie intégrale de l'acte de naissance de David, dont j'avais fait la demande depuis le cybercafé du boulevard Sébastopol sur le site Web officiel de la mairie de Saint-Malo. Par chance, grâce au projet de contrat de mariage établi avec lui l'année précédente, je disposais de toutes les informations nécessaires à la validité de ma requête : ses différents prénoms, (David, Marc, Albert), sa date de naissance – j'indiquai à cet effet la date suspecte, le 5 janvier 1969 – et enfin les noms, prénoms et lieux de naissance de ses parents. Il n'en fallut pas plus pour que le certificat me fût envoyé.

Usurper l'identité et voler la vie d'une personne ne semblait pas si difficile puisque, munie d'informations aussi sommaires et à sa place, j'avais pu recevoir des documents officiels des administrations locales et nationales concernant David. Ayant obtenu confirmation de mes doutes, j'appelai Me Whurman :

— Bonjour, ici mademoiselle Lorand. J'appelle maître Whurman au sujet de mon contrat de mariage… Non, non, je ne souhaite pas l'annuler.

D'où lui venait donc cette idée ? Était-ce si fréquent ? Ou, dans la discrétion de son bureau, les clercs avaient-ils cancané, amusés par cette jeune femme qui annule son contrat d'union avec un homme pour épouser ensuite son frère ?

— Je voulais simplement préciser que je ne désire *pas* voir figurer le studio que je viens d'acheter sur l'état de mon patrimoine… Voilà, c'est ça.

La date de naissance de David m'obséderait tant que je n'aurais pas pris la peine d'inspecter le reste du document. Je pensais me contenter d'une lecture oblique, quand mon regard se posa sur la mention suivante : « Né de père et de mère inconnus. » Je la relus plusieurs fois, détachant chaque locution, remâchant chaque mot comme pour mieux en percevoir le goût véritable. Né. De père. Et de mère. *Inconnus*. Tout l'effet résidait dans ce dernier mot.

— Bien sûr qu'on les connaît ! me récriai-je pour moi-même.

Je fus tentée d'appeler David, ou la mairie de Saint-Malo, pour restaurer une vérité incontestable… Mais qui l'affirmait, si ce n'est David et Louis ? Armand ou Rebecca, par exemple, dont les récits sur l'enfance des frères Barlet étaient peu fouillés ?

Et pourtant, c'était là, sur ce papier, dans sa froide exactitude. Le puzzle était simple à reconstituer, et pourtant, l'image était si difficile à imaginer, que je mis quelques minutes pour parvenir à la déduction suivante : si David était né de parents inconnus, et si tous s'accordaient à le présenter comme le fils légitime du couple Barlet, jusqu'à ce patronyme qu'il affichait telle une médaille… c'est donc qu'André et Hortense l'avaient adopté ? David le savait-il ?

Le choc, presque une commotion, était violent, puis je me rappelai cette photo qui dormait dans la mémoire de mon Smartphone. Deux enfants, dont David, un couple d'adultes souriant à leurs côtés. Deux inconnus. Des *parents* inconnus ? Mais s'ils figuraient sur une photo de famille, c'est qu'ils ne l'étaient pas tout à fait ? J'observai le cliché avec plus d'attention. Pour ce qu'il était possible d'en juger sur une image un peu douteuse, l'homme et la femme semblaient se connaître. Mais ils ne manifestaient pourtant aucun de ces gestes qui signalent l'intimité d'un couple : pas de main posée sur la taille ou passée autour du cou, pas de hanches collées, aucun contact physique entre les deux corps. Ils respectaient une distance sociale honorable. Parrain et marraine ? Père et mère temporaires au sein d'une famille d'accueil ?

Dans la fructueuse moisson de la journée, cette dernière information lestait la balance d'un poids funeste.

Sur le blog Elle & Louis, que je pus atteindre pour la première fois depuis mon nouveau domicile, les notes inédites pullulaient. Pas si inédites, de mon point de vue, puisque je constatai, en les parcourant rapidement, que toutes se présentaient une fois de plus comme un duplicata du Dix-fois-par-jour. Leur publication ne respectait pas l'ordre chronologique de nos aventures érotiques aux Charmes, mais reconstituait une sorte de logique thématique, où toutes les entrées concernant les sons et les mots utilisés durant l'amour étaient regroupées, au même titre qu'on pouvait apprécier un peu plus loin les divers chapitres dédiés aux odeurs.

Nous retrouver ainsi dépeints, collés l'un à l'autre dans la chambre un, aurait pu m'émouvoir. Je pouvais presque, en fermant les yeux un instant, ressentir à nouveau la qualité exceptionnelle des frissons que la main de Louis provoquait sur ma peau, onde d'intensité variable qui, à chaque fois, voyageait sur moi loin au-delà de la zone de contact. Sa paume sur mon ventre était capable de faire tressauter ma nuque et mes épaules ; la même sur mon sein, appliquée avec assez d'adresse pour presser mon mamelon, déclenchait une ouverture spontanée de ma fleur, déjà perlée de rosée.

Mais savoir que ce qui aurait dû rester entre ces murs et dans ces pages était jeté sans fard ni censure aux fauves affamés de sexe sur le Web me révulsait. J'avais d'abord ressenti une sensation de viol mais, à constater le développement du blog et sa popularité – il figurait déjà parmi les plus visités de sa catégorie –, je me sentais surtout dépossédée. Dépouillée de ma vie, de mes plaisirs, de ces orgasmes « doux comme on aime », tels que célébrés par un chanteur que Louis appréciait beaucoup. J'éprouvais les désagréments de la notoriété : en appartenant à tous, on ne s'appartient plus. Mais j'avais beau me tenir encore loin du star-système et des paillettes, qu'il s'agisse de ma sexualité exacerbait la sensation abjecte que des mains inconnues remplaçaient peu à peu celles de Louis, me palpaient, me fouillaient, comme celles des badauds qui explorent fébrilement les bacs des promotions à l'ouverture des soldes. Un article au rabais, voilà ce que j'étais devenue par sa faute.

J'appelai finalement Sophia. Même lorsqu'elle m'agace, même lorsqu'elle fait n'importe quoi, même lorsqu'elle pousse l'impudence jusqu'à être heureuse alors que je ne le suis pas, je ne connais pas de meilleure ancre qu'elle. Seule elle sait me ramener sur terre, fixer mes pensées dans la réalité, combattre l'irrationalité de mes espoirs ou de mes peurs. Après s'être brièvement épanchée sur sa relation naissante avec Fred, elle me prêta une oreille très attentive.

— Si tu l'aimes vraiment, et je sais bien à quel point c'est le cas, il faut que tu l'aides à sortir de ses délires, conclut-elle après m'avoir longuement écoutée.

— Facile à dire... me lamentai-je. Comment je fais ?

— Si tu t'acharnes à fouiller dans le détail de ses frasques érotiques, tu vas en prendre plein la figure, ma fille, et tu ne changeras rien à sa manière de se comporter avec toi.

— Mais je ne veux surtout pas le changer ! m'insurgeai-je.

Je le voulais brillant, brûlant, libre d'exprimer ses envies, quelles qu'elles soient. Je voulais ses mains parfaites sur mon corps si imparfait, encore et toujours. J'en avais besoin maintenant plus que jamais, son contact gommant tous mes doutes.

Non, je n'avais pas quitté un David sans sensualité, cadenassé par ses responsabilités et son image, pour m'enferrer dans le même ennui. La sexualité de Louis était un fleuve en furie, qui débordait parfois mais dont la puissance m'offrait un voyage infini où le paysage variait sans cesse.

Mais mon amie visait juste : il avait suffi que je demande Louis en mariage, reprenant ainsi la main sur notre relation, pour qu'il radicalise son attitude et en vienne aux méthodes extrêmes. Peut-être me fourvoyais-je, peut-être que je lui intentais un faux procès. Mais c'est bien l'impression que j'avais.

— Tu veux le changer un peu, quand même… Tu ne vas pas le regarder s'envoyer en l'air sur Internet avec des gonzesses gaulées comme des mannequins jusqu'à ta retraite, si ?

— Hum… Qu'est-ce que tu proposes, alors ?

— Quelle que soit l'origine de ce comportement, ça a forcément un lien avec son enfance ou sa jeunesse.

Voilà qu'elle jouait le rôle de cellule psychologique. Je me souvenais d'ailleurs qu'elle avait beaucoup hésité, lors de son inscription à Nanterre, entre le cursus d'histoire, où nous nous étions rencontrées, et celui de psychologie. « Si la danse ne fonctionne pas, je me verrais bien aider des enfants en difficulté, spéculait-elle à l'époque, genre psy scolaire, tu vois. » Six ans plus tard, elle se trémoussait dans les peep-shows, et les seuls enfants qu'elle fréquentait étaient ceux jouant au loin avec leurs parents, lorsqu'elle allait courir au bois de Vincennes.

— À ta place, poursuivit-elle, je creuserais cette histoire de photo et de date de naissance. Il y a clairement un truc à élucider.

Parmi cette avalanche d'éléments nouveaux, celui qu'elle retint appartenait au passé de nos principaux protagonistes. Que Louis ait pu être l'amant d'Aurore au cours de leurs jeunes années lui parut notamment un facteur déterminant dans le conflit qui opposait les frères Barlet. Probablement l'un des nœuds de cet improbable écheveau de passions et de rancœurs. Contrairement à ce qu'avait laissé entendre Armand, la succession à la tête du groupe Barlet ne m'apparaissait désormais que comme un motif secondaire à leur différend. Il y avait autre chose, d'antérieur et de plus profond.

— Je croyais que je devais enquêter sur Louis...

— Louis, David... Tu vois comme moi que les deux sont liés. Les deux visages du dieu Anus.

C'était l'une des qualités premières de Sophia : être drôle dans les moments les plus graves, sans que l'on parvienne à déterminer si cela était calculé ou non.

— Janus, So, c'est Janus, le dieu à deux faces, en riais-je encore.

— Je sais bien ! Je l'ai même vu sur la tribune quand j'ai visité l'Assemblée nationale. Tu me prends pour qui, hein ?

J'en retins cette intuition, que j'avais déjà eue : on ne pouvait comprendre et infléchir le comportement de chacun des deux frères sans se pencher plus avant sur la genèse de la fratrie. Une voie que l'incohérence de leurs dates de naissance avait ouverte en grand.

— Si tu veux mon point de vue, poursuivit Sophia sur un ton plus sérieux, on ne peut aimer que ce que l'on connaît vraiment. Sinon, c'est de l'esbroufe.

Comique et l'instant d'après, philosophe.

— Tu dis ça et tu t'embarques avec un mec dont tu me disais qu'il n'était pas fiable, rétorquai-je.

— D'abord, je n'ai jamais dit que j'étais amoureuse de Fred. Je suis juste bien avec lui. Ensuite, la connaissance lucide de l'autre n'est que la première étape.

— Et quelle est la seconde, s'il vous plaît, docteur Sophia ?

— Il faut l'accepter tel qu'il est, répondit-elle, négligeant mon sarcasme.

— Tu plaisantes ? Tu m'as dit le contraire il y a deux minutes !

— Pas du tout. Je t'ai dit que tu ne devais pas tolérer tous les effets de sa nature profonde sur vos rapports. Mais il doit sentir que tu connais et aimes sa personnalité. Tu dois être prête à en supporter certaines manifestations. Pas toutes… mais certaines.

Elle avait raison. Pouvais-je trouver meilleur moyen de lui prouver mon attachement que de lever le voile sur ses zones d'ombre ? Quand je saurais tout de lui, proclamer mon amour ne serait pas une déclaration vaine. Je connaîtrais la vérité que recelait chaque mot d'amour, fusse-t-elle crue, effrayante ou douloureuse. Cette perspective déclencha un frisson d'aise qui me parcourut de part en part et creusa surtout, au plus profond de mon ventre, ce vide douloureux qui exprimait mon manque de Louis.

Je percevais aussi le risque de plonger au fond de Louis. Avec David, déjà j'avais voulu en savoir plus, éplucher les strates de ses vies antérieures. Ce qui m'était apparu, couche après couche, avait produit plus de larmes que d'émerveillement.

Alors je pris un engagement vis-à-vis de moi-même. Celui de ne rien formaliser avec l'aîné des frères Barlet tant que je n'aurais pas apporté toute la lumière sur son passé et éclairci le détail des relations qui le liaient à son frère et à la défunte Aurore. Puisque j'étais le double physique de cette dernière, cela m'autorisait bien quelques petites prérogatives, n'est-ce pas ? Je m'arrogeai donc le droit d'être l'archéologue de son histoire. De *leur* histoire commune, à tous les trois.

Ainsi, il ne serait plus question de notre mariage tant que je n'aurais pas déterré les vestiges de ce passé si chargé, mis au jour chaque sentiment fossilisé, chaque squelette de leurs amours ou de leurs haines. À mon tour de poser mes conditions.

Je tâchais de me convaincre qu'il n'y avait en moi aucun esprit de revanche. Je n'élevais pas des obstacles pour le plaisir de voir l'homme que j'aimais s'y heurter. J'espérais tout le contraire. Je souhaitais que l'enquête dans laquelle je m'apprêtais à m'engager – il fallait bien lui attribuer ce titre-là, tant l'ampleur de l'investigation semblait immense – aurait un effet libérateur. Un jour, je n'en doutais pas, Louis m'en serait reconnaissant. Il comprendrait que cette mise à nu n'avait pas pour objet de l'humilier mais de me rendre son âme aussi accessible que son cœur ou son corps.

Puisque ma décision était arrêtée, plus rien ne me retenait ici, claquemurée dans mes quelques mètres carrés d'angoisse et d'incertitude. Saint-Malo et son grand vent frais et purificateur, Saint-Malo et ses secrets si bien gardés n'attendaient plus que moi. Une rapide recherche en ligne m'éclaira sur l'intitulé énigmatique sur l'acte de naissance de David : *« Saint-Servan, Commune de Saint-Malo »*. Depuis 1967, la petite localité de Saint-Servan, connue pour ses grandes villas bourgeoises, sa tour Solidor et sa cité d'Aleth – grosse colline rocheuse en bord de baie, dont les pans verdoyants offraient le plus beau point de vue sur la ville fortifiée voisine – était rattachée à Saint-Malo, plus vaste, plus riche et autrement connue dans la région et le pays. Néanmoins, durant quelques années encore, les naissances ayant eu lieu à Saint-Servan furent attribuées à ce qui n'était pourtant plus désormais qu'un simple quartier ; la force des habitudes sans doute. En 1969, ou 1970, selon la version qu'on choisissait de retenir, l'acte de naissance de David me démontra que la coutume perdurait, comme l'attestait le document que j'avais sous les yeux.

Un *toc toc* discret à ma porte me tira de ces pensées et de mes préparatifs qui consistaient pour l'essentiel à fourrer dans un sac de voyage souple le nécessaire pour un court séjour balnéaire. Mon tout premier visiteur ! Il s'agissait probablement d'un importun, démarcheur ou voisin, mais j'en conçus pourtant une émotion qui me fit ouvrir avec le cœur battant. Lorsqu'on frappait ainsi à notre porte, au pavillon de Nanterre, maman avait coutume de s'interroger en ces termes, à haute voix : « C'est qui encore, cet inconnu de 19 h 45 ? » Elle faisait référence à une émission de télé antérieure à ma naissance, ou de pseudo célébrités tentaient de découvrir l'identité de deux individus à peine plus connus qu'eux et grimés en personnages de fiction. Un jeu simple et populaire qu'elle affectionnait tout particulièrement. Je ne compris pourquoi que plusieurs années plus tard : à chaque révélation elle espérait secrètement qu'un bel inconnu sonnerait pour de bon à notre porte. Un inconnu qui n'en aurait été un qu'à moitié, et qui nous reviendrait enfin, après une longue absence.

Le hasard voulut que, ce soir-là, mon visiteur se manifestât précisément quinze minutes avant 20 heures :

— Tu me fais entrer ?

Son ton était beaucoup moins posé qu'à l'ordinaire, et son attitude, échine basse, nuque courbée, dénotait une détresse et un manque de confiance en lui que je ne lui avais jamais connus. Plus que jamais, sa canne – je notai un nouveau pommeau à tête de gorgone, dont les cheveux retombaient en filets brillants sur le bois sombre – semblait nécessaire à son équilibre.

— Qu'est-ce... bredouillai-je, le regard perdu au-delà de ses épaules. Qui t'a donné cette adresse ?

Je n'avais raccroché le téléphone que quelques minutes plus tôt. J'avais du mal à croire que Sophia puisse être la fautive.

— C'est maître Whurman. Non d'ailleurs, ce n'est pas lui, c'est son clerc... Enfin, *sa* clerc.

Je revis la jeune femme blonde, aux cheveux relevés et à la nuque fine.

Louis avait dû se rendre sur place et produire son éternel numéro de charme. En vertu de quoi, elle s'était sans doute épanchée sur mes projets immobiliers.

— Tu connais la meilleure ? Elle s'appelle Claire. Claire Leclerc, et elle est clerc de notaire. Ce n'est pas extraordinaire ? Sa vie s'ingénie à façonner des jeux de mots... À moins que ce ne soit le contraire.

— Maman travaillait bien avec une comptable qui s'appelle Paulette Pognon.

— Sérieux ?

— Authentique.

Il fallait bien une blague aussi futile, un humour aussi élémentaire, pour dissiper la tension entre nous, voile de gêne presque palpable.

Il retint un éclat de rire puis redevint soudain aussi grave qu'à l'instant où j'avais entrouvert la porte.

— Entre, finis-je par concéder.

Il fit quelques pas en avant et s'immobilisa au milieu de l'unique pièce, balayant du regard l'espace encore au trois quarts vide. Il aurait pu se fendre d'un petit compliment formel, quelque chose comme « C'est mignon », « C'est coquet », ou « Ça te ressemble bien », mais il s'abstint de tout commentaire, tandis que je contenais le flot de questions qui bouillonnait en moi.

Les réponses, je l'avais compris maintenant, ne viendraient que de moi, de ma capacité à explorer sa personnalité et à l'effeuiller sans qu'il s'en aperçoive. Le faire parler ne me serait d'aucune utilité. Interroger son passé, en revanche, plonger la tête la première dans cet océan tumultueux fait de courants contraires qui déplaçaient sans cesse la ligne d'horizon, voilà qui me rapprocherait de lui. Et telle était l'aventure dans laquelle j'avais maintenant choisi de plonger. Ses mots, aussi doux, beaux et sincères qu'ils paraîtraient en surface, ne seraient jamais que des bouées trompeuses, des gilets de sauvetage crevés qui se déroberaient sous moi.

Je ne lui parlai donc pas des vidéos sur la console, ni du blog, ni même de Salomé et de leur performance vidéo. Je n'évoquai surtout pas ce qui constituait le tout premier élément de mon enquête, et à propos duquel il m'avait déjà menti : les sept mois seulement qui les séparaient, David et lui. Pourquoi m'acharner à le faire parler, pourquoi l'inciter à me berner une fois de plus, alors que son corps, seule vérité tangible, se tenait là, devant moi, irradiant cette chaleur fébrile à laquelle il était si doux de me brûler ?

Jusqu'à ce qu'il s'en aille, au milieu de la nuit, nous n'échangeâmes plus un mot. Ce n'était pas par jeu, cette fois, mais par nécessité. Nous nous trouvions en état de manque, l'un et l'autre, et les reproches auraient dégrisé nos sens affamés. Qui oppose encore sa soif de sincérité quand il s'agit de s'abreuver à l'eau trouble de son plaisir ?

Je le tirai jusqu'à mon lit tout neuf et entrepris de nous dévêtir. Il me laissa faire, étonnamment docile, là où je l'avais connu maître absolu de nos désirs.

Après qu'il se fut éveillé dans ma bouche, bientôt long et rigide, humecté d'impatience, je me couchai sur le ventre, offerte comme il aimait tant me prendre, écrasée, asservie, mes fesses rebondies ne demandant qu'à être ouvertes et séparées par ses mains douces, pressées pour leur jus, tel un fruit. Mais comme son gland cherchait son chemin à travers le taillis de mes poils, hésitant contre ma vulve détrempée, avec une agitation peu coutumière, une inspiration étrange me saisit. J'avais chaque fois repoussé cette échéance, arguant de mes réticences naturelles, prétextant d'autres fois la jouissance si vive que nous connaissions par d'autres voies, finissant par transformer ce sujet en un but à atteindre, une suprême récompense, pour lui comme pour moi.

Afin de lever toute ambiguïté sur mes intentions, je mouillai un index dans ma bouche et, le passant par-dessus mes reins, je l'introduisis dans l'œillet rebelle et tendu. Pour commencer, à peine une phalange. Puis, à mesure que l'iris brun s'élargissait, le doigt tout entier. Chaque immersion soulevait tout mon postérieur, comme si une sangle avait été passée sous mon pubis et qu'une grue invisible me tractait vers d'improbables hauteurs. Louis demeurait immobile, fasciné par ce spectacle inédit.

Je renouvelai alors l'opération avec mon majeur, plus large et plus long. Mais rien n'aurait pu me préparer à ce choc, à cette incomparable vague de félicité zébrée de douleur qui s'empara de moi à l'entrée de son membre. La pointe du gland força d'abord le passage, luttant contre les résistances de mon sphincter, avant que je n'aspire lentement la totalité de sa hampe, comme un serpent digère sa proie. Au déchirement initial succéda l'impression étourdissante d'être remplie comme on bourre un sac de linge. Je comprenais mieux la vulgarité du vocabulaire dont les hommes affublaient ce délice rare, et la réputation terrible qui le précédait chez nous, les femmes. Plusieurs fois, je faillis rejeter le pieu implacable au dehors. Mais il pesait maintenant sur moi de tout son poids, et plus rien ne me permettait d'échapper à son emprise.

Il attendit plusieurs minutes, toutefois, avant d'amplifier encore mon doux supplice d'un va-et-vient lent et précautionneux, visiblement attentif à me ravir plutôt qu'à me torturer. J'en suffoquais presque. Tout le bas de mon corps me semblait une poudrière prête à exploser, sans que je parvienne à déterminer si cette perspective m'était agréable. Alors, comme s'il avait perçu en moi cette hésitation, il saisit ma main et la glissa sous mon ventre. L'ordre était limpide. Je commençai par un effleurement vague et diffus mais, comme sa verge s'emballait dans l'étroit orifice, j'en conclus qu'il me fallait aller à l'essentiel. À lui mon fondement, à moi mes fondamentaux. Je n'avais jamais senti mon clitoris aussi dur et élastique sous mes doigts. Il résistait et rebondissait à chaque pression, étonnante petite boule de caoutchouc orgasmique, qui répondait comme un écho aux embardées dans mon postérieur.

Ai-je crié mon bonheur quand il s'épancha en moi, lave chaude et lourde dans mes entrailles, ou lorsque cette décharge me piqua sur le devant comme un insecte ? Ai-je imploré son nom ? A-t-il hurlé le mien, étourdi, et reconnaissant ?

13

30 mai 2010

C'est seulement plus tard que je compris l'utilité de ma reddition. Quoi que je fasse et quelles que soient mes découvertes futures à son sujet, je ne voulais pas que Louis me voie comme son ennemie. En lui offrant mon ultime bastion, en l'autorisant à jouir là où nul autre ne s'était aventuré avant lui, je m'exonérais par avance de ses récriminations. Puisque je m'ouvrais totalement à ses désirs, n'était-il pas légitime qu'il me laisse déflorer à mon tour les recoins de sa personnalité ? Sur la balance de nos compromis, mes belles hanches ne pesaient-elles pas d'une masse au moins égale à ses mystères ?

Le TGV n'offre pas la qualité de rêverie des trains de banlieue. Passées les premières minutes et les considérations sodomites qui précèdent, pile et face et encore pile, je sombrai presque aussitôt dans une cotonneuse somnolence, emportée à travers la nuit. J'avais attrapé *in extremis* le train au départ de la gare Montparnasse vers cette Bretagne dont j'espérais tant de réponses. Si ce n'est une solution.

Je m'étais bien gardée de prévenir Louis de cette escapade. Je n'en informai pas même Sophia. Encore moins Fred ou Rebecca. À quoi bon leurs avertissements, leurs inquiétudes empathiques, leurs prédictions de Cassandre ? Je me devais de conserver l'esprit clair et libre, ne pas en faire une bouillie de conseils amicaux et d'admonestations contradictoires.

À Rennes, après deux heures de sieste déchirée de sonneries et de cris d'enfants, le TGV marqua un arrêt de plusieurs minutes, le temps pour les voitures de se vider aux deux tiers de leurs passagers. Puis il repartit sur un rythme plus cahoteux et lent, adapté à la vétusté des rails. Les mouvements de voyageurs autour de moi, encombrés de bagages, avaient eu raison de ma torpeur. Bientôt, je m'éveillai tout à fait. Le calme du wagon n'était plus percé par instants que par quelques crissements aigus.

Nous n'étions plus que quelques-uns affalés sur les banquettes parme, et j'en profitai pour visiter les toilettes, prises jusqu'ici. Au moment de baisser ma culotte, je me considérai un moment dans le miroir piqué. J'étais la même qu'un an plus tôt, et pourtant si différente. J'aurais juré par exemple que mes seins s'étaient un peu alourdis. Devais-je déjà imputer un tel phénomène à la pesanteur des années ou bien fallait-il blâmer l'usage intensif qu'en avait fait Louis, tétant mes mamelons comme un nourrisson ?

Quoique je n'avais pas maigri, mon visage me semblait plus fin, ses contours plus nets, plus affirmés. Il avait gagné en caractère, comme s'il s'était approprié peu à peu, étonnant mimétisme des amoureux, certains traits de Louis. Je me demandai si, en retour, j'avais transmis au sien de ma rondeur et de ma jeunesse...

Un dernier détail attira mon attention et, bien que je tentai de ne pas y voir un symbole supplémentaire de la débâcle de notre couple, cela me troubla : trois semaines après que Stéphane me l'avait gravé, mon pétale tendait à disparaître sous une pilosité peu abondante mais suffisante pour maquiller le mont de Vénus et son renflement discret. Sous peu, tel un animal forestier invisible des sommets de la canopée, le motif échapperait à tout regard. Ne resterait plus de ce sésame à notre amour que le souvenir que nous en conserverions.

Ce sont ces modifications subtiles, ajoutées à mon abandon de la nuit précédente, qui me donnèrent le goût de reprendre la plume séance tenante. Ou plutôt le clavier virtuel de mon téléphone, où mes réflexions seraient conservées pour moi seule.

Je n'aurais plus à craindre ni piratage ni appropriation frauduleuse de mes écrits. Oui, c'est bien dans ce wagon assoupi, chahuté par son brinquebalement régulier, qu'est né le projet. Puisqu'il me fallait bien un exutoire aux doutes et aux tensions qui m'habitaient – le Dix-fois-par-jour était mort à l'instant où Louis se l'était arrogé –, je décidai d'écrire un livre, ou plutôt des mémoires. De laisser une trace écrite, en tout cas. C'est à cette envie subite que vous devez les pages que vous lisez actuellement.

Quant à mon sujet, dont je pressentais qu'il m'entraînerait vers des territoires inconnus, il serait cette histoire, la mienne, celle d'une femme qui utilise son corps pour arracher aux hommes de sa vie les secrets qui les asservissent. Ou comment le sexe deviendrait philtre de vérité, un révélateur.

J'écrivis les premiers mots, puis les premières lignes, et pas loin d'une page entière, alors que le train approchait du littoral : *Je n'ai jamais appartenu à cette catégorie de femmes qui prétendent que toutes les chambres d'hôtel se ressemblent. Qu'elles ne sont qu'un seul et même espace anonyme, sans cachet ni personnalité. Une sorte de tunnel froid, au design uniforme, et offrant un confort standard jusqu'au jour suivant.*

Par chance, à Saint-Malo, le ciel crachotait une humeur maussade, et le festival Étonnants Voyageurs, qui réunit chaque année écrivains, aventuriers et cinéastes du monde entier, était fini depuis plusieurs jours déjà. C'est grâce à la conjonction de ces deux facteurs que je pus dénicher une chambre d'hôtel vacante dès ma sortie de la gare, dans un établissement flambant neuf, avec vue. En longeant les quais pour m'y rendre, je pus apprécier une fois de plus l'air vivifiant de cette région, où le moindre coup de vent rabattait une puissante odeur de goémon.

La grande pièce en L, décorée dans un style *lounge* des plus sobres, contredisait le premier chapitre de mon récit. On ne pouvait plus impersonnel que cette chambre, mais peu m'importait. J'étais lasse. Je m'étais tout juste enfouie sous l'épaisse couette qu'un sommeil profond m'engloutit pour une nuit entière, repos traversé de rêves et de souvenirs hérités d'une autre chambre. Songe après songe, je me trouvais à nouveau dans la une, chacun de ses tableaux détaillant nos positions favorites, sorte de Kâmasûtra onirique. Telle fois, j'avais joui d'une levrette, grâce à des poussées précises. Telle autre, nous nous étions plongés dans un soixante-neuf sans fin, chacun d'entre nous portant tout à tour l'autre au seuil de son plaisir, suspendant soudain ses caresses pour étirer quelques secondes de plus le supplice de son imminence.

Quelques heures d'un tel défilé et je me réveillai moite, le bas-ventre palpitant d'une envie insatisfaite.

— Bonjour mademoiselle, je peux vous servir du café ou du thé ?

La jeune femme qui se penchait sur ma table de petit déjeuner m'adressa un sourire inexpressif de lapin aux yeux délavés. Elle semblait littéralement suspendue à ma réponse.

— Thé, s'il vous plaît.

— Vous avez de la chance, il fait beau, ce matin.

Les rayons qui dessinaient sa fine silhouette en contre-jour dansaient autour d'elle. De la chance… J'avais du mal à partager son optimisme.

— Oui, abondai-je sans ferveur.

— C'est votre première visite à Saint-Malo ?

Misère, j'étais tombée sur l'une de ces employées que les chaînes d'hôtellerie recrutent pour leur capacité à appliquer à la lettre les règles de service à la clientèle, ces acronymes qu'elles sont supposées apprendre par cœur au cours de leur formation : B(onjour), B(ienvenue), Q(ue) puis-je faire pour vous ?

— Non. Ma famille est en quelque sorte de la région, mentis-je sans lui laisser le temps d'embrayer sur le point suivant de sa leçon. Vous savez à quelle heure ouvre la mairie ?

— Oui. En semaine, c'est à 8 h 30.

Qu'une touriste n'ait d'autre centre d'intérêt que l'administration locale n'avait visiblement pas été prévu dans son apprentissage, et elle me laissa tranquille. Elle revint chargée d'une lourde théière métallique fumante et me versa l'eau chaude sans un mot de plus.

Au moins était-elle bien informée, puisque à 8 h 30 sonnantes j'entrai dans la majestueuse cour de l'hôtel de ville, sis dans le château renaissance de la ville fortifiée.

— C'est pour quoi ?

La préposée à l'état civil m'apparut comme le négatif exact de la serveuse de l'hôtel : petite, vieille, brune et aussi revêche que l'autre était affable. Pas de BBQ ou autre formule d'accueil, ici. Juste la même question, le regard surnageant tout juste au-dessus des demi-lunes sur son nez.

Je lui tendis l'extrait de naissance que son service – peut-être même elle – m'avait adressé.

— Bonjour. J'aimerais que vous me confirmiez que ce document est bien conforme à l'original.

— Qu'est-ce que c'est ? interrogea-t-elle en esquissant une moue dégoûtée.

— C'est la copie d'un acte de naissance.

— Ce n'est pas vous, ça ? déclara-t-elle en désignant le nom, suspicieuse.

David Barlet : à moins d'être vraiment très myope, il était difficile de m'attribuer un tel patronyme.

— C'est mon futur mari.

— Hum… Et vous avez une preuve ? Un livret de famille ?

— Non. Mais je peux vous montrer notre contrat de mariage.

J'avais été bien inspirée de prendre avec moi tous les documents en ma possession, y compris ceux qui ne devaient plus m'être utiles *a priori*. Elle jeta un œil rapide à la page des signatures, dont ma griffe falsifiée, et s'éclipsa sans un mot, rassurée semblait-il. Elle reparut quelques minutes plus tard, traînant ostensiblement les pieds et sa carcasse courbée, accablés par plusieurs décennies de paperasse et d'ennui.

— Elle est conforme.

— Sur tous les points ? Même la parenté de...

— Elle est conforme, je vous dis, me coupa-t-elle, aussi tranchante qu'une feuille de papier. Y'a pas trente-six manières d'être conforme.

Surtout ne pas la contrarier.

— Merci, vous êtes très aimable, approuvai-je avec déférence.

Je fis mine de m'éloigner, puis revins aussitôt vers son bureau.

— Je ne voudrais pas abuser de votre gentillesse...

— Quoi ? aboya-t-elle.

À cette heure matinale, j'étais toute seule dans le service. Que je prolonge ma visite ne pénalisait personne d'autre qu'elle-même et son envie manifeste de somnoler sur sa pile de papiers.

— Vous gérez aussi les actes de décès ?

— Oui.

— Ce serait possible de vérifier qu'un nom y figure ?

— Quel nom ?

— Delbard.

— C'est un parent à vous ?

— Non, admis-je, à court de mensonges. C'est la mère de l'ex-femme de mon futur mari.

Elle me contempla un instant, l'œil torve et le cerveau enfumé. Ma requête avait beau être illégitime et incongrue, je vis bien qu'elle était prête à accéder à toutes mes demandes si cela lui permettait de se débarrasser de moi rapidement.

— Vous connaissez son prénom ?

— Désolée… infirmai-je d'un mouvement de tête.

Elle frappa à toute vitesse les touches de son clavier, puis suspendit ses doigts boudinés :

— Vous n'avez même pas une idée de la période du décès ?

— Ça peut être n'importe quand entre le début des années 1970 et maintenant.

— Avec ça… grommela-t-elle entre ses dents.

Je fouillai ma mémoire à la recherche d'un détail qui aurait pu faciliter sa tâche, glané au cours de mon précédent séjour dans la région. Je ne trouvai rien de plus pertinent que :

— Delbard doit être son nom de femme mariée.

— Et son nom de jeune fille ?

— Aucune idée. Mais son mari se prénommait Jean-François. Il est mort en 2005, si je me souviens bien.

— Jean-François Delbard, le notaire ?

Elle leva un sourcil curieux.

— Oui.

Rien de surprenant, dans une ville de province de cette taille, qu'une telle notabilité fut connue des employés de mairie. Après une nouvelle recherche, elle énonça d'une voix atone :

— J'ai bien une Florence Delbard, née Montroriser, ayant épousé ce monsieur en 1965.

— C'est elle ! m'exclamai-je avec un peu trop d'enthousiasme.

— Mais d'après mes informations… elle est toujours vivante.

Elle avait dit ça comme si le résultat annoncé allait me décevoir. Cela constituait pourtant la meilleure nouvelle à ce jour. Enfin un témoin clé de la jeunesse de David, Louis et Aurore ! Enfin l'un de leurs proches qui avait échappé à la mort…

Je n'abusai pas de sa patience et renonçai à lui demander si elle disposait d'une adresse récente associée à ce nom. Mais il était dit que le sort favorisait mon enquête, car Florence figurait dans l'annuaire que je consultai sur l'un des ordinateurs en libre accès dans le hall de la mairie.

L'impasse des Tilleuls était une petite voie sans issue et sans charme particulier, dans le quartier résidentiel de Paramé, à environ deux kilomètres à l'est du centre-ville de Saint-Malo. Comme le temps se montrait clément en dépit d'un vent du nord qui ne cessait de souffler, je choisis de m'y rendre à pied, par la longue grève du Sillon, en bord de mer. Même par beau temps, comme ce jour-là, l'orientation plein nord exposait ce pan de littoral à un souffle froid, qui tempérait à la belle saison et congelait le reste de l'année.

Tout en marchant, j'observais les variations subtiles de couleurs sur la mer qui, selon la distance depuis le rivage et la lumière, allaient d'un vert émeraude presque translucide à un vert de gris sombre et métallique.

Au numéro 7 s'élevait un petit pavillon mitoyen, semblable en tous points à ses voisins, murs de granit et toit d'ardoises. J'insistai deux bonnes minutes sur la sonnette sans obtenir aucune réponse, ni noter le moindre mouvement à l'intérieur de la maison. Je tentai alors ma chance au numéro 5, d'où une petite dame à bigoudis et tablier finit par sortir.

— Bonjour, madame, saluai-je en me parant de mon sourire le plus avenant.

— Vous êtes la petite demoiselle de l'association ?

— Non. Je venais rendre visite à madame Delbard, votre voisine. Mais apparemment, elle n'est pas là.

— Ah, c'est possible. On ne la voit pas beaucoup.

Manifestement rassurée par ce premier contact, elle abandonna son perron et s'aventura jusqu'à la grille, où elle parut me distinguer avec plus de précision. Elle ne put dissimuler une forme diffuse d'étonnement que signalait un plissement curieux des yeux.

— Vous êtes de la famille ? Vous êtes une nièce, non ?

— Oui, bluffai-je.

— Vous ne l'avez pas prévenue que vous veniez ?

— Non… Je passe à l'improviste.

— Vous n'avez pas de chance. Elle ne sort quasiment jamais de chez elle… sauf pour aller voir son homme à Rocabey, bien sûr.

Pour avoir déjà fréquenté le cimetière et m'être arrêtée devant la tombe de la famille Delbard, je devinais à quoi elle faisait allusion.

Je la quittai avec force remerciements, esquivant à temps ses propres interrogations, et pris la direction de Rocabey, cette fois par les avenues intérieures, larges artères bourgeoises bordées de villas 1900, à l'abri des rafales les plus violentes. Au-dessus de moi, de petits nuages griffaient le ciel à la vitesse d'étoiles filantes.

Dès l'entrée du cimetière et sa guérite de granit gris, je reconnus le fossoyeur, un homme dans la quarantaine, affublé d'énormes favoris broussailleux et les mains constamment greffées aux bras d'une brouette orange. Je lui adressai un petit signe de la main, et il approcha aussitôt.

— Qu'est-ce que je peux pour vous, ma p'tite demoiselle ?

Manifestement, il ne me reconnaissait pas, mais il est vrai que ma précédente visite avec Sophia remontait à plus d'un an.

— Je voulais savoir si vous connaissiez un caveau au nom de Barlet.

— Barlet ? Comme le Barlet qu'on voit à la télé ces jours-ci ?

Il forçait presque son ton rugueux de paysan.

— C'est ça, confirmai-je.

— Attendez-voir…

Ce disant, il sortit un petit carnet chiffonné de la poche intérieure de son pardessus imperméable, tâché çà et là de terre, et se mit à le feuilleter d'un doigt gauche qu'il humectait à chaque page.

— Voilà… Barlet. E17. C'est par là, dit-il en pointant un index crasseux sur sa gauche. Je vous accompagne, si vous voulez.

Il me décocha un sourire édenté et me guida d'un pas lourd à travers le dédale géométrique des allées sans jamais lâcher sa brouette, tel Charon, indissociable de sa barque. Mais la relation assidue avec les morts ne semblait pas l'éloigner des vivants. Son entrain prouvait au contraire son affection spontanée pour tout ce qui manifestait une parcelle de vie. Ainsi le vis-je éviter un lombric qui louvoyait sur le sol boueux, à la merci de ses grosses bottes de pluie, avec une délicatesse de jouvencelle, et je me dis qu'il devait faire plus d'un pas de côté chaque jour, étant donné la densité du lieu en populations rampantes.

— André et Hortense Barlet, déclara-t-il, désignant une sépulture sobre, mais dont l'éclat du lettrage doré laissait peu de doute sur l'état de ses occupants.

— Il n'y a qu'eux deux ?

L'homme feuilleta à nouveau son calepin d'un geste bourru, puis releva vers moi son regard de vieux chien.

— Visiblement, oui. Ça ne devait pas être des gens du coin. D'habitude, ici, les concessions accueillent plusieurs générations d'une même famille.

En effet, les Barlet avaient choisi Saint-Malo et sa région pour y établir leurs quartiers d'été dès que leur fortune grandissante le leur avait permis. Mais, comme Armand avait pris soin de me l'expliquer il y a longtemps déjà, leurs origines se situaient plus au sud, dans la région nantaise.

La pierre tombale ne mentionnait que les années de naissance et de décès des occupants. Ni le jour ni le mois. Mais un détail me frappa néanmoins : l'année de disparition des époux Barlet était identique. 1990.

— Vous n'auriez pas la date exacte de leur mort ?

— Hum… Si. Et c'est pas commun, d'ailleurs.

— Pourquoi ?

— Ils sont morts tous les deux le même jour. Le 6 juillet 1990.

— Vous êtes sûr ?

— À moins que les petites dames de la mairie ne m'aient raconté des salades.

— Les employées de l'état civil ?

— Oui. Mais je ne vois pas pourquoi elles s'amuseraient à ça.

Je revis un instant l'air chafouin de celle qui m'avait reçue le matin même et je n'eus pas trop de peine à l'imaginer jouer des tours pendables à un esprit aussi candide.

Si toutefois elle avait dit vrai, il ne pouvait y avoir qu'une seule cause à une telle conjonction dramatique, et celle-ci était nécessairement accidentelle, puisqu'elle avait réuni deux individus distincts en un seul et même événement tragique. Je me souvins qu'Armand avait été très évasif sur les circonstances de la disparition d'André et Hortense. Je notai enfin que celle-ci était survenue à peine plus de six mois après la mort d'Aurore. Ces deux épisodes étaient-ils liés ? Ou le sort s'était-il acharné cette année-là sur David et Louis avec une constance aveugle ?

— La date est correcte, le rassurai-je. Vous ne savez pas comment ils ont perdu la vie ?

— Non. Vous savez, à l'époque, j'avais dix-huit ans. Je ne m'intéressais pas aux faits divers.

Son regard plongea alors vers mes fesses moulées dans un jean tout simple, comme pour illustrer son propos, et me signifier que je ne le laissais pas tout à fait indifférent. Mais ce fut fait avec une telle naïveté, une spontanéité si confondante que je ne m'en offusquai pas.

Depuis que Louis avait posé ses yeux, puis ses mains sur mon corps brut, je percevais mieux l'attention des hommes. L'attirance exprimée par Louis avait ouvert la voie à leur désir latent. Et que je n'y réponde pas ne tarissait en rien ce flux constant auquel je m'étais habituée peu à peu, mi-agacée, mi-flattée, à peine plus assurée de mon empire sur eux que du temps où je me croyais transparente.

Une double vibration dans mon sac à main mit un terme à cette réflexion. Le mail provenait de Louis, comme un fait exprès. Mais là où j'espérais un mot d'amour, un message obligé pour ce qu'il avait obtenu de moi la veille, je reçus les informations pratiques suivantes :

Elle & Louis
Login : elleetlouis
Mot de passe : hoteldescharmes

En guise de déclaration, voilà qu'il me fournissait les identifiants pour publier à mon tour sur le blog. Pensait-il que cela présentait pour moi le moindre intérêt ?

Hormis le fossoyeur libidineux et moi, le cimetière était désert. Rien de surprenant, un jour de semaine, à cette heure matinale. Aussi, la petite silhouette qui traversa les enfilades de stèles, prudemment vêtue d'un manteau de pluie jaune délavé, attira-t-elle mon attention.

— Bon… Si vous n'avez plus besoin de moi, je vous laisse, lança mon guide, sur un ton vaguement déçu.

— Oui, bien sûr. Et merci beaucoup.

— Bonne journée !

Il me gratifia d'un ultime sourire troué et repartit vers l'entrée, brouette en main, bientôt avalé par les rangées de marbre gris.

L'imperméable poursuivit un moment sa progression puis il me sembla qu'il s'était arrêté non loin de la tombe des Delbard. Comme je m'approchais, je pus distinguer avec plus de précision la silhouette encapuchonnée, petite dame blonde et tassée au-delà de la soixantaine. Elle dût percevoir mon avancée dans sa direction, car elle leva un regard craintif et reprit à pas pressés sa course à travers les allées, quand je la hélai enfin :

— Madame ! Madame, s'il vous plaît !

Elle redoubla de vitesse, moineau apeuré. Je perçus distinctement le geste de dénégation qu'elle faisait de la main, dans son dos, signifiant son refus, comme on chasse un insecte ou une image inconvenante.

— Madame Delbard ?

14

Mettez-vous donc un instant à sa place : votre fille, morte depuis plus de vingt ans, réapparaît soudain dans le cimetière où elle repose ! Son spectre n'est pas altéré, rongé par le temps et les vers, pas même vieilli, mais elle arbore au contraire ces mêmes traits gracieux et juvéniles que vous lui avez connus au moment de son départ. Un fantôme parfait, aussi dense et incarné que l'original, qui parle et vous poursuit quand vous cherchez à le fuir. Un fantôme qui porte tous les attributs des vivants. Bien plus qu'un vulgaire ectoplasme : un double !

— Madame Delbard... J'aimerais vous dire deux mots.

Courte sur pattes et plutôt boulotte, la femme à l'imper jaune ne courait pas très vite. Je fus bientôt assez proche d'elle pour saisir son bras et tenter de la retenir.

— Laissez-moi !

— Vous êtes bien Florence Delbard ?

— Qu'est-ce que ça peut vous faire ? aboya-t-elle.

Son absence de dénégation sonnait comme un aveu.

Elle fut prise d'une convulsion légère, toutefois insuffisante pour se libérer de mon étreinte. Mais elle me faisait face, et je pus enfin la détailler. Elle ne pouvait être plus dissemblable de sa fille, et donc de moi-même. Petite, ronde et couperosée, elle offrait un visage qui s'inscrivait presque dans l'ovale d'un ballon de rugby, comme écrasé aux deux extrémités.

Ses cheveux blonds et raides coiffaient le tout d'une coupe au bol peu gracieuse, qui à mes yeux ne faisait que gonfler plus encore ses traits déjà bouffis.

— Vous ne savez pas qui je suis… Mais vous savez à qui je ressemble, n'est-ce pas ?

Je desserrai ma main, convaincue qu'elle ne chercherait plus à m'échapper, la curiosité l'emportant désormais sur la peur. De fait, ma provocation fit mouche, mais elle ne pipa mot et se contenta de me dévisager, les yeux arrondis par la stupeur, rougis par des larmes contenues.

— Aurore est morte, balbutia-t-elle, comme pour mieux s'en convaincre.

— Je le sais. Et je ne suis pas là pour vous effrayer.

— Pourquoi êtes-vous ici, dans ce cas ? Qui êtes-vous ?

Elle demeurait sur le qui-vive, mais je compris que j'avais franchi le tout premier rempart de sa défiance. Si je ne voulais pas la voir s'évanouir à nouveau, il fallait que je place au plus vite notre échange en terrain connu et que je mentionne des références auxquelles se raccrocher :

— Je m'appelle Annabelle. Annabelle Lorand. J'ai rencontré les frères Barlet il y a un peu plus d'un an. Enfin, disons que ce sont eux qui m'ont trouvée. Je pense que vous comprenez pourquoi…

Bien qu'elle resta muette, ses yeux acquiescèrent d'un papillonnement incrédule.

— J'ai failli épouser David. Et je suis maintenant sur le point de dire oui à Louis. Mais avant, j'aimerais vous poser quelques questions. Ce ne sera pas long. Promis.

Son regard s'échappa dans les allées voisines, comme si une issue magique allait tout à coup s'y ouvrir pour qu'elle puisse y sauter et se soustraire à mon emprise, aussi insaisissable que le lapin d'Alice. Elle finit par se résoudre à mon invitation, avec un rictus contrit :

— D'accord, mais seulement quelques minutes.

L'avenue de Moka portait mal son nom, car aucun café, bar ou brasserie n'y tenait commerce à proximité. Sur les indications de Florence Delbard, nous la remontâmes sur trois ou quatre cents mètres pour arriver aux environs de la gare, et nous échouâmes au Relais, un troquet ordinaire, auvent vert bouteille et enseigne aux couleurs d'une obscure marque de bière.

Attablées devant nos cafés, nous demeurâmes silencieuses de longues minutes. Florence Delbard paraissait encore sur la défensive et prête à saisir le moindre prétexte pour s'éclipser au loin. Je sentais que le moindre mot, la moindre évocation douloureuse à son oreille suffirait à ce qu'elle se referme comme un coquillage, et je n'obtiendrais plus rien d'elle. Il fallait peser chacune de mes paroles, mais aussi la surprendre, aborder les sujets de biais, plutôt que de front… Ainsi me risquai-je, juste après une gorgée brûlante du jus brunâtre :

— Elle ne vous ressemblait pas beaucoup…

— Pardon ?

Elle parut être arrachée à un songe.

— Aurore et vous… Vous n'aviez pas grand-chose en commun physiquement.

— En effet, approuva-t-elle comme si cela lui était douloureux.

Je tâchai aussitôt d'adoucir cet abord trop brutal.

— Avec votre mari, peut-être ?

— Non… Non, pas plus.

Cet aveu en appelait d'autres, mais il était clair que tout passage en force me verrait déboutée sans ménagement ni seconde chance.

Le soleil, qui avait disparu quelques instants derrière un groupe de nuages, surgit à nouveau et frappa toute la surface de la devanture à laquelle notre table était collée. Dans les rayons vifs, ses yeux m'apparurent plus brillants. Les sanglots ne s'étaient pas éloignés, comme je l'avais cru. Ils étaient là, tout près, elle était proche de se dissoudre dans les larmes et de noyer avec elle son précieux témoignage.

— Parfois, les ressemblances sautent des générations. Moi par exemple, je…

— Il n'y a pas de génération qui vaille dans le cas d'Aurore, me coupa-t-elle. Nous l'avons adoptée.

Elle sortit de son sac un mouchoir de poche, brodé d'une minuscule guirlande de fleurs violettes, et se moucha avec une discrétion de souris.

Adoptée. C'était la seule explication logique. Adoptée, comme je supposais que David l'avait été lui aussi par les Barlet.

Je crois que Florence Delbard me sut gré de ne pas enchaîner aussitôt sur les questions qui me brûlaient les lèvres. De la laisser confesser ce qui débordait de son cœur, dans l'ordre où cela lui venait et au rythme qui lui seyait. J'avais juste fait sauter le bouchon ; à elle maintenant de servir le vin.

— Nous ne pouvions pas avoir d'enfant, Jean-François et moi. À l'époque, les techniques de procréation assistée n'existaient pas.

Ce détail raviva le souvenir laissé par un documentaire télévisé, que j'avais vu quelques mois plus tôt, et où il était question d'Amandine, le premier bébé éprouvette français, née au début des années 1980.

— Si nous voulions à tout prix un enfant, ajouta-t-elle, il n'y avait d'autre choix que l'adoption.

— Quand même… Les démarches devaient être plus simples qu'aujourd'hui, non ?

Je cultivais à ce propos une image désuète, celle, rassurante, d'orphelinats propres et bien tenus, où abondaient de petites têtes blondes sagement peignées qui attendaient leurs futurs papas et mamans, quelque part dans le havre verdoyant d'une province française. Voilà l'adoption telle que je l'imaginais à cette époque.

— Oh non, ne croyez pas cela. Surtout si vous vouliez adopter en France un enfant en bas âge. Nous avons obtenu notre agrément très vite, en quelques mois, mais il a fallu le triple de temps pour trouver une enfant qui corresponde à nos désirs. Nous souhaitions adopter un enfant de moins de trois ans.

— Quel âge avait Aurore, quand vous l'avez… *rencontrée ?*

— Elle avait sept ans. Cela faisait déjà plusieurs années qu'elle avait été abandonnée là, dans l'orphelinat le plus proche de Saint-Malo.

— Personne ne l'avait choisie ?

— Non. Pourtant, si vous l'aviez vue, à cet âge-là… Elle était tellement mignonne !

Rien de plus aisé que d'imaginer la bouille de la petite Aurore : il me suffisait de convoquer mes propres photos d'enfance.

— Comment expliquez-vous cela ?

— Je ne l'explique pas. Comme je vous l'ai dit, la majorité des parents adoptants recherchent en priorité de jeunes enfants. Passé deux ou trois ans, leur chance d'adoption diminue, et ils peuvent rester plusieurs années dans ce genre d'établissement sans que personne ne les choisisse.

— Il vous paraît possible qu'elle ait séjourné dans des familles d'accueil ?

— Cela arrive, bien sûr, mais ce n'était pas son cas. Saint-Broladre nous l'aurait dit.

Saint-Broladre était le nom d'une petite commune située entre Cancale et le mont Saint-Michel, à une trentaine de kilomètres de Saint-Malo, là où le principal orphelinat de la région se situait à l'époque.

— Que vous a-t-on dit sur les raisons de son arrivée ?

— Franchement, pas grand-chose. En ce temps-là, les règles voulaient que l'on ne divulgue pas l'identité complète de l'enfant à ses nouveaux parents, ni les circonstances qui avaient fait de lui un orphelin. Tout ce que l'on a su d'Aurore, c'est qu'elle était là depuis cinq ans. Nous l'avons acceptée, même si elle était plus vieille que ce que nous souhaitions.

Cinq ans ! Cinq années interminables. Cinq années de dortoir, de promiscuité et de manque d'amour. Ces années que tous les pédopsychiatres s'accordent à désigner comme celles qui fondent une personnalité et dont le déroulement façonne à jamais l'être qu'on deviendrait.

— Quand vous l'avez vue pour la première fois, quelle impression vous a-t-elle donnée ? Psychologiquement, je veux dire. Vous ne l'avez pas trouvée perturbée ? Agressive ?

Les propos d'Armand et de Louis à son sujet résonnaient d'une nouvelle manière : la dépression d'Aurore, son syndrome borderline diagnostiqué, ses crises fréquentes…

— Pas spécialement, non. C'était une petite fille plutôt facile, au contraire. Toujours joyeuse, toujours partante pour tout. Un vrai petit ange.

Un profil qui ne cadrait ni avec l'orpheline délaissée de sept ans, ni avec la jeune femme perturbée que les Barlet m'avaient tous dépeinte.

Aurore avait-elle joué la comédie à ses nouveaux parents, de peur d'être rejetée une fois encore ? Ou bien un événement avait-il fini par réactiver ses vieux traumatismes, bien des années plus tard ? La rencontre avec David et Louis, puis le conflit qu'elle avait ravivé malgré elle entre les frères Barlet, pouvaient-ils être la cause qui l'avait poussée à la dernière extrémité ?

La fin de la matinée approchait. On le devinait aux odeurs de cuisine qui flottaient désormais dans la salle, parfums de laurier et de viande braisée, et au changement de couleur des liquides versés dans les verres. Un groupe d'ouvriers du chantier voisin, celui de la médiathèque face la gare, fit irruption dans un piétinement sonore et un seul éclat de rire tonitruant.

— Hé, Zé, apostropha un homme à l'accent portugais prononcé, c'est laquelle, ta femme ?

Nous étions les deux seules femmes de la gargote, et Florence Delbard vira brusquement pivoine.

— Il m'a dit qu'il préférait les blondes, hein !

Les rires redoublèrent, satisfaits de l'effet que leur plaisanterie produisait sur la plus âgée de nous deux.

L'un des maçons, le plus vieux de la bande, le visage émacié et les tempes grisonnantes, peut-être le fameux Zé, s'avança vers nous et inclina brièvement la tête :

— Je suis désolé, mesdames.

— C'est rien, coupai-je, un sourire forcé sur les lèvres.

— Ils ont besoin de décompresser. Un homme est mort la semaine dernière sur le chantier.

Mais je voyais bien que ces explications ne suffisaient pas à détendre mon interlocutrice. Si l'homme n'avait pas obstrué le passage, elle se serait ruée dehors.

— Un mort ? fis-je semblant de m'intéresser.

— Un très vieux monsieur. Quatre-vingt-dix ans ou plus. Le camion reculait et ne l'a pas vu…

— Oh… soufflai-je dans un élan spontané de compassion. C'est triste.

— Très triste. C'est pour ça qu'ils ont besoin de rigoler.

— Je comprends, tentai-je pour le congédier.

Il désigna notre table d'un mouvement circulaire de l'index.

— Et vos cafés… C'est pour moi.

— Non, il n'y a pas de raison, m'insurgeai-je.

— Si, si, j'insiste.

En tournant les talons, il m'avait présenté un profil efflanqué, sec, presque malingre, qui n'était pas sans me rappeler un autre homme. Ce n'était pas le moindre pouvoir de Louis que d'apparaître partout, de manière fugace, ou plus persistante, dans les traits de tel faciès, tel un masque passant de visage en visage. Ainsi je me consolais un peu de son absence en convoquant son image tout autour de moi.

Le mirage ne dura pas plus d'une seconde, et pourtant le flash avait eu le temps de dérouler un scénario complet. Ainsi m'étais-je vue quitter ma place et suivre l'homme à la combinaison de chantier maculée de peinture et de ciment jusqu'aux toilettes crasseuses, où il se dirigea sans hésiter vers l'unique cabine fermée. Il se tourna vers moi et me décocha le sourire si familier de Louis. Il m'attendait, une main posée sur sa braguette, prête à l'ouvrir. Une fois à l'intérieur, je me collai à lui et accompagnai son geste, fourrageant fébrilement à l'intérieur de son pantalon ample. Il bandait déjà, et je n'eus aucun effort à faire pour extraire le membre durci hors de sa niche, lequel jaillit d'un mouvement sec, si brusque qu'il se décalotta, découvrant un gland gonflé et un peu humide. L'odeur qui s'en dégageait, un fumet âcre, presque épicé, m'attirait irrémédiablement à lui. Comme je l'avais fait dans les W.-C. des Antiquaires, je m'agenouillai et jetai mes lèvres sur la boule de chair violette, tuméfiée d'envie.

J'entreprenais tout juste de sucer son pénis, ma bouche entrouverte, disposée à l'accueillir tout entière, lorsqu'il repoussa mon front d'une paume ferme :

— Pas comme ça…

— J'ai envie de toi ! le suppliait la vague de chaleur qui enflait entre mes jambes.

— Nous aussi… On a tous envie de toi.

Trois de ses gars pénétrèrent alors dans la petite pièce carrelée et poussèrent la porte de notre habitacle étroit, leur sexe brandi à la main. En bons ouvriers, ils attendaient le signe de leur contremaître. Le faux Louis me tourna vers eux, disposant de moi comme d'un jouet, puis imprima sur mon dos une poussée décisive qui, associée à la main qu'il passait sous mon ventre, eut pour effet de creuser mes reins et lui offrir mes fesses. Je n'eus pas le temps d'une contestation. Il planta en moi sa verge, longue colonne de béton coulée dans mon vagin avec la rudesse du maçon.

Au même instant, le sexe un peu tordu d'un grand Noir força l'accès de ma bouche. Les deux hommes ne se coordonnaient pas, et pourtant il me semblait que leurs va-et-vient respectaient un rythme alternatif, l'un m'envahissait quand l'autre se retirait, étonnant ballet de pistons qui m'amenait à l'explosion. Mais comme je me sentais au bord de l'orgasme, ils me quittèrent de concert, et leurs deux compagnons vinrent aussitôt combler les vides en moi qui criaient leur faim. Les nouveaux occupants étaient encore plus gros, plus durs et plus musqués que les précédents. Je ne voulais même pas savoir combien de jours de travaux et de sueur ils portaient sur eux. Je les lavai à mon contact.

Je crus entendre le sosie de Louis les exhorter :

— Allez-y les gars ! Démontez-la !

Cet encouragement déclencha un déchaînement barbare dans mes deux orifices, qui brûlaient déjà et ruisselaient d'un même jus sucré.

Les intrus gonflèrent au même moment de cet afflux qui ne trompe pas, accompagné de grognements qui annonçaient leur jouissance imminente. Alors, aussi disciplinés que s'ils avaient respecté une consigne, ils s'arrachèrent de moi et se répandirent en gros bouillons épais et translucides sur mes fesses, mes lèvres et mes joues, leur nectar aussitôt rejoint par celui de leurs confrères qui achevaient de se masturber dans des feulements de bêtes repues.

Je n'avais pas joui, mais je me sentais si excitée de les avoir conduits vers leur plaisir…

La silhouette du meneur, qui s'effaçait dans la lumière crue du dehors, me ramena d'un coup à la réalité. Comment pouvais-je être traversée par de telles images alors que j'entendais des confidences aussi importantes ?

Comme l'homme rejoignait le bar, accueilli en champion par ses collègues – « Ah, les goûts de Zé ont changé, apparemment ! » clamaient-ils –, madame Delbard se leva et fit mine de m'abandonner à la joyeuse troupe.

— Attendez ! la retins-je d'une main.

Elle demeura interdite, le temps pour moi de saisir mon téléphone mobile et d'afficher la photo. Le sapin de Noël apparut, presque aussi net que sur le tirage original. On y discernait parfaitement David enfant. Je tournai l'écran, et Mme Delbard le contempla d'un œil sans vie.

— Vous reconnaissez ce petit garçon ?

Ses yeux zébrés de veinules sondèrent mon regard, comme si elle cherchait à déterminer quel piège je lui tendais.

— C'est David Barlet, admit-elle du bout des lèvres.

— Et là… Cette enfant défigurée ?

À chaque seconde qui passait, elle perdait un peu plus contenance.

— Non, je… hésita-t-elle en haussant les sourcils.

— Peut-il s'agir de votre fille ?

— Non ! s'emporta-t-elle, prête à forcer mon barrage dérisoire. Je ne vois pas pourquoi ils figureraient ensemble sur une photo d'avant l'orphelinat !

Elle se décomposa alors pour de bon, soudain consciente de l'incroyable aveu qu'elle venait de laisser échapper. Elle s'était trahie seule, éprouvant le besoin de se livrer. Forte de cette intuition, je poussai l'interrogatoire :

— Vous voulez dire qu'ils se connaissaient avant que leur histoire amoureuse ne commence ?

La sentant proche du K.-O., je vins l'aider à se rasseoir. Elle se laissa faire sans résistance, une grosse larme ronde d'enfant roulant sur sa joue écarlate et potelée, semblable à celle d'une poupée de porcelaine.

— Ils se sont rencontrés à Saint-Broladre. Oui… murmura-t-elle d'une voix blanche. Ils sont orphelins tous les deux.

Voilà qui élucidait une fois pour toutes l'écart d'âge improbable entre les frères Barlet. Voilà qui éclairait aussi, et c'était crucial, l'attachement névrotique de David à Aurore au point d'offrir à son double le bonheur qu'elle n'a pas connu.

— Vous voulez dire qu'ils y ont passé leur enfance ensemble ?

Elle opina en silence, visiblement partie vers des songes obscurs.

— Vous savez combien de temps ils ont vécu là-bas tous les deux ?

Chaque année partagée dans ce lieu de misère et de souffrance avait dû contribuer à renforcer l'affection qui les unissait. Je comprenais désormais qu'ils avaient été soudés l'un à l'autre, comme deux siamois, par la même douleur.

Mais Florence Delbard, effondrée, agita une main pour me signifier qu'elle était épuisée et elle se rua hors du café sans que je ne tente rien pour la retenir, cette fois. Il était évident que je n'obtiendrais plus un seul mot d'elle. La photo au sapin conserverait son mystère, inviolé.

15

31 mai 2010

La leçon essentielle en journalisme ne s'apprend pas à l'école. Même mon prof à moustaches avait conservé à ce sujet un silence coupable. Ce précepte est simple et tient en une phrase : La réalité n'est pas votre amie. En aucun cas, ni d'aucune manière.

Lorsque l'on débute, pétri de rêves de scoops et de titres à la une, on croit naïvement que les faits sont un vaste verger dont les fruits mûrs vont tomber spontanément entre nos mains avant de se ranger sagement dans votre article. Mais rien n'est plus faux. La vérité résiste. Elle se rebelle, vous nargue et cherche par tous les moyens à vous échapper. La réalité du terrain, comme on le dit dans le jargon de la profession, est un gigantesque trompe-l'œil, où les paravents d'illusion se dressent comme autant d'obstacles.

Celui du jour m'apparut insurmontable :

— Saint-Broladre ?

L'employée de la DDASS d'Ille-et-Vilaine parut s'étouffer à l'autre bout du fil.

— Ce n'est pas le principal orphelinat de la région ?

— C'était il y a longtemps, mademoiselle… Il a fermé ses portes depuis plus de vingt ans !

Obstacle numéro un.

— Ah. Mais ses archives sont quand même consultables ?

— Elles sont ici, comme tout ce qui concerne les affaires familiales et les adoptions dans le département.

— Je vois. Et serait-il possible de les consulter ?

— Tout dépend de ce que vous recherchez… Elles se trouvent ici, à Rennes.

— Je cherche le dossier de deux enfants qui ont vécu à Saint-Broladre dans les années 1970.

— Ce sont vos parents ?

J'omettais souvent ce détail : ma différence d'âge avec Louis et David prêtait volontiers à de pareilles confusions. Serait-il rusé de lui mentir ? J'imaginais que, le moment venu, il me faudrait justifier mon identité. La supercherie s'éventerait alors d'elle-même.

— Non… Mais l'un des deux est mon beau-frère.

— Dans ce cas, je ne peux rien pour vous. À moins que vous ne bénéficiiez de l'ordonnance d'un juge, bien sûr.

Obstacle numéro deux.

Je soupirai longuement, avant de reprendre mes esprits et de poursuivre l'offensive.

— Juste une question : qu'est-il advenu de l'orphelinat ?

— Le bâtiment ?

— Oui. Il existe encore ?

— Je crois qu'il a été abandonné. Plusieurs projets ont voulu en faire un hôtel de luxe. Mais cela a capoté, et le bâtiment est maintenant une ruine désaffectée. C'est dommage, un si bel ensemble architectural…

Quelques recherches en ligne, effectuées dans la soirée, m'apprendraient en effet que le pensionnat Saint-Joseph, tel que baptisé par les sœurs franciscaines qui l'avaient construit au début du XXe siècle, était composé d'un édifice dans le style typique du Nord-Pas-de-Calais, dont était originaire leur communauté. Plusieurs cartes postales anciennes permettaient d'apprécier la majesté de la grande cour intérieure et du clocheton coiffant le corps de bâtiment principal.

Après le départ précipité de Florence Delbard, j'avais erré à pied une bonne partie de l'après-midi dans le quartier de Rocabey, sillonnant ses avenues désertes, ressassant les informations que la mère adoptive d'Aurore m'avait livrées.

Marcher n'avait pas pour unique effet de me distraire, mais cela permettait aussi d'organiser dans mon esprit les pensées avec plus de clarté. À deux reprises, tout de même, je fis halte dans des brasseries pour me désaltérer puis pour me sustenter d'une paire de crêpes beurre-sucre pendant que je consignais sur mon mobile les éléments glanés au cours de la journée.

Depuis son message contenant les codes d'accès au blog, Louis était demeuré silencieux, sans que je parvienne à déterminer s'il respectait la distance que j'avais mise entre nous ou si celle-ci l'arrangeait, laissant le champ libre à ses activités clandestines.

Avant de rentrer à l'hôtel, je m'assis sur une énorme bite d'amarrage couverte d'une couche de peinture noire écaillée. Je me laissai hypnotiser par le mouvement des grues sur les docks du bassin Duguay-Trouin, la zone la plus accessible du port marchand de Saint-Malo. Tout paraissait si simple, dans ce jeu de cubes pour géants. Tout s'emboîtait si bien, sans surprise et sans chausse-trappe.

Le club-sandwich que je me fis servir dans la chambre ne valait pas ceux qu'Ysiam préparait pour moi aux Charmes, mais il m'offrit la plénitude et le calme auxquels j'aspirais à présent. Après une douche bienfaisante, emmitouflée dans un peignoir qui sentait bon la lessive, j'allumai le petit écran plat face au lit et, croquant dans l'assemblage de pain toasté et d'ingrédients juteux, je suivis le journal télévisé d'un œil distrait. Une accroche manqua me faire avaler la bouchée suivante de travers. Je toussai bruyamment, les yeux rivés au visage du présentateur :

« Double rebondissement, dans l'affaire de la galerie Sauvage-Barlet, où je vous rappelle que Louis Barlet, le frère aîné du P-DG du groupe audiovisuel du même nom, est dans le collimateur de la justice. Sa mise en examen a officiellement été annoncée cet après-midi par le parquet de Paris. Le motif invoqué : exposition de mineurs à un contenu pornographique, et incitation de ce même public cible à des pratiques réprou… »

Voilà qui expliquait peut-être le mutisme de Louis. À l'heure qu'il était, il devait préparer la contre-offensive avec son avocat, épluchant les détails de son dossier d'instruction à la recherche d'un point de procédure litigieux.

« … prison devient une hypothèse de plus en plus plausible pour Louis Barlet, au moment où l'on découvre que celui-ci a déjà essuyé plusieurs condamnations pour exhibitionnisme aggravé. »

L'épisode de la voiture évoqué par David n'avait donc rien d'une fiction. C'était une ligne dans un casier judiciaire. Que mon futur mari soit une sorte de repris de justice n'avait rien de romantique, et je ne faisais pas partie de celles que les mauvais garçons font soupirer.

J'avalai une longue lampée d'eau gazeuse pour tenter de desserrer ma gorge.

« Mais, selon le site d'information Mediattack, ce qui accable aujourd'hui Louis Barlet réside moins dans ce passé trouble que dans ses activités actuelles, qu'il faut bien qualifier de scandaleuses… »

Je renversai mon verre en découvrant, au même moment que plusieurs millions de Français, un aperçu choisi du blog Elle & Louis. Mais à la différence des autres téléspectateurs, Louis Barlet ne sonnait pas pour moi comme l'actualité du moment. Cet homme qu'on livrait en pâture à la vindicte publique était *mon* homme. *Mon* amour, celui qu'il m'appartenait, et à moi seule, de mettre au jour pour mieux l'aimer. Une part de ma peau, de mon souffle, de mon ADN.

« Il serait question d'un site Internet sur lequel l'intéressé ferait état, sans aucun fard, de ses relations dissolues avec des professionnelles du sexe, allant jusqu'à diffuser en direct les vidéos de ses ébats… »

Le cap ultime de l'effarement fut franchi lorsque le patron de Mediattack, Alain Bernardini, s'invita sur mon écran pour gloser sur les révélations apportées par ses journalistes.

Il n'était autre que ce prof que j'adulais étant étudiante, et dont je respectais par-dessus tout l'intégrité et la liberté de pensée. Voilà donc qu'il se présentait en ennemi. Déçue. Son opportunisme et sa démagogie me laissaient sonnée.

Grâce au WiFi gratuit de l'hôtel, je pus constater aussitôt les effets dévastateurs d'une telle campagne diffamatoire sur les réseaux sociaux. Même les plus tolérants des commentateurs, tous bien planqués derrière leurs pseudonymes, déploraient l'étalage de sa vie privée et le comportement dépravé de Louis Barlet. Qu'il ait une vie dissolue leur paraissait recevable, mais pas qu'il en fasse l'étalage auprès de la jeunesse. Sans surprise, Antoine Gobert et ses lieutenants de l'APECEP se dressaient en première ligne, se félicitant de cette première victoire contre l'homme qui symbolisait la décadence affectant notre société.

Je peinai à trouver le sommeil, cette nuit-là. Malgré la climatisation, une fièvre tenace empoisonna mes rêves, hantés tour à tour par David, Bernardini, Gobert et Salomé, qui les attisait l'un après l'autre, m'adressant à chaque fois des clins d'œil railleurs. Tu vois, ce n'est pas difficile de leur faire dire ce que tu veux, semblait-elle me dire.

Au matin, je choisis de quitter l'hôtel et de retourner aux Roches brunes, la maison familiale des Barlet à Dinard, de l'autre côté de la baie.

Le beau temps s'était installé, et la dizaine de kilomètres qui séparait les deux villes côtières était un ravissement continu pour les yeux, le taxi empruntant la route du bord de mer à travers Saint-Servan. Le chauffeur, qui me déposa à l'extrémité occidentale de la pointe de la Malouine, tout au bout de la corniche plantée de ses somptueuses villas 1900, parut s'étonner que je m'arrête devant cette maison abandonnée mais il empocha mon généreux pourboire et s'abstint de toute remarque.

Revenir ici aurait pu sembler morbide maintenant que je me savais être le sosie de celle qui était morte au pied de la bâtisse. Mais je comptais y découvrir d'autres éléments cruciaux, comme ceux qui m'avaient mise sur la piste des Delbard. Par chance, j'avais eu l'idée d'emporter la grosse clé rouillée.

Comme je l'avais fait un an plus tôt, je commençai par dépoussiérer au mieux les sols et le mobilier et aérer en grand les vastes pièces. Le vent du nord s'engouffra, frais et régénérant lorsqu'il ne soufflait pas la fureur de ses tempêtes.

Après un solide petit déjeuner, je décidai de me passer de repas afin de consacrer l'intégrité de cette journée à une exploration en règle de la villa, plus minutieuse encore que celle effectuée avec Sophia. Je ne négligeai aucun placard, aucun tiroir, pas la moindre latte de parquet ou pan de mur qui eût sonné creux, dans le cas d'une cache comparable à celle du bureau de Louis. J'inspectai même plusieurs fois les zones particulièrement suspectes par nature, telles que les chambres du premier étage. Mais il n'y eut aucun trésor à découvrir, juste quelques bibelots dont la valeur s'était évanouie en même temps que les occupants du lieu. Il faut croire que ma sagacité et mes cinq sens n'y suffisaient pas.

À défaut de nouveaux éléments, je décidai de procéder à un nouvel examen des photos de famille, car je gardais en mémoire les deux tiroirs qui m'avaient résisté l'an passé. La maison ne recelant aucun outil plus efficace que des cintres ou des couteaux émoussés, je me rendis dans la remise au fond du jardin, côté mer, juste au-dessus du petit escalier menant au chemin des Douaniers.

C'était un vieil appentis de granit et de bois, couvert d'un toit de tôle rouillée, plutôt minable au regard du manoir somptueux qu'il jouxtait. Sur la porte dépourvue de serrure, la présence d'un cadenas forcé attestait d'une effraction. J'en déduisis que les objets de valeur avait sans doute disparu depuis longtemps. Je n'eus donc qu'à tirer un battant pour pénétrer à l'intérieur, royaume crépusculaire encombré d'un improbable amas de vieux meubles. Au milieu de ce fatras, une pièce majeure émergeait, autour de laquelle les piles instables semblaient s'être adossées au fil des ans. Il s'agissait d'un petit hors-bord en bois vernis, comparable aux célèbres Riva des années 1950. Son état de délabrement était tel qu'il ne permettait pas d'identifier le modèle avec certitude. Sous l'amoncellement qui le couvrait, on pouvait cependant distinguer clairement l'éventration de la coque sur le flanc avant droit.

— Eh bien… Qu'est-ce qu'il t'est arrivé ? murmurai-je, posant une paume hésitante sur le vernis écaillé.

L'objet eut beau rester muet, la réponse était évidente : un choc frontal, certainement sur un rocher à fleur de l'onde. La taille du trou béant à tribord laissait supposer la violence de l'accident. Je m'étonnais que l'embarcation, ainsi fendue, n'ait pas coulé à pic juste après l'impact et qu'on ait pu la remorquer jusqu'ici. Mais peut-être le naufrage avait-il eu lieu tout près du rivage. Peut-être même que le Riva était resté empalé sur le rocher qui l'avait meurtri et que, lors de la marée suivante, la puissance du flot l'en avait décroché et avait rendu possible son remorquage jusqu'à la berge.

Mais la question la plus vive était de savoir pourquoi les Barlet avaient-ils conservé ce bateau accidenté.

L'indescriptible fouillis me promettait d'autres découvertes piquantes, et je poursuivis mon auscultation minutieuse, l'outil susceptible de forcer les tiroirs bien loin de mon esprit désormais.

Au prix de contorsions savantes, de chutes d'objets arrachés au monticule et de quelques égratignures, je parvins à me glisser derrière le Riva, tout au fond de la remise. Petit, trapu et carré, piqué de rouille et posé à même le sol de terre battue, il me sauta immédiatement aux yeux : un petit coffre-fort à combinaison. Je ne m'y connaissais pas plus en coffres de sûreté qu'en hors-bord, mais le modèle me sembla très ancien. La peinture bronze s'écaillait telle une peau morte sur toute la surface. Sans espoir réel, je tentai de tourner la petite poignée sous la molette crantée. Bien sûr, elle résista et rien ne se produisit de plus excitant qu'une légère douleur dans ma main droite.

— Hum… Tu ne m'as pas l'air très coopératif, dis-moi.

Crocheter une telle serrure dépassait de beaucoup mes compétences, et j'envisageais mal comment en venir à bout. Pourtant, je répugnais à abandonner. On ne dissimule pas un coffre avec autant de soin pour des bagatelles. Et même si je doutais qu'il recèle des objets de grande valeur marchande, je flairais l'importance de son contenu à travers l'épaisse carapace métallique.

Pour tromper mon impuissance, j'observai la bête sous toutes les coutures et, sur son flanc droit, presque au niveau du sol, je notai une zone d'oxydation plus prononcée, qui paraissait avoir rongé une bonne épaisseur de la paroi. Je saisis au hasard un vieil arrosoir et, comme je donnais de grands coups sonores sur la partie détériorée, je constatai que l'alliage s'effritait vite, créant peu à peu un trou minuscule. Il était clair que je n'aurais pas raison de lui avec mon dérisoire ustensile en fer blanc, ni même avec un dispositif plus sérieux, comme un marteau ou une masse.

J'avais eu le flair de conserver la carte du taxi, et il se présenta à la grille moins de quinze minutes après mon appel.

— Un magasin de bricolage, dans la région ?

Un jour de semaine, en pleine journée, la route était dégagée et la grande surface spécialisée quasi déserte. L'aller-retour et l'achat d'une petite lampe à souder au gaz pour une trentaine d'euros ne nous prit guère plus qu'une heure.

Revenue au pied du coffre, agenouillée devant lui comme on se prosterne devant une idole, je chaussai mes lunettes de soleil en guise de protection, compulsai la notice sommaire et allumai enfin le chalumeau. La flamme bleutée s'attaqua au métal corrodé.

Son efficacité m'émerveilla. Chaque fois que je l'approchais, le feu concentré en une langue dense et courte léchait le matériau et le grignotait un peu plus. La bordure du trou rougeoyait de manière si lumineuse, si belle, et pour moi si encourageante, qu'elle atteignit bientôt la taille d'une pièce de deux euros. Au bout de vingt minutes, elle mesurait la largeur d'un bouchon de bocal et, un peu avant la demi-heure, il me parut envisageable de glisser trois doigts à l'intérieur, index, majeur et pouce, formant ainsi une pince avec laquelle je pourrais tenter une extraction. Restait à prier pour que les objets passent.

Avant de m'y risquer, je dus attendre que la trouée refroidisse. Une peur tout à fait irrationnelle me faisait redouter un animal, rendu fou par l'enfermement, qui se jetterait sur ma main inquisitrice. Évidemment, il n'en fut rien, et à la place j'effleurai la surface veloutée d'une pochette cartonnée. Un peu plus au fond, j'en identifiai plusieurs autres, sans qu'il me fût possible d'en déterminer le nombre avec exactitude. Tout sortir me prit beaucoup de temps. Je m'aidai des instruments les plus précis et les plus longs que je trouvai dans la maison, jetant à la fin mon dévolu sur plusieurs paires de baguettes chinoises.

J'emportai les feuilles noircies dans la chambre où nous avions dormi, Sophia et moi, et l'étalai sur le lit tout autour de moi. Avant de m'effondrer dans un sommeil lourd, fatiguée de mes efforts, je notai juste qu'une main avait griffonné des prénoms au crayon à papier sur l'en-tête de chaque page – David, Aurore, Hortense et André –, composant un dossier dédié à chacun.

Quant à l'écriture manuscrite qui biffait chacun de ces documents, je la reconnus sans la moindre hésitation, entre deux battements de paupières : c'était celle de Louis.

16

La paralysie du sommeil est un trouble qui intervient dans ces lisières malaisées du sommeil paradoxal. Outre l'engourdissement musculaire auquel elle doit son nom, elle se caractérise par des visions indéfinissables, tant elles mêlent à la fois le réalisme de la conscience diurne et l'aspect surnaturel et spectaculaire des rêves. En d'autres termes, on pourrait dire que, au cours de ces épisodes, les personnages et les situations sortent de la bulle imaginaire pour surgir dans le décor bien réel de la chambre où se trouve le dormeur. Ce qui me perturbait, c'est que le Louis factice que j'avais vu sous les traits de Zé, le chef de chantier, était susceptible de se manifester à tout moment dans mon quotidien, y compris en période de veille. Louis avait pris une telle place dans ma libido qu'il suffisait que mes sens s'échauffent un peu – sous l'action de stimuli aussi mécaniques qu'une augmentation de la température ambiante – pour qu'il apparaisse, comme projeté autour de moi dans les mises en scène les plus scabreuses qu'on peut imaginer.

Comme je gisais sur le lit, au milieu des feuilles volantes annotées de sa main, à moitié dévêtue, il fit irruption dans cette chambre, dont quelques trophées donnaient à penser qu'elle avait un jour été celle de David.

Il s'approcha de moi, un index sur la bouche pour me signifier que la plus grande discrétion était exigée. Alors seulement je remarquai qu'il était nu, couvert de ses tatouages, son sexe luisant à son extrémité d'une perle d'envie qui tomba sur ma cuisse. Il trempa son doigt dedans et, sans me demander mon avis, en badigeonna ma vulve, peignant chaque repli de chair rosée, qui devenait plus rouge à mesure que le sang y affluait. Sans qu'il m'en intime l'ordre, j'écartai les cuisses pour lui offrir une vue étendue et un accès total à mon intimité. Il s'appliqua ainsi de longues minutes, humectant de temps à autre la pulpe de son doigt à la source, prenant le soin de ne jamais effleurer le capuchon de mon clitoris.

Une silhouette apparut dans son dos, floue et nimbée d'un halo étrange qui m'empêchait de l'identifier. Je pouvais néanmoins jurer qu'il s'agissait d'une femme, une femme dénudée, dont les mamelons larges et sombres ainsi que la toison triangulaire trahissaient le genre. Louis ne parut pas étonné de son intrusion : il semblait l'attendre, et il tendit une main vers elle sans la regarder. La femme y déposa un petit objet rectangulaire, qu'il plaça aussitôt entre mes cuisses. Un petit miroir de poche orienté de telle sorte que je pouvais admirer mon entrejambe.

Ce dispositif installé, il s'empara de ma main droite et la posa sur mon sexe, dans le but que je le caresse à mon tour. Ce jeu me rappelait la note anonyme qu'il m'avait adressée, plusieurs mois auparavant, et où il avait fait le récit fidèle de la découverte de mon sexe. Comme s'il voulait me renvoyer aux origines de ma sexualité. Là où tout avait commencé, là où j'avais pris conscience du secret bien gardé entre mes jambes et de sa beauté clandestine.

— Vas-y, se contenta-t-il de souffler à son autre partenaire.

Celle-ci contourna le lit par la droite et vint jusqu'au niveau de mon oreille, son pubis à ras de mon visage, les boucles moutonnantes de ses poils chatouillant presque mon nez. À cette distance, je pouvais sentir le parfum de son sexe, dont la parenté avec le mien me saisit. En levant légèrement les yeux sur elle, je pus apercevoir son visage, identique en tous points au mien. C'était Aurore, aussi vive que si elle ne s'était jamais noyée en mer.

Je ne fus ni choquée ni surprise quand, sur un signe de notre amant commun, elle entreprit de se caresser. Sur le moment, j'arrêtai mon propre geste, que je repris bientôt, emportée par son mouvement. J'étais le parfait double de son plaisir, vibrant à l'unisson de ses sensations. Qui mieux que moi pouvait comprendre ce qu'elle ressentait ?

Mon regard allait de sa vulve à la mienne dans la glace, et ce va-et-vient visuel m'excitait plus encore.

Le plus déroutant était l'attitude de Louis, immobile, qui se repaissait du spectacle. Toute sa jouissance semblait être contenue dans l'unique plaisir des yeux, son regard pénétrant nos vagins béants mieux que ne l'aurait fait le plus tumescent des sexes.

Peu à peu, mon double et moi accélérâmes la cadence, synchrones jusqu'à l'ivresse, ses gestes répondant aux miens avec une précision photographique. Nous jouîmes à la même seconde, dans le même spasme, avec le même cri complice. L'onde de plaisir était si puissante, paquet de mer balancé sur mon corps si brutalement, que je fermai les yeux un instant pour supporter le choc.

Lorsque je les rouvris enfin, je gisais au milieu des feuilles froissées, vêtue, et seule dans la chambre.

Les yeux collés par ces quelques heures de repos agité, je me redressai avec difficulté, courbatue, les muscles des jambes aussi endoloris que si j'avais couru plusieurs heures durant. Le rectangle sombre de la fenêtre m'indiqua que ma sieste tardive m'avait conduite jusqu'à la nuit.

J'avais faim, et j'aurais pu me ruer au restaurant. Mais j'étais aussi impatiente de découvrir la vérité dans les documents épars qui m'entouraient et sur lesquels je m'étais vautrée sans vergogne. Je préférai consulter mon Smartphone.

Le réseau n'était pas très bon, mais suffisant néanmoins pour m'autoriser une connexion au blog Elle & Louis. Puisque mon homme venait clamer son amour jusque dans mes rêves, je pouvais bien aller le défier sur son propre terrain.

Munie des identifiants qu'il m'avait fournis, je me connectai et atterris sur une page de publication.

Il y avait mille manières de relater mon fantasme de ce soir et de partager avec les lecteurs de son blog l'effarement extasié dans lequel il m'avait laissée. Mais une seule m'importait. Une seule correspondait.

Louis et moi avions développé une sorte de code, comme un langage occulte, que nous seuls pouvions décrypter. Il reposait pour l'essentiel sur un protocole à appliquer dans les caresses, et dont la syntaxe variait selon la teneur du message que nous souhaitions nous adresser. À l'instar du langage des signes utilisé par les malentendants, notre conversation érotique mélangeait des gestes qui résumaient à eux seuls une intention complète et d'autres qui correspondaient aux lettres de l'alphabet. Ainsi, « Je t'aime » se disait : effleurement léger du téton gauche et titillements circulaires de l'index aussi nombreux que le sentiment est fort.

Le récit de mon rêve s'ingénia donc à lui transmettre le message suivant : « Je t'aime » (téton pincé), « Tu me manques » (bouche entrouverte dans l'attente d'un profond baiser), « J'ai besoin de toi » (tout doigt introduit avec douceur dans le vagin), « Je veux te voir » (papillonnement des paupières au moment de l'orgasme), « Je ne supporte plus cette situation, j'attends ta réponse ». Tout autre que lui n'y verrait qu'un épanchement de nymphomane. Mais lui comprendrait. Si toutefois il était bien à la manœuvre derrière son écran. Il ne pourrait être sourd à mon appel. Pour achever de le rendre explicite, je titrai mon billet : *Retour chambre un* et signai de ce diminutif qu'il employait parfois dans l'intimité : Belle.

Ces travaux achevés, mon ventre gargouillait plus que jamais, mais je constatai qu'il était trop tard pour aller chercher de quoi manger en ville. Il était minuit, le littoral était plongé dans une douce torpeur. Par chance, je dénichai dans l'arrière-cuisine un vieux paquet de pâtes périmées depuis une dizaine d'années au moins, et pus me régaler de *penne rigate* sans sel, sans beurre et sans sauce.

L'estomac rempli, je me penchai enfin sur la tâche qui m'attendait.

Le premier document qui retint mon attention, annoté de la mention *Parents*, était un article de presse arraché maladroitement. La coupure ne portait pas le titre du journal, mais la date de parution figurait néanmoins sur son en-tête : 7 juillet 1990. *Accident mortel de hors-bord à Dinard*, indiquait l'accroche en caractères gras. La photo aux teintes passées, dont les niveaux de gris granuleux estompaient les contours et les traits, donnait à voir André et Hortense Barlet à bord du Riva, souriants, immortalisés au cours d'un été précédant le drame, supposai-je.

> « C'est avec émotion et tristesse que les Dinardais ont appris hier dans la soirée le décès d'André et Hortense Barlet. André Barlet, P-DG du groupe de presse et d'audiovisuel, avait fait de notre commune sa ville de cœur depuis l'acquisition, au milieu des années 1960, de la villa les Roches brunes, l'un des fleurons de la pointe de la Malouine. Depuis, le couple avait officiellement élu domicile dans notre localité, dont ces deux originaires de Nantes aimaient à dire qu'elle associait "l'élégance de leur région natale à la sauvagerie enivrante du littoral breton". Ils y passaient en effet la plupart des fêtes et de leurs congés.
>
> L'accident fatal qui a mis fin à leurs jours est survenu hier, aux alentours de 16 heures, au moment où ils effectuaient une promenade en bateau dans la baie de Saint-Malo sur leur hors-bord Riva. C'est leur fils, Louis Barlet, selon nos sources un pilote peu expérimenté, qui tenait le gouvernail au moment du drame. Le bateau lancé à une

vitesse excessive, il n'a pu éviter le rocher qui a éventré l'embarcation et propulsé les deux autres occupants par-dessus bord. Maintenu par la barre et la partie vitrée de l'habitacle, Louis Barlet en est sorti indemne malgré une sérieuse blessure au genou gauche. Les corps sans vie de ses parents ont été repêchés peu après et immédiatement transférés au centre hospitalier de Saint-Malo, où leur décès a été constaté. Une enquête préliminaire a été ouverte par le parquet de Rennes, mais tout concorde pour conclure à un accident dû à une erreur de navigation.

Tous les Dinardais qui souhaitent manifester leur soutien à la famille Barlet sont conviés aux obsèques qui auront lieu le 9 juillet à 11 heures en l'église Saint-Enogat-de-la-Rance, suivies d'une inhumation au cimetière de Rocabey, à Saint-Malo. »

Les mensonges de Louis ne me sautaient pas au visage pour la première fois, sous la forme d'un témoignage de tiers ou d'un élément matériel qui s'invitait à l'improviste. Mais ce coup-ci, la pilule me parut si indigeste que je faillis rendre mes pâtes aussitôt, et je restai de longues secondes prostrée, mes deux mains calées sur l'estomac, pour atténuer les crampes qui le traversaient. Ce n'était donc pas en tentant de sauver Aurore de la noyade, comme il l'avait soutenu devant moi à plusieurs reprises, qu'il s'était blessé au genou. Mais bien dans l'accident fatal qui avait vu disparaître dans un seul et même choc ses deux parents ; un accident dont ce papier le rendait directement responsable.

Pourquoi avoir rapproché le suicide d'Aurore et cette tragédie ? Pour me cacher sa responsabilité dans la disparition des siens ? Je ne doutais pas que la suite était tout aussi funeste ; sans quoi Louis n'aurait pas enfoui ces odieux souvenirs au fin fond de la remise.

Quand j'en eus trouvé la force, je me remis enfin à l'ouvrage. Ma main se posa d'instinct sur un document que

Louis avait biffé de la mention *David*. Il s'agissait de son acte officiel d'adoption par André et Hortense, tel qu'établi par la DDASS d'Ille-et-Vilaine le 28 novembre 1976. Il confirmait une fois pour toutes que David était bien né le 5 janvier 1969. Il ne pouvait donc pas être le frère biologique de Louis. Pour le reste, ces deux pages ne m'en apprenaient guère plus que les révélations extorquées le matin même à Florence Delbard : David avait bien résidé à l'orphelinat départemental de Saint-Broladre avant d'être confié définitivement à la famille Barlet.

Décidément, dates à l'appui, je parvenais une deuxième fois à cette conclusion étourdissante : Aurore et lui s'étaient connus dès leur plus tendre enfance, et en tout état de cause bien avant leur supposé coup de foudre adolescent, sur la plage de Dinard.

En revanche, je déplorai à nouveau l'absence criante de détails concernant les origines biologiques de l'adopté, et les raisons qui avaient conduit à son abandon. Sur ces points, le document que je tenais en main restait totalement muet.

Ce n'est qu'en me cassant un ongle sur le trombone en haut à gauche de la feuille que je remarquai la photo pincée entre les feuillets. Je la détachai et je criai de surprise :

— C'est quoi ce truc ?

Un gros plan détaillait une inscription maladroitement gravée sur un support de bois bleu délavé : un cœur dessiné à la pointe d'un canif, à l'intérieur duquel étaient unies, par un +, les initiales A et D. Aurore + David.

Nouveau mensonge. Louis s'était joué de moi lorsqu'il avait prétendu que David et lui avaient rencontré Aurore à l'âge adulte. « J'avais vingt ans, et David dix-neuf », avait-il argué dès sa première confidence. Une version fallacieuse et corroborée par Rebecca…

J'avais beau chercher à Louis de nouvelles excuses, je voyais bien que l'important ne résidait plus là. La question était désormais : depuis quand Louis savait-il ? Depuis quand était-il conscient du lien antérieur puissant qui unissait son frère adoptif et Aurore ? En avait-il conçu une jalousie, un sentiment impossible à éteindre ? Cela ne l'avait pas empêché de ravir un temps sa femme à David, comme Rebecca me l'avait dévoilé récemment. Ni de me dérober à lui, moi, le sosie parfait.

Cette moisson fructueuse m'incita à rechercher en priorité, parmi les strates de papiers poussiéreux et jaunis, tout ce qui ressemblait à une photo ou, à défaut, les liasses qui réunissaient plusieurs documents. Ma persévérance fut payée de retour, car je tombai bientôt sur une page concernant l'ultime protagoniste, celle qui concentrait sur elle tous les désirs, toutes les attentions, tous les secrets : Aurore.

Sur le moment, je négligeai l'imprimé et m'intéressai au cliché joint. C'était un portrait de la jeune femme, encore adolescente, dans une pose que je reconnus aussitôt. C'était la mienne ! Ou la copie presque conforme de la posture que j'adoptais sur cette image tant aimée de Sophia, celle grâce à laquelle Louis m'avait connue… Vous connaissez la suite.

Mieux encore que sur les photos d'elle que j'avais déjà vues, je mesurais la ressemblance quasi surnaturelle qui nous liait. Une communauté de geste, de sourire ou d'attitude, me donnait la sensation d'avoir affaire à un clone parfait. J'imaginais quel sentiment avait pu éprouver Louis lorsque, dix-sept ans après la mort d'Aurore, il était tombé nez à nez avec mon reflet. Quelle stupeur ! Ce n'était pas par jalousie que Rebecca s'était tue à mon sujet, c'était pour atténuer l'impact de mon existence sur les deux frères.

Enfin, je me consacrai au second document, un papier officiel d'une mutuelle. Aux détails spécifiés, je compris que j'avais entre les mains une carte semestrielle donnant à Aurore droit aux remboursements complémentaires. La banalité de ce papier me confondit de prime abord, mais lorsque j'aperçus la date d'émission du justificatif, je manquai m'étouffer : 1er janvier 1992. Je le répétai pour moi-même plusieurs fois de suite à voix haute pour mieux m'en convaincre. 1er janvier

1992, soit plus de deux ans après la mort d'Aurore Delbard, épouse Barlet. Ce n'était pas la seule erreur, puisque le courrier avait été adressé au 118, avenue Mandel, l'ancien appartement du couple Barlet occupé à cette date par Louis. Quelle valeur particulière ce papier revêtait-il aux yeux de Louis ? La mutuelle d'Aurore ressuscitait les morts. La belle affaire !

Avant de sombrer pour de bon, la tête lourde et embrumée par mes découvertes, j'eus tout de même la curiosité de retourner sur le blog. Je ne pourrais trouver le sommeil sans savoir si Louis avait répondu à mon billet codé.

Une main de fer comprima ma poitrine, interrompant quelques instants mon souffle, lorsque j'avisai une nouvelle publication sur la page d'accueil. Signée Louis et intitulée sobrement *La Chambre*, elle poursuivait mon fantasme là où je l'avais laissé, dans un récit saphique un peu balourd que je trouvais indigne de sa plume et assez éloigné de ses fantasmes habituels.

> La fille debout finit par se pencher sur l'autre. Elle prend l'un de ses seins dans sa main et le compresse comme si elle voulait le faire éclater. Celle qui est restée allongée grimace dans un mélange de plaisir et de douleur.

Mais le plus décevant n'était pas la faiblesse du style, c'était que son texte n'employait aucun des éléments de syntaxe prévus dans notre langage intime. Pas même un sein flatté à la va-vite pour renouveler la déclaration de son amour.

— Ce n'est pas lui… Ce n'est pas lui.

Je le murmurais en boucle tandis que le sommeil m'emportait déjà. Louis n'était pas l'auteur de ces lignes. J'en étais à présent certaine. Jamais il n'aurait refusé de prolonger avec moi notre dialogue secret. Jamais il n'aurait claqué, avec une telle brutalité, la porte sur mon attente. Jamais… ?

17

1er juin 2010

— Partie ? Mais partie où ?

La vie est ainsi faite : on la passe à poser des questions un peu bêtes à des gens qui n'ont pas les réponses. Voilà sans doute pourquoi le métier de journaliste est aussi chevaleresque : c'est une cause perdue d'avance. Je disais plus tôt que la réalité est rebelle à nos efforts pour la sonder ? C'est pire encore. Elle glisse, elle fuit, elle coule. Tout échappe à notre perception.

La petite voisine ne me reconnut qu'une fois arrivée à la grille. De mon côté, je l'identifiai à ses chaussons vert bouteille et une sorte de robe-blouse à grosses fleurs violettes. Elle marchait si lentement qu'une bonne trentaine de secondes s'écoula avant qu'elle ne parvienne jusqu'à moi, et que son visage s'éclaire enfin.

— Ah, la nièce de Mme Delbard ! Vous l'avez vue, finalement ? s'enquit-elle, un peu trop curieuse à mon goût.

— Oui, oui... Mais, comme une idiote, j'ai oublié de lui demander son nouveau numéro de portable.

— Ah, oui... son portable.

Elle approuva comme si je lui parlais d'une cabine spatiotemporelle. Une chose dont elle avait entendu parler à la télé, mais qui n'entrerait jamais de son vivant dans son pavillon de granit.

— Vous l'avez aperçue, depuis hier ?

— Je crois qu'elle est rentrée en fin d'après-midi. Après ça, je ne sais plus trop. J'ai juste entendu sa porte claquer après le journal télévisé du soir.

Soit approximativement vers 20 h 30 ou 20 h 45, selon la chaîne et la durée des publicités.

— Et ce matin, vous avez remarqué quelque chose ?

— Non, rien du tout. D'habitude j'entends sa machine à café qui vibre contre le mur de sa cuisine. Mais pas ce matin. Pas impossible qu'elle soit partie.

Elle surveillait les moindres faits et gestes de ses voisins pour combler le vide de ses heures oisives plutôt que par goût. Au bout du compte, elle n'en savait pas beaucoup sur ceux qui l'entouraient, juste une somme indistincte de petits bruits quotidiens et de bonjours balancés à la va-vite sur le perron.

Tout indiquait néanmoins que Florence Delbard avait pris la tangente, probablement pour éviter d'autres questions embarrassantes.

Je remerciai la vieille dame, pris congé et rappelai mon ami le taxi, que je rejoignis quelques minutes plus tard sur la chaussée du Sillon. Sa voiture était confortable, ses choix musicaux supportables et son mutisme parfaitement adapté à mon humeur lunaire. Le temps oscillait toujours entre pluies et rayons fugaces, modelant le paysage de façon si changeante que, d'une seconde à l'autre, on avait le sentiment de visiter un lieu différent. Un quart d'heure plus tard, je fus déposée devant les Roches brunes.

— Je vous attends ?

— Non, merci, c'est gentil. Au pire, je marcherai un peu, ça ne me fera pas de mal.

Faute d'éclaircissements complémentaires venant de Florence Delbard, je replongeai dans la pile de documents trouvés dans le coffre, à la recherche du moindre élément nouveau sur l'enfance commune d'Aurore et de David. Je me demandais notamment où avaient été photographiés le cœur et ses deux initiales gravés. Était-ce à Saint-Broladre ? Le cadrage était si serré qu'aucun détail du décor ne permettait de localiser la scène.

En revanche, je mis la main sur un second article consacré à la mort du couple Barlet. Il avait été publié quelques jours après les faits et comportait déjà des indications plus précises sur l'enquête diligentée par la police locale. Il contredisait le récit initial sur un point : bien que maintenu à l'intérieur du bateau au moment du choc, Louis avait perdu connaissance et s'était laissé emporter par la marée montante hors de l'habitacle, paquet inanimé flottant dans son gilet de sauvetage au gré des courants sillonnant la baie. Un pêcheur rentrant au port l'avait sorti de l'eau et conduit aux urgences de l'hôpital, où les premiers soins lui avaient été prodigués.

— Et si on poursuivait devant un bon petit déjeuner ?

Hum. La solitude ne me réussissait pas. Pour ne pas devenir dingue, je me donnai encore vingt-quatre heures avant de regagner Paris.

De la villa, la grande plage de Dinard n'est qu'à dix minutes à pied, et je me souvins du serveur qui nous avait si bien soignées, Sophia et moi, lors de mon séjour précédent.

Par chance, il était là, fidèle au poste, quoiqu'un peu plus rondouillard que dans mes souvenirs.

— Mais je vous reconnais… Vous êtes déjà venue, non ? Vous n'étiez pas seule, je me trompe ? Vous aviez une copine. Une brune…

De sa main libre, il figura l'ondulation savante des cheveux de Sophia, ce piège où tant d'hommes s'emberlificotaient le cœur.

— Exact. Elle reviendra probablement. Elle a beaucoup aimé le coin.

Après avoir commandé une orgie de viennoiseries arrosée de jus d'orange fraîchement pressé, et comme la terrasse à moitié vide lui laissait le loisir d'un brin de conversation, je le mis à contribution.

— Vous habitez ici depuis longtemps ?

— Depuis toujours, répondit-il en bombant le torse. Dinardais pur jus de homard.

— Alors vous avez entendu parler de l'accident de hors-bord, il y a vingt ans… Deux morts et un blessé repêché par un marin ?

Au jugé, je lui donnais la quarantaine. S'il vivait dans les parages à l'époque, il n'était pas incongru de faire appel à ses souvenirs.

— Sûr ! Le pêcheur qui a récupéré le gars au genou amoché est un ex de ma sœur. Enfin, ils ne sont pas restés bien longtemps ensemble. Yvon jetait plus de bouteilles à la mer qu'il ne pêchait de crabes, si vous voyez ce que je veux dire…

— Où peut-on le trouver maintenant, Yvon ?

— Heureusement pour tout le monde, il a laissé tomber la pêche en mer en même temps que l'alcool. Il travaille à l'atelier de réparation de bateaux, à Quelmer.

— C'est loin, ça ?

— Non, dans la baie de Troctin, à droite, juste après le barrage sur la route de Saint-Malo. Ça fait une jolie balade, ajouta-t-il. Vous voulez que je l'appelle pour le prévenir que vous passerez le voir ?

— Non… Non, merci.

Il repartit avec son plateau vide et me laissa dévorer mon festin matinal dans une paix seulement rompue par le bruit lointain des vagues et quelques cris de goélands. Savourant les croissants croustillants et beurrés à souhait, je laissais mon regard divaguer sur la plage de l'Écluse, la plus fréquentée de Dinard. À un mois des grandes vacances, elle offrait encore un visage serein.

Sur la gauche de la grève, au pied d'un immense hôtel, juste avant le départ du sentier de douanier, je remarquai l'alignement des cabines de plage. La structure en béton moucheté, couverte d'un petit toit d'ardoises, courait sur toute cette portion aménagée du rivage. Chaque box était séparé du suivant par un jeu de colonnades à demi enchâssées dans la façade. Toutes les portes étaient identiques, en bois blanc, percées d'une petite fenêtre à croisillon étoilé. J'imaginais que seules les familles les plus aisées, celles qu'on voyait arriver ici par pleines tribus d'enfants blonds et bien peignés, pouvaient s'offrir ce type de privilèges. Une pensée qui m'incita, dès la dernière bouchée avalée, à inspecter le lieu de plus près.

Évidemment, toutes les portes étaient verrouillées. Mais comme je parvenais au bout de l'enfilade, au niveau de la cabine soixante-huit, je notai une petite trouée dans la peinture opaque qui empêchait d'ordinaire les curieux de voir les fesses dénudées des baigneurs. Faute d'un franc soleil, on ne voyait pas bien à l'intérieur. Juste assez pour deviner le revêtement boisé qui couvrait les murs, du lambris rongé par le sel et le sable, lasuré dans une teinte bleutée que je reconnus sans effort. C'était le bleu de la fameuse photo. Les cœurs mêlés d'Aurore et David étaient donc gravés là, quelque part, dans l'une de ces petites cabanes, derrière l'une de ces portes, peut-être même derrière celle contre laquelle je m'appuyai, haletante tout à coup. Cette perspective, aussi dérisoire, suffit à étreindre mon cœur d'une façon singulière, comme si une part de moi-même gisait là aussi. Une part refoulée et prête à jaillir de nouveau à la surface.

Le serveur avait raison. Quelmer n'était pas si loin, et le chemin plutôt plaisant. Même la traversée de la Rance par la voie piétonne du barrage constituait une curiosité pour le promeneur. Ensuite, la pente devenait assez raide, mais bien vite je bifurquai sur la droite, par les petites routes verdoyantes qui descendaient jusqu'au hameau. Là, une voie sans issue s'achevait sur une large cale, de part et d'autre de laquelle on pouvait apercevoir une multitude de bateaux dans des états variés. Les petits chalutiers prêts à reprendre la mer côtoyaient l'épave réduite à l'état de squelette, couverte de rouille et d'algues, presque totalement désossée. De nombreux débris s'étalaient tout autour et, malgré cette vision de désastre, la vue était plutôt jolie sur la petite baie ensoleillée. À quelques pas de mois, j'avisai un homme en treillis et casquette kaki penché sur une lunette d'observation, sans doute un ornithologue amateur. Les petits îlots inhabités de la Rance, visibles à l'aide de jumelles, regorgeaient en effet d'espèces parfois rares, pour lesquelles ils constituaient un havre naturel. Grèbe huppé, bécasseau variable, courlis cendré, bernache cravant… La variété des plumages valait à n'en pas douter le coup d'œil, si l'on s'intéressait à ce genre de spécimens.

— Excusez-moi… L'atelier de réparation de bateaux, c'est bien ici ?

— Oui, approuva l'homme sans quitter son œilleton. Même si, personnellement, j'appelle plutôt ça un cimetière…

Quelques mètres plus loin, une plaque métallique mitée à peine lisible confirmait ses dires : *Atelier Loïc Kervaz – Réparations bateaux tous types*. Mais pas de trace de Loïc, ni d'aucune âme humaine dans le chantier à ciel ouvert. Derrière une gigantesque carcasse métallique, je remarquai enfin une cabane en bois, d'où s'échappait le mince filet musical d'une radio. La porte en était grande ouverte. Comme je m'en approchais, un homme coiffé d'une casquette de marin surgit. Il parut contrarié de se trouver ainsi nez à nez avec une intruse. Il me toisa rapidement, tira sur les poils roux de sa barbe et me questionna sans un bonjour :

— Vous êtes qui ?

— Je… je cherche Yvon.

— Qu'est-ce que vous lui voulez ?

— Lui poser quelques questions.

— Z'êtes de l'Urssaf ?

— Non. Rien à voir. Je suis fiancée à l'homme qu'il a sauvé, il y a vingt ans.

— J'ai plus rien à dire là-dessus, déclara-t-il sur un ton bourru en haussant les épaules, prêt à retourner dans sa masure. J'ai déjà tout raconté une bonne dizaine de fois.

Yvon ne s'imbibait peut-être plus quotidiennement, mais il conservait ce nez gonflé, ces paupières bouffies et cette couperose caractéristiques des grands buveurs. Sans compter cette humeur si peu accommodante, dont je devinais qu'elle n'était pas réservée aux importuns dans mon genre. Au moins l'avais-je trouvé.

— Je vous offre un verre, ce que vous voulez.

Il me dévisagea comme si je lui avais promis l'enfer et le paradis dans la même phrase.

— Vous pensez que vous allez m'acheter avec ça ?

Il était si discourtois qu'au moindre mot il risquait de m'envoyer paître et de se taire.

— Non. C'est juste une idée.

— Entrez, me coupa-t-il, m'indiquant l'intérieur de son gourbi. De toute façon, y'a pas un rade à moins de deux kilomètres.

Sa cabane était un incroyable foutoir, mélange de secrétariat et d'atelier de mécanique, où piles de papiers et pièces de moteur dégoulinantes d'huile cohabitaient pêle-mêle, dans une odeur d'essence et de tabac froid.

Il coupa la radio et, de sous le bureau, il sortit une bouteille d'un jus brun sans étiquette ainsi que deux godets à la propreté douteuse. D'autorité, il servit un fond dans chacun et me tendit l'un des verres.

— Buvez-moi ça. C'est un gars du coin qui le distille. Bien meilleur que toutes ces cochonneries qu'on vend en supermarché.

Je tentai de ne pas montrer ma répulsion et avalai du bout des lèvres une lampée de son breuvage infernal, aussi brûlant dans la gorge qu'un détergent, mais dont la saveur maltée chatouillait les papilles avec une suavité tout à fait surprenante.

— Pas mal, hein ? jubila-t-il en m'adressant un clin d'œil.

Je lui présentai un sourire poli.

— Pas mal.

— Alors qu'est-ce que vous vouliez savoir sur ce type ?

— Louis Barlet, c'est son nom.

Comme à chaque fois que je prononçais son patronyme complet, j'adoptai le ton sec et le regard de feu de celle qui défend bec et ongle son mâle. Il me considéra à nouveau avec sérieux et reprit deux longues gorgées qui vidèrent presque entièrement son verre.

— Barlet... J'aurais dû m'en souvenir.

— Pourquoi ?

— Parce qu'ils en ont fait de belles, dans la famille, cette année-là.

— Vous voulez parler de l'accident ?

— Pas seulement... Votre copain n'était pas le premier à aller barboter dans la baie un mauvais jour.

Ce fut mon tour de scruter son visage crevassé, qui faisait dix ans de plus que son âge réel, à la recherche d'un indice.

— Je ne suis pas sûre de comprendre...

— À l'époque, je barrais un petit caseyeur pour la pêche des tourteaux et des araignées.

— Quel rapport avec la famille Barlet ?

— Entre marins, on se raconte tout. Quand il arrive un pépin à l'un d'entre nous, tous les autres sont au courant le jour-même. Et environ six mois avant le crash du hors-bord, l'un de mes collègues a sauvé un autre garçon de la même famille.

— David ?

— Peut-être bien. C'était le cousin ou bien le frangin de l'autre... Je ne sais plus ce qu'on disait.

— C'est son frère, oui. Qu'est-ce qui lui est arrivé ?

Il haussa les sourcils en signe d'ignorance.

— On n'a jamais vraiment su. Paraît qu'il a voulu secourir sa nana. Mon pote l'a repêché au pied des villas, à la Malouine. Mais la fille, je crois qu'elle est restée au fond.

Je demeurai sans voix. Telle que l'histoire m'avait été racontée successivement par David, Louis et Rebecca, le mari d'Aurore n'était pas censé être ce soir-là à Dinard. Le soir de Noël 1989. Selon leurs récits concordants, David, récemment nommé par André comme successeur à la tête du groupe, était reparti à Paris pour régler une affaire urgente. Pourquoi m'avaient-ils tous menti ? Pourquoi Louis s'était-il attribué le beau rôle, celui du sauveur d'Aurore ? Et pour quelle raison obscure David avait-il accepté de passer pour le mari qui abandonne son épouse dépressive au plus fort de ses crises d'angoisse et en pleines fêtes de fin d'année ? Pourquoi cette étrange inversion des rôles ? Uniquement pour couvrir la responsabilité de Louis dans la mort de leurs parents ? Je voyais mal David accepter ce troc pour ménager son rival, un frère qui n'était même pas vraiment le sien...

Pourtant, leurs versions s'accordaient si bien qu'elles devaient être le fruit d'une concertation entre eux. Une sorte de pacte. Leurs mensonges et l'alcool explosaient dans ma tête. Quand avaient-ils mis cette tromperie au point, et à destination de quel public ?

— Vous savez si David Barlet était blessé ? demandai-je, émergeant de mon verre et de mes pensées.

— Il me semble, oui, mais superficiellement. Une estafilade à la main, ou à la cuisse... Mes souvenirs ne sont pas exacts.

Je repris ma respiration et engloutis le reste d'alcool de contrebande avant de me lancer :

— À l'avant-bras ?

— Possible.

Je le remerciai aussi chaleureusement que sa main peu ragoûtante et ses révélations m'inspiraient et je repris la direction des Roches brunes, l'esprit encore tiraillé en tous sens.

Parmi toutes leurs affabulations, l'une d'entre elles me chagrinait plus que les autres. Depuis que j'avais découvert l'existence du brassard de soie sur l'avant-bras gauche de

David, tous avaient attribué cette blessure pudiquement dissimulée à une tentative de suicide consécutive à la mort d'Aurore. Mais s'il n'avait pas essayé de s'ouvrir les veines, fallait-il croire au désespoir de David ? Je tentai de chasser l'horrible perspective que cette possibilité ouvrait sous mes pieds : aurait-il pu être celui qui l'avait poussée dans la mer enragée, et non celui qui s'y était jeté à son secours ?

— Docteur Poulain ? Annabelle Lorand, à l'appareil.

— Ah, bonjour. Vous allez bien ?

— Oui, ça va mieux.

Je ne lui avais pas parlé depuis les obsèques de maman. Il était retourné à son cabinet de Nanterre, et moi à ma nouvelle vie parisienne. Mais je savais qu'il conservait de la tendresse pour ma mère. Somme toute, il avait été le dernier à tenter de la sauver, au moment de l'ultime hospitalisation. Et son numéro figurait toujours dans mon mobile.

— Je suis désolée de vous déranger, mais j'ai un petit service à vous demander.

— Je vous écoute.

— Vous serait-il possible de vérifier si une personne a été admise à l'hôpital pour une tentative de suicide ?

— Ça dépend. À quand remontent les événements ?

— Une vingtaine d'années.

— Quand même… Dans quel établissement ?

— Je ne suis pas sûre. Soit en Bretagne, à Saint-Malo, soit à Paris, dans le 16e ou le 9e.

— Hum, pas évident. Il y a vingt ans, tous les registres d'admission n'étaient pas encore informatisés. Et les archives sont souvent restées dans leurs cartons d'origine. Mais je peux essayer, proposa-t-il d'une voix encourageante.

Il eut l'élégance de ne pas me demander à quelles fins je menais cette enquête. J'avais dû lui mentionner un jour ma passion pour le journalisme, et il se contenta visiblement de ce motif.

Je lui indiquai le nom complet de David, son numéro de sécurité sociale – celui qui intégrait sa date de naissance trafiquée – et m'armai de patience, étirant ma balade du retour plus que nécessaire. Je passais devant les vitrines cossues du centre-ville de Dinard sans les regarder, quand il me rappela, vingt minutes plus tard.

— Cela ne certifie pas que M. Barlet n'a rien tenté, m'exposa-t-il prudemment. Mais en tout cas, je n'ai pas relevé d'admission pour tentative de suicide dans les établissements indiqués, ni en 89, ni en 90, ni même en 91. Pas plus dans le privé que dans le public.

Il avait pris l'initiative d'élargir la recherche aux deux années suivant la mort d'Aurore, ce qui éliminait de fait toute éventualité d'un contrecoup tardif. Ainsi, à moins qu'il ait enfoui son chagrin, il était désormais établi que David Barlet n'avait jamais essayé de mettre fin à ses jours. Sa tentative de suicide était aussi fausse que sa fortune était réelle.

18

2 juin 2010

En tentant de contacter François Marchadeau sur sa ligne professionnelle à *L'Économiste*, puis sur son portable sans plus de succès, je fis un point sur mes trouvailles des dernières vingt-quatre heures. Étrangement, je me sentais moins déroutée par ces découvertes, qui scellaient des intuitions déjà bien installées, que par les motivations que je devinais, en filigrane, chez certains protagonistes de cette histoire familiale. En particulier chez Louis.

La manière dont celui-ci avait établi pour chacun de ses proches un véritable dossier, chaque pochette recelant son lot de secrets et de surprises, ressemblait assez peu à celle de l'homme que je côtoyais depuis un an. Et cela soulevait plus de questions encore sur ses relations avec eux, au premier rang desquels son frère adoptif, David. Cet ensemble de pièces accablantes m'évoquait ces bombes goupillées dans les milieux des affaires ou de la politique pour déstabiliser un opposant ou contrer une attaque du même genre, d'où qu'elle vienne. Puisque aucune des informations présentes dans ces documents n'avait filtré jusqu'à présent, je penchai plutôt pour la seconde hypothèse. Ces chemises n'avaient pour vocation que de servir de pare-feu.

De qui Louis avait-il cherché à se protéger ? La réponse était évidente : son frère. Mais pourquoi ? À l'inverse, pouvait-on imaginer que l'adoption de David soit susceptible de mettre Louis en péril ?

— Marchadeau, j'écoute.

— Bonjour François, c'est Elle Lorand.

— Elle ! Quel plaisir ! s'enthousiasma-t-il exagérément. Vous avez réfléchi à ma petite proposition et vous m'appelez pour me donner votre feu vert ?

— Désolée, non.

Un bref silence m'indiqua que j'avais douché sa bonne humeur, mais il tâcha de n'en rien montrer :

— Qu'est-ce qui me vaut l'honneur, alors ?

— Je suis à Dinard. Aux Roches brunes.

— Heureux que vous preniez des vacances, ironisa-t-il sur un ton amical. Mais en quoi cela me…

— Je ne prends pas de vacances. Je fouille les archives de la famille Barlet. Enfin, ce qui est stocké ici.

— Et vous trouvez des choses intéressantes ? Les Roches brunes, souffla-t-il aussitôt, soudain nostalgique. Je n'ai pas dû y remettre les pieds depuis le mariage de David et Aurore.

J'oubliais parfois que les deux amis se connaissaient depuis si longtemps. Marchadeau avait forcément rencontré Aurore. Ainsi avait-il sans nul doute reconnu en moi son sosie, lorsqu'il m'avait réservée en qualité d'hotelle le soir de ma rencontre avec David.

— *Très* intéressantes, éludai-je. C'est pour cela que je vous appelle. J'aimerais vous faire part de certains éléments… inédits, je pense.

— Si c'est encore pour m'agiter sous le nez les casseroles professionnelles de David, je crois vous avoir dit que vous ne frappiez pas à la bonne porte, se fit-il plus sec.

— Ce n'est pas professionnel. C'est personnel. Et, contrairement à ce que vous pouvez croire, je ne cherche pas à compromettre ses grands projets. Je m'en fiche complètement.

— Qu'est-ce que vous cherchez, alors ?

— À comprendre le fin mot de ses relations avec Louis.

— Je vous souhaite du courage. D'autres que vous s'y sont déjà cassé les dents, vous savez.

— Qui ?

— Rebecca Sibony, par exemple.

— Rebecca est hors circuit. Elle est amoureuse de Louis depuis plus de vingt ans.

— C'est vrai. Elle a cela de commun avec vous.

Je répondis sèchement, prête à fondre sur le premier qui aurait le moindre mot désobligeant à propos de mon homme :

— Qu'est-ce que nous avons en commun ?

— Son parti pris en faveur de Louis dans cette histoire.

Décidément, je n'aimais pas la pente glissante sur laquelle il m'entraînait. Il invalidait par avance mes arguments, comme si mon attachement à l'aîné des frères Barlet faussait ma démarche.

— Vous ne voulez pas entendre ce que j'ai à vous dire ?

— Si, soupira-t-il. Appelez-moi quand vous serez rentrée à Paris.

De ma première visite au Brigantin, l'unique sauna gay et libertin de Saint-Malo, il ne me restait que quelques images sombres et floues, traversées de puissants râles virils. Mais j'étais bien certaine que je ne leur avais pas laissé mon numéro de portable, puisque c'est Louis qui avait organisé la soirée sous le commandement : l'inconnu tu exploreras.

Cet après-midi-là, je reçus pourtant de leur part un SMS qui se voulait affriolant :

Tous au château !
Soirée surprise tous publics, gays, hétéros, couples,
hommes et femmes seuls, ce soir dès 21 heures.
RDV au Brigantin, le seul port d'attache du plaisir malouin !
Entrée : 50 € homme seul, 30 € couple, 15 € femme seule.

Pour qui avait déjà fréquenté l'établissement, il était difficile de faire rêver sur cette seule promesse. Niché dans un entrepôt de tôle ondulée en pleine zone industrielle, l'établissement ne prêtait pas aux fantasmes élégants et sophistiqués auxquels aspirent la plupart des femmes. Le Brigantin, adapté au public qui le pratiquait, était le lieu d'une baise franche, directe, sans préliminaires ou presque, dépourvue de décorum et d'affect. On entrait, on se satisfaisait contre le premier corps venu et on ressortait juste après, soulagé, réduit à un être primaire soumis à ses pulsions. La place laissée à l'érotisme était si petite que l'intitulé de la soirée me parut mensonger. Tous au château ? Tous au *backroom*, oui !

Mais je doutais que cette invitation me soit parvenue par hasard, sans l'intervention de Louis. Une fois de plus, aussi maladroitement et crûment, il m'adressait un message. Quel était-il ? Que devais-je lire derrière cette incitation à la débauche ? M'avait-il suivie dans la région ? Me donnait-il une sorte de rendez-vous, comme je l'avais cru à mes dépens la fois précédente ?

À cette idée, mon ventre se contracta, ma poitrine se comprima, mon sexe s'assouplit, matière ductile que l'envie étirait et tordait tel un linge dès que son parfum, la douceur de sa peau ou la rigidité de son membre s'invitaient dans mes pensées. Et s'il était là, cette fois-ci ? Et s'il m'offrait l'occasion de dissoudre mes doutes dans nos effusions ? Et si le moment que nous vivrions là-bas s'avérait aussi dur, doux, dingue et surtout bon, que lorsque je l'avais admis chez moi, et dans mon cul ? N'était-ce pas le lieu tout désigné pour recommencer ?

Une part de moi en crevait d'envie et y voyait une occasion de reprendre la main. Une autre s'interdisait tout nouveau rapprochement de nos corps tant que nos esprits ne seraient pas en harmonie. D'un point de vue plus pragmatique et plus futile, je n'avais emporté que deux pulls, deux vieilles culottes en coton et un jean… Rien d'assez sexy ni habillé.

J'étais indécise, mes arguments épars prêts à s'envoler au premier vent. Louis savait trop bien qu'il produisait cet effet sur moi.

Un frisson né entre mes fesses, là où mon anus se plissait malgré moi en cadence, parcourut tout mon entrejambe, chatouillant mon périnée puis mes lèvres. La tentation était trop forte. Une soudaine inspiration me mena alors à fouiller les armoires.

Bingo.

Dans la penderie de la chambre, je trouvai trois robes dont je sus d'instinct qu'elles avaient appartenu à Aurore. Une à fleurs pour les promenades à vélo dans le vent chaud, une plus habillée pour les cocktails, ouverte sur le devant en un décolleté audacieux. Une dernière, enfin, planquée derrière les deux autres et qui eut ma préférence. Noire, composée d'un bustier et de deux volants superposés, l'un de broderie, l'autre de gaze, vaporeuse et courte à souhait, elle dessinait mes rondeurs d'une manière si voluptueuse, si provocante, que j'en rougis presque dans le miroir.

J'étais si troublée de me glisser ainsi dans ses anciens vêtements, de redonner vie à Aurore, en quelque sorte, que j'en oubliai de passer des sous-vêtements.

— On va où ? me lança mon taxi attitré sur un ton badin, visiblement content de me revoir, surtout dans cette tenue. Magasin de bricolage ?

— On va…

Soudain, je répugnais à mentionner l'adresse du sauna gay, convaincue qu'il connaissait sa sulfureuse réputation. Voilà ce que l'éducation dispensée par Louis n'avait pas encore réussi à infléchir : dès qu'il s'agissait d'assumer en public ma sexualité, je perdais toute contenance.

— On va dans la zone industrielle.

— La Découverte ? La zone commercialise près des entrepôts ? s'étonna-t-il. Mais tout est fermé à cette heure-là !

— J'y ai seulement rendez-vous. On passe me chercher et on repart tout de suite.

— OK, pas de problème, valida-t-il, non sans laisser transparaître une pointe de scepticisme.

Qui pouvais-je donc retrouver en pareil endroit au crépuscule ?

La berline fila sans s'arrêter jusqu'à l'entrée de Saint-Malo. Au troisième rond-point, que je reconnus vaguement, je demandai à mon chauffeur de me déposer.

— Vous êtes sûre que ça va aller ? Vous ne voulez pas que j'attende jusqu'à ce que vos amis arrivent ?

— Merci, tout va très bien.

— Bon... Bonne soirée.

Ce que j'ignorais à cet instant, c'est à quel point la soirée surprise imaginée par le Brigantin pour sa clientèle hétérosexuelle allait coller au scénario que je venais de lui servir.

Après avoir remonté l'avenue flanquée de part et d'autre de stocks et de hangars, longue artère déserte et mal éclairée, je ressentis une forme de soulagement en apercevant un petit attroupement au pied du bâtiment de tôles, juste devant la paillote qui faisait office d'entrée du sauna. Les tenues étaient légères, le maquillage appuyé, et la manière exagérément lascive dont s'enlaçaient certains couples achevait de lever les doutes sur leurs plans pour la nuit à venir.

Au moment où je rejoignais leur groupe, un minibus se gara à proximité et son conducteur se fendit d'un bref appel du klaxon, manière de nous signifier qu'il était bien là pour nous. Il sauta à bas du véhicule, et je reconnus le chauve bodybuildé qui assurait l'accueil lors de ma précédente visite.

— Prêts pour la vie de château ? claironna-t-il sur un ton enjoué.

— On n'attend pas encore un peu ? demanda une belle rousse plantureuse, gainée dans une robe de latex blanc. Lucie et Marc ont dit qu'ils viendraient aussi, mais ils ne sont pas encore arrivés.

— Pas de souci, on ne repart pas avant dix minutes. En attendant, vous pouvez monter vous installer et mettre vos foulards sur les yeux. Il y en a un sur chaque siège.

Il était évident que la plupart se connaissaient et qu'ils étaient coutumiers de ce genre d'expériences. Comme j'aurais l'occasion de me le voir confirmer plus tard, la communauté des libertins forme habituellement un cercle plutôt restreint, fait de clans, dont chaque membre a fréquenté au moins une fois chacun des autres, *a fortiori* dans les villes de taille réduite. À leurs yeux, je devais donc faire figure d'extraterrestre. Mais, aux regards appuyés, je compris dès mon entrée dans le car que la nouveauté leur plaisait et que ma plastique suffisait à me faire adouber.

Je cherchai désespérément la silhouette de Louis parmi eux, rêvant déjà de nos retrouvailles, espérant son corps contre le mien, mais l'habitacle était déjà plein, et je me consolai à l'idée de le retrouver à destination.

Après avoir compté ses ouailles, l'homme au crâne rasé donna le signal du départ. Rouler de nuit et les yeux bandés, livrée aux cahots de la route, se révéla une expérience agréable. Le sentiment d'abandon préfigurait celui auquel le corps tout entier allait se livrer bientôt.

Le trajet s'étira sur une bonne demi-heure, et je cherchai désespérément à mettre un nom sur le château voisin de Saint-Malo. Autour de moi, les spéculations allaient bon train :

— Moi je suis sûr que c'est le château du russe, là… Il est en vente depuis des mois.

— La Malouinière d'Akounine ? Ça m'étonnerait… C'est au Vau Garni, à Saint-Servan. Si on était repartis vers l'ouest, on aurait entendu les bruits du port.

— Et si on allait à Combourg ? Baiser chez Chateaubriand !

De mon côté, m'interrogeant sur le moment que Louis choisirait pour se manifester, je commençai à douter de sa présence. Allait-il me livrer à cette horde assoiffée de sexe sans visage ?

L'arrivée me réserva une première déception, que partagèrent mes camarades lorsqu'on nous autorisa à retirer nos foulards. Le château n'en était pas un. Il s'agissait d'une large bâtisse, comme un monastère, ceint d'un haut mur à moitié effondré et recouvert d'herbes folles.

La seconde déconvenue, c'est qu'aucun autre participant ne nous attendait là, ni Louis ni qui que ce soit d'autre.

— Quelqu'un sait où on est ? siffla la voix d'une brune fluette.

Personne ne lui répondit, surtout pas l'employé du Brigantin, qui paraissait vouloir ménager ses effets et conserver l'anonymat du lieu. Mais, comme nous franchissions la grille entrouverte pour pénétrer dans une vaste cour intérieure, je ne pus contenir mon effarement.

— Saint-Broladre… glapis-je à mi-voix.

— Quoi ? Qu'est-ce que tu dis ? s'enquit la femme à mes côtés.

— Je sais où on est. À l'orphelinat de Saint-Broladre.

Le corps de bâtiment, le clocheton… Malgré l'état de délabrement dans lequel se trouvait l'édifice, il était impossible de ne pas reconnaître les cartes postales anciennes consultées en ligne.

Le malabar me fusilla du regard et préféra s'adresser aux autres pour les engager à le suivre à l'intérieur :

— Vous allez voir, vous n'avez jamais eu autant d'espace ni autant de lits pour vous éclater, les enfants !

Le dortoir principal, lui aussi fidèle aux photos d'époque, avait été sommairement réaménagé pour la circonstance. De fait, il permettait de loger une cinquantaine de résidents, et nous n'étions qu'une quinzaine.

Excepté un coup de balai rapide, sols et murs étaient restés en l'état. Seuls les lits avaient été dressés de frais, éclairés à intervalles réguliers par de grands candélabres plantés sur des trépieds en fonte. L'ambiance relevait plus du manoir hanté que du palais des *Mille et Une Nuits*, mais la petite troupe parut satisfaite, gloussant et sifflant son approbation. Les premières caresses ne tardèrent pas à être échangées tout autour de moi.

— Excusez-moi, apostrophai-je mon ami le baraqué. On n'attend plus personne ?

— Non, vous êtes au complet. Vous êtes déçue ? Vous voulez que je vous ramène à Saint-Malo ?

Je percevais un peu de condescendance dans sa question.

— Non... Non, merci, ça ira.

Après tout, avec ou sans Louis, sexe débridé ou non, l'occasion de mettre mes pas dans ceux d'Aurore et de David était trop belle. Je m'éloignai de la bande déjà vautrée pêle-mêle, hommes et femmes, femmes et femmes, et deux hommes entre eux, pour explorer à loisir le reste du bâtiment.

Voilà donc où ces deux-là s'étaient rencontrés et avaient sans doute connu ensemble leurs premiers émois enfantins. Évidemment, filles et garçons devaient occuper des dortoirs séparés. Les deux orphelins n'avaient probablement pas dormi dans cette salle. Aussi m'aventurai-je dans les autres pièces, guidée par le seul éclairage lunaire – la nuit était désormais tombée. J'identifiai un réfectoire à ses colonnes et ses quelques tables encore debout, les cuisines attenantes, un temps squattées par des SDF. Je visitai aussi une bibliothèque vide, excepté une poignée de livres jetés à même le sol et rongés par les rats ou les mulots. Mais aucun papier, aucun cadre, aucune photo, aucune trace tangible de David et Aurore en ces lieux.

Je parvins enfin à un ancien préau transformé en salle de gymnastique assez vaste, aux murs percés de hautes fenêtres en verre cathédrale. Une petite porte bleue m'appela à l'autre extrémité : les vestiaires.

C'est là, sur le mur grêlé, entre deux casiers métalliques effondrés sur leurs voisins, que je le trouvai : un cœur gravé dans la peinture écaillée et le plâtre. Un cœur dont, en dépit de la pénombre, j'aurais juré qu'il était identique à celui sur la photo trouvée dans le coffre.

Pour m'en assurer, je m'approchai plus encore, le nez touchant presque le mur, un doigt curieux et tremblant effleurant le sillon. Le même trait. Les mêmes lobes bombés et pleins de confiance en l'avenir.

Mais si la seconde lettre était bien le D de David, la première clamait haut et fort sa différence : un E. Le E de Elle, ne pus-je m'empêcher de penser.

— Tu ne viens pas avec nous ?

Je faillis hurler.

La rousse en latex blanc, dont je devinais mieux la beauté sculpturale dans cette lumière bleutée, des traits un peu lourds, mais le corps aussi ferme et altier que celui d'Alice, se tenait à quelques pas de moi, un sourire avenant sur les lèvres. Je ne l'avais pas entendue me suivre.

— C'est dommage… tu as déjà plusieurs fans qui t'attendent dans le dortoir.

— Ah oui ? murmurai-je, plus surprise que réellement gênée.

— J'en fais partie aussi, tu sais.

Elle effaça alors la faible distance qui nous séparait d'un délicieux mouvement chaloupé des hanches et posa sans préavis ses lèvres sur les miennes, sa main sur mon sein palpitant, saisissant de l'autre mes fesses d'une poigne ferme et conquérante. Sa paume était chaude, légèrement moite à mon contact.

Mon mouvement de recul fut léger, mais assez perceptible pour lui tirer une grimace, aussitôt envolée.

— Ne me dis pas que tu n'en as pas envie, me défia-t-elle du regard.

— Je… je ne sais pas.

Rien n'était plus vrai. J'étais incapable d'analyser mes sentiments en cet instant. J'oscillais à chaque seconde entre l'effarement et le désir, l'envie de fuir et celle de m'abandonner. Elle était magnifique, et l'idée qu'elle puisse constituer un cadeau de la part de Louis me traversa l'esprit, puis le ventre, puis se répandit dans toute ma vulve que je sentis frémir comme une petite bête apeurée.

Elle dut le sentir car, sans se formaliser de mon premier mouvement de rejet, elle glissa sa main droite sous mon double jupon et la posa sans hésiter sur mon sexe, entrouvert et humide, figue d'envie déjà fendue. Je pouvais percevoir son parfum, capiteux, lourd, auquel se mariait une fragrance naturelle plus musquée encore, celle de son sexe, supposai-je.

Lorsqu'elle plongea un majeur en moi, je saisis son avant-bras dans l'intention de le retenir. Mais, encouragée par mon souffle qui accélérait et par cette cambrure qui signifiait ma capitulation, elle se mit à tourner son doigt, encore et encore, pressant à chaque passage un peu plus fort cette petite zone granulée dont l'excitation fermait mes paupières de plaisir. Elle était collée à moi, désormais, et je pouvais sentir sa poitrine écrasée contre la mienne, le halètement aigu qui s'en exhalait, son ventre gonflé d'impatience. Je n'étais pas pour elle qu'une proie facile, un en-cas pour prédatrice. Il était évident qu'elle mourrait d'envie de moi, comme le clamait son odeur intime, qui partait d'entre ses cuisses et emplissait peu à peu tout l'espace autour de nous.

— Ose me dire que tu n'aimes pas ça, maintenant… susurra-t-elle à mon oreille.

Il est probable qu'elle m'avait repérée et désirée, dès notre montée dans le bus. Et que je mouille, frémisse et jouisse ainsi à chacune de ses charges constituait un triomphe qui lui offrait sans doute du plaisir.

Or, elle n'en savait rien, mais ce n'est pas à elle que je me donnai dans l'obscurité de ce vestiaire, au milieu des souvenirs gravés et des amours perdues. À mesure que son doigt allait et venait, son majeur me semblait plus gros. Je reconnaissais sa courbure, sa longueur, son extrémité pointue et enflée, son frein tendu jusqu'à se rompre, familier jusqu'à la moindre veine qui palpitait contre mes parois à vif. Non, elle n'en avait aucune conscience, mais c'est pourtant bien la verge de Louis qu'elle agitait en moi. Elle qui dardait dans mes profondeurs, elle qui me tirait ces soupirs reconnaissants.

— Oui… OUI !

— Tu joues l'innocente, mais tu es une bonne petite salope, hein ?

Je n'entendais rien de ses exhortations ordurières. Je jouissais d'un autre, dans un autre temps, un autre lieu, et je n'avais que faire de ses injures de traînée.

— Hein, que tu vas jouir ?

Malgré l'expertise dont elle faisait preuve, la violence des contractions parut la surprendre. Ainsi que le flot abondant qui s'échappa de moi et trempa sa main, son bras et le sol poussiéreux en dessous.

J'avais joui, non pas d'elle, mais de Louis. De Louis et de son absence que je me savais désormais prête à combler à chaque occasion, à chaque contact un peu pressant, homme ou femme, tous aptes à lui servir de doublure.

19

3 juin 2010

Le texte, l'image. Lequel croire ? C'est une question que tout étudiant en journalisme se pose une fois. Les mots pèsent, les mots soupèsent. Mais seules les images possèdent ce pouvoir de sidération sur le lecteur, elles seules s'emparent de lui et de sa conscience pour ne plus les lâcher, débranchant un à un les fils de son esprit critique. C'est un combat inégal que se livrent les deux médias et mes déboires dans la sphère audiovisuelle m'avaient recalée dans le camp des vaincus, celui des mots que personne ne lit.

Et pourtant, c'est par le texte que j'avais confondu celui qui cherchait à salir Louis avec ce blog abject. J'avais lavé mon homme de tout soupçon. Mais si Louis n'était pas l'auteur de ce site compromettant, alors qui ? Qui pouvait l'accabler de la sorte, au plus mauvais moment ? Antoine Gobert ? Aussi hostile que fût ce dernier, je ne voyais pas bien comment il aurait pu subtiliser notre Dix-fois-par-jour et s'en servir pour alimenter les notes publiées en ligne presque tous les jours. Cela supposait un complice aux Charmes que j'avais bien du mal à imaginer. Ysiam me paraissait innocent, de même que les autres grooms ou les femmes de ménage. Restait monsieur Jacques. Mais, décidément, je voyais mal le président de l'APECEP développer une quelconque connivence avec un patron d'hôtel de passe.

Dans le TGV du retour, une fois n'est pas coutume, je ne m'assoupis pas une seule seconde au cours des trois heures de trajet. Même si je me sentais soulagée que Louis n'ait rien à voir avec le blog, j'étais consternée par tous ses autres mensonges, et cela me laissait dans la bouche un goût âcre. Louis n'était peut-être pas le monstre exhibitionniste qu'on voulait me faire croire, mais le mystère des frères Barlet demeurait entier.

Taraudée par ces pensées, c'est à peine si je songeai aux événements de la nuit précédente. Après ma rencontre lunaire avec la belle rousse, j'étais restée à distance des autres participants et j'avais sagement attendu la fin de leurs ébats, avant que Crâne-rasé ne nous raccompagne à Saint-Malo. Par chance, il habitait sur le versant ouest de la Rance et fut assez aimable pour me déposer près de la villa. Le matin pointait déjà, et j'avais eu tout juste le temps d'inspecter une dernière fois la maison avant d'empaqueter mes trésors et de me diriger vers la gare.

J'avais promis à François Marchadeau de l'appeler dès mon arrivée, mais un besoin irrépressible de regagner mon nid s'empara de moi. Je l'occupais depuis quelques jours seulement mais je considérais déjà mon studio comme un abri légitime, familier et doux, où je pouvais me ressourcer.

— Rue du Trésor, dans le Marais, m'entendis-je annoncer sur un ton d'évidence au taxi parisien qui me chargea à Montparnasse.

Dans le hall de l'immeuble, je fus surprise de constater que ma boîte aux lettres débordait déjà. Plusieurs enveloppes A4 épaisses l'encombraient, toutes identiques, et j'en retirai mon butin avec fébrilité, pressée d'ouvrir mon courrier.

Chaque enveloppe recelait une liasse de feuillets manuscrits, plus ou moins remplis. L'écriture qui serpentait de page en page était identique aux annotations qui figuraient sur les feuilles glanées à Dinard. Celle de Louis.

Mais si je m'attendais à une confession, peut-être des excuses, je compris dès les premières lignes que le document était d'une tout autre teneur. Comme un écho à mes projets littéraires, ce texte se présentait sous une forme hybride.

Intitulé *L'Alphabet de ton corps*, il proposait à chaque entrée une définition romancée d'une partie de mon anatomie, brève nouvelle érotique mettant en scène l'usage spécifique qu'il suggérait d'en faire. Certains passages puisaient évidemment dans les souvenirs lumineux de la chambre un, quoique restitués dans un style plus élaboré que les comptes rendus du Dix-fois-par-jour. Mais la plupart des nouvelles s'amusaient au contraire à imaginer des situations inédites et fantaisistes, parfois même à la limite du surnaturel : une lettre S rosissant sur ma joue gauche quand une envie de sexe s'emparait de moi ; des caractères d'imprimerie expulsés par mon vagin à chacun de mes orgasmes, l'enchaînement de ces derniers produisant un poème.

Ici ou là, par touches discrètes, je reconnaissais quelques figures imposées de notre code érotique. Louis émaillait ainsi sa prose de déclarations délicieusement déguisées, et j'en consolai mon petit cœur éprouvé. Je relus certains passages plusieurs fois, jusqu'à me convaincre que je ne m'étais pas trompée et que son amour affleurait bien dans les pleins et les déliés nerveux, parfois indéchiffrables.

Fesses (n. f. pl.) : Son postérieur affichait une rondeur parfaite, un volume si plein, si idéalement bombé, que cette masse de chair ferme qui achevait sa chute de reins en un divin rebond me semblait parfois animée d'une vie autonome. Celle qui portait ce cul si altier pouvait bien aller et venir devant moi et se soustraire à mes caresses. Ses fesses, elles, étaient inexorablement attirées par mes mains, qui finissaient toujours par s'y poser des minutes ou des heures entières. Au premier contact de la journée avec leur élasticité si suave, je ne pouvais m'empêcher de les saluer sur un ton enjoué, comme on retrouve de vieilles amies : Bonjour, vous. Elles étaient deux, et je possédais deux mains. Autant dire que nous étions faits l'un pour l'autre.

Si son amour ne pouvait être disséqué tellement ses formes étaient diverses et complexes, il était à l'inverse capable de montrer ses innombrables facettes lorsqu'il se focalisait sur l'un de mes attributs. Lyrique pour mes fesses, il se faisait joueur avec mes cuisses, nostalgique en contemplant ma nuque ou encore salace avec ma bouche. Ce n'est pas le puzzle de mon corps qu'il me livrait ici, mais bien celui de ses sentiments pour moi, et j'en fus si bouleversée qu'un mince filet de larmes ne tarda pas à couler sur ces joues qu'il décrivait comme « deux pommes d'amour qui ne fondront jamais sous ma langue, dussé-je les sucer toute une éternité sucrée ».

Son portable sonnait dans le vide. Tout comme le téléphone de l'hôtel Mars. Mon besoin de le voir, de lui parler, de le toucher était si impérieux que je m'engouffrai au plus vite dans le métro, station Saint-Paul.

— Louis ? Louis, tu es là ?

Un silence glacial emplissait le majestueux édifice. J'avais beau savoir que je me trouvais ici chez moi, je me sentis comme une intruse et frappai à chaque porte que je poussais, par crainte de surprendre ou de gêner. Plus l'espace est grand, plus il faut de temps pour l'apprivoiser, et j'avais trop peu fréquenté ce palais intimidant à plus d'un titre pour prétendre y avoir laissé une empreinte sensible.

Ce n'était pas le seul élément perturbant : les pièces étaient trop propres, trop bien rangées, le calme trop profond. Louis était parti depuis plusieurs jours, je pouvais le certifier.

Félicité surgit soudain entre mes jambes et, un instant chancelante, je manquai l'écraser sous mes pieds.

— On t'a laissée ici, toute seule, ma pauvre chérie…

Je suivis ses miaulements jusqu'à la cuisine, où je remplis ses gamelles, remerciée par un long ronronnement modulé au rythme de mes caresses.

— Tu ne sais pas où il est parti, toi ?

J'aurais aimé croire qu'elle détenait la réponse et qu'elle enrageait de ne pouvoir me la communiquer. Mais, indifférente, elle se bornait à engloutir ses croquettes. Aussitôt rassasiée, elle repartit en se dandinant vers le salon, à la recherche d'un rayon de soleil dans lequel s'assoupir.

J'avais déjà fait deux fois le tour du bâtiment, incapable de me poser aussi sereinement que mon chat, quand je me rappelai l'existence de la pièce au sous-sol.

J'y descendis non sans appréhension et constatai que la console était éteinte. Rien n'indiquait qu'on l'ait utilisée dans un passé proche, et la mémoire de l'appareil ne comportait pas d'enregistrements récents. J'eus néanmoins la curiosité d'activer chacune des dix caméras, une à une. Sans surprise, l'hôtel de Mademoiselle Mars ne donnait à voir que des pièces désespérément vides.

Mais sur les deux écrans qui lui étaient dédiés, on remarquait au premier coup d'œil que l'hôtel particulier voisin vibrait d'animation. Dans la chambre à coucher, je reconnus sans conteste David. Sa compagnie me surprit davantage. L'une plantée sur son entrejambe, l'autre tendant à la première son bas-ventre, deux blondes aux cheveux longs s'activaient ardemment, ponctuant chacun de leur mouvement de râles appuyés.

— Yeche ! bramait la fille empalée sur David, un peu plus fort à chaque ondulation.

Loin de la jalouser, sa camarade profitait de ses lèvres collées à son sexe.

Leur accent slave – que je supposais russe – ajouté à cette concertation dans l'action ne laissait pas place à l'erreur : il s'agissait de professionnelles du sexe. Je doutais pourtant qu'elles soient hotelles. Ces filles avaient tout des *call-girls* de l'Est repérées en plein *sex tour*, ces tournées européennes au cours desquelles prostituées russes, ukrainiennes ou polonaises effectuaient une halte dans chaque ville traversée et honoraient les rendez-vous pris sur Internet par leur dispatcheuse.

Tout en les regardant besogner David, je repensai à cette affaire Delacroix qui revenait sur le devant de la scène au moment le plus critique de sa carrière. Se pouvait-il que les deux gamines appartiennent aux fameuses filières de l'Est ? Comment s'appelait donc la société de production à laquelle le groupe Barlet se trouvait lié ?

En un geste réflexe, je pressai le bouton rouge qui commandait l'enregistrement. Qui qu'elles soient, d'où qu'elles viennent, elles resteraient inscrites avec lui dans la mémoire de la console. À jamais jouissant et enlacés.

Quoique certainement moins onéreuses que les *escort made in France*, ces créatures devaient coûter cher à David car il avait jeté son dévolu sur du premier choix : âge flirtant avec la majorité, peau diaphane, ligne parfaite, chevelure interminable et des minois qui n'auraient pas déparé dans un casting de mannequins.

Mais, si l'on excluait l'exotisme, je peinais à comprendre ce qui motivait cette sélection. J'étais là, et Aurore avant moi, pour prouver que son type de femme était une brune replète et voluptueuse plutôt qu'une tige fragile et sans saveur.

Comme pour me contredire, la fille qui se tenait debout fit preuve d'une audace subite et s'inclina vers le point de contact qui reliait les autres protagonistes. Plongeant sa tête entre leurs ventres, elle tirait la langue et flattait alternativement la hampe de l'homme et le clitoris de l'autre femme. Elle s'y employait avec tant d'application que son amie ne tarda pas à jouir. David se montra satisfait de cette variation, et éjacula à son tour sur le ventre d'albâtre de l'une et les lèvres purpurines de l'autre.

J'avais dû prendre l'épisode en cours. Néanmoins, avant que les trois personnages ne disparaissent de l'écran, j'eus le réflexe de sortir mon Smartphone, d'activer la fonction prise de vue et d'effectuer une capture de la scène, le membre encore tumescent déchargeant à gros bouillons son contenu sur leurs visages virginaux.

Puisque l'action finissait dans la chambre, j'eus la curiosité de regarder dans le salon. Contrairement à ce que laissait entrevoir un coup d'œil superficiel, la pièce n'était pas vide. Un homme s'y tenait attablé, le buste courbé. La lueur électronique qui éclairait son visage provenait de l'écran d'un ordinateur portable. Il se trouvait au fond du salon, à l'opposé de l'objectif de la caméra, et de profil. Difficile, dans ces conditions, de reconnaître le visage.

Je considérai un instant les commandes et vis un pictogramme en forme de loupe sur un gros bouton rotatif. Je tournai celui-ci dans un sens, puis dans l'autre, et parvins ainsi à zoomer sur l'image jusqu'à identifier celui qui tapotait avec constance et vigueur sur son clavier : Yves, le responsable informatique de BTV.

Je ne l'avais croisé qu'une fois ou deux dans les couloirs de la chaîne, mais n'avais pas oublié le rôle qu'il avait joué, un an plus tôt, dans le licenciement d'Alice Simoncini. C'est lui qui avait surpris l'actuelle fiancée de David dans une position scabreuse avec le directeur artistique, Christopher Heames, lui aussi limogé à la suite de cet incident.

Je dégainai à nouveau mon mobile et, cadrant au mieux le moniteur, pris un cliché que je soumettrais à Fred à la première occasion. Lui saurait me confirmer l'identité de l'homme. Quant au motif de sa présence dans le salon de son P-DG, j'avoue que je n'y trouvais aucune explication logique. Mais, là encore, je comptais sur les informations de première main que détenait mon ex.

Avant de remonter à la surface, je cédai à la tentation de quelques ultimes visionnages. Explorant à nouveau les enregistrements sur la console, j'ouvris les vidéos que je n'avais pas regardées lors de ma précédente visite. Outre l'excitation trouble que cela provoquait en moi, je nourrissais toujours l'espoir d'y découvrir un autre visage d'homme que celui de Louis : n'importe quel détail physique qui le disculperait.

Hélas, le corps anonyme qui apparut une fois de plus sur le moniteur, sans signe distinctif, pouvait aussi bien être celui d'un quelconque inconnu que le sien.

Sa partenaire sur cette séquence ressemblait peu à celle des autres vidéos. À la pesanteur de ses fesses, aux quelques vergetures qui plissaient sa peau ici ou là, on devinait qu'il s'agissait d'une femme entre deux âges, plus mâture que les autres créatures, mais dotée d'une belle chevelure rousse, d'un charme canaille, de seins magnifiques et d'étonnantes fossettes de part et d'autre des reins. Sa marque de fabrique, supposai-je.

Allongée sur le ventre, elle offrait ses fesses et ses cuisses, largement écartées, à son amant. La caméra allait de leurs sexes unis, d'où s'échappait une écume blanchâtre qui donnait à penser que le rapport s'éternisait, au visage de la femme, profil souriant et épanoui. Elle paraissait goûter le traitement que Louis lui réservait et accueillait chaque nouvelle incursion en elle d'un gémissement prolongé.

Entre les deux plans, l'œil électronique s'arrêta un instant sur les deux encoches au bas de son dos, deux petits creux semblables aux ouïes d'un instrument à cordes, et qui m'évoquaient le célèbre cliché de Man Ray, *Le Violon d'Ingres*.

À nouveau, je figeai la scène dans la mémoire de mon téléphone.

Remontée dans le hall, j'envisageai de repartir au plus vite. J'aurais voulu rendre visite à Armand pour confier Félicité à ses bons soins, mais le moment me semblait particulièrement mal choisi pour sonner à leur porte.

— Tout le monde t'abandonne, ma belle, soupirai-je en cajolant son pelage soyeux.

M'adressais-je à elle ou parlais-je de moi ?

La vibration de mon portable chassa cette mélancolie passagère. Le message vocal provenait d'un numéro masqué.

Il m'avait été laissé lorsque j'étais au sous-sol, privée de réseau. Une voix d'homme nasillarde, à l'élocution sèche et rapide, s'empressa de débiter ce qu'elle avait à me dire :

« Bonjour, Annabelle, ici Jean-Marc Zerki. Comme vous le savez, je suis l'avocat de Louis Barlet. Je vais être bref. Mon client est harcelé par les médias et les paparazzi depuis sa libération. Sur mon conseil, il s'est mis au vert pour quelque temps. Il a tenu à ce que je vous précise qu'il ne vous fuyait pas. Mais j'ai exigé malgré tout que cette adresse soit tenue secrète. Dans l'immédiat, vous ne pourrez donc ni lui parler ni lui rendre visite. Je sais que c'est difficile à accepter dans votre position, mais il en va de sa défense et aussi de sa sécurité… J'espère que vous le comprendrez. Il a été menacé par plusieurs groupuscules d'extrême droite. Pas de quoi s'alarmer, mais mieux vaut être prudent. Ah oui, un dernier détail : il n'est pour rien dans le blog dont il a été question à la télévision. Nous ne savons pas encore qui est derrière cette manipulation, mais je vous invite à ne pas tenir compte de ce qui est publié sur ce site, ni des mails que vous pourriez recevoir de sa part. Nous avons toutes les raisons de croire que ses principaux comptes et accès ont été piratés. Ne répondez pas aux courriers électroniques qui porteraient son adresse. Voilà, je pense que je n'oublie rien. Je vous recontacterai bientôt. Bonne soirée. »

20

4 juin 2010

Sans panama et engoncé dans un costume sombre, François Marchadeau n'affichait pas la décontraction, presque suffisante, qu'il arborait lors de notre précédente rencontre. Il faut dire que la situation n'avait pas évolué de la manière la plus favorable pour son vieux camarade David Barlet. Il n'avait pas choisi cette fois le cadre détendu de la terrasse ouverte du Marly, mais celui, plus cosy, et même empesé, d'une brasserie 1900 sur la place du Châtelet.

— J'ai un marché à vous proposer, lui lançai-je d'emblée, sans me perdre dans le babillage d'usage.

Étalé dans son fauteuil, les bras posés sur les dossiers voisins, il plissa son front de manière sarcastique.

— Un marché ? Vous parlez comme une espionne de téléfilm depuis que vous enquêtez sur les frères Barlet, ironisa-t-il.

— J'écris cette fameuse chronique sur David… et vous m'aidez à accéder aux sources qui m'échappent sur la famille Barlet.

Il sirota son thé Mariage Frères – l'étiquette labellisée Marco Polo pendait sur le côté de la tasse en faïence blanche – et me dévisagea avec calme, fouillant mon regard pour mieux jauger mes intentions.

— Et pourquoi ferais-je autant de concessions pour obtenir ce que vous semblez déjà prête à me donner ?

— D'abord, rien ne vous prouve que j'aie vraiment envie de faire ces chroniques…

— Allons, me coupa-t-il. Vous ne m'auriez pas rappelé, sans cela.

— … Et ensuite, je détiens des informations que vous n'avez pas sur notre *ami* commun.

Un comédien très connu, et qui se produisait dans le théâtre voisin, fit son entrée dans le café, écartant le rideau de velours rouge tendu derrière la double porte comme s'il fendait celui d'une scène, le regard aux aguets. Quelques paires d'yeux se posèrent sur lui, et une onde de curiosité le suivit tandis qu'il traversait la salle principale, jetant son dévolu sur une table proche de la nôtre. Je fus surprise de le trouver plus jeune et plus fringant que lors de ses interventions à la télé.

— Très bien, je vous écoute. Qu'avez-vous découvert de si renversant et de si secret que je ne sache pas déjà ?

— Trop facile, crânai-je. Je veux d'abord que vous vous engagiez à me prêter main-forte dans mes recherches.

— Je m'y engage.

J'inspirai un grand coup, telle une nageuse au moment du plongeon, et me jetai enfin à l'eau, exhortée par un coup de tonnerre qui roulait à l'extérieur comme un tambour au moment du coup de théâtre final :

— David n'est pas le fils d'André et Hortense Barlet. Il a été adopté dans un orphelinat près de Saint-Malo, Saint-Broladre, vers sept ou huit ans. Donc à un âge où il ne pouvait pas l'ignorer.

— Il ne l'ignore pas, répliqua-t-il avec morgue. C'est même l'une des premières confidences qu'il m'ait faite.

Il n'était pas question de lui laisser reprendre l'avantage. Aussi, alors que dehors le déluge s'abattait et que les passants fuyaient en tous sens, je m'empressai d'ajouter, le défiant du regard :

— Dans ce cas, il vous a peut-être dit qu'Aurore et lui se connaissaient déjà à l'orphelinat ?

— C'est n'importe quoi, asséna-t-il après un instant de perplexité. Ils se sont rencontrés à Dinard, sur la plage. Ils avaient seize ou dix-sept ans. Louis pourra vous le confirmer sans problème. Il était assez jaloux de son frère pour ne pas avoir oublié ça…

Je choisis de ne pas répondre à son assertion et fouillai plutôt dans mon sac, dont je sortis certains des éléments glanés aux Roches brunes. En particulier la photo du cœur gravé dans la cabine de plage. Je la lui tendis, à l'affût de sa réaction.

— Vous croyez qu'on s'amuse à ce genre de choses à dix-sept ans ? le provoquai-je à dessein.

Il ne se départit pas de sa réserve, saisit l'image et la considéra un long moment, avant de réagir enfin :

— Je ne vois pas ce que cela prouve. C'est sur ce graffiti que vous fondez votre petite théorie ? C'est bien mince.

— J'ai rencontré la mère adoptive d'Aurore, à Saint-Malo. Florence Delbard.

Faisant fi des détails, je lui brossai à grands traits mon entrevue, la confession de Mme Delbard à propos de Saint-Broladre, puis enfin sa brusque disparition, dans le but évident de se soustraire aux questions portant sur la relation de David avec sa fille.

— D'après ce que j'entends, cette femme m'a l'air plutôt cinglée. Elle peut avoir raconté n'importe quoi pour donner de l'importance à sa fille. Et puis, que David et Aurore se soient connus avant leurs seize ans, la belle affaire ! Ce n'est pas avec ce genre de scoop que vous allez faire les gros titres.

Sa répugnance à voir la vérité en face m'agaçait. Je dégainai alors mon mobile et, de quelques pressions du pouce sur les commandes tactiles, j'affichai la photo de David et de la petite fille sans visage, au pied du sapin de Noël.

— Qui est-ce ? demanda-t-il en se redressant dans son fauteuil, soudain plus grave.

— Bonne question. On reconnaît David sans problème. Mais les autres... Tout ce que je sais, c'est que ce ne sont ni les Delbard ni les Barlet. Et que, vu l'âge de David sur cette photo, elle a probablement été prise *avant* son entrée à l'orphelinat.

À son teint soudain blafard, je compris que je venais de marquer un point décisif. Son trouble était patent. Mais il en faudrait sans doute plus pour le pousser à retourner sa veste.

À deux tables de la nôtre, l'acteur célèbre se leva comme un ressort à l'instant où une jeune chanteuse à la mode, de trente ans au moins sa cadette, fit irruption dans la brasserie, les cheveux détrempés. En la voyant, il afficha ce sourire qui était devenu sa marque de fabrique, au même titre que ses tirades emphatiques ou ses esclandres télévisés. Il se précipita à sa rencontre et enveloppa ses épaules d'un geste protecteur que plusieurs téléphones mobiles immortalisèrent autour de nous. Leur relation devait déjà être officielle pour qu'ils en fassent ainsi étalage.

— Vous pensez sérieusement que cette gamine puisse être... ?

Marchadeau suspendit sa question, indifférent au vaudeville qui se jouait à deux pas de nous.

— Aurore ? Impossible de l'affirmer avec certitude. Mais ça fait partie des options envisageables, oui.

— Et ceux-là, alors, murmura-t-il en désignant le couple planté comme un piquet. Ce serait qui ?

— Aucune idée. Une famille d'accueil, le personnel d'encadrement à l'orphelinat. Ça peut être n'importe qui.

À son tour, il partagea avec moi ses maigres souvenirs de Jean-François et Florence Delbard, les parents d'Aurore, qu'il avait aperçus une unique fois, plus de vingt ans auparavant, le jour du mariage de David. Sa description de Mme Delbard était en tous points fidèle à l'image que je m'étais forgée moi-même lors de mon bref entretien.

— Nous ne sommes pas au bout de nos découvertes.

— Peut-être bien, admit-il du bout des lèvres, admirable dans son rôle d'ami fidèle et incorruptible. Mais, en tout cas, vous devez comprendre que cela ne changera rien à l'affection que je porte à David.

— Je ne vous demande pas de trahir votre ami. Je vous l'ai dit : je veux que vous m'aidiez à mieux comprendre la nature de ses relations avec son frère.

— S'il ne s'agit que de ça, alors tout ira bien, sourit-il, forçant une décontraction qui le fuyait.

Comme il affirmait cela, je revis David accompagné de ses deux camarades de jeu, les *call-girls* russes. Marchadeau connaissait-il cet aspect de la vie de David ? Partageait-il avec lui certaines de ces séances récréatives ? Ou entretenait-il de son ami une image si pure et intouchable qu'il récusait la moindre zone d'ombre ?

J'hésitai un instant à tout déballer, puis me retins. Si je voulais le garder dans mon camp quelque temps, je ne pouvais brûler d'emblée son idole. L'amertume qu'il en concevrait ne servirait pas mes intérêts.

Mais comme un fait exprès, il joua sans y penser avec les boutons de mon portable qu'il avait gardé en main, et passa malgré lui d'une image à l'autre. J'aperçus d'abord la photo de David éjaculant sur les deux russes, puis celle de l'homme sans visage vautré sur la rousse plantureuse. Il les détailla tour à tour sans un mot, le regard fixe, la mâchoire contractée. Puis il appuya nerveusement sur le bouton de retour au menu principal et jeta presque le téléphone sur la table de bistrot, comme si le combiné lui avait soudain brûlé la main.

Je m'attendais à ce qu'il s'indigne, à ce qu'il invoque un mauvais montage, voire un complot, mais il n'en fit rien. D'un revers de la main fébrile, il écarta sa tasse de thé encore fumante et fit signe au garçon de s'approcher.

— Un Jack, s'il vous plaît. Sans glace.

Alors, comme si les sulfureux clichés n'avaient jamais existé, il revint à notre conversation interrompue :

— Vous parliez de « sources qui vous échappent » sur les Barlet, tout à l'heure. Quel genre d'informations cherchez-vous, au juste ?

— J'aimerais avoir accès aux archives de la DDASS d'Ille-et-Vilaine.

— Laissez-moi deviner : les dossiers de David et d'Aurore ?

— On ne peut rien vous cacher. La consultation n'est autorisée que pour les parents directs ou sur ordonnance d'un juge.

Il fronça les sourcils, rentra légèrement la tête dans les épaules et affirma avec assurance :

— Hum... Je connais quelqu'un au cabinet du ministre des Affaires sociales. Je devrais pouvoir arranger ça.

— Génial.

— Rien d'autre ?

Il avait beau avoir déjà rejeté mes demandes d'assistance en faveur de Louis, c'était le moment ou jamais de remonter à la charge.

— Si... Antoine Gobert.

— Quel rapport avec David ?

— *A priori*, aucun. Mais je trouve assez louche l'acharnement de ce monsieur contre Louis, et j'aimerais savoir d'où lui vient cette hargne. J'imagine qu'il n'est pas sorti du lycée pour devenir président de l'APECEP. Il a dû travailler quelque part avant ça.

— OK, grogna mon interlocuteur. Je vais voir ce que je peux trouver sur l'animal. Mais il est hors de question que j'exploite ce que je trouverai sur lui dans *L'Éco*, on est bien d'accord ?

— C'est d'accord.

Nous passâmes les cinq minutes suivantes à tracer ensemble les grandes lignes de ma future chronique et nous nous quittâmes au moment où la pluie cessait, tandis que le comédien sexagénaire plongeait une main sous la jupe de sa jeune amie, laquelle couinait en sourdine, de crainte d'attirer plus encore les regards curieux.

— Tu vois… commenta tout bas Marchadeau, passant soudain au tutoiement et désignant le couple scandaleux d'un regard oblique. Il ne faut pas juger trop sévèrement les personnes qui vivent en permanence sous les yeux du public. Quand ta vie est aussi exposée que la leur, le moindre faux pas peut se retourner contre toi.

Comme après mon premier séjour à Dinard, une visite chez Rebecca me semblait s'imposer. Trente-cinq minutes de métro plus tard, je sonnai à l'interphone du 118, avenue Mandel. Pas plus que la fois précédente, mon ancienne patronne ne parut surprise de me voir débarquer sans préavis. Elle m'ouvrit et m'accueillit dans son petit deux pièces du neuvième étage, vêtue d'une sorte de jogging rose surpiqué de fils dorés.

— Entre. Tu veux un thé ?

— Non, merci.

J'entrai dans son petit salon propret, tel que je l'avais découvert un an plus tôt. Je remarquai juste que les cartons qui s'entassaient alors dans un coin de la pièce – les archives de Belles de nuit – avaient disparu, peut-être détruits ou plus probablement stockés dans sa cave.

— Alors, Salomé s'est montrée coopérative ?

Les événements des derniers jours avaient presque occulté cet épisode et l'élan jaloux qui m'avait animée alors.

— Disons que j'en suis ressortie avec la confirmation que j'espérais… Et vivante, plaisantai-je à demi.

Mon hôte s'éclipsa quelques instants dans la cuisine attenante et en revint presque aussitôt, une tasse fumante à la main, son visage si fin estompé par le petit nuage de brume en suspension, comme sur une vieille photo passée. C'est justement parce que, à sa façon, elle appartenait à l'histoire des Barlet que son témoignage m'était précieux, quand bien même elle le distillait avec parcimonie et la lenteur d'un supplice chinois.

Comme je l'avais fait un peu plus tôt avec le journaliste, j'exposai mes trouvailles bretonnes, pour délier sa langue et l'inciter à un peu plus de sincérité avec moi.

Elle m'écouta d'abord sans broncher, chauffant ses mains contre le mug malgré la touffeur ambiante, puis adopta cet air nostalgique que j'avais vu la dernière fois.

— David et Aurore ne voulaient pas que leur séjour à Saint-Broladre s'ébruite au-delà du cercle familial.

— Pourquoi ?

— Par pudeur, j'imagine. Ou pour conjurer les mauvais souvenirs... Je suppose que si je rencontrais mon futur conjoint en prison, je ne voudrais pas que la terre entière soit au courant.

C'était logique, en effet.

— Mais quand ils se sont fiancés, leurs parents avaient bien conscience qu'il s'agissait de retrouvailles et pas d'une rencontre amoureuse ordinaire, non ?

— Pas à ce moment-là, non.

— S'il y a une version officieuse, je suppose qu'il y avait aussi une version officielle sur la manière dont ils se sont rencontrés ?

— La vérité est qu'ils n'ont jamais réellement cessé de se voir. Dès l'été qui a suivi leur adoption, ils se sont retrouvés sur la plage, à Dinard. La première fois, leur rencontre était un hasard. David passait ses vacances aux Roches brunes avec sa nouvelle maman, son nouveau frère et Armand. Quant à Aurore, elle habitait Saint-Malo, et les Delbard fréquentaient plutôt la plage de Bon Secours ou celle du Sillon. Sauf ce jour-là... Ça devait être en juillet ou en août 1978.

— Vous savez pourquoi ils sont venus se baigner à Dinard ?

— Non. Peut-être l'envie de changer, tout simplement. Ou de la famille à voir dans le coin. Mais à partir de ce jour, Aurore a supplié les Delbard d'aller à la plage de l'Écluse.

— Ils n'ont pas cherché à savoir pourquoi ?

— Quand un enfant tout juste adopté fait un caprice qui ne prête pas à mal, il n'y a pas de raison de refuser… Alors oui, ils ont accepté de faire les quelques kilomètres jusqu'à Dinard pour lui faire plaisir.

— Tous les jours ?

— Presque tous les jours, acquiesça-t-elle. Je crois me souvenir que Florence Delbard avait arrêté de travailler, à cette époque. Elle n'avait rien d'autre à faire que de prendre soin de sa fille.

— À aucun moment elle ne s'est doutée que le petit garçon avec qui jouait Aurore sortait du même orphelinat qu'elle ?

— Tu sais, lorsque ta fillette de huit ans s'amuse avec un petit garçon qui dispose d'un majordome et possède la plus belle villa de toute la côte, tu ne te fais pas de mouron… Après tout, ce n'étaient que des enfants. Ils ne faisaient pas d'histoires. Ni Florence ni Hortense n'avaient de raison de soupçonner quoi que ce soit.

Je les imaginais, gambadant d'un bout à l'autre de la plage de l'Écluse, édifiant des châteaux de sable et jouant aux billes avec des boules de varech séché, pour finir par se réfugier dans la cabine soixante-huit, là où ils avaient laissé à jamais leur empreinte.

— Qui vous a raconté tout ça ?

— C'est Louis. Il était jaloux comme une teigne que son frère adoptif préfère passer tout ce temps avec une fille plutôt que de jouer avec lui. C'est à cette période qu'il est tombé amoureux d'Aurore, lui aussi. À force de les suivre, de les observer en cachette, il a été le premier à comprendre que quelque chose de plus fort et de plus ancien liait David et cette gamine.

Pourquoi n'étais-je pas surprise ?

— Il n'a rien dit à ses parents ?

— Si, il a fait part de ses soupçons à Hortense, mais elle lui a demandé de ne rien dire à personne. Et Louis a obéi à sa mère.

Cette perspective me toucha. Comme m'émouvait l'idée que mon homme ait pu résider de si longues années dans l'appartement juste en dessous, quelques mètres sous nos pieds.

— Et ensuite, que s'est-il passé ?

— Ils ont continué à se fréquenter pendant des années, l'été évidemment, mais aussi pendant certaines vacances en cours d'année scolaire. Noël, Pâques... Ils étaient inséparables. Quand ils ont commencé à flirter ensemble, vers quinze ou seize ans, les choses se sont faites très naturellement, comme si chacun était déjà entré dans la famille de l'autre. Tout le monde trouvait plutôt charmant que les petits camarades de plage deviennent des amoureux, puis des fiancés...

— Sauf Louis, je suppose ?

— Sauf Louis, bien sûr.

Dans une petite boîte en bois sombre posée sur la table basse, elle préleva un mince tube en plastique sombre, une cigarette électronique qu'elle porta à ses lèvres. Elle tira plusieurs bouffées de vapeur inodore et cela sembla l'apaiser. L'objet lui seyait bien. Il lui conférait une forme de noblesse et de mystère que n'auraient pas renié certaines courtisanes des Charmes.

— Comment a réagi Louis à l'annonce de leur mariage ?

— Très mal. D'autant plus, m'expliqua-t-elle, que la relation clandestine l'unissant à sa future belle-sœur avait déjà débuté, tissant entre eux un lien qu'il croyait indissoluble et enflammé par la passion.

— Pourtant, Aurore a choisi David, conclus-je à sa place. Elle a préféré son attachement passé à ses sentiments du moment.

— Non, contesta-t-elle en secouant la tête de gauche à droite. Ce n'est pas son passé qu'elle a choisi en préférant David... C'est même tout le contraire.

— Je ne suis pas sûre de vous suivre.

— Elle a choisi le pouvoir, Elle. Au moment de leur mariage, David avait déjà été désigné par André pour lui succéder, poursuivit-elle sans me laisser le temps de l'interroger plus avant.

— En quoi cela concernait-il Aurore ?

— Cette nomination n'était pas seulement une revanche pour lui... Mais pour elle aussi. En étant à ses côtés, elle pensait qu'elle aurait sa part de gloire et qu'elle effacerait ses propres blessures. Ils avaient une revanche à prendre sur la vie.

Saint-Broladre. L'orphelinat. Les brimades et l'avenir compromis.

En perdant la compétition qui l'opposait à David et le siège à la tête du groupe Barlet, Louis avait aussi perdu Aurore. En faisant de David son champion, celle-ci avait à l'inverse tout gagné, tout ce qui devait l'aider à réparer une enfance en morceaux. Au moins en apparence.

Sans un mot, Rebecca se leva et m'abandonna quelques instants pour aller dans sa chambre. Lorsqu'elle réapparut, elle tenait dans ses mains une petite enveloppe qu'elle me tendit avec une émotion visible.

— Qu'est-ce que c'est ?

— Leur faire-part de mariage.

J'ouvris le pli avec précaution et sortis le bristol jauni par le temps. Je pouvais le sentir vibrer entre mes doigts, comme si les mots qu'il portait allaient en jaillir. Je mis quelques secondes avant de pouvoir m'habituer à l'écriture, si recherchée qu'elle en contrariait la lecture :

Florence et Jean-François Delbard,
Hortense et André Barlet,
ont la joie de vous faire part du mariage de leurs enfants,
Aurore et David,
qui sera célébré le samedi 18 juin 1988, à 15 heures,
en la cathédrale Saint-Vincent de Saint-Malo.
Les jeunes mariés seront très heureux de vous accueillir
à partir de 18 h 30

au vin d'honneur et à la réception qui suivra,
au restaurant les Maisons de Bricourt,
1, Rue Duguesclin - 35260 Cancale.

Un 18 juin. Le jour de mes deux ans.

Je me voyais mal utiliser mon Smartphone pour conserver une trace de la précieuse relique. Je tentai plutôt de mémoriser les informations clés – date, heures et lieux – avant de restituer le carton à sa propriétaire.

— Avant le jour J, les Barlet et les Delbard se sont-ils fréquentés ?

— Pas vraiment, non. André considérait le couple Delbard comme de petits notables de province, et le père d'Aurore ne voyait dans les parents de David que des snobinards prétentieux de la capitale… Même si, en privé, il se félicitait du bon mariage que faisait sa fille.

Et quel mariage, en effet : cérémonie à la cathédrale, réception dans le restaurant étoilé le plus réputé de toute la côte d'Émeraude, probablement des centaines d'invités conviés…

— Et après, ils sont restés en contact ?

— Après la mort d'Aurore ? À ma connaissance, ils ne se sont revus que le jour de ses obsèques. Pas vraiment le genre de circonstances où l'on échange des anecdotes sur les jeunes années de ses enfants, si c'est à cela que tu penses.

Tout juste. Même mise à l'écart de la vie des Barlet, Rebecca gardait cette perspicacité et ce mordant qui avaient fait d'elle la meilleure amie de Louis à défaut d'être son grand amour.

— Vous disiez que Louis avait été très affecté par leur union ?

— C'est le moins que l'on puisse dire. C'est à cette époque qu'il est revenu vers moi, d'ailleurs. J'aurais dû me méfier.

Elle dit cela sans amertume, juste un petit pincement des lèvres un peu las.

— Sa vie à cette époque était constituée de beaucoup d'alcool, beaucoup de femmes et beaucoup de voyages... continua-t-elle.

— Ainsi qu'un accident.

À son regard, froid et direct, je vis qu'elle avait saisi mon sous-entendu, mais qu'elle le rejetait en bloc.

— C'était *vraiment* un accident, appuya-t-elle chaque mot pour mieux me convaincre.

— Les articles de l'époque prétendent que Louis savait à peine tenir un gouvernail, forçai-je le trait à dessein. Si c'est vrai, pourquoi André lui aurait laissé piloter le Riva ?

Elle esquiva, cette fois sans conviction :

— Et pourquoi pas ?

Je la laissai aspirer une bouffée de son mélange d'huiles essentielles et remontai au créneau :

— S'il a la conscience si claire à ce sujet, pourquoi Louis m'a-t-il caché cet incident ? Pourquoi m'avoir menti sur l'origine de son handicap ?

— C'est justement parce qu'il se sent coupable qu'il t'a donné une autre version. Sois honnête : irais-tu raconter à l'homme que tu aimes que tu as tué tes parents ? Même si ça n'était pas intentionnel ?

Je pouvais comprendre cela, mais je ne m'expliquais toujours pas pourquoi il s'était attribué le mérite du sauvetage d'Aurore et pourquoi, à l'inverse, David s'était accablé. Endosser le rôle de l'autre leur ressemblait si peu.

Quand j'eus fini de lui apporter les propos d'Yvon, le réparateur de bateaux, elle se contenta de hausser les épaules.

— Les pêcheurs sont tous alcooliques. Celui qui a vu David ce jour-là devait être plus ivre que d'habitude.

Elle était maintenant sur la défensive, et je voyais bien que je n'obtiendrais plus rien d'elle. Je décidai donc d'abattre mon va-tout : la carte de mutuelle d'Aurore. Le document sorti de mon sac, je le brandis sous ses yeux. Elle ne pouvait échapper à mes questions.

— Avez-vous déjà vu ce papier ?

Ses yeux allaient du rectangle de papier à moi, sans parvenir à se fixer. Elle avait peur, peut-être même qu'elle paniquait. Elle ferma une seconde les paupières, puis se ressaisit.

— Non, ça ne me dit rien.

— C'est pourtant bien l'adresse des Barlet, ici, dans l'immeuble.

— Certes, certes. Mais je ne suis pas leur concierge, objecta-t-elle sur un ton légèrement pincé. Je n'ai jamais surveillé le courrier qu'ils recevaient, pas plus quand David habitait en dessous que quand c'était Louis.

La vigueur de sa réaction me prouva le contraire. Elle avait dû passer des années à inspecter le contenu de leurs boîtes aux lettres, comme une affamée à l'affût du moindre signe.

— Ce document a été émis plus de deux ans après la mort d'Aurore, commentai-je, et adressé ici, là où elle habitait officiellement avec David.

Rebecca mordilla ses lèvres comme si elle cherchait une explication logique à cet envoi absurde.

— On n'a jamais retrouvé son corps, finit-elle par lâcher. Il a fallu plusieurs années avant que son décès soit officiellement reconnu. J'imagine que cela explique ce genre d'erreurs... Tant qu'il y avait encore un espoir qu'on la retrouve, même infime, David et les Delbard n'avaient aucune raison de mettre un terme à ses contrats d'assurance ou de couverture maladie.

Voilà qui tenait debout, une fois de plus, et désamorçait toutes les autres questions que j'aurais pu poser.

— Rebecca... Je peux vous demander pourquoi vous me racontez tout cela seulement aujourd'hui ?

Pourquoi pas un an plus tôt ? Pourquoi pas au moment où j'avais choisi l'aîné au détriment du cadet ?

— Louis ne voulait surtout pas te laisser penser qu'il t'aimait pour ta ressemblance avec *elle*, comme son frère...

Il me l'avait assez répété ces derniers mois : que je sois le sosie d'Aurore avait certes été l'élément déclencheur de son attirance, mais, bien vite, son sentiment avait grandi et outrepassé cette évidence pour se parer d'une singularité due qu'à moi, Annabelle, et moi seule.

Au moment où elle allait refermer sa porte sur moi, un peu plus renseignée sur la genèse de l'infernal trio, et pourtant encore aveugle sur tant de points, je lui adressai une toute dernière question :

— Vous savez si David a eu une autre amoureuse ?

Le terme, résolument enfantin, appelait l'interrogation suivante :

— Enfant, tu veux dire ?

— Oui. À l'orphelinat, par exemple. Avant Aurore.

E + D. Je revis les initiales aperçues dans la pénombre des vestiaires, à Saint-Broladre.

— Peut-être, soupira-t-elle. Mais je ne m'en souviens pas.

— Une Emmanuelle ? Une Élise ? Une Élodie ? N'importe quel prénom commençant par un E ?

— Non… Vraiment. Désolée.

Avant de quitter l'immeuble, je restai plusieurs minutes sur le palier de l'étage en dessous, l'oreille collée à la porte qui, il y a peu encore, était celle de Louis. Un résident sortant de l'ascenseur finit par m'en déloger.

L'orage passé, un temps radieux mais chargé d'une moiteur étouffante pesait sur la ville. Les aisselles et l'aine humides, mon haut collé à ma poitrine, le front perlé de sueur comme si une mauvaise fièvre s'était emparée de moi, je décidai pourtant de déambuler dans le quartier pour organiser dans mon esprit les quelques éléments nouveaux que je venais de récolter.

Rien ne m'en distrayait, pas même les voitures luxueuses garées le long des trottoirs, quand mon mobile retentit :

— Elle ? C'est Marchadeau.

J'étais surprise qu'il rappelle aussi vite, à peine deux heures après notre entrevue. Sa voix était ferme et déterminée. Son ton n'exprimait plus la réticence qu'il laissait transparaître encore quelques heures auparavant.

— Oui ?

— J'ai quelque chose sur Gobert.

— Ah… Quoi donc ?

— Figurez-vous qu'avant d'être président de l'APECEP, Antoine Gobert a longtemps travaillé dans le secteur privé, en qualité d'expert-comptable.

Je sortais progressivement de ma léthargie. Quant à mon interlocuteur, son double raclement de gorge embarrassé ne me disait rien qui vaille.

— Il a travaillé pendant près de vingt ans pour la Sofiba, un cabinet d'expertise financière… filiale à cent pour cent du groupe Barlet.

Je restai quelques secondes sans voix, incapable de réagir, et Marchadeau m'acheva de ces quelques mots :

— D'après l'avocat de Delacroix, il a quitté définitivement le groupe il y a moins d'un an seulement. Cerise sur le gâteau : c'est Gobert qui a fourni à David les pièces accusant Delacroix dans l'affaire East-X Prod.

21

Tout le temps de son bref exposé, François Marchadeau s'était astreint à ce ton neutre qu'emploient les présentateurs de journaux télévisés pour signifier leur professionnalisme. C'était comme s'il avait commenté le cours de la Bourse ou la météo. Pourtant, je sentais bouillir maintenant cette même soif de vérité qui m'animait. Que s'était-il passé pour le faire changer d'avis ? Était-ce le choc des images entrevues de manière fortuite sur mon téléphone ? Je peinais à le croire. Il connaissait assez bien David pour savoir qu'il n'était pas un ange. Après tout, l'un et l'autre m'avaient rencontrée lorsque j'étais hotelle…

Néanmoins, j'eus la certitude que sa découverte venait de bouleverser son existence autant que la mienne, dans des proportions que nous ignorions encore. Il savait déjà que le lien entre Antoine Gobert et David impliquait ce dernier sans l'ombre d'un doute dans la cabale montée contre Louis. Mais pour la première fois, Marchadeau discernait la nature véritable de son ami. Et tandis qu'il accueillait cela avec amertume et consternation, je considérais sa réaction comme la meilleure nouvelle de ces dernières semaines. Je m'en voulais juste d'avoir succombé un moment au charme insidieux de David. Il était quasiment parvenu à me faire croire qu'il œuvrait pour le bien de son frère.

Une telle duplicité n'était pas pour me surprendre s'agissant de mon ex. Mais qu'il repousse chaque fois les limites de la bassesse ne cessait de me désespérer. J'aurais voulu voir du bien en lui, de l'amour pour son frère et, pour une fois, ne pas me tromper.

— C'est moi qui ai déclenché tout ça, murmurai-je dans le combiné.

— Vous ?

— Si je n'avais pas quitté David le jour de notre mariage, il ne déploierait pas autant d'énergie pour détruire Louis.

Je ne croyais pas moi-même en ce raccourci simpliste. Ma conversation avec Rebecca et tous les éléments recueillis à Dinard me prouvaient que l'histoire avait débuté bien avant moi. Je n'étais qu'un personnage de plus dans l'interminable succession d'épisodes qui étirait le *soap-opera* de leur vie.

— Qu'est-ce que vous faites en ce moment ? le questionnai-je à brûle-pourpoint.

— Je suis au journal. Pourquoi ?

— Vous pourriez vous échapper une petite heure ?

— Je suis presque le patron, ici. Je pars aussi souvent et aussi longtemps que je le veux.

Je m'étonnai un peu qu'il n'oppose pas plus de résistance. Le coup de massue qu'il venait de se prendre sur la tête avait dû assouplir ses convictions et aussi porter un coup fatal à l'amitié inaltérable qui le liait à David. « Un ami de vingt ans. » Il appartenait à une génération qui se gargarise de telles formules, comme si elles pouvaient l'immuniser contre la déception ou la trahison. Plus maintenant. Il ne croyait plus aux serments d'éternité.

Une demi-heure plus tard, il me fit signe depuis l'angle des rues Saint-Lazare et La Rochefoucauld, où il s'était prudemment posté, à distance respectable des hôtels Duchesnois et Mars. Dans le métro qui m'avait conduite jusqu'ici, j'étais parvenue à transmettre à Fred le portrait de l'homme à l'ordinateur capturé sur l'écran de surveillance. Moins de dix minutes plus tard, il me confirma ce que je devinais déjà :

Oui, c'est Yves.
Keskil fait à l'hôtel Duchesnois ?

J'aimerais bien le savoir.

Tu penses que c'est lui qui pirate
les comptes mail de Louis ?

Possible.

Yves n'est pas le seul petit génie
de l'informatique chez BTV.
Mon pote Francky est encore meilleur,
et il déteste son boss.
Tu veux que je lui demande de remonter
jusqu'à l'ordinateur en question ?

Ce serait génial. Merci !

Pas de koi ;-)

François Marchadeau avait tombé veste et cravate, et deux larges auréoles de transpiration assombrissaient sa chemise bleu clair au creux des aisselles. Malgré cet aspect négligé, il conservait son élégance aristocratique. Il ne me séduisait pas, mais je ne pouvais m'empêcher d'admirer le courage de cet homme qui s'apprêtait à trahir ses convictions par amour de la vérité autant que par dépit.

Je suppose que c'était pour ressembler à des individus de sa trempe que j'avais embrassé la carrière de journaliste.

— Vous m'invitez à prendre le thé chez vous ? plaisanta-t-il pour masquer sa tension.

— Pas vraiment. Venez, l'enjoignis-je à me suivre à l'intérieur du bâtiment de gauche.

Il ne décrocha plus un seul mot jusqu'à ce que l'on arrive dans la salle de contrôle enfouie dans le sous-sol. À son regard, je devinais pourtant son admiration pour le travail de restauration accompli par Louis. Son éducation le prédisposait à apprécier ce genre de décor.

Il ne me fallut pas plus d'une minute pour mettre la console en marche et retrouver la séquence.

Sur l'un des moniteurs, David et les deux blondes longilignes apparurent enfin, aussi déchaînés que je les avais laissés. L'une des deux encourageait sa consœur à sucer le membre dressé avec plus d'ardeur : *« Davay ! Davay ! Eto otstoy ! »*

J'avais pressé le bouton rouge trop tard, et le meilleur de la séquence manquait, mais les attitudes et l'accent demeuraient assez explicites.

— De quand cela date-t-il ? se contenta de demander Marchadeau d'une voix blanche.

— Pas plus tard qu'hier après-midi.

— Vous l'avez montré à quelqu'un d'autre ?

— Non. À part moi, vous êtes le premier à le voir.

Il inspira un grand coup, passa une main tremblante dans ses cheveux trempés de sueur et reprit :

— Vous savez ce que ces images signifient pour David si elles sortent d'ici ?

Évidemment : c'était la preuve que le patron du groupe Barlet trempait jusqu'au cou dans ce réseau de hardeuses clandestines venues des pays de l'Est… Une déroute assurée dans le procès en appel qui l'opposerait prochainement au fameux Stephen Delacroix. Par-dessus tout, si le timing se montrait défavorable, cela mènerait droit à l'échec de sa fusion avec GKMP et à l'effondrement du cours de l'action Barlet. Enfin, cela signifierait l'opprobre et peut-être même la ruine. La perte de cet héritage si chèrement acquis et qu'il s'était si âprement employé à faire fructifier. Tout cela à cause de quelques images amateur de piètre qualité, grises et un peu floues, comme on pouvait en voir des dizaines de milliers sur les vidéos pornographiques.

— Pourquoi croyez-vous que je vous ai invité à les regarder ?

— Hum... grommela-t-il. En même temps, vous n'aviez plus vraiment le choix.

Difficile en effet de les lui cacher puisqu'il en avait eu un aperçu sur mon portable.

— À votre avis, qu'est-ce qu'on en fait ?

Je voulais connaître son avis de journaliste expérimenté.

— Pour l'instant, nous n'y touchons pas. C'est ici qu'un tel arsenal sera le plus en sécurité.

J'approuvai d'un hochement de tête et je m'apprêtais à éteindre l'appareil quand il retint mon geste d'une main moite mais ferme.

— Vous êtes certaine qu'il n'y a rien d'autre qui mérite mon attention sur cette machine ?

— Le reste ne vous concerne pas.

— C'est à moi d'en juger, vous ne pensez pas ?

Puisqu'il fallait lui mettre les points sur les I, je précisai, aussi digne que je le pouvais :

— Les autres vidéos ne mettent pas David en scène.

— Qui alors ?

— Elles montrent... hoquetai-je. Elles montrent Louis. Et certaines de ses maîtresses.

— Vraiment ?

Un peu surprise par son insistance, exaspérée par son scepticisme, je fouillai à nouveau la console et envoyai l'une des séquences que j'avais déjà regardées.

Marchadeau la contempla sans émoi ni le moindre commentaire. Quand la vidéo fut achevée, il en réclama une autre, puis une autre encore, qu'il contempla en silence, toujours aussi impassible. Jusqu'au moment où sa main jaillit vers les commandes et pressa le bouton d'arrêt sur image :

— Là.

Le plan donnait à voir la base du sexe tumescent ainsi que tout son bas-ventre qui, fait inédit, était rasé de près.

— Vous ne remarquez rien ? me questionna-t-il.

— Non. Je devrais ?

— Ne me dites pas que vous n'avez jamais vu David complètement nu ?

— David ? faillis-je m'étrangler.

Il zooma alors sur un détail du pubis, une petite tache de naissance à peine plus grosse qu'un haricot et assez comparable aux tatouages que nous avait apposés Stéphane, à Louis et moi, la nuit de nos fiançailles.

— Cette petite tache dans les poils pubiens est sa marque de fabrique. Il ne vous l'a jamais montré ?

— Jamais, soufflai-je, sidérée.

La tache devait disparaître lorsqu'il laissait repousser sa toison. Je m'étonnai toutefois que David n'en ait fait mention à aucun moment au cours des quelques mois qu'avait duré notre intimité.

Et Marchadeau, comment savait-il ça ?

— David et moi partageons les mêmes vestiaires et les mêmes douches depuis près de vingt ans, s'empressa-t-il de préciser, comme s'il avait lu dans mes pensées.

Il profita de ma stupéfaction pour poursuivre tout à loisir l'exploration du disque dur et de ses trésors. Muette, je considérais d'un tout autre œil les scènes qui défilaient. Dire que j'avais douté de Louis…

Une question subsistait néanmoins : comment ces films tournés par David pour son propre usage se retrouvaient-ils sur la platine de surveillance de son frère ? Qui les avait transférés ici, et dans quel but ?

D'un clic sur le bouton d'arrêt qui résonna, Marchadeau m'arracha à mes divagations.

— Qu'est-ce qui se passe ? Ce n'est pas David ?

Il négligea ma question, relança le cours des images puis l'interrompit à nouveau. Enfin, il daigna se souvenir de ma présence.

— Si... C'est bien David, confirma-t-il d'une voix d'outre-tombe.

Le regard las accroché à l'écran monochrome, il laissa la vidéo défiler. Je reconnus aussitôt la rousse entre deux âges dont j'avais également capturé un instantané. Sans me consulter, Marchadeau rejoua la séquence une deuxième fois dans son intégralité, et je n'osai l'interrompre. Il était flagrant que ce physique fait pour l'amour, ces courbes et ces rondeurs, ce visage qui réunissait en une seule femme le charme vénéneux d'une sorcière et la grâce d'une madone, lui étaient familiers.

Mais qui était celle qui jouissait sous les assauts de son partenaire ?

Je le laissai digérer son effarement, le temps de nourrir Félicité et de récupérer dans ma chambre une paire de robes plus adaptées à la chaleur orageuse qui écrasait Paris.

— Elle ? C'est Fred.

Son appel tonitrua avec indécence dans le silence contrit de la maison.

— Quoi ?

— Euh, tu m'as demandé un service, tu te souviens ?

Je m'en voulus de cet accueil glacial et repris, d'un ton plus amène :

— Oui, excuse-moi. Tu as du neuf ?

— Un peu ! Francky me certifie que l'adresse IP à l'origine du piratage correspond au portable professionnel de David.

— Tu es sûr ? Je trouve ça dingue qu'il ait pris le risque de faire ça avec son propre ordi.

— C'est plus compliqué que ça. Yves a utilisé un certain nombre d'intermédiaires à l'étranger pour dissimuler les traces de David. Mais Francky a quand même réussi à remonter jusqu'à lui.

— Il en a une preuve ?

— D'après ce que me dit Francky, c'est impossible de le faire à distance. Le seul moyen serait d'effectuer des captures d'écran directement sur la bécane utilisée pour les attaques.

En clair, l'ordinateur portable de David.

Je redescendis en trombe dans la salle de contrôle et, négligeant mon acolyte dont le regard hébété se perdait dans les écrans, j'allumai la caméra surveillant le salon de l'hôtel Duchesnois. Par chance, l'ordinateur dernier cri était resté là où je l'avais aperçu la fois précédente. Son écran était abaissé, signe que personne ne l'utilisait.

— Qu'est-ce que c'est ? Qu'est-ce que vous faites ? m'interrogea Marchadeau de sa voix éteinte.

— Je vais avoir besoin de vous.

— De moi ?

— Oui. Vous allez appeler Chloé et demander à parler à David.

— Pour quoi faire ?

— Pour vérifier qu'il est bien à la tour en ce moment.

La seconde caméra me prouva qu'il ne se trouvait pas non plus dans sa chambre. Mais il pouvait circuler n'importe où ailleurs dans les mille mètres carrés de son hôtel particulier, bien que ce soit peu probable un jour de semaine en fin d'après-midi.

— Et si Chloé me le passe, quel prétexte bidon puis-je lui servir ?

— Je ne sais pas, improvisez. Vous savez faire ça mieux que moi.

Il apprécia peu mon allusion à des méthodes journalistiques contestables, émit une déglutition sonore puis proposa :

— Je lui ai prêté un livre en anglais sur l'histoire de GKMP. Je peux prétendre avoir besoin de le récupérer en urgence pour écrire un papier.

— Parfait. Ensuite, appelez Armand. Demandez-lui de vous rejoindre quelque part à Paris pour vous le rendre. Ne lui indiquez pas un lieu trop proche afin de me donner le temps suffisant pour intervenir.

Marchadeau remonta au rez-de-chaussée pour passer ses appels, et j'en profitai pour repasser la séquence qui accablait David, celle où sa tache de naissance apparaissait de manière la plus visible. La ressemblance avec les tatouages siamois que Louis et moi portions était troublante, décidément. Mais Louis était au-dessus de tout soupçon puisque j'étais moi-même à l'initiative de ce projet. La coïncidence me plongeait dans un abîme de perplexité. Comment avais-je pu passer à côté de ce détail anatomique de David ? En avais-je conservé une trace inconsciente qui avait ressurgi dans l'idée des tatouages jumeaux ?

La scène qui défilait était l'une des plus osées qu'il m'avait été donné de voir dans ce pandémonium érotique. La femme portait un masque blanc comparable à celui que Louis m'avait fait revêtir quelquefois. Qu'elle soit anonyme n'ôtait rien au pouvoir de fascination que la rousse exerçait. Taille très étroite, hanches larges, fessier callipyge aérien, ventre juste assez rebondi pour inviter une main à s'y poser, seins hauts et charnus, épaules délicates : son corps pulpeux était fait pour les plaisirs de l'amour. Une pin-up qui explosait les canons ordinaires de la beauté.

Son sexe, qui palpitait en cadence autour de la verge dressée en elle, était calqué sur le même modèle. Il n'était pas simplement joli, bien dessiné ou correctement proportionné. Il me parut parfait.

Parmi les lectures conseillées par Louis figurait le petit opus du Dr Gérard Zwang, *Le Sexe de la femme,* où l'auteur définit l'étonnante norme d'un vagin gracieux. Selon lui, un sexe réussi respecte les divines proportions suivantes : neuf centimètres pour la fente, répartis en trois étages de trois centimètres – trois pour le clitoris et son capuchon, trois pour l'émergence des nymphes, et trois enfin pour le canal vulvaire. À cet ensemble, il convenait d'ajouter les neuf autres centimètres du mont de Vénus, le tout composant un édifice harmonieux de dix-huit centimètres, du haut de la toison jusqu'à la naissance du périnée.

Ajoutant à cela une pigmentation normale, une pilosité maîtrisée et les reflets luisants de son excitation, la vulve de la femme à l'écran était l'une des productions du corps humain les plus abouties que j'avais jamais vues. Je demeurai ainsi, contemplant ses grâces, partageant pour la première fois la fascination que peuvent nourrir les hommes pour ce secret que nous gardons entre nos jambes.

David accéléra la cadence, sans plus prendre la peine de faire émerger son gland de cette brûlante perfection, quand…

— Annabelle ? Vous êtes là ?

L'appel de Marchadeau me sortit de ma contemplation envieuse. J'éteignis la console d'un geste décidé sur le bouton d'arrêt, un peu trop vite pour renier l'émoi qui naissait en moi. Une humidité suspecte s'invitait dans ma culotte, et je remis prestement en place cette dernière sur mes fesses avant de rejoindre Marchadeau.

— Alors ? lançai-je, désinvolte, le rose aux joues.

— David est en pleine *conf-call* avec Séoul, et Armand me retrouve au Zimmer dans trente minutes.

— Nickel.

Il ne nous restait plus qu'à attendre le claquement du portail voisin, signifiant le départ du majordome, pour passer à la phase suivante de notre stratagème.

Cinq minutes plus tard, François Marchadeau partit rejoindre Armand, et je pus m'introduire sans risque dans l'hôtel Duchesnois armée de la clé que le majordome m'avait incitée à conserver. Je n'y avais plus mis les pieds depuis mon départ précipité pour l'hôpital, le jour de mon mariage avorté… Le jour de la mort de maman. Et mon intrusion me sembla doublement illégitime.

Hormis le sablier géant, pulvérisé un an plus tôt par Sinus et Cosinus, les carlins de David, rien n'avait changé. Les deux chiens avaient dû flairer ma présence car ils me firent la fête comme si j'étais partie la veille.

Mon cœur battant fit surgir ma peur et mes souvenirs lorsque j'entrai dans le salon. Sur la table basse s'étalaient les journaux à la gloire de David, les éditions les plus récentes se félicitant de sa stratégie et de la conquête assurée du géant coréen.

Sur la table à manger, l'ordinateur portable était bien là, tel que je l'avais repéré depuis mon écran de surveillance. Comme je levais le capot supérieur, le moniteur se mit instantanément sous tension, et une petite boîte de dialogue apparut au centre de l'écran bleu.

— Merde… grognai-je en sourdine. Un mot de passe.

Que croyais-je donc ? Que, comme le vagin de cette beauté envoûtante, la machine allait me livrer les mystères de David sans la moindre résistance ?

— Fred ? murmurai-je dans mon téléphone.

— Tu ne peux plus te passer de mes services, dis-moi !

— J'ai un souci… Je suis devant l'ordi de David et je n'ai pas son mot de passe.

— Il fallait s'y attendre. T'as essayé les options évidentes, date de naissance, etc. ?

— Non, j'ai peur de faire une bêtise et de tout bloquer.

— Aucun risque. Sur un système standard, il n'y a pas de limite de temps ou d'essais. Lance-toi.

Je tentai donc ma chance à plusieurs reprises, chaque fois sans succès : *5 janvier 1970*, *5 janvier 1969*, *050170*, *050169*, *aurore*, *auroredelbard*, *saintbroladre*, *rochesbrunes*… La machine me renvoyait à chaque fois la même réponse bornée.

— Rien ne fonctionne. Tu ne peux pas demander à ton copain Francky ? Cracker un mot de passe doit être un jeu d'enfant pour lui.

— Oui, mais il n'est pas là.

— Tu ne peux pas le joindre ? insistai-je.

— Il est parti coder chez lui. Et quand il fait ça, il coupe tout.

Je devrais donc me passer de preuves. David continuerait à usurper l'identité électronique de son frère aîné. Avec les conséquences désastreuses que cela impliquait.

Sinus, le plus affectueux des deux carlins, aboya gaiement pour que je le suive à l'étage. Sans raison particulière, je gravis les larges marches de marbre derrière lui, mue par je ne sais quel fond de curiosité. Peut-être était-ce le désir de revoir cette chambre où, sur les images, David s'était montré un amant plus passionné qu'il n'avait jamais été avec moi.

Comme à l'accoutumée, tout y était impeccablement ordonné. Le lit était fait et aucun vêtement ne traînait. Une pensée qui m'encouragea à pousser la porte du dressing.

Une évidence me sauta alors aux yeux.

— Elle n'habite pas ici !

Parmi les caleçons, chemises blanches et costumes, pas une seule robe, ni le moindre soutien-gorge. En dépit de leurs annonces et de cette vidéo grotesque qui avait fait le tour du Web, il était flagrant qu'Alice n'avait pas été autorisée à emménager auprès de son fiancé. Au moment où David cherchait plus que tout à diffuser une image de respectabilité, avec femme et futurs enfants, leur mariage à venir n'était-il qu'un contrat entre eux, assorti de généreuses conditions financières ?

Sous des pulls en pile instable comme s'ils étaient souvent dérangés – étonnant pour la saison –, j'aperçus un coin de papier rigide.

Je sursautai.

Une couverture couleur argent.

— Salaud ! sifflai-je entre mes dents. C'est bien toi qui l'avais tout ce temps.

Je tirai le Dix-fois-par-jour de l'amoncellement moelleux de cachemire. Un rapide feuilletage me rassura. Rien n'avait été ôté, rien n'avait été ajouté. Son contenu avait juste été pillé, et notre intimité à jamais violée.

J'hésitai une seconde à récupérer mon bien, puis y renonçai dans un soupir résigné. Puisque le mal était fait, ce carnet servirait mieux mes intérêts entre les mains de mon ennemi. Si je faisais l'erreur de le lui reprendre, il apprendrait que je m'étais introduite ici et que la comédie était dévoilée. Savoir et le laisser me sous-estimer : mon mince avantage résidait dans cette formule. Et j'étais bien décidée à le conserver. Peut-être même à le faire fructifier.

22

Pour l'homme trahi, l'homme à terre, il n'y a que deux attitudes possibles : soit il s'effondre, ajoutant l'infamie à son malheur, soit il se relève aussitôt et décide de prendre les armes contre celui qui cause sa détresse. Heureusement pour moi, François Marchadeau avait choisi la seconde option et rallié ma cause, sans condition cette fois. Il avait accepté non seulement de m'assister dans mes recherches sur la famille Barlet, mais aussi dans mon projet de réhabilitation de Louis... puisque cela consistait désormais à abattre son frère cadet.

Comme nous appartenions maintenant au même camp et servions les mêmes intérêts, il était temps que je lui dévoile toutes les informations en ma possession, sans rien garder pour moi... ou presque.

Moins d'une heure après être sortie de l'hôtel Duchesnois, je le retrouvai là où nous nous étions réfugiés la veille durant l'orage, au milieu des boiseries et des teintures couleur sang du Zimmer, place du Châtelet. Attablé devant un autre Marco Polo, il feuilletait le livre restitué par Armand.

— Il s'est toujours servi de cette pauvre fille comme d'une poupée de chiffon, gronda-t-il quand j'évoquai l'absence d'effets personnels appartenant à Alice chez David.

Parlait-il de la nouvelle fiancée de David ou de la rousse incandescente que son vieil ami lui avait empruntée ?

Il poursuivit, posant quelques mots cinglants sur mon intuition :

— Ce mariage est aussi bidon que la nomination d'Alice auprès de David. Il faut rassurer les Coréens, dit-il en brandissant le livre, comme si une armée d'Asiatiques en costumes allait en sortir. Il faut rassurer les marchés. Et l'expérience prouve qu'un grand patron célibataire sans un second sur lequel s'appuyer n'est pas de nature à tranquilliser les esprits.

— Alors pour Louis, pour David, que proposez-vous ?

Il secoua la tête un moment, avala une gorgée de son breuvage brûlant puis suggéra sur un ton légèrement sentencieux, sûr de son fait :

— Rien pour l'instant.

— Rien ?

— Il est trop tôt pour bouger.

— Mais nous avons tout ce qu'il faut pour faire tomber David ! m'insurgeai-je.

— Le faire vaciller, me corrigea-t-il, un index docte dressé entre lui et moi. Pas le faire tomber. Si nous dégainons ce que nous détenons dès aujourd'hui, il aura tout le temps de préparer sa défense avant le procès en appel dans le dossier Delacroix.

— Et quand aura-t-il lieu ?

— La date n'est pas encore fixée. Mais ce devrait être une question de semaines, peut-être même de jours.

Il tentait de me faire comprendre que, d'un point de vue judiciaire, les affaires Barlet-Sauvage et Delacroix étaient désormais liées. Si l'on parvenait à repousser les audiences du procès de Louis, alors nous pourrions préalablement discréditer David au cours de la procédure en appel l'opposant à son ancien conseiller financier. Un genou à terre, suspecté de proxénétisme et d'intelligence avec Antoine Gobert, David n'aurait d'autre choix que d'ordonner à celui-ci le retrait de sa plainte dans le scandale de la galerie. Le fruit tomberait de l'arbre, directement dans nos mains, sans même devoir nous hisser sur la pointe des pieds pour le cueillir.

Comme je plissais un front contrarié, il saisit mon avant-bras d'une main amicale, presque paternelle.

— Croyez-moi. Son avocat est l'un des meilleurs. Si nous partons la fleur au fusil, seulement armés de nos présomptions et de quelques vidéos sans valeur juridique, nous allons au casse-pipe.

— Qui est-ce, ce fameux ténor ?

— Jacques Bofford. Trente-cinq ans de barreau. Les plus gros dossiers criminels et financiers des deux dernières décennies.

— Vous le croyez capable de contrer Zerki si celui-ci dispose de *nos* éléments ?

C'est-à-dire les preuves manifestes de la machination ourdie par David pour achever de compromettre son frère. Notamment le piratage informatique.

— Zerki a fait son premier stage chez lui. Bofford lui a tout appris. La roublardise de l'un n'est qu'une pâle copie des talents de l'autre. Je le sais, je les ai vus à l'œuvre dans une vieille affaire qui impliquait David, à une époque où l'élève assistait encore le maître.

— Si je comprends bien, on attend l'audience en appel et on continue à travailler nos arguments ?

D'une moue peu gracieuse, je manifestai l'impuissance dans laquelle nous précipitaient ses conclusions, somme toute raisonnables. Il me contempla un instant, et son visage se fendit d'un sourire bienveillant.

— Ne faites pas l'enfant. Vous savez très bien que ma stratégie est la seule envisageable.

Puisque la grande offensive était reportée *sine die*, il suggérait de revenir aux fondamentaux de mon enquête :

Aurore, la rivalité des frères Barlet et les si nombreux mensonges et zones d'ombres qui entouraient ces trois-là.

— Je ne voudrais pas être désobligeant, mais considérant le passé judiciaire de Louis et les quelques arrangements qu'il semble avoir pris avec la vérité sur ses jeunes années... nous pourrions faire encore de belles découvertes. Si on ne veut pas que Zerki soit pris de cours le jour venu, autant lui donner un aperçu complet. Et le plus propre possible.

— Juste une question, l'apostrophai-je, agacée par ses insinuations. Vous connaissez bien Louis ?

— Non, pas vraiment. On s'est croisés dans quelques dîners et soirées. Je suis... enfin, j'étais l'un des plus proches amis de David. C'est une position peu évidente pour créer une relation avec son frère. Vous savez de quoi je parle.

J'avais beau partager ses doutes, je ne pouvais laisser un étranger piétiner sans vergogne la réputation de l'homme que j'aimais.

— Alors qu'est-ce qui vous permet de parler de lui en ces termes ?

Il se pencha sur moi de nouveau et saisit mes mains, manquant renverser sa tasse au passage.

— Soyons bien clair : je suis un mari cocu et vous une femme amoureuse.

La rousse que nous avions vue tous deux dans les bras de David était donc sa femme. Voilà qui expliquait son soudain revirement en ma faveur.

— En d'autres termes, poursuivit-il, j'ai envie de découvrir tout ce que cette famille recèle de plus crapoteux, et vous avez le souhait exactement inverse. Vous ne voulez surtout pas écorner l'image que vous vous faites de Louis, ce que je peux comprendre. Pourtant nous partageons un même but. Et il est probable qu'en chemin nous nous confrontions à certaines choses que nous aurions préféré ne pas voir.

La référence aux images compromettant son épouse était explicite.

— C'est comme ça, Elle. Il faut l'accepter ou renoncer dès maintenant, laisser la justice suivre son cours et se contenter de prier. À vous de choisir.

Il toussa nerveusement, encore secoué par les images de ce matin.

— Mais vous savez déjà tout cela, reprit-il. Sinon, vous ne seriez pas venue me chercher pour vous aider.

Il visait juste. Je défendais Louis par principe, mais j'avais accepté d'ouvrir les yeux sur sa nature véritable.

Marchadeau semblait satisfait du sourire mitigé que je lui adressai en réponse. Sous son abord un peu rugueux, l'animal ne manquait ni de psychologie ni de finesse.

Reprendre une à une les pièces récoltées à Dinard et Saint-Malo nous occupa tout le déjeuner et une partie de l'après-midi. Le plus surprenant, pour moi, était de constater à quel point David avait tenu François éloigné de son passé, occultant par omission ou par des mensonges la plupart des éléments que je lui dévoilais, plus de vingt après leur rencontre sur les bancs de l'HEF.

Comme la plupart d'entre nous, David avait plusieurs vies, entre lesquelles il opérait un cloisonnement savant. Mais, chez lui, l'étanchéité tournait à l'obsession. Ainsi François ne savait-il presque rien de son enfance à l'orphelinat. Jusqu'à présent, Marchadeau attribuait la rivalité qui opposait son ami et Louis à une petite jalousie sans conséquences, un effet indirect de leur différence de statut auprès de leurs parents. Il croyait qu'Aurore n'avait été qu'un épisode mineur dans cette affaire.

Ce que je lui révélai ce jour-là – y compris les étranges inversions de rôle des deux frères dans les incidents dramatiques des années 1989 et 1990 – lui démontra au contraire que le triangle passionnel Aurore-David-Louis, source de tous les maux, puisait ses racines au cœur de l'enfance. Probablement à une époque qui précédait l'adoption de David par Hortense et André Barlet.

— Vous étiez présent aux Roches brunes ?

— Vous voulez dire, au moment de la mort d'Aurore ?

— Oui, ou quand Louis et ses parents ont eu l'accident de bateau.

— Non. Comme je vous le disais, David compartimentait sa vie au maximum. Les quelques fois où j'ai été convié à Dinard, ni ses parents ni son frère n'étaient là.

Mais il ignorait bien d'autres choses encore, comme cette relation clandestine entre Aurore et Louis, avant *et* après le mariage de la jeune femme avec David, selon Rebecca.

— Que cette histoire de coucherie n'ait pas été ébruitée, je peux le comprendre. En revanche, je ne parviens pas à expliquer l'acharnement de David et Aurore à cacher leurs années passées ensemble à Saint-Broladre.

— Je suis comme vous, affirma-t-il. Je ne vois pas pourquoi cela leur a paru embarrassant ou répréhensible au point de le cacher aussi scrupuleusement.

— D'autant que c'était un vrai secret de polichinelle. J'ai réussi à établir qu'au moins trois personnes étaient au courant : Louis, Hortense Barlet et Florence Delbard.

Il opina du chef sans un mot, pensif, passant à intervalle régulier une main machinale dans ses cheveux aux reflets grisonnants.

— Vous êtes parvenu à activer votre contact au ministère, pour les dossiers de la DDASS ?

— Pas encore. C'est un peu plus compliqué que je ne l'espérais. Mon ami peut me faciliter l'accès au fichier, mais il faudra sans doute que je me rende sur place, à Rennes. Si c'est le cas, j'en profiterai pour mener moi aussi ma petite enquête à Dinard.

Une soixantaine de kilomètres seulement séparait les deux villes par la D137, surnommée la Voie de la liberté. Lui et moi aurions surtout souhaité qu'elle fût celle de la vérité...

— Le plus extravagant, souffla-t-il entre deux gorgées de thé, attrapant l'un des documents éparpillés sur la petite table de bistrot, c'est cette erreur de la mutuelle d'Aurore.

Comme je lui exposai l'hypothèse émise à ce propos par Rebecca, il haussa les épaules avec colère.

— Ce sont des conneries ! tonna-t-il. Si une personne disparaît dans des circonstances qui laissent supposer qu'elle n'a pas pu survivre – c'est clairement le cas pour une noyade –, le procureur de la République peut être saisi immédiatement pour établir le décès. Il n'y a pas de délai à respecter.

— Et qu'est-ce qui vous fait croire que cela a été fait pour Aurore ?

— J'étais à ses obsèques, moins d'un mois après l'accident. En France, il n'y a pas d'inhumation possible sans qu'un certificat de décès n'ait été délivré.

Conclusion : sa mutuelle avait forcément été informée que l'assurée 2 70 06 35 063 056 19 n'était plus de ce monde. Marchadeau ne croyait pas à une erreur deux années après.

— Quand même, plaidai-je, ce ne serait pas la première fois que la Sécu se plante.

— Hum… bougonna-t-il, sceptique.

J'examinai la carte établie postmortem une fois de plus et, au bas du document, j'avisai un pied de page comportant, en caractères minuscules, les coordonnées de l'assurance complémentaire santé à laquelle Aurore avait été affiliée : Mutaliz. Je me demandai si l'adresse et le téléphone indiqués étaient encore valables.

Sans avertir mon nouveau comparse, je composai le numéro.

— Qu'est-ce que vous faites ?

— Eh bien, mon boulot de journaliste. Je les appelle.

— Vous êtes folle ! Qu'est-ce que vous allez leur dire ? Que vous détenez les papiers d'une morte ?

— Mieux que ça, fanfaronnai-je avec un sourire entendu avant de lui imposer le silence du plat de la main.

Une voix me répondit :

— Mutaliz, bonjour. Je vous écoute.

— Bonjour, madame. Je suis adhérente chez vous.

Face à moi, Marchadeau levait au ciel des yeux incrédules et agacés. Pour lui prouver que ma méthode allait porter ses fruits, j'actionnai le haut-parleur de mon mobile.

— Vous pouvez me donner votre numéro d'affiliée ? Et vous pouvez me confirmer votre numéro de sécurité sociale, s'il vous plaît ?

Je lus les chiffres inscrits sur la page.

— Aurore Delbard, c'est bien cela ?

— Oui, c'est ça.

— Parfait. Que puis-je pour vous, madame ?

— Ma carte de tiers payant a expiré il y a un mois, et je n'ai toujours pas reçu la nouvelle.

— Ah… Si vous voulez bien patienter, je vais vérifier.

Tandis que le cliquetis frénétique de touches résonnait dans le combiné, Marchadeau m'adressa plusieurs gestes signifiant sa désapprobation : index sur la tempe, main qui passe sur la gorge pour figurer qu'on la tranche, entre autres.

— Madame Delbard ? s'enquit la téléconseillère. Écoutez, je ne comprends pas. Pour moi, votre nouvelle carte de tiers payant est bien partie à la date prévue. Émise le 1er mai, adressée à votre domicile le 5 mai.

Je manquai m'étouffer. De l'autre côté de la table, François avait cessé de gesticuler et me dévisageait avec un regard vide et glacé. Pour Mutaliz et son gigantesque fichier client, Aurore Delbard existait toujours. Elle était morte plus de vingt ans auparavant et pourtant, à leurs yeux, elle demeurait aussi vivante que moi. Elle recevait toujours ses cartes d'assurée et elle – ou quelqu'un à sa place – n'avait pas cessé de régler ses cotisations.

Plusieurs secondes s'écoulèrent avant que je sois à nouveau en mesure de parler.

— Madame Delbard… Vous êtes toujours là ?

— Oui, oui, pardon.

— Si vous voulez, je peux demander qu'on réédite votre carte.

— Merci, oui, je veux bien.

— Je vais confirmer votre adresse, pour être sûre qu'elle vous parvienne sans faute. Vous résidez toujours au 5, square d'Orléans, Paris 9e, nous sommes d'accord ?

J'hésitai un instant avant de lui répondre. Lui donner *mon* adresse ? Que m'apporterait donc de recevoir ce bout de papier ? Que m'apprendrait-il d'autre ?

Marchadeau sortit un stylo de sa veste et griffonna l'adresse d'Aurore au dos de la carte de mutuelle périmée. Réflexe de journaliste.

— Oui, c'est bien ça, validai-je d'un ton absent.

— Parfait. Vous recevrez votre nouvelle attestation sous cinq à six jours ouvrés.

Elle mit fin à notre conversation par les formules d'usage et me laissa sans voix, hébétée, incapable de décoller le combiné de mon oreille rougie.

Après cet épisode sidérant, Marchadeau et moi restâmes comme sonnés pendant une poignée de minutes avant de nous séparer. Juste le temps pour lui de confirmer que cette adresse ne correspondait à aucune de celles qu'il pouvait attribuer à la famille Barlet. Pas plus à André et Hortense qu'au couple de jeunes mariés avant la mort d'Aurore, ou même à Louis depuis.

Nous nous répartîmes ensuite les recherches et convînmes de nous revoir dès que l'un ou l'autre aurait du nouveau.

— Oh ! Au fait... lui lançai-je au moment de le quitter.

— Quoi ?

— La photo, sur mon portable... Je l'ai effacée.

— Merci, dit-il avec un sourire penaud.

Puisque le temps était à nouveau clément et que je n'étais pas si loin de chez moi, je rentrai à pied rue du Trésor. Les terrasses de l'impasse débordaient d'oisifs et de touristes sirotant des apéritifs. Je n'avais pour ma part qu'une envie : me réfugier dans mes quelques mètres carrés et penser tout mon saoul aux trouvailles du jour.

Plus encore que le *pourquoi*, le *qui* me taraudait. Qui avait bien pu entretenir toutes ces années l'illusion selon laquelle Aurore vivait encore ? Si je pouvais comprendre qu'on fasse passer un vivant pour mort – les romans policiers étaient pleins de pareilles manœuvres –, à quoi bon entretenir le leurre inverse ? À quoi bon perpétuer la vie administrative d'un fantôme ?

Ce que je trouvai dans ma boîte aux lettres éveilla heureusement en moi d'autres émotions, plus douces, plus proches de mes aspirations. Car Louis n'était pas pour moi qu'un sujet d'investigation.

Le manque que j'éprouvais à son égard se révélait chaque jour plus cuisant et plus palpable. Comme il égrenait les parties de mon corps, page après page, je listai de mon côté les symptômes que son absence déclenchait en moi : crampes d'estomac, contractions musculaires, papillonnement involontaire des paupières, durcissement intempestif des mamelons, spasmes vaginaux... Mais j'arrêtai vite ce jeu. Je n'avais pas le cœur à écrire.

J'ai dit que Louis me hantait, que son spectre me visitait et que parfois même, dans des songes éveillés, il me possédait. Cette fois-ci, c'est moi qui invoquerais son nom, moi qui me ferais la prêtresse du culte à sa gloire, prête à tout pour sentir sa présence.

L'air ambiant était doux en cette fin de journée ensoleillée, et je m'étendis nue sur mon lit, disposant tout autour de moi chacune de ses définitions, au plus près de la zone ainsi caressée par ses mots. Puisqu'il s'agissait d'une œuvre en devenir, certaines manquaient encore, mais ces lacunes m'apparaissaient comme la promesse d'autres séances comparables. D'autres plaisirs.

Mamelon (n. m.) : Ce qui m'émerveille le plus, dans tes mamelons, c'est leur capacité à changer de physionomie selon le traitement qu'on leur inflige mais aussi en fonction de facteurs subtils comme une faible variation de température ou un courant d'air frais.

Je n'avais que mes mains, mais la course de mes doigts sur mon sein s'accorda rapidement à la description. Mon aréole brunissait, mon téton durcissait, et je pouvais voir se hérisser sur mon épiderme excité des papilles sur lesquelles le moindre contact déclenchait une onde électrique.

Gorge (n. f.) : Si c'est par la gorge que passe le souffle de vie, chez la femme c'est par la gorge que se manifeste en premier lieu l'envie.

De fait, je pouvais la sentir rosir sous mes paumes, frémir comme si les mains de Louis l'étreignaient et gonfler jusqu'à soulever mes seins. Ma respiration était plus courte et la chaleur qui se dégageait de la zone gagnait peu à peu tout le bas de mon corps, préparant tissus et muqueuses à d'autres invasions.

Périnée (n. m.) : Le périnée est discret. Il cache bien son jeu. Enfoui entre tes cuisses, on ne lui prête ni attention ni valeur alors qu'une seule caresse fugace et un seul baiser apposé par des lèvres aimantes, peuvent suffire à enflammer sa région et ses alentours exaltants.

Je tirai un trait léger sur cette petite bande de peau grumelée de la pointe de l'index, et c'est comme si Louis actionnait une commande à distance. Mes cuisses s'effacèrent, mes reins se creusèrent, mon sexe s'ouvrit grand, affamé, gourmand déjà des deux doigts qui plongeaient en moi.

Mais il n'était pas rassasié, et je n'avais plus la tête à lire.

Poing (n. m.) : Poing fermé, poing serré, poing menaçant. Ce qui est trop souvent considéré comme une arme devient, en certains orifices et avec un certain art, le plus percutant des instruments de plaisir.

Je ne me rappelle pas avoir jamais introduit en moi ma main tout entière. Je le fis cette fois-ci, convaincue que Louis fichait dans mon ventre le poing vengeur qui me déchirait. Je basculai mon bassin vers l'avant afin de ne pas me tordre le poignet et découvris jusqu'où j'étais capable de me combler. Une fois la main entrée complètement, je la refermai peu à peu, gonflant la boule de chair qui m'emplissait, poussant les parois traversées de spasmes.

Comme un cœur qui bat, je dépliai et rétractai mes doigts lentement, puis de plus en plus vite, élargissant d'autant mon vagin à chaque contraction. J'étais une amante extasiée sous le poing dressé de son homme. Et plus je palpitais en rythme, plus je le voyais, écrasé sur moi, une main sur ma bouche pour étouffer mes cris, l'autre brandie en moi pour signer sa victoire. Citadelle prise, ville conquise.

Au moment de jouir, tous mes doigts s'écartèrent en un seul sursaut, une ultime douleur, qui crispa tout mon ventre et déchira la quiétude du soir. Mon orgasme habillait son poing d'un gant à jamais redevable.

23

Je ne savais quelle réplique donner aux définitions de Louis. Je n'imaginais pas lui adresser les notes éparses que j'accumulais jour après jour sur mon téléphone, squelette primitif des pages que vous tenez entre vos mains. Tant que je n'étais pas parvenue au bout de mon enquête, il me semblait prématuré de les lui transmettre. Je ne voulais pas qu'il se méprenne sur mes intentions. Qu'il ne voie en moi qu'une fouineuse, là où ma volonté de le mettre à nu avait pour but ultime d'épouser son âme.

Et si le manque que nous infligeaient les circonstances était l'épreuve définitive à laquelle nos sentiments devaient se soumettre ? Pouvait-il exister test plus probant que la distance et l'impossibilité de communiquer ? Cela ne valait-il pas toutes les expériences libertines ? Et ce fantôme qui s'invitait de plus en plus souvent dans mon quotidien, sorti de mon placard à fantasmes, n'était-il pas la forme la plus aboutie de Louis tel que je l'aimais ?

Au moment de me quitter, Marchadeau m'avait prise dans ses bras, effusion soudaine qui m'avait laissée molle et sans voix entre ses pattes. Je me doutais qu'il cherchait plus de réconfort dans ce contact maladroit qu'il ne souhaitait m'en apporter. Le mélange de sa sueur aigre et de son eau de toilette me souleva un peu le cœur, mais je n'eus pas le cran de le repousser. Si je voulais obtenir son aide, ce câlin était le moindre des efforts que je pouvais faire.

5, square d'Orléans

Saisir l'adresse dans un moteur de recherche fut la seule démarche dont je fus capable ce soir-là, une fois rentrée au studio

Comme j'aurais pu m'en douter, les premiers résultats affichés provenaient d'agents immobiliers. Ils insistaient sur le charme typiquement anglais d'un luxueux bloc néoclassique conçu par l'architecte Edward Cresy sur le modèle de John Nash. J'appris même, non sans un sourire, que les terrains sur lesquels l'ensemble avait été édifié appartenaient à une certaine Mademoiselle Mars, laquelle les avait cédés au moment de son installation rue de la Tour-des-Dames.

Mais le premier lien réellement instructif s'étendait plus volontiers sur les habitants de renom que le square d'Orléans avait abrités des années 1830 à nos jours : Alexandre Dumas, Eugène Delacroix…

Mon regard se figea sur une citation de 1842 qui commençait en ces termes : « Nous sommes installés depuis deux jours place d'Orléans, n° 5, rue Saint-Lazare. L'appartement est très beau et très commode, mais nous y manquons encore de tout. »

Il me fallut parcourir encore quelques paragraphes d'un regard oblique pour en deviner l'auteur : George Sand. Quant au « nous », il prenait tout son sens plusieurs lignes plus bas, dans ces mots teintés d'un mépris jaloux : « Le maestro s'évertue de son côté et se prépare, dans la même place d'Orléans, au n° 9, un salon magnifique pour recevoir ses magnifiques comtesses et ses délicieuses marquises. » Le maestro, c'était Chopin, bien sûr.

Si Aurore avait jamais résidé de son vivant dans cet immeuble, il eût alors fallu qu'elle dispose de moyens très conséquents. De moyens, mais aussi de motifs pour s'installer seule. Or, il était établi que, dans les jours ou semaines qui avaient suivi son mariage avec David, elle avait quitté Saint-Malo pour l'appartement de l'avenue Mandel, où il logeait alors.

Une fois de plus, quelque chose ne cadrait pas. La seule hypothèse qui me traversa l'esprit était que Jean-François Delbard avait pu effectuer un placement sous la forme d'une acquisition immobilière dans la capitale. Dans cette perspective, le prestige du lieu pesait évidemment de tout son poids. Un notaire gagnait assez bien sa vie pour s'offrir un appartement dans ce genre d'écrin, et le père d'Aurore jouissait peut-être d'une culture suffisante pour apprécier le caractère unique de celui-ci. Mais que son choix se soit justement porté sur le square d'Orléans, à deux pas de la rue de la Tour-des-Dames, ne cessait de me troubler.

Le soir tombait déjà, et je ne voyais pas d'autre piste à explorer dans l'immédiat. Toute avancée me semblait dépendre désormais des investigations de François Marchadeau. Je réprimai mon impatience et mon envie de le contacter dès à présent – il devait tout juste monter dans le TGV à destination de Saint-Malo – et je m'appliquai à honorer ma part du contrat qui me liait au rédacteur en chef adjoint de *L'Économiste*.

Écrire sur David comme si je le côtoyais encore au quotidien était une forme assez subtile d'imposture dans le temps et dans les sentiments que je lui portais. Suivant les bons conseils de Marchadeau, je décrivis à la va-vite sa journée type, exposé que je titrai sobrement : *Vingt-quatre heures dans la vie de David B., patron du CAC 40 et empereur des médias.* Je n'occultai rien des détails demandés par mon commanditaire, jusqu'à la marque de son dentifrice, appliquant à mon récit cette froideur clinique et un déballage de références qui avaient fait le succès littéraire de Brett Easton Ellis.

David se réveille tous les matins à 6 h 25, pas 15 ou 30, 25 très précises, quand son réveil Cerutti 1881 lance son appel strident.

Il ne s'étire pas, ne paresse pas, ne renâcle pas à commencer sa journée. Il bondit au contraire de son lit, chaque jour mu par cette inaltérable envie d'en découdre avec la somme de tracas, d'obstacles et de décisions délicates auxquels il sera confronté dans les douze à quinze heures à venir.

Au cours de la demi-heure qui suit, chacun de ses préparatifs entre avec une exactitude d'horloger dans la case temporelle de cinq minutes qui lui est dévolue : cinq minutes pour son rasage au rasoir Louis Vuitton ; cinq pour sa douche au gel Roger & Gallet Bois d'orange ; cinq pour s'habiller d'un costume sur-mesure ou d'un Paul Smith à deux boutons ; cinq pour se coiffer et se parfumer de l'une des cinq ou six eaux de toilette disponibles en permanence sur la tablette de sa salle de bains, sa préférence allant d'ordinaire aux classiques comme « Habit rouge » de Guerlain ou « Eau sauvage » de Dior ; cinq pour avaler son café Malongo Blue Moutain et son bol de céréales Quaker Oats Life, arrosées de lait d'amande sans lactose et accompagnées de jus d'orange fraîchement pressées par son majordome ; cinq enfin pour synchroniser son iPhone 5 avec son ordinateur MacBook Air et récupérer les quelques dossiers rapportés la veille à la maison. Il est 6 h 55, 7 heures dans le pire des cas, et David B. est prêt à conquérir le monde…

Je poursuivis ainsi sur deux pages pleines, brossant un portrait qui, bien qu'il pût susciter par certains aspects l'envie chez les lecteurs, ne pouvait manquer de provoquer une forme de répulsion. Qui pouvait aspirer à une vie robotisée, réduite à une succession de gestes chronométrés et de combats sans affect ?

Peu m'importait. Cette existence-là était derrière moi. Et son histoire m'intéressait peu, puisqu'il me fallait en édulcorer les seules facettes qui auraient valu qu'on s'y attarde : comment le double statut de cadet et d'orphelin avait fait germer en David un esprit de conquête sans bornes et une moralité aussi incertaine que ses origines.

Après une brève relecture – j'ai toujours fait confiance à la spontanéité du premier jet dans mes écrits –, j'envoyai le tout par mail à fmarchadeau@leconomiste.fr, sans omettre l'accusé de réception ni de doubler cet envoi par un bref SMS le prévenant que ma copie l'attendrait dans sa boîte électronique à son retour au bureau.

Sa réponse me parvint presque aussitôt :

Merci. Parution prévue dans le prochain numéro. N'oubliez pas de m'indiquer le pseudo sous lequel vous désirez le publier. FM

Si l'année écoulée m'avait appris une leçon, c'est que remettre son destin entre les mains d'un seul homme est une folie. Une imprudence aux limites de l'inconséquence que je n'étais plus disposée à commettre. Même par amour, même entre les mains de Louis. Le demander en mariage, organiser nos fiançailles secrètes ne relevait pas d'un abandon, mais plutôt d'une conquête. Je ne m'offrais pas à lui, je partais à son assaut. Certes, j'étais prête à tout pour le faire mien, mais certainement pas à tout accepter les yeux fermés.

Il en allait de même pour Marchadeau. Que j'aie fait de lui mon partenaire ne m'interdisait aucunement de suivre mes propres pistes, de développer une stratégie et des intuitions qui m'appartenaient. Et rien ne m'empêchait de garder pour moi quelques détails des comptes rendus que je pourrais lui faire.

T'es rentrée ? Un godet au TrésOr ? So.

Mon amie et moi ne nous étions plus parlé depuis le coup de fil juste avant mon départ pour Saint-Malo. Une éternité, me semblait-il. Je n'avais pas l'intention de partager avec elle tout ce que Marchadeau et moi avions mis au jour, mais sa présence me manquait. Sa jovialité, aussi. Et, plus que tout, ce bon sens qui savait se parer de tendresse, de fantaisie ou d'humour.

OK. Dans 20 min ?

Elle arriva avec le double de retard, et je finissais déjà mon premier Monaco quand elle apparut sur la terrasse aussi bondée qu'à l'accoutumée, vêtue d'une robe d'été à motifs floraux qui soulignait ses courbes.

— Ce n'est peut-être pas la robe parfaite, commentai-je, évoquant sa quête du Graal vestimentaire, mais elle fait son petit effet.

— La tienne n'est pas mal non plus.

Son compliment me laissa interdite : je n'avais rien eu le temps de laver depuis mon retour et j'avais passé la robe bustier noire empruntée au vestiaire d'Aurore. Volée au passé.

— Fred sait que tu sors dans ce genre de tenue ? tentai-je pour détourner l'attention sur elle.

— Fred est jaloux, quoi que je fasse et quoi que je porte. Je ne vais pas t'apprendre comment il fonctionne.

— Donc toi, tu en rajoutes ?

— Exactement. Quitte à me prendre la tête avec lui… autant me faire plaisir.

— C'est le grand amour, à ce que je vois…

Elle fit une moue mi-figue mi-raisin. J'espérais juste que Sophia était aussi claire avec Fred quant aux limites qu'elle fixait à leur relation. Le pauvre garçon avait déjà connu assez de déceptions ces derniers mois.

— À ce propos… J'ai revu mon anonyme.

Revoir n'était pas le terme le plus approprié, en effet. Mais je sentais bien que ces rendez-vous aveugles l'émoustillaient plus que ne l'auraient fait mille ans de soirées restau-ciné-câlin avec Fred.

— Toujours pas d'indice ?

— Non… En fait, si. Cette fois, je suis à peu près certaine qu'il portait un chapeau.

— Un chapeau ?

— Oui, un chapeau d'été. Un truc en paille, tu vois le genre. Il l'a posé sur un fauteuil et je l'ai écrasé sous mes fesses quand il m'a… Enfin, je te passe les détails.

Ce type d'accès pudique ne ressemblait pas à ma Sophia. J'en déduisis que le trouble procuré par cet homme dépassait la simple émotion sexuelle. Il lui prodiguait ce parfum d'imprévu et d'aventure qui faisait tant défaut à sa vie rythmée par les fins de mois difficiles et enlaidie par les compromissions.

Je m'étonnais qu'elle ne me harcèle pas plus sur mes péripéties en Bretagne, quand deux silhouettes masculines s'arrêtèrent à hauteur de notre table, deux paires de mocassins plantées sur les pavés inégaux de la terrasse. L'homme de gauche, sec, le cheveu gominé et peigné vers l'arrière, vêtu d'un costume croisé et d'une chemise blanche ouverte sur un torse velu, me tendit une main assurée. Il se présenta d'une voix métallique qui m'était familière :

— Bonsoir… Jean-Marc Zerki.

Sophia et moi répondîmes à son salut. L'avocat plongea un regard fugace dans le corsage de mon amie et reprit aussitôt une attitude professionnelle.

À ses côtés, quoique plus grand d'une demi-tête et habillé avec son raffinement coutumier, Louis paraissait nettement moins à son aise. Il me gratifia malgré tout d'un regard qui disait autant son manque que la détresse de me retrouver dans de telles circonstances. Nos yeux, qui se dévoraient avec tant d'avidité en privé, ne savaient pas comment se comporter en public. Je les détournai la première.

Sophia non plus n'en menait pas large. Louis et elle étaient de toute évidence complices de ce traquenard, et les œillades navrées de mon amie mendiaient mon pardon.

Mais lorsque nous nous levâmes toutes deux pour leur faire un peu de place autour de la table ronde, Louis se mit à me considérer différemment. Alors qu'il détaillait ma tenue de la tête aux pieds, son expression vira à la surprise, puis à la colère contenue. Il avait reconnu la robe, plus de vingt après.

— Vous voulez que je vous laisse ? proposa Sophia, désireuse d'échapper à mes foudres.

— Non, reste.

Pour mieux lui signifier mon désagrément, j'appuyai de tout mon poids sur son avant-bras. Elle rajusta sa robe sur sa chaise de bistrot avec un air contrit, comme si elle découvrait subitement à quel point cette dernière pouvait se révéler indécente.

J'étais furieuse, certes, mais j'avais surtout besoin d'elle. Je ne comptais pas divulguer à nos visiteurs la totalité de mes découvertes, et sa présence serait le meilleur des prétextes. Elle m'éviterait d'avoir à évoquer le contenu du coffre des Roches brunes et les perspectives que celui-ci avait ouvertes. Au lieu de cela, je me concentrai sur tous les éléments qui pourraient être utiles à Zerki pour la défense de son client. La voix étreinte par l'émotion, l'échine frémissante d'avoir mon homme à nouveau si près de moi et de ne pas pouvoir l'enlacer, je commençai par parler de Gobert et de ses liens avec David.

— Nous le savons depuis le début, trancha l'avocat, qui massa sa nuque d'une main agacée. Gobert mange dans la main de David, et ce dernier cherche à discréditer son frère. D'accord. Mais cela ne résout rien. Aucun tribunal ne se satisfera d'aussi maigres présomptions.

— Dans ce cas... Je crois que j'ai mieux à vous proposer.

Un coup de vent s'engouffra dans l'impasse, comme pour figurer ce souffle de vérité qui balaierait leurs doutes et leurs réserves. Il souleva au passage les volants de ma robe et ceux de Sophia, plus légers, pour le plus grand bonheur des yeux fripons. Ceux de Louis demeuraient braqués sur mon visage, lourds de reproche et de désir.

Puisque ce dernier m'avait donné la consigne de mettre à l'abri tout ce qui pouvait le compromettre ainsi que la clé de la régie de surveillance, je supposais qu'il connaissait l'existence des films. Alors comment expliquer l'étonnement qui s'afficha sur son visage d'ordinaire si fermé, si rétif à la lecture, lorsque j'exposai par le menu ce que j'avais aperçu sur les écrans – les dizaines de vidéos de David en compagnie de ses innombrables maîtresses, toutes prises dans les chambres aux décors variés si caractéristiques de l'Hôtel des Charmes ?

— Oui, évidemment que je connais l'existence de ces caméras, affirma-t-il en se raidissant pour reprendre une contenance.

Sous le coup de l'émotion, sa peau avait dû chauffer, et une nappe de lavande vanillée parvint jusqu'à moi, me mettant au supplice. Un nouveau frisson me parcourut de part en part.

— Mais, contrairement à ce qu'on pourrait penser, ni David ni moi ne sommes à l'origine de ce système.

— Qui, alors ? intervint Sophia avec son aplomb habituel. Big Brother ?

Louis se tourna vers mon amie, me donnant à voir le flanc gauche de son cou, là où grimpait le rosier qui prenait racine sur son épaule. Je ne sus dire si c'était un effet de l'éclairage, tamisé à cette heure sur ce pan de terrasse, mais la rose parut comme estompée, comme si l'encre sous son épiderme s'était déjà effacée.

— Dans le cas présent, je parlerais plutôt de Big Father, lâcha-t-il avec un sourire contraint. C'est notre père qui a installé ce fatras électronique.

Cela expliquait l'aspect daté de l'équipement, les écrans monochromes et le plastique fatigué des commandes rudimentaires.

Zerki, jusque-là discret, s'immisça à son tour dans la conversation :

— Quel usage comptait-il en faire, à l'époque ?

— Aucune idée. Surveiller David et moi, j'imagine. Ou notre personnel de maison. Papa était un peu parano. Il était persuadé que la concurrence l'espionnait. Il est possible qu'il ait installé ça pour prévenir les intrusions et la captation d'informations sensibles.

— Depuis que tu as hérité de l'hôtel de Mademoiselle Mars, tu n'as jamais eu la curiosité de regarder les enregistrements stockés en mémoire ?

— Non, dit-il en pivotant vers moi. De même que j'étais loin d'imaginer un lien entre ce système délirant et les chambres de Charmes. Comme tu le sais, je suis un homme de lettres plutôt que d'images.

Cette allusion directe à son *alphabet* et à ses récents envois enflamma mes joues et ma gorge. J'aurais tant aimé que nous soyons seuls, soudain, et que son être de chair et de sang se mêle à son fantôme pour que tous deux me fassent l'amour en une seule grande féérie érotique. Nous qui avions pris coutume d'unir nos corps plusieurs fois par jour, voilà que ces dernières semaines les avaient éloignés l'un de l'autre de manière bien cruelle. Notre longue nuit à Malmaison me paraissait si lointaine…

Je chassai ces images et le pressai plutôt de mes questions :

— Même avec David Garchey, tu n'as rien été tenté de visionner ?

— Je me suis contenté de lui offrir l'accès à la régie. Quand je lui en ai parlé, ça l'a follement excité. Je l'ai laissé s'amuser avec le matériel. Il m'a dit qu'il n'en avait pas tiré grand-chose.

Je me rappelai en effet comment le jeune artiste s'était emballé, le soir de la crémaillère 1830, à l'idée de me faire découvrir ce lieu tenu secret. Je me demandais ce qu'il était advenu de lui et de ses créations depuis la descente du capitaine Lechère et de ses sbires à la galerie Sauvage.

L'avocat fit brusquement face à son client et s'adressa à lui sur un ton grave, presque solennel :

— La question que je vais vous poser est très importante, Louis : pensez-vous que David a connaissance de ce dispositif de surveillance ? Sait-il qu'il est filmé chez lui ?

— Je ne pense pas. Quand nous étions enfants, nous habitions dans l'autre bâtiment, l'hôtel Duchesnois. L'accès à l'hôtel Mars nous était interdit. Nous avons dû y entrer deux fois en dix ans, toujours sous le contrôle de notre père. Je n'ai reçu la clé du sous-sol et je n'ai découvert ce qu'il contenait qu'au moment de l'héritage, environ un an après le décès de mes parents. Et à aucun moment David ne m'a accompagné en bas les rares fois où je suis descendu.

— Depuis que vous êtes au courant, vous ne lui en avez jamais parlé ?

— Jamais.

— Et lui non plus ?

— Non.

Il semblait catégorique sur ce point.

Restait la piste Armand. Si le vieux majordome avait été mis dans la confidence par André, on pouvait imaginer qu'il se soit épanché auprès de David. Mais, sans que je sache pourquoi, cette hypothèse me semblait improbable au vu des rapports distendus que ceux-ci entretenaient.

Quant à Louis, en dépit de ses propos tendant à minimiser son implication, il avait utilisé la console et ses yeux électroniques au moins pendant un temps... Quand il m'avait épiée. Grâce aux caméras, il était entré dans mon intimité mieux que quiconque et avait pu composer ces notes anonymes où il me dévoilait avec la plus crue des indécences. « Ce n'est pas comme ça qu'il me fera décoller », avait-il lu sur mes lèvres, dans un soupir à peine conscient.

Mais si ce n'était pas lui, alors qui avait connecté ce réseau à des caméras installées aux Charmes ? Qui avait pris David pour cible de sa curiosité maladive ? Qui avait pris le risque – un risque calculé, supposai-je – de laisser ces vidéos sur le disque dur de la console ?

— Pourquoi l'as-tu conservé ? me risquai-je enfin, partagée entre ce flot d'interrogations et le désir qui sourdait en moi.

— Pardon ?

— Le système de surveillance... Tu aurais pu profiter des travaux pour tout faire enlever. Pourquoi l'as-tu gardé ?

La contraction nerveuse de ses maxillaires signalait son agacement. Entre ses mains – il luttait pour ne pas les crisper –, le pommeau argenté de sa canne valsait en rond, comme si le bâton allait se muer en une baguette magique pour nous faire disparaître.

Ô, mon Louis. Tu n'es jamais aussi beau que quand ton visage prend ces airs de bête traquée. Tu ne me chavires jamais autant que lorsque tu sembles aux abois. Alors je donnerais tout pour te sauver.

Mais, quoique légitime, ma question te blessait, je le voyais bien. Tu m'aurais voulue docile, fervente, inconditionnelle. Tu ne comprenais pas encore que, sous mes attaques, il n'y avait que le désir de t'aimer tout entier, jusque dans tes drames et tes zones d'ombre.

— Je ne sais pas… Je me suis dit que ça pourrait servir un jour.

— Eh bien, je crois que vous venez de nous le prouver, se félicita Zerki pour dissiper le malaise. Avec ça, nous avons tout ce qu'il faut pour contrer votre opposant.

Chacun comprenait en effet que cet ensemble d'éléments – et au premier rang la séquence où David s'activait avec les deux filles de l'Est – suffirait sans doute à disculper Louis aux yeux de la justice et de l'opinion.

Mais, comme Marchadeau avant lui, l'avocat de Louis tempéra son enthousiasme :

— Je vous invite tout de même à la prudence et à la plus grande réserve. Si l'on veut conserver leur pouvoir intact, il est impératif que nous gardions ces documents confidentiels jusqu'au procès en appel du dossier Delacroix.

Il répéta la tactique énoncée par le journaliste, étoffant son exposé des moindres détails de la procédure à venir, ponctuant son discours de regards sombres et appuyés, tel un professeur admonestant ses élèves.

J'écoutai son discours pontifiant comme une enfant sage et me gardai de leur révéler l'avancée de l'enquête que je menais avec Marchadeau. À la fin, comme tous semblaient méditer sur ses paroles, je glissai néanmoins :

— Nous avons un autre avantage sur David.

— Lequel ? s'étonna Zerki.

— Le blog… Enfin, l'idée qu'il s'en fait encore.

— C'est-à-dire ?

— Il est toujours persuadé que je suis dupe et que je crois avoir affaire à Louis.

— Si nous ne pouvons pas prouver qu'il manœuvre, cela ne nous servira à rien.

— Justement. J'ai peut-être le moyen de le démasquer.

En quelques phrases simples, je leur racontai ce qu'avaient trouvé Fred et Francky, mon duo d'anges gardiens informatiques, et les limites auxquelles nous nous étions tous trois heurtés.

— Si je vous comprends bien, embraya l'avocat, la seule façon de mettre l'implication de David en évidence est de trouver son mot de passe pour accéder aux données de son ordinateur ?

— En effet.

— Et ça ne peut pas se faire à distance ? suggéra Sophia.

La canne, le modèle à tête d'aigle, tournait de plus en plus vite entre les mains de Louis, manquant tomber au sol à chaque rotation. Il ne cherchait plus à cacher son exaspération, tout juste à la contenir. Plus elle enflait, plus elle créait entre nous une distance intolérable, un gouffre que j'aurais voulu combler d'un baiser. Et d'une infinité d'autres encore.

De toute évidence, qu'on fouille ainsi dans ses secrets de famille le faisait souffrir. Peut-être était-ce aussi à cause de cette robe, dans laquelle je devais plus que jamais *lui* ressembler, à elle, le pâle ectoplasme de son amour évanoui. Ou bien était-ce, après toutes ces années à l'attendre autant qu'à le redouter, l'imminence de l'ultime combat opposant Louis à son frère qui éprouvait à ce point ses nerfs ?

— D'après le fameux Francky, son ordinateur portable est bardé de protections et de *firewalls* en tous genres. Nous aurons beaucoup de difficultés à nous introduire depuis l'extérieur.

— Concrètement, quelle option nous reste-t-il ?

— Continuer à lui faire croire qu'il nous mène en bateau. Et accéder à son ordinateur quand il ne sera pas là.

— Une nouvelle violation de domicile, soupira Zerki.

— Je ne viole rien du tout… puisque j'ai encore les clés.

Mais mon petit air de triomphe enfantin n'avait ni convaincu ni calmé Louis. Il se leva d'un coup, bousculant au passage la table bancale qui menaça de se renverser, et siffla à mon intention :

— Je t'interdis… !

— Tu m'interdis ? me rebiffai-je, écarlate.

— Tu m'as très bien compris. Il est hors de question que tu reprennes contact avec David !

Et encore, il n'était pas au courant de mon dîner avec son frère et cette relation que nous avions brièvement reprise.

Et encore, je n'évoquai pas les mille euros en liquide que David m'avait prêtés et que je ne lui avais pas rendus.

Et encore… Je ne révélai pas tout ce j'avais exhumé à leur sujet, à Saint-Malo et à Dinard, articles de presse et actes de naissance, photo de cœur gravé et carte de mutuelle… Ce passé nébuleux dont une autre image, celle du Noël sous le sapin, cristallisait tout le mystère.

— Je ne reprends pas contact avec lui, me défendis-je mollement, écrasée par son courroux. J'entre chez lui. Ce n'est pas la même chose.

— Pour moi, ça l'est ! explosa-t-il. *C'est* la même chose !

Comme il tournait les talons, sa canne frôla nos verres encore tremblants du choc précédent, et il disparut aussitôt dans la pénombre de l'impasse, sa claudication accentuée par le pavé inégal. Ténébreuse version du Louis solaire que j'aimais tant.

Sous les regards médusés de la clientèle noyée dans les vapeurs d'alcool, je me dressai à mon tour et, chancelante, une main posée sur le petit guéridon, je hurlai à la nuit qui l'absorbait :

— Tu n'y échapperas pas ! Tu m'entends ? Tu peux t'enfuir… mais tu n'y échapperas pas !

Échapper à quoi ? À moi ? À ma fureur ? Ou plutôt à cette explication complète, peut-être même définitive, qui lui ferait enfin abattre les paravents de pudeur et de douleur que son passé avait érigés entre nous ?

24

La rage. Non, l'abattement. Ou autre chose encore. Une lassitude, le sentiment aigu que, de toutes les batailles perdues d'avance, la plus désespérée est peut-être celle qui consiste à vouloir changer les autres. On ne change jamais personne. Surtout pas Louis Barlet.

— Elle ! Elle, putain, reviens !

La voix de Zerki se joignit à celle de Sophia :

— Revenez ! Il ne sait pas ce qu'il dit. Il n'est pas bien…

Je les avais plantés là, mon amie et le gominé, repoussant les embrassades réconfortantes de l'une et les suppliques formelles de l'autre. Après quelques pas aussi malaisés que ceux de mon homme, j'ôtai d'une main mes ballerines pour mieux courir, pour fuir au plus vite l'importun et la traîtresse, monter quatre à quatre les soixante-quinze marches menant à mon nid du sixième étage et me jeter enfin sur mon lit. Pleurer, pleurer tout mon saoul, pleurer jusqu'à vider mon corps. Pieds nus ; le cœur déshabillé, lui aussi.

Sauver Louis de son frère, sauver Louis de lui-même… Ce n'était qu'une seule et même entreprise, et je commençais à penser qu'elle était trop grande pour moi. Je n'étais qu'Annabelle Lorand de Nanterre, hissée par un concours de circonstances jusqu'à son studio du Marais. Prétendre rectifier à moi seule un passé aussi complexe et déchirant, plusieurs accidents, plusieurs morts, des vies brisées, de la rancœur et plus encore de fantasmes, constituait un défi déraisonnable. Je mesurais mes limites maintenant. Et, même assistée d'un Marchadeau, cette existence ne serait pas suffisante pour démêler cet épuisant méli-mélo. Ce mélo de maux.

L'ombre de Louis chercha à forcer ma porte un moment. Je résistai, tout au moins en pensée. Je crevais pourtant d'envie de le sentir contre moi, en moi, sans l'artifice de mon poing ou de doigts inconnus. Ras-le-bol du mirage. Je le voulais lui, le vrai Louis. Mon sexe se dilatait déjà d'espoir, quand :

Je sais qu'il est tard.
Est-ce que je peux quand même vous appeler ?

François Marchadeau me dérangeait moins qu'il ne me surprenait. Je n'attendais pas de ses nouvelles avant le lendemain matin, au mieux. D'ailleurs, à l'heure qu'il était, il devait à peine poser le pied en gare de Rennes. Je pressai la touche de rappel automatique sur l'écran tactile de mon téléphone. Il décrocha presque aussitôt :

— Marchadeau.

— Bonsoir, François. C'est Elle.

— Elle ! Je ne vous ai pas réveillée ?

C'est en voyant l'heure s'afficher sur l'horloge de mon micro-ondes, dans le renfoncement de la kitchenette, que j'eus conscience de m'être assoupie. 23 h 47. J'avais dormi près d'une heure.

— Non, non… Pas de souci. Vous êtes à l'hôtel ?

— Pas encore. Je suis à la préfecture de Rennes.

— À cette heure-ci ? couinai-je.

— L'amie de mon ami a bien voulu m'ouvrir les portes des archives de la DDASS dès ce soir. J'ai préféré y aller tout de suite. Comme ça je pourrai partir à Saint-Malo à la première heure demain matin.

Je reconnaissais bien là le journaliste de terrain qu'il avait dû être à ses débuts, optimisant chaque minute et chaque source.

Malgré ce bain de jouvence professionnel, il aurait dû faire entendre ce ton un peu las qui résulte d'une tâche aussi fastidieuse, *a fortiori* lorsqu'on l'accomplit à une heure pareille. Mais je lui trouvai au contraire un timbre sautillant, presque excité.

— Vous avez trouvé quelque chose ?

— On peut dire ça, souffla-t-il, volontairement énigmatique. Et j'ajouterai même : ce que je n'ai pas trouvé est aussi intéressant que le document que j'ai sous les yeux en ce moment.

— Qu'est-ce que c'est ?

— L'acte d'adoption complet de David dans le registre de la DDASS d'Ille-et-Vilaine !

Il prenait un plaisir presque sadique à égrener ses révélations une à une.

— Et ? l'exhortai-je.

— Il est bien né le 5 janvier 1969, comme nous le savons déjà. Et a été adopté par André et Hortense Barlet le 28 novembre 1976, alors qu'il avait sept ans.

— D'accord... Mais comme vous le dites vous-même, nous savons déjà tout cela.

J'entendis une page qu'on tourne, sans doute large et épaisse, comme appartenant à un épais répertoire.

— Il est entré à Saint-Broladre le 11 mars 1972, après quelques semaines passées dans des familles d'accueil provisoires.

— Et sait-on comment il a atterri là ?

— Non. Le document ne comporte aucun détail sur les circonstances de la mort de ses parents. Ce qu'il nous apprend, en revanche, c'est leur nom.

— Leur nom ? glapis-je, en proie à une impatience difficile à contenir.

— Si j'en crois le patronyme que portait David avant son adoption, ses parents biologiques étaient monsieur et madame Lebourdais.

Je me relevai d'un bond dans mon lit, comme foudroyée. Je connaissais ce nom. Je le connaissais… et, cependant, je ne parvenais à y accrocher ni visage ni souvenir. Pourquoi donc sonnait-il de manière si familière à mon oreille ?

Mes yeux fouillaient désespérément la pénombre qui avait envahi l'unique pièce, comme si un élément du décor allait me mettre sur la piste. Mais rien ne venait. Je l'avais sur le bout des oreilles, de la langue et des yeux, et pourtant…

— Lebourdais ? répétai-je enfin, dans le doute.

— Oui, pourquoi ? Vous les connaissez ?

— Je… je ne sais pas. Je ne suis plus sûre.

Je percevais son souffle dans le combiné.

— Ce nom vous dit quelque chose, mais vous ne parvenez pas à vous souvenir d'où vous le tenez… Je me trompe ?

— Non, c'est exactement ça.

— Si cela peut vous aider, sachez que plus de quatre-vingt pour cent de nos souvenirs récents sont d'origine visuelle. Alors, quand une chose vous échappe, faites l'inventaire de tous les supports écrits que vous avez eus sous les yeux au cours des derniers jours. Magazines, livres, affiches publicitaires, publicités à la télé…

Par bien des aspects, en particulier ce type d'astuces, Marchadeau me rappelait Alain Bernardini, mon prof moustachu du CFPJ. Je me demandais si les deux hommes se connaissaient. Sans doute s'étaient-ils croisés quelquefois, le monde de la presse écrite n'était pas si grand.

M'efforçant d'appliquer sa méthode mnémotechnique, je passai en revue tous les écrits qui m'étaient apparus récemment. Jusqu'à invoquer les prospectus que j'avais pu tenir entre les mains ou la carte au Café de la plage, à Dinard.

— Ça peut être aussi insignifiant que des panneaux routiers, des plaques de rue, des noms ou des adresses sur des enveloppes, poursuivait-il sans s'arrêter, pour m'aider à trouver l'inspiration.

— Les lettres ! soufflai-je soudain à voix basse.

— Les lettres ? Quelles lettres ?

— Aux Charmes... Il y a une femme qui reçoit des lettres. Ysiam, le groom, s'est trompé plusieurs fois et m'a donné son courrier.

— Cette femme... Qui est-ce ?

— Je ne sais pas ce qu'elle fait là-bas. Mais je me souviens de son nom, maintenant. Émilie Lebourdais.

— Émilie Lebourdais, répéta-t-il. Ça ne peut être une coïncidence. Ce n'est pas un nom de famille si courant.

Petit à petit, la mosaïque se recomposait. Je revoyais les dents blanches d'Ysiam, son sourire au moment de me tendre la grosse enveloppe kraft contenant les lettres, puis ma propre expression, interloquée, en découvrant que l'une d'entre elles ne m'était pas destinée. Deux fois la même erreur, pour être bien sûr que je retienne le nom de la destinataire. Émilie Lebourdais. Sur l'une des deux enveloppes – cela me revenait maintenant –, il était fait mention de la raison sociale de l'hôtel : *SAS Les Charmes*. Je précisai ce détail à Marchadeau, qui en fit aussitôt son beurre.

— On ne porte pas ce genre d'indication par hasard. Qui que soit cette personne, elle est forcément liée à l'établissement. Votre Ysiam n'avait aucune idée de qui il pouvait s'agir ?

— Aucune. Il m'a dit qu'il n'avait jamais vu cette personne. Mais la première fois qu'il m'a remis son courrier par erreur, il a fouillé dans les casiers de la réception, derrière le comptoir. Ce qui laisse supposer qu'elle reçoit régulièrement sa correspondance à l'hôtel.

— Qu'elle y a une sorte de boîte postale, compléta-t-il d'une voix songeuse. Et cela me donne une idée.

— Laquelle ?

— Je pense que nous devrions établir un inventaire le plus complet et le plus précis possible du patrimoine immobilier de la famille Barlet : qui possède quoi, selon quelles parts, qui a hérité de qui...

— Vu l'étendue de leurs possessions, cela ne va pas être facile.

— Vous avez raison. Mais quelque chose me dit qu'il faut gratter de ce côté-là. Regardez : si David avait hérité de l'hôtel de Mademoiselle Mars, ces fameuses vidéos ne seraient jamais parvenues jusqu'à nous.

La perspective demeurait floue pour moi, mais je ne pouvais pas lui donner tort et je choisis de faire confiance à son flair de journaliste aguerri.

— Mais je suis d'accord avec vous, enchaîna Marchadeau sans reprendre son souffle, exalté comme un chien de chasse. Nous allons sans doute nous confronter à des affaires peu claires. Cela va être difficile d'obtenir une photographie d'ensemble.

— Pourquoi dites-vous cela ?

— Parce que l'affaire East-X Prod tendrait à nous prouver que les Barlet sont coutumiers des numéros d'illusionnistes financiers, type sociétés-écrans offshore...

Qu'il envisage de creuser si loin dans les profondeurs obscures de l'empire Barlet m'apparut comme un gage de sa loyauté et de sa détermination à lever tous les voiles.

— Vous disiez tout à l'heure que le plus intéressant était ce que vous n'aviez pas trouvé. De quoi parliez-vous ?

— Ah oui, souffla-t-il dans un léger sourire. Devinez un peu de qui je n'ai pas retrouvé le dossier ?

— Aurore ? risquai-je timidement.

— Tout juste. Aurore Delbard. Inconnue à la DDASS d'Ille-et-Vilaine.

— Vous êtes sûr ? Même pas sous un autre nom ? Celui de ses parents biologiques, par exemple ?

— Non, ça, c'est impossible. Tous les enfants sont enregistrés sous le patronyme de leurs adoptants. Par exemple : David Barlet et pas Lebourdais. De toute façon, j'ai déjà cherché s'il y avait une autre Aurore-Quelque-chose entre 1975 et 1978… Je n'ai rien trouvé.

J'aurais aimé être avec lui à cet instant précis, reprendre à sa suite l'épluchage minutieux des dossiers, un à un. On ne sait jamais. L'heure tardive, la fatigue… Celui d'Aurore avait pu lui échapper, glisser sous ses yeux, rebelle à ses tentatives pour le débusquer dans cette forêt d'enfances brisées.

Aurore Delbard n'existait donc pas dans ce fichier. Officiellement, elle n'avait jamais été adoptée. J'en restai sans voix un long moment, tentant de comprendre en silence les raisons qui auraient pu conduire des personnes aussi diverses que Louis et David Barlet, Rebecca Sibony et Florence Delbard, des personnes aux intérêts aussi divergents, à me mentir d'une même voix.

On frappa alors à ma porte plusieurs fois de suite, et je pris brusquement congé de Marchadeau.

— Elle ? Elle, tu dors ?

Sophia.

Lorsque j'acceptai enfin de lui ouvrir, elle m'apprit qu'elle faisait les cent pas dans le quartier avant de se résoudre à gravir les six étages de mon immeuble. Elle s'inquiétait pour moi. Elle s'excusa, plus platement que mon parquet, usant de sa bonne humeur contagieuse comme d'un baume pour calmer les blessures.

— Hé, quand j'y pense… T'es fiancée !

— Oui, et alors ?

— Alors si t'es fiancée, c'est que tu vas te marier, ma belle. Pour de bon, cette fois-ci !

Rien n'était moins sûr. Mes chances de convoler un jour avec Louis me semblaient aussi minces qu'elles l'avaient été avec David un an plus tôt. Mais je ne me sentis pas le cœur de contrarier ses efforts pour s'amender. Je lui pardonnai encore, emportée par son énergie et son sourire contagieux.

— Conclusion ?

— Conclusion : on n'a toujours pas fait ton enterrement de vie de jeune fille !

Cette perspective me semblait aussi incongrue que si elle m'avait proposé de fêter Noël en juin. Mais je devinais bien, derrière la tradition, son envie louable de m'arracher à cet océan de soucis dans lequel elle me voyait me noyer jour après jour. Ne serait-ce que quelques heures, le temps d'un verre ou d'une danse.

— Tu veux le faire maintenant ? m'étonnai-je.

Oui, maintenant et jusqu'à l'aube, comme des folles, sans autre limite que sa résistance à l'alcool et aux sollicitations masculines.

J'avais aussi peu envie de faire la fête qu'un jour d'obsèques, mais je cédai pourtant, forçant ma gaieté, finissant par me convaincre que son comportement frivole aurait peut-être raison, au moins ce soir-là, de mes ruminations sans fin.

Sophia est toujours à l'affût du nouveau lieu tendance ou des adresses où il faut se montrer. Cette saison, Pigalle redevenait à la mode, et il faisait bon s'encanailler dans ses bars sexy et ses clubs à la clientèle sans identité sexuelle clairement définie. C'est ainsi que nous échouâmes dans une boîte lesbienne de la rue Frochot, à deux pas du Moulin rouge.

— Euh... So, t'es sûre que c'est une bonne idée ?

L'entrée grouillait d'une foule de femmes de tous âges, enlacées par paire ou par grappes, et éméchées. Quelques-unes d'entre elles sifflèrent sur notre passage, et je pus capter un « Miam ! » et deux « Hum, joli ! », leurs regards accrochés à nos fesses jusqu'à ce que nous disparaissions de leur vue.

— Pourquoi ? s'étonna ma guide. Tu as peur de te faire draguer par une gonzesse ?

Peur, non. Envie ? Non plus, même si je savais que le jeu de séduction entre filles était plus subtil et flatteur pour un ego écorné comme le mien que les techniques d'approche de ces messieurs. Je ne voulais pas être courtisée ce soir-là, quel que fût le candidat, son sexe et son profil.

— Allez, viens ! m'exhorta-t-elle en me tirant à l'intérieur. Je jouerai ton chaperon. Et puis, si on t'embête, je te roulerai une grosse pelle !

Ainsi aimais-je Sophia : naturelle, protectrice, suffisamment à l'aise avec moi pour évoquer de telles choses sans rougir, flirtant volontiers avec cette zone incertaine où l'amitié tutoie le désir sans jamais passer à l'acte.

Le Calamity Joe, ex-Fox, ex-Chez Moune, rebaptisé et redécoré autant de fois qu'il avait connu de fermetures et de changements de propriétaire, était peuplé d'une faune de trentenaires et quadragénaires vêtues avec élégance. La plupart des femmes affichaient une féminité assumée, exaltée par leur toilette, leur coiffure et leur maquillage, parfois même outrageusement exagérée par des talons interminables ou des renforts mammaires ou capillaires. Elles usaient de tous les artifices pour refléter l'image la plus flatteuse que leur beauté naturelle leur permettait.

Je fis mine de me diriger vers le bar, mais Sophia me traîna de force dans la direction opposée, comme si elle connaissait déjà le lieu – je n'osai pas lui demander si elle l'avait déjà fréquenté, et encore moins avec qui.

Après un dédale de portes et de sas, nous arrivâmes dans un couloir faiblement éclairé, sur lequel s'ouvrait une multitude de petites pièces, certaines occupées, d'autres vides. Plus nous avancions vers le fond du corridor, plus la vocation de ces pièces privées m'apparut clairement : dépourvues de tables ou de chaises, elles étaient occupées par une sorte de tatami surélevé à hauteur de taille, recouvert çà et là de larges serviettes de bain. Des couples de femmes nues, parfois accompagnées d'une tierce participante, s'étreignaient dans une symphonie de râles et de gémissements doux. Nous n'étions pas les seules curieuses à jouir du spectacle car, même quand l'huis d'une cellule était fermé, il était possible d'y jeter un œil à travers le moucharabieh conçu à cet effet.

— Vas-y… me souffla Sophia avec un sourire équivoque, m'invitant à regarder à mon tour. N'aie pas peur. Elles font ça pour qu'on les mate. Sinon elles resteraient chez elles.

Interdite, je glissai un regard dans le box le plus proche, où trois nymphes brunes aux formes parfaites s'assemblaient au gré de leurs envies. La façon dont elles variaient les combinaisons, fluide, aussi gracieuse que si elles répétaient un ballet, capta aussitôt mon attention. Hormis dans quelques films X visionnés avec Fred il y a bien longtemps, je n'avais jamais observé de femmes entre elles. La douceur et la bienveillance qui émanaient de chacun de leurs mouvements me fascina tant elle tranchait avec ces rapports bruts, presque violents, que l'on percevait chez les couples hétérosexuels lorsqu'on en était l'observateur extérieur.

Je notai toutefois qu'il y avait une meneuse à cette valse. La plus âgée d'entre elles, cinquantenaire au corps ferme, donnait le signal silencieux qui les faisait passer d'une posture à une autre. C'était elle aussi qui prenait l'initiative des pénétrations, usant de ses doigts, d'un gigantesque dong noir, ou transformant soudain les mains de ses amantes en outils. Elle décidait quel orifice serait investi, avec quelle force et durant combien de temps.

Alors qu'elles reposaient toutes trois sur le dos, elle se plaça pour glisser index et majeur de chaque main dans le con grand ouvert de ses consœurs, chacune allongée de part et d'autre de son grand corps étonnamment mince pour son âge. Grâce à la disposition tête-bêche, les deux autres pouvaient en retour unir leurs mains au creux de ses jambes, fourrant chacune à son tour trois doigts décidés dans le vagin ruisselant de leur guide. Leurs formes ondulaient dans la pénombre au rythme de leur plaisir naissant, et je restai de longs instants captivée par cette houle de chair frémissante.

Sans m'en rendre compte, et bien que je fusse habillée, j'avais passé une main entre mes cuisses serrées, déchirée entre l'envie d'unir mon bonheur au leur et la honte de céder à ses mirages inédits.

Posant sur mon épaule une main qui me fit sursauter et émettre un petit cri, Sophia me ramena à la raison.

— Allez, viens... On va boire un verre.

Pourquoi m'avoir imposé ce tableau ? Quels effets espérait-elle qu'il produirait sur moi ?

Je revis un instant mon amie dans sa cabine de peep-show, plusieurs mois plus tôt, caressant sa vulve sous mes yeux, alors que son quart d'heure d'exhibition réglementaire s'était achevé.

Elle saisit ma main et me tira jusqu'au bar, où une faune bigarrée s'agglutinait. Je pourrais jurer que, au cours de notre traversée sur la piste de danse envahie d'une masse compacte de danseuses, des mains m'avaient effleuré la taille ou les fesses.

— Je vous sers quoi, les filles ? lança la barmaid gainée dans un corset plus étroit encore que celui que j'avais porté lors de la crémaillère.

— Gin-tonic ? suggéra Sophia.

Tandis que j'approuvais son choix d'un mouvement discret du menton, une silhouette blonde et replète apparut dans mon champ de vision entre deux grandes bringues qui l'entreprenaient de manière explicite. La blonde semblait plutôt à son aise, hésitant manifestement à choisir l'une plutôt que l'autre, rêvant peut-être en secret à une double ration.

— Merde... lâchai-je dans un soupir, tandis que Sophia me tendait mon verre.

— Qu'est-ce qu'il y a ?

— Là. La fille... La petite blonde un peu boulotte...

— Quoi, elle est à ton goût, c'est ça ? Tu veux que je la branche pour toi ?

— Arrête tes conneries... C'est Chloé !

— Chloé ? Je suis censée la connaître ? ironisa-t-elle avant d'avaler une gorgée de sa boisson.

— L'assistante de David !

Débarrassée de son chignon et de ses lunettes, arrachée à la tour Barlet et enveloppée dans une robe fourreau moulante, elle était méconnaissable. Presque jolie, aussi. Abandonnait-elle en ces lieux ses comportements maniaques ? Ou minutait-elle avec soin le temps qu'elle s'accordait avant d'envoyer paître les deux créatures qui s'étaient lancées à son assaut ?

— C'est énorme ! s'exclama Sophia, dont la voix était couverte par la sono et le brouhaha ambiant. Tu crois que David sait que sa secrétaire broute de la touffe après les heures de bureau ?

Je ne relevai pas l'expression grossière, le regard aimanté par la scène.

— Cela m'étonnerait. Au bureau, tout le monde la prend pour la célibataire coincée et désespérée. Le genre à manger les restes de pâtée dans la gamelle de son chat.

Je caricaturais un peu l'image collée à la pauvre fille, éternel souffre-douleur de son patron, et dont la vie privée semblait minable par rapport à celle du grand homme.

Sans préavis, je fendis la cohue et m'approchai à grandes enjambées de la blonde potelée.

— Bonsoir, Chloé !

J'aurais été David en personne qu'elle n'aurait pas été plus abasourdie. Ses yeux roulaient à toute vitesse et fouillaient la pénombre à la recherche d'une échappatoire.

— Bon… Bonsoir.

— Ça fait plaisir de te voir ! lançai-je gaiement.

Dans mon souvenir, nous nous vouvoyions. Mais ce n'est pas cette liberté prise avec les conventions qui la désarçonna le plus.

— Oui… glapit-elle.

Saisissant mon coude, elle m'entraîna à l'écart du petit groupe et chuchota à mon oreille, sur un ton implorant :

— Elle, je… David ne doit pas savoir que je viens ici.

— Hum, admis-je du bout des lèvres, décidée à étirer son supplice. C'est vrai que ses idées sur le sujet ne sont pas des plus progressistes. Pour David, le couple se constitue d'une maman, d'un papa, et de très nombreux enfants blonds.

La pique adressée à Alice était à peine déguisée.

— Je sais, grimaça-t-elle. C'est pour ça. Je te demande de ne rien lui dire.

— Pas de souci, lui accordai-je en souriant de toutes mes dents. Je serai une tombe.

Sophia nous rejoignit enfin, nos deux verres en main.

— Alors ? Tu me présentes ?

— Chloé, voici Sophia, ma meilleure amie. Sophia, je te présente Chloé, l'assistante de David… et une habituée de ce club, si j'ai bien compris.

— Ah, sympa ! déclara Sophia, qui entra dans mon jeu.

Chloé agita la main en signe de dénégation, visiblement proche de la panique :

— Non, non, non ! C'est la première fois que je viens, se défendit tant bien que mal la jeune femme en perdition.

— Si ! insistai-je. Ne fais pas la modeste. Et comme Chloé est une fille supergentille en plus d'être une lesbienne qui s'assume…

Elle s'empourprait à vue d'œil, et je crus bien que mes provocations allaient la faire exploser avant que j'en vienne au but.

— … Elle va nous fournir un état des lieux complet des biens immobiliers de David et de Louis. C'est pas la classe ?

— Quoi ? s'étrangla notre victime.

— Tu m'as comprise, je crois.

— Mais je ne peux pas faire ça ! Si David l'apprend, je suis virée dans l'heure, et sans indemnités !

— C'est sûr, approuvai-je avec un soupçon de cruauté. C'est le risque.

— Je ne sais même pas si j'aurai accès aux…

— Bien sûr que si, la coupai-je d'une claque sur l'épaule. Tu as accès à tout.

Ma comparse eut alors une idée de génie, celle qui emporterait sans conteste la partie : dégainant son téléphone, Sophia déclencha l'appareil photo intégré et immortalisa ma présence aux côtés de Chloé, deux spécimens du lieu en train de s'embrasser à l'arrière-plan.

— Génial ! s'exclama Sophia, poursuivant la comédie. David va a-do-rer !

Prise au piège, sonnée par ce dernier coup, la blondinette se pinça les lèvres pour contenir un haut-le-cœur. Elle s'approcha à nouveau de mon oreille :

— OK. Je te fournis ce que tu demandes, mais je veux l'original de la photo. Et que ton amie et toi vous engagiez par écrit à ne pas révéler ma présence ici.

— C'est parfait. Tu as notre parole. De ton côté, ne traîne pas. Tu as vingt-quatre heures pour me donner ce que j'ai demandé.

— Bien, bien…

Et elle reprit sa mine d'employée servile.

— Je vais faire au mieux.

— Je n'en doute pas.

C'est moche, le chantage. Personnellement, je désapprouve ce genre de pratique et ceux qui y recourent.

Mais, allez savoir pourquoi, je sortis du club avec un sourire de triomphe, bras dessus, bras dessous avec une Sophia hilare. Regonflée d'envie de me battre, j'éclatai moi-même d'un rire sonore, profond, qui me donna la sensation d'éliminer toutes mes douleurs.

25

5 juin 2010

Gin-tonic au Calamity Joe.

Mojitos à la Fourmi.

Vodka au Floors, et café-calva au Rendez-vous des amis.

La fin de la nuit à Pigalle ne nous offrit peut-être pas l'ivresse des sens dont nous avions eu le brûlant aperçu dans les box du club, mais l'ébriété éclipsa momentanément mes tourments. Légère, je flottais dans un nuage cotonneux et réconfortant, hurlant de rire aux blagues de mauvais goût de Sophia, flirtant avec les serveurs.

Je n'eus conscience d'avoir ôté mes chaussures et de marcher pieds nus sur l'asphalte chaud qu'au moment où celui-ci laissa apparaître une portion pavée.

— T'es sûre ? Tu ne veux pas que je te dépose ? me proposa Sophia pour la forme au moment de sauter dans un taxi.

— Non, cela me fait du bien de marcher. Rentre, toi. Tu bosses demain. Moi je peux jouer les fainéantes…

Rien ne m'attendait durant la journée à venir dont je voyais naître les premières lueurs sur la place Clichy. Pas d'homme – le mien se terrait comme un malfrat en cavale. Pas de travail. Aucun impératif et encore moins de projets ou de certitudes qui m'auraient poussée à l'action. J'aurais pu errer des jours, bohémienne de ma propre existence, sans que personne ne se soucie de mon sort.

C'était dans ce genre de situation que maman me manquait le plus. Que sa tendresse immuable me manquait cruellement. J'aurais tant aimé qu'elle me cajole et me répète que tout irait bien... Quant à Louis, je me languissais de ses bras qui m'auraient emportée loin de ce présent si hasardeux.

De la place Blanche jusqu'au Marais, le trajet n'est ni le plus court ni le plus recommandable qu'on puisse imaginer à une heure aussi tardive. Mais, l'esprit encore embrumé, la plante des pieds délicieusement massée par le sol, je n'avais pas peur. Je déambulai tranquillement. Paris s'éveillait, et la flûte traversière, dans cette ritournelle de Jacques Dutronc que Maude aimait tant, gazouillait dans mes pensées.

Celles-ci n'étaient pas si sages, pourtant, à mesure que je descendais la rue des Martyrs, évitant à dessein les Charmes.

Était-ce l'abus d'alcool qui disparaissait peu à peu ? Étaient-ce les étreintes auxquelles Sophia m'avait fait assister ? Était-ce le manque de Louis qui tiraillait mon corps et mon esprit ? En ce petit matin où la ville s'offrait à moi sans un bruit, moi qui m'étais promis de dévoiler Louis avant de m'engager avec lui, j'aurais renoncé à tout. J'aurais renié tous mes serments pour une heure d'amour brut avec lui. Puisque le sexe était notre langage, je ne voulais plus que nous soyons sourds et muets l'un pour l'autre. Je voulais parler, parler, et parler encore !

Louis m'avait appris que la mémoire des effusions torrides s'inscrivait dans la pierre et le pavé, et que nous pouvions puiser à cette source. Je découvrais maintenant que l'inverse était vrai. À mon tour je déposai sur les murs, les portes cochères et les vitrines cette envie de lui qui cuisait dans mon ventre, mes cuisses et mon sexe, si fort que j'en aurais hurlé.

Trace numéro un : au croisement de la rue des Martyrs et de l'avenue Trudaine, je nous vis monter sur le petit manège qui occupait parfois le triangle de bitume de la place. Je me tenais fermement à la croupe d'un cheval de bois tandis qu'il cognait mes fesses en une infernale cadence, chevauchant en moi aussi loin qu'il le pouvait. Ses mains fines pétrissaient ma nuque comme s'il craignait de tomber.

Son sexe me semblait aussi rigide que les barres métalliques auxquelles nous nous raccrochions lorsque nous nous trouvions au bord de la chute. Et de ce péril naissait une ardeur plus forte encore, plus étourdissante. Je l'aurais supplié d'arrêter si je n'avais pas déjà senti palpiter les parois de mon vagin autour de lui et couler les prémices de ma jouissance.

Trace numéro deux : au numéro 54, dans la vitrine d'un pressing à l'étonnante devanture en pâte de verre bulbeuse orange et vert, je me surpris étendue sur une immense table à repasser encore fumante du fer qu'on venait d'y appliquer. La peau des fesses roussie par la vapeur, j'écartais mes cuisses largement pour que mon homme se plante entre elles. Les deux mains serrées sur les bords de la planche chancelante, il envahissait mon sexe évasé par le désir. À chaque embardée, nous manquions tomber dans les piles de draps.

Trace numéro trois : à l'angle de la rue Manuel, Louis, nu, s'était agenouillé devant moi. L'une de ses mains serpentait sur mon ventre, remontant jusqu'à ma poitrine, où deux de ses doigts se mirent à pincer mes tétons, tandis que l'autre se glissait entre mes jambes, inspectant avec sérieux l'état de ma vulve. Il commença par balayer lèvres et nymphes déjà détrempées d'un geste vague, et je pouvais mesurer à l'éclat du regard qu'il levait sur moi le plaisir qu'il prenait à cet exercice. Il l'étirait pour mettre mon désir à l'épreuve et il attendait que je saisisse sa main pour lui intimer de la plonger en moi. Ce qu'il ne tarda pas à faire, de deux doigts tremblants d'impatience.

Que nous fussions en pleine rue ne semblait pas freiner ses ardeurs, bien au contraire, et comme sa main droite allait et venait en moi, l'autre abandonna mes seins et vint planter un index inquisiteur à l'orée de mon anus, droit au centre de la cible étoilée. Mon sphincter se contracta en un mouvement réflexe puis se détendit peu à peu, et le long doigt fit son chemin dans l'étroit espace qui l'avalait, centimètre après centimètre. Les deux plaisirs se rejoignirent brusquement, quelque part au creux de mon ventre, avec une précision telle que ses mains me semblèrent se toucher à travers mes chairs. Ma gorge expulsa un vagissement irrépressible. Sans m'en rendre compte, j'avais posé un genou à terre.

Lorsque je cessai de divaguer et que l'enchaînement des rues de la Nouvelle Athènes ne m'apparut plus comme une longue fresque échevelée à la gloire de notre passion, je constatai que mes pas m'avaient conduite jusqu'à la rue de la Tour-des-Dames.

N'en profiterais-je pas pour donner des croquettes à Félicité et prendre quelques vêtements ?

Comme je remontais la rue en pente douce, j'aperçus à l'autre extrémité une silhouette d'homme qui sortait de l'un des hôtels particuliers. Pressant le pas, je reconnus la démarche pesante du majordome. Mon premier motif d'étonnement fut de constater qu'il ne quittait pas le numéro 3, l'hôtel Duchesnois, mais bien le 1, l'hôtel de Mademoiselle Mars. Qu'il dispose de la clé me troubla. Comment se l'était-il procurée ? Louis était-il au courant de ses incursions dans son domicile ou Armand agissait-il sur ordre de David ? Je repensai à l'embrassade émue, à n'en pas douter sincère, dont le vieil homme m'avait gratifiée quelques semaines plus tôt, et l'idée me traversa qu'il pouvait tout aussi bien venir là pour arroser les plantes et nourrir mon chat.

Ma seconde surprise fut qu'il ne s'engouffra pas chez David mais s'éloigna en sens inverse. Il bifurqua à droite, après quelques pas cahotants, dans la rue de La Rochefoucauld. Je le suivis à distance respectable, m'approchant assez pour distinguer, pendu à sa main droite, un sac en plastique dans lequel on devinait plusieurs enveloppes de tailles et couleurs diverses ainsi qu'un ensemble indistinct de bibelots et de produits alimentaires.

— Où vas-tu donc si tôt, Armand ? Quelle mission ingrate t'a-t-on encore confiée ? soufflai-je pour moi-même.

Parvenu à l'angle de la rue Saint-Lazare, il emprunta la voie de gauche. Pour ne pas attirer l'attention des quelques passants se rendant déjà au travail, je remis mes chaussures. Armand prit à nouveau la première à gauche, la rue Taitbout, laissant derrière lui le bureau de poste logé dans un immeuble Art déco.

Quelques pas plus loin, au niveau du numéro 80, une élégante porte cochère s'ouvrait sur un passage privé d'aspect cossu. Armand disparut dans l'ouverture. Lorsque j'atteignis à mon tour le porche, je pus lire sur son fronton, en lettres d'or majuscules : *SQUARE D'ORLÉANS*.

Le cœur cognant, le souffle court, je trottai sur la pointe des pieds pour le suivre discrètement. Une fois passé un boyau coudé, puis une première petite cour, on débouchait enfin sur le square, conforme aux descriptions flatteuses que j'avais lues en ligne. Le ravissement était tel que je dus me faire violence pour ne pas perdre Armand des yeux. Celui-ci poursuivit son chemin, traversa la placette puis contourna la fontaine glougloutant en son centre ainsi que les arbres plantés autour. Au milieu de toute cette blancheur et des colonnades, on se serait cru en effet dans l'un des quartiers les plus chics de Londres, Chelsea ou Mayfair. L'illusion était parfaite, et le dépaysement garanti.

À l'autre bout du rectangle de calme et de verdure, hélas envahi par de nombreuses voitures de luxe, Armand passa sous un second porche et fut avalé par la pénombre. Une fois que mes yeux eurent accommodé, je le vis s'arrêter devant une entrée d'immeuble. Il composa le code d'un doigt ou pressa le bouton d'un interphone, je ne sus dire, et pénétra dans le hall avec une surprenante vivacité. Quand j'arrivai à mon tour devant la double porte peinte d'un vert anglais, il était trop tard. J'eus beau secouer la poignée, rien n'y fit. Armand m'avait échappé.

Comme je ne voyais personne dans l'entrée et qu'aucun bruit ne provenait de l'ascenseur, j'en déduisis qu'il était monté à pied. C'est alors que j'aperçus la plaque de marbre fixée sous l'arche : *George Sand habita le premier étage de cette maison de 1842 à 1847 – La Société des amis de George Sand.* Du côté opposé, il était indiqué : 5.

5, square d'Orléans.

Quoique ne bénéficiant d'aucune preuve, je me convainquis que c'est dans l'appartement du célèbre auteur romantique qu'Armand était monté. Je tentai d'apercevoir du mouvement à l'étage, une lumière qu'on allume, mais je ne notai rien de tel. Pas plus que les bruits caractéristiques d'un visiteur qu'on accueille : porte qui claque, éclats de voix, rires...

— François ? C'est Elle.

Repartant à pas lents vers l'entrée du square, plus perplexe que jamais, j'éprouvai le besoin de confier mes découvertes à Marchadeau.

Je lui résumai rapidement les faits, y compris la rencontre désastreuse avec Louis et son avocat ainsi que mes excès de la nuit. À son timbre pâteux, légèrement éraillé, je compris que je l'arrachais au sommeil. Moi aussi, j'avais cruellement besoin de dormir.

— Il est bien entré au numéro 5, vous êtes sûre ?

— Certaine.

— Hum... grogna-t-il. Il semblerait que tout commence à se recouper.

— Comment cela ?

S'il avait tant de mal à se réveiller, c'est parce que le journaliste avait continué ses recherches tard dans la nuit. De sa chambre d'hôtel à Rennes, il avait appelé ses informateurs les plus fiables, en particulier ceux qui pouvaient accéder aux états patrimoniaux des contribuables, tels que certains notaires ou les inspecteurs des impôts, dont le secret professionnel se révélait moins inviolable dès qu'on savait les appâter ou faire pression sur eux avec les bons outils.

— André Barlet a acheté l'ancien appartement de George Sand, 5, square d'Orléans, premier étage, gauche, lors d'une vente aux enchères en mai 1977. Vente réalisée par Me Cornette de Saint-Cyr en personne.

Le plus célèbre des commissaires priseurs alors en activité à Paris. Même une béotienne telle que moi savait cela.

— Peu de temps après l'adoption de David, notai-je.

— Exact.

Qui que soit celui que le majordome en pantalon de velours était venu saluer ici, il était évident que cette personne entretenait un lien avec la famille Barlet. Mais pourquoi diable avoir domicilié une morte à cette adresse secrète ? Qui avait pris une telle décision ? David avait-il entretenu le souvenir morbide de son ex-épouse au point de lui créer une sorte de mausolée ?

François était formel : à aucun moment, au cours des vingt années d'amitié qu'il avait partagées avec David, ce dernier n'avait mentionné un bien si prestigieux.

— Avez-vous réussi à savoir qui l'a occupé depuis ? S'il a été loué, ou même prêté ?

— Non. Les contacts que j'ai réussi à mobiliser ne s'intéressent qu'aux implications fiscales des avoirs fonciers. Pas à ce que les gens font de leur bien une fois qu'ils l'ont acheté.

— J'imagine que vous avez dressé avec eux une liste des autres possessions des Barlet… l'encourageai-je à livrer le reste de ses trouvailles.

— En effet. Il y a les deux hôtels particuliers de la rue de la Tour-des-Dames. Selon les volontés testamentaires d'André et Hortense Barlet, celui de Mademoiselle Mars a été légué à

Louis, et celui de Mademoiselle Duchesnois à David. Nous le savons.

— C'est bizarre, quand j'y pense, m'exclamai-je.

— Pourquoi ?

— Parce que, si je me souviens bien de ce qu'a dit Armand, Hortense Barlet tenait l'hôtel Duchesnois de ses parents.

— Et alors ?

— Eh bien, vous ne trouvez pas étrange que le bien de la famille ait été attribué au fils adoptif, tandis que celui acquis plus récemment est revenu à leur fils légitime ?

— Vous avez raison. Cela pourrait expliquer toutes les querelles entre eux au sujet de l'aménagement des bâtiments.

Je l'entendis soupirer longuement puis feuilleter une liasse de papiers, dont le bruissement était entrecoupé de bâillements sonores. Il reprit finalement son inventaire :

— Au moment de leur disparition, le patrimoine des Barlet père et mère comprenait aussi les Roches brunes, à Dinard, l'appartement de l'avenue Mandel et sa dépendance...

À savoir le petit deux pièces de Rebecca, au neuvième étage de l'immeuble des années 1970.

— ... Plusieurs studios sur la Côte d'azur, poursuivit-il, ainsi que deux immeubles entiers, étant entendu que, à l'exception des deux hôtels particuliers mentionnés précédemment, l'ensemble de ces biens est détenu aujourd'hui par une SCI dont David et Louis sont tous deux actionnaires à parts égales.

— Vraiment ? Deux immeubles ?

L'étendue de leurs biens n'était pas une surprise pour moi. Mon étonnement provenait de ce qu'ils étaient les premières personnes de ma connaissance à posséder plusieurs immeubles parisiens dans leur totalité. Cela semblait aussi improbable et magique à la gamine de Nanterre que s'ils avaient été propriétaires de la tour Eiffel ou du château de la Belle au bois dormant.

— Le premier de ces immeubles est le fameux Cargo de la rue de Miromesnil, qui a abrité le groupe Barlet jusqu'à la construction de la tour que vous connaissez…

De quelques gestes nerveux, il compulsa à nouveau les feuilles, tournant les pages à toute vitesse. Visiblement, il s'agaçait de ne pas y dénicher les éléments voulus.

— Et l'autre bâtiment ?

— Je cherche, je cherche… Mais je ne trouve aucun détail dans ce que l'on m'a donné. C'est rageant.

Au moins mon coup de bluff avec Chloé ne serait-il pas inutile. J'exposai mon stratagème à Marchadeau, et nous prîmes bientôt congé l'un de l'autre, nous promettant une mise à jour immédiate dès que de nouvelles informations nous parviendraient.

Il n'était pas 7 heures, et harceler Chloé n'aurait servi à rien. J'étais surexcitée malgré ma nuit blanche, mais je rongeai mon frein. Des viennoiseries me firent patienter deux heures dans un café ouvert très tôt, à deux pas de la place Saint-Georges.

Je m'assoupis plusieurs fois, microsiestes d'une minute ou deux, et consacrai le reste du temps à contempler les allées et venues des passants vers la station de métro.

Sur la colonne Morris voisine, je remarquai une affiche pour le film en costumes qui s'était tourné ici l'année précédente. Il allait bientôt sortir sous le titre énigmatique de *L'Inconnue de Paris*. « Le passé a tué son présent », clamait l'accroche ampoulée au-dessus du visuel central, où le visage du comédien vedette, coiffé d'un chapeau mou des années 1940, se trouvaient près d'une ombre de femme. Entre deux clignements d'yeux pour rester éveiller, je repensai à l'un de mes derniers clients lorsque j'étais hotelle. « Attendez… C'est bien vous que j'ai aperçue, il y a cinq minutes, place Saint-Georges ? » m'avait-il demandé.

C'était impossible.

Il s'était forcément trompé.

À 9 heures piles, je composai le numéro de Chloé, au dix-huitième étage de la tour Barlet, certaine qu'elle serait revenue de la machine à café, déjà à pied d'œuvre.

— Chloé ? C'est Elle Lorand.

— Elle ? bredouilla-t-elle, tétanisée.

— Je viens aux nouvelles, et j'espère surtout que la fin de ta soirée a été bonne. Sacrée ambiance, hein !

L'allusion fielleuse la laissa un instant sans voix, puis elle siffla dans le combiné comme une conspiratrice :

— Je… Tu m'avais laissé vingt-quatre heures !

— Eh bien, disons que les événements se sont un peu précipités depuis notre rencontre au Calamity.

— Mais je ne peux pas, là. Je suis au travail.

— Justement. Tu es à l'endroit idéal pour chercher ce genre de choses.

— OK, je vais voir ce que je peux faire.

— C'est tout vu : tu as une heure.

— Une heure !

Elle toussa comme si je comprimais ses poumons de mes propres mains.

— Oui. Sinon la superbe photo que Sophia a prise sera envoyée à David. Avec les données de géolocalisation du cliché, bien sûr… Au cas où il aurait un doute.

Avant de l'abandonner à son abominable dilemme, je lui précisai que je m'intéressais particulièrement au second immeuble détenu par la famille Barlet. Quinze minutes plus tard, Chloé m'expédia un SMS aussi froid qu'un iceberg :

Mail complet des avoirs fonciers Barlet envoyé sur ton compte perso.

2e immeuble situé angle rues Pigalle et La Rochefoucauld.

Entrée 55, rue Jean-Baptiste Pigalle.

Je ne peux rien faire de plus.

Merci de supprimer au plus vite la photo ainsi que ce texto.

Chloé

Je réglai mes consommations à la hâte, sortis du café et, tout en marchant, relus plusieurs fois son message.

L'angle des rues Pigalle et La Rochefoucauld. Une entrée située au 55, rue Jean-Baptiste-Pigalle. Je ne connaissais que ça ! Je connaissais d'autant mieux cet immeuble qu'il se trouvait non loin de là, et que j'y avais moi-même vécu durant une année. Cette année de parenthèse érotique enchantée qui avait scellé à jamais mon amour pour Louis.

Oui, cet immeuble, c'était tout simplement…

— Les Charmes, énonçai-je à voix basse, hébétée.

26

Imaginez un sac de billes géant qu'on lâche sur une patinoire et vous aurez une image de mes pensées en cet instant. Des hypothèses qui se bousculent sans logique et vous échappent aussi vite qu'elles ont afflué à la conscience.

Celle qui persista le plus longtemps avant de s'évaporer consistait à imaginer David gérer les Charmes sous son patronyme de naissance, Lebourdais, auquel il avait associé un prénom féminin pour brouiller les pistes. Le E gravé dans les vestiaires de Saint-Broladre m'apparut comme un signe : et s'il avait simplement emprunté son prénom à son amour d'enfance ? E comme Émilie ?

Certes, cette possibilité avait le mérite d'éclairer des points obscurs – pourquoi les Charmes étaient le lieu attitré des hotelles, ou comment il avait été possible que des caméras y fussent installées par André Barlet. Mais elle soulevait plus de questions qu'elle n'en élucidait.

Louis m'avait menti par omission en oubliant de préciser que cet hôtel, qui avait vu éclore et s'épanouir notre amour, lui appartenait tout autant qu'à son frère. Ainsi le savant appareillage de caméras, de vitres sans tain et autres artifices espions qui agrémentaient les chambres de l'établissement ne pouvaient-ils leur être totalement étrangers.

Et comment auraient-ils pu être au fait de ce système, peut-être même à son origine, sans savoir qu'il était relié à la console de vidéosurveillance ? Cela n'aurait eu aucun sens.

Retournant sans cesse ces pensées dans mon esprit dans l'espoir qu'elles s'éclaircissent, comme Eliza Doolittle roulait des cailloux dans sa bouche dans *My Fair Lady*, je déambulais dans les rues de la Nouvelle Athènes. Je songeai un instant à interroger monsieur Jacques, mais il couvrirait probablement ses patrons, comme il l'avait toujours fait.

Je me retins aussi d'appeler les deux frères et me contentai d'un SMS à Marchadeau. Avait-il eu conscience de se vautrer dans des draps appartenant à son vieil ami l'unique fois où je m'étais offerte à lui ?

Il accusa sobrement réception et m'indiqua par retour de message qu'il était en partance pour Saint-Broladre, où il allait tenter d'approfondir l'exploration du lieu, cette fois à la lumière du jour.

« J'veux pas rentrer, j'veux pas rentrer chez moi… J'veux pas rentrer chez moi seule », disaient les paroles d'une bluette pop que chantonnait maman en faisant la cuisine, quand j'étais enfant. Je me sentais tout à fait dans cet état d'esprit, le fun coloré des années 1980 en moins.

Le studio de la rue du Trésor avait beau être désormais un havre de paix, je savais par avance que je n'y trouverais cette fois pas plus de réconfort ou de réponses que dans la rue, et ce monde hostile. Et puis, j'ai toujours apprécié ce décalage qui me permet de flâner quand tous les autres courent, ou me dépêcher quand les autres se promènent nonchalamment. La matinée parisienne grouillait maintenant d'une activité intense, et observer les uns et les autres, affairés, pressés, déjà stressés par les reproches qu'on ne manquerait pas de leur faire à leur travail ou à leur école, était par contraste une satisfaction, quoique légèrement cruelle.

Une fois encore, ma boîte aux lettres débordait de courrier, dont plusieurs enveloppes kraft sur lesquelles l'absence de timbres indiquait qu'on les avait déposées en main propre, et non pas expédiées. De toute manière, le facteur ne passait jamais avant 10 ou 11 heures, et on en était encore loin.

Je frémis une seconde à l'idée que Louis m'avait peut-être cherchée ici, cette nuit, après que Sophia était passée me cueillir. Peut-être était-il venu s'excuser, faire la paix, réunir nos deux corps pour soulager les tiraillements de nos deux ego. Comme à chaque fois que je songeais à lui, un fourmillement plaisant et douloureux s'empara de moi, de ma poitrine, de mon sexe. Louis était entré dans mon ADN. Il sommeillait sous ma peau tel un agent dormant que la moindre pensée réactivait. Tout mon corps était agité par le désir.

Je gravis les six étages aussi vite que mes jambes alourdies par la nuit me le permettaient et, la porte du studio à peine refermée, je décachetai les enveloppes. Je crus d'abord à une erreur, car certaines contenaient des définitions que Louis m'avait déjà adressées auparavant. Mais, en les parcourant d'un œil impatient, je réalisai qu'il s'agissait bien de nouveaux textes de son *Alphabet* en complément aux entrées déjà traitées. Je notai surtout que tous avaient un point commun : il n'était pas question de *mes* seins, *mes* fesses ou *mon* ventre, mais des siens. Chaque partie de son anatomie exprimait par sa voix son repentir. Son corps implorait mon pardon. Tout son être me conjurait de renoncer à mon plan contre David. Il ne m'interdisait plus d'entrer en contact avec son frère : il me priait de ne pas le faire.

Même si sa prose contrite me rassurait sur ses sentiments, même si chacune de mes zones érogènes clamait son envie de retrouver son homologue masculin, je savais que je ne pouvais plus reculer. Si je voulais que les deux frères tombent les masques pour de bon, je n'avais d'autre choix que de les confronter. Rien n'était simple. Le mystère s'épaississait à mesure que j'avançais sur leur territoire – les Roches brunes, les deux hôtels particuliers, les Charmes et maintenant le 5, square d'Orléans. Une évidence m'apparaissait pourtant : tout était lié. Tout remontait à une seule et même source, quelque part dans les méandres du passé de la famille Barlet.

Si je parvenais à déterminer lequel d'entre eux filmait les chambres des Charmes depuis la rue de la Tour-des-Dames, alors les fils de la manipulation commenceraient à se démêler. Je n'espérais pas déterminer lequel des frères appartenait au camp du bien ou du mal, – Louis portait sa part de torts –, je souhaitais juste comprendre ce que je signifiais pour lui. Et lui faire gagner son procès.

Je redoutais que mon identifiant et mon mot de passe d'accès au blog n'aient été invalidés mais, par chance, ce n'était pas le cas.

Parvenue à la page d'administration, je composai la note suivante, prétendument destinée à Louis :

Rendez-vous ce soir, 22 heures, dans la chambre de ton choix.
Elle sera plongée dans le noir, j'en fais un impératif.

Je ne doutais pas que David consulterait ce message et comprendrait que la chambre se trouvait aux Charmes. Il serait sans doute tenté de se présenter en personne, l'obscurité préservant son anonymat. C'étaient Sophia et son amant invisible qui m'avaient inspiré cette trouvaille. Sophia, sur laquelle je comptais, avec le renfort de Fred, pour prendre mon futur ex-mari la main dans le sac.

— Tu veux qu'on se planque devant les Charmes et qu'on entre à la suite de David ?

Elle tomba des nues lorsque je lui exposai mon plan au téléphone, mais elle ne protesta pas longtemps. Heureusement pour moi, elle considérait ma proposition comme l'occasion de racheter sa petite trahison de la veille.

— OK, céda-t-elle sur un ton enjoué de comploteuse. Et si c'est Louis qui se pointe ?

— S'il voit mon message et le prend pour lui, vous l'interceptez. S'il vous échappe… advienne que pourra. J'avoue qu'un petit jeu de la vérité entre les deux frères ne serait pas pour me déplaire.

Ce n'était pas totalement vrai. Je redoutais autant ce genre de confrontation que je l'attendais.

— Et qu'est-ce qu'on raconte à Louis pour l'éloigner ?

— Je ne sais pas. Tu n'as qu'à dire qu'il y a une alerte incendie et qu'Ysiam t'a prévenue.

— Hum… Pas très crédible.

— Oh, écoute, vous trouverez bien. Improvisez !

Moins d'une heure plus tard, on avait accepté mon invitation, sous la forme d'un commentaire ajouté à mon billet. Comme je l'avais escompté, David mordait à l'hameçon. Mais il restait méfiant :

Retrouvons-nous d'abord à l'extérieur. 21 h 45. Au Two Moons. C'est tout près de l'hôtel. RDV au jacuzzi.

Sophia, appelée une seconde fois à la rescousse, m'en apprit davantage la minute d'après :

— Le Two Moons ! s'exclama-t-elle avec un petit rire nerveux.

— Quoi ? Qu'est-ce qu'il y a de si étonnant ?

— Oh, rien du tout, ma chérie. C'est seulement le plus grand sauna échangiste de Paris. À cette heure-là, c'est pire que le métro à l'heure de pointe. Dans le genre *discret*, on fait mieux.

Elle semblait bien renseignée. J'avais beau savoir que sa vie privée était plus dissolue que la mienne, cela me plongea dans un réel inconfort.

Les exigences de David changeaient singulièrement la donne. En public, et en pleine lumière, il me serait difficile de lui faire avouer ses manœuvres destinées à compromettre Louis. Sa présence dans le club ne constituerait en rien un aveu de ses manigances sur le blog… Mais il était peu probable qu'il envisage de se présenter en personne car sa couverture sauterait instantanément.

Pour ma part, je réalisai qu'il serait beaucoup plus difficile, dans un tel contexte, de rester sur la réserve et de ne pas jouer le jeu libertin. Ce que j'avais vécu au Brigantin et lors de la soirée « château » à Saint-Broladre m'avait donné un aperçu du caractère direct de la sexualité pratiquée en de tels endroits. Ceux qui les fréquentaient se montraient on ne peut plus entreprenants. Il suffisait de quelques minutes pour se retrouver embringué dans un assemblage plus ou moins douteux, presque à son corps défendant, la main sur un sexe, une autre dans le sien. Les craintes que je ressentais étaient peut-être dues à mon manque d'expérience en la matière.

— C'est aussi le plus clean des clubs de Pigalle, tenta de me rassurer Sophia. La majorité des clients sont des couples très respectueux.

Autant que la grande rousse de Saint-Malo ? me gardai-je de lui rétorquer.

Je passai le reste de la matinée, puis une grande partie de l'après-midi, à relire les notes prises pour mes mémoires en gestation, corrigeant certains passages, revenant sur les faits ou les événements qui me paraissaient contradictoires, confrontant les souvenirs d'hier aux faits d'aujourd'hui.

Étaient-ce les écrits de Louis qui me faisaient cet effet-là, ou le fait que Marchadeau avait jugé favorablement ma première chronique ? Je me sentais parfaitement désinhibée derrière mon clavier. Les mots venaient naturellement, sans s'arrêter, fluides. Seuls les passages osés me demandaient plus de réflexion. Non que j'en ressente une gêne. Au contraire, je brûlais de les revivre, et c'est parce que Louis m'infligeait à nouveau le feu ardent de l'attente que j'éprouvais un trouble assez grand pour brouiller ma plume. Quand j'écris sur le sexe, je ne peux m'empêcher de penser – et plus encore de ressentir – que ce sont des choses à vivre, tout de suite, sans perdre de temps.

J'interrompis mon travail pour m'octroyer ce plaisir que les circonstances me refusaient. J'essayai même la culotte vibrante, présent de Sophia pour les jours de désespoir sexuel. Et celui-ci en était un. Le résultat fut plus chatouillant et piquant que réellement orgasmique.

Après dîner, j'enfilais une robe courte sans sous-vêtements quand un flash me traversa soudain. J'ignorais encore quelle tournure allait prendre mon petit stratagème. Si David me savait en possession des vidéos ou s'il suspectait quoi que ce soit, il pouvait décider de les effacer dès ce soir. Je n'oubliais pas qu'Armand avait accès au domicile de Louis.

J'étais en retard. Posant un pied dans la rue, j'appelai donc Sophia une nouvelle fois :

— So, j'ai un dernier service à te demander.

— Je te préviens tout de suite que si tu me demandes de t'accompagner au Two Moons avec Fred, c'est non !

Je pouffai, et Dieu sait pourtant que je n'avais pas la tête aux plaisanteries.

— Non. C'est un peu chaud, mais pas à ce point.

— Je t'écoute.

— J'aimerais que tu passes tout de suite aux Charmes.

— Maintenant ? piailla-t-elle. Mais je croyais que…

— Attends, je n'ai pas fini. Va voir Ysiam. Il a un double de mes clés. Ensuite, passe chez moi et prends celles de l'hôtel Mars. Elles sont sur ma table de nuit.

— Et ensuite ?

— Après tu files rue de la Tour-des-Dames, tu entres chez Louis, tu vas à la salle de contrôle dont je t'ai parlé…

— Au sous-sol ?

— Oui, au sous-sol, et tu copies la dernière vidéo enregistrée sur la console. C'est facile, elles sont classées par date d'enregistrement. La plus récente est la première dans la liste.

— Mais je ne vais jamais réussir à faire ça toute seule !

— C'est pour ça que tu vas y aller avec Fred. Je suis sûre qu'il a une clé USB qui nous sera utile.

Elle n'aurait certainement pas le temps d'accomplir tout cela *puis* de revenir à temps aux Charmes pour me porter secours...

Conclusion : je serais sans doute seule là-bas, le moment venu. À moins que, prenant tous les risques, Fred file à travers la ville sur sa moto. À moins que je ne prolonge mon aventure dans le temple du libertinage parisien...

Le Two Moons n'avait pas volé sa réputation. Je le compris dès l'entrée, encadrée par deux videurs noirs gigantesques au crâne rasé qui ne desserraient pas les dents. Derrière chacun d'eux, deux immenses statues d'inspiration thaï ou indonésienne montaient la garde devant la large porte de bois ouvragé. Juste après ce premier sas, un petit guichet sur la droite accueillait les visiteurs. Une jeune femme peu courtoise, le regard fuyant, me tendit d'emblée une serviette blanche, un paréo en coton orange ainsi qu'un brassard à Velcro, flanqué d'une pochette bourrée de préservatifs.

— Je vous dois combien ?

— Rien du tout. Aujourd'hui c'est ouvert à tous, l'entrée est gratuite pour les femmes seules.

Sans autre commentaire, elle pressa un bouton qui déverrouilla la porte rouge à gauche. À l'intérieur, je fus saisie tout à la fois par la chaleur, les boiseries et la décontraction qui régnait dans le bar et la salle attenante, où plusieurs couples nus sous leurs paréos discutaient sagement et sirotaient un cocktail. Le coup d'envoi de la soirée n'avait pas encore été donné, et pourtant l'établissement était plein.

Un autre vigile à peine plus mince que ses confrères, repérant en moi la novice, me fit signe d'emprunter l'escalier. À l'étage, l'alignement de casiers m'impressionna. Là, hommes et femmes de tous âges, couleurs de peau et apparences physiques, se dévêtaient ou se rhabillaient sans aucune pudeur. Il y flottait une atmosphère détendue et bon enfant. Certains couples plaisantaient avec d'autres ou se jaugeaient d'un regard oblique, projetant de se rejoindre, plus tard, au sauna ou au jacuzzi.

— Tu es toute seule ?

Une brune entre deux âges sans caractère particulier, mis à part une opulente poitrine tendant à l'extrême son tee-shirt, se planta devant moi. Dans son dos, je pouvais deviner un type tout maigre, plus petit qu'elle, qui tentait de se donner un genre avec un bouc et de nombreux tatouages tribaux.

— Oui, je suis seule…

— C'est ta première fois, n'est-ce pas ? dit-elle en souriant, exagérément avenante. Si tu veux, on peut t'expliquer le fonctionnement de la maison. Cela sera avec plaisir.

— Merci, mais…

— Sans engagement, bien sûr ! s'empressa-t-elle de spécifier. Enfin, tu nous plais bien, à tous les deux, mais on ne veut rien forcer.

Je n'étais pas encore descendue dans l'arène, et déjà deux fauves aux allures de chatons fondaient sur moi.

— Non, c'est très gentil mais je dois retrouver un ami.

— OK, concéda-t-elle avec une grimace de déception. Pas de souci. On reste au moins jusqu'à 2 ou 3 heures. Si tu veux nous rejoindre, tu pourras nous trouver dans la plus grande pièce du haut, tout au fond.

— D'accord.

Après avoir pris un verre au bar, un simple jus de mangue, j'errai un moment au rez-de-chaussée, longue salle étroite renfoncée d'alcôves et de décrochements. Au centre, de larges canapés accueillaient les visiteurs, et un gigantesque écran plat leur proposait un flot ininterrompu de séquences X pour émoustiller les plus réservés. Je m'assis là un moment, appréciant la diversité de la clientèle : jeunes couples de banlieue, vingtenaires piercés et tatoués partout ou sexagénaires chics.

Certains d'entre eux m'adressaient des œillades appuyées. Les femmes seules constituaient des proies privilégiées car elles étaient rares, surtout lorsqu'elles étaient jeunes et séduisantes. Cela expliquait que l'on m'ait laissée entrer sans payer. Les regards dénouaient mon paréo, fouillaient à l'envi mes formes généreuses, et je remarquai un homme grisonnant, pourtant accompagné d'une jeune beauté blonde, qui s'intéressait tout particulièrement à moi. Collée à lui du côté opposé au mien, elle se dérobait à ma vue, et il fallut qu'ils se lèvent enfin pour que je puisse apprécier ses traits juvéniles. Elle m'évoquait vaguement quelqu'un…

Je les suivis à quelques pas de là, dans le vaste jacuzzi creusé dans le décor de roches artificielles. Plusieurs couples enlacés y barbotaient gaiement. Je n'avais plus le choix : si je voulais passer inaperçue, je devais adopter les usages de l'endroit et me dénuder tout à fait. Cinq ou six paires d'yeux féminins et masculins se délectèrent de mon effeuillage, et je me sentis telle une vénus se fondant dans l'onde bouillonnante.

Sur le mur crevassé, un vaste panneau interdisait les pratiques sexuelles à proprement parler. Seuls les baisers semblaient autorisés, et mes voisins ne se privaient pas, s'embrassant avec frénésie autour de moi. Un seul couple restait impassible et se contentait de jouir des jets d'eau qui picotaient leurs fesses : le quinqua et sa blonde créature. Celle-ci me dévisageait avec une insistance de plus en plus pesante. Elle finit par traverser le jacuzzi au ralenti, luttant contre les bulles et le courant.

— Salut. Je suis Olga.

Cet accent slave, très prononcé… Ce visage de vierge russe, ce corps de nymphe à peine éclose, ces seins si menus qu'il aurait fallu trois ou quatre des siens pour remplir l'un des miens… L'une des hardeuses qui batifolaient avec David !

— Bonjour, répondis-je d'une voix tremblante.

— C'est moi, ton rendez-vous.

Dans son dos, le couple qui m'avait accosté au vestiaire faisait fi des consignes, et monsieur glissait une main aussi étroite qu'empressée entre les jambes de madame, laquelle fermait les yeux et entrouvrait la bouche de plaisir.

Je comprenais mieux la fonction de cette rencontre préalable à nos retrouvailles aux Charmes : David voulait s'assurer que je viendrais seule, et il m'envoyait Olga pour m'escorter.

— OK. Maintenant que tu m'as trouvée, quelle est la suite du programme ?

— Il veut que tu t'amuses un peu ici avant de suivre moi à l'hôtel.

Que je m'amuse ? Parlons plutôt d'humiliation. Pour être certain de conserver sur moi assez d'ascendant, David avait imaginé cette mise en scène qui me livrait en pâture à cette bande de joyeux dépravés. Il était clair maintenant que si je voulais voir David ce soir et obtenir les aveux tant espérés, il me faudrait accepter ses règles du jeu. Au moins jusqu'à un certain point.

Sans me demander mon avis, Olga saisit ma main et me tira hors du bain à remous.

— Et lui ? demandai-je en désignant du regard son accompagnateur. Il reste là ?

— Lui ? C'est un client.

Ma main dans la sienne, elle m'entraîna sans détour à l'étage, dans une zone du bâtiment opposée au vestiaire. La lumière y était plus tamisée, la chaleur plus palpable encore, et la majorité de ceux qui furetaient là se promenaient dans une complète nudité, avec autant de naturel que ma guide libertine.

— Là, hammam. Là, sauna, indiqua-t-elle à mesure que nous progressions dans le couloir.

Bientôt, des cloisons et des portes en bois remplacèrent les surfaces vitrées, ouvrant sur des petits box semblables à ceux que Sophia m'avait montrés au Calamity. Ici aussi, les panneaux en moucharabieh offraient une vue discrète mais directe sur ce qui se déroulait à l'intérieur. Ce dispositif laissait également passer les sons, et des gémissements accompagnaient notre parcours. Devant certaines cabines stationnaient des grappes de curieux, certains se contentant de se rincer l'œil, d'autres empoignant sans gêne leur sexe pour se masturber.

— Baise-la... Baise-la à fond, cette petite salope ! grommela, à l'attention du couple qui s'activait derrière le paravent, un homme en pleine action.

La dernière pièce de ce dédale, tout au bout du couloir, n'offrait pas la même configuration que les autres. Elle était plus grande et, surtout, dépourvue de loquet pour verrouiller la porte. Chacun pouvait entrer et s'immiscer à loisir dans le cours des ébats. C'était le coin des baiseurs débridés, des échangistes sans limites. De fait, un amas indistinct de corps s'y entassait. L'ensemble composait un tableau mouvant, râlant, parfois hurlant, aussi brûlant qu'une coulée de lave.

Cette masse en apparence indistincte, monstre aux têtes, aux pénis et aux sexes innombrables, laissait pourtant émerger des individus si l'on prenait la peine d'observer. Un type gigantesque retint mon attention. S'emparant du cul d'une petite brune sèche qu'il prenait en levrette, il trouvait encore la ressource nécessaire pour lécher la vulve d'une autre, debout à ses côtés, et plonger sa main tout entière dans le vagin d'une troisième, allongée sur un matelas légèrement surélevé. Et cette dernière, de son côté, gobait le sexe surdimensionné d'un tout petit homme.

— Vas-y ! m'intima Olga, un index pointé sur le groupe.

— Quoi ? glapis-je.

— Tu fais quoi tu veux, tu suces, tu baises, tu mets la main... Comme tu veux, mais tu y vas, ordonna-t-elle sur un ton sec de matrone.

— Et si je ne veux pas ? la défiai-je en me rengorgeant.

— Si toi veux pas, pas de rendez-vous à l'hôtel après...

J'enregistrai l'ultimatum, attardant mon regard encore quelques instants sur le groupe qui s'embrasait à deux pas de moi. Je me décidai à m'approcher timidement, sans savoir où me poster ni comment aborder ce magma de chair palpitant de plaisir. Le cri déchirant d'un orgasme – mais d'où diable venait-il, de quelle gorge et de quel sexe ? – me figea un instant. Puis je m'agenouillai aux abords d'un duo accaparé par un sage missionnaire.

Adressant un regard que je voulais complice à l'homme puis à sa partenaire, je glissai une main entre eux et tâchai d'atteindre le clitoris tumescent de cette dernière. Je le roulai sous mon doigt tel un haricot dans sa cosse. La réaction fut détonante, électrique. La femme souleva son bassin dans une brusque secousse qui repoussa hors d'elle la verge luisante, avant que son compagnon ne reprenne ses assauts. Tout le bas de son corps tressautait en cadence. Son orgasme approchait, et je me sentais étrangement fière des effets produits par mes caresses. Je pressai avec plus de vigueur le petit bouton, dont la résistance élastique titillait la pulpe de mon majeur.

— Tu as retrouvé tes amis, on dirait.

La voix féminine s'était invitée dans mon dos sans crier gare. Son ton exprimait du soulagement plus que du reproche. Je reconnus le couple du vestiaire. Tous deux me souriaient, à la différence que l'homme se masturbait consciencieusement, ses yeux rieurs plantés dans les miens, brandissant son sexe comme on tient sa canne ou sa pipe.

Leur irruption aurait pu me mettre mal à l'aise, mais je saisis leur apparition comme la meilleure issue possible. Celle dans laquelle je laisserais le moins de plumes.

Sans lâcher le clitoris de la fille qui se pâmait sous mon doigt, je pivotai le buste et, les yeux levés vers lui, approchai mes lèvres du gland violacé de M. Vestiaire. Il comprit la manœuvre et propulsa aussitôt son gros bourgeon de chair gonflée dans ma bouche. Malgré un peu de dégoût – sa saveur était âcre et musquée – je tâchai d'effacer les dents et la langue pour l'accueillir confortablement.

— Je savais qu'on serait copines, toutes les deux, se réjouit sa femme à voix haute.

Elle approcha à son tour et, après une contorsion étrange, s'allongea sur le dos pour placer sa tête juste sous mes jambes accroupies, sa bouche à hauteur de vulve. J'aurais voulu me rebeller, mais la queue de son homme me muselait. Seconde après seconde, celui-ci se faisait plus hardi, s'élançant si profondément en moi qu'il manquait me faire suffoquer.

Ces deux-là connaissaient leurs gammes. La femme entreprit bientôt de me lécher à grands coups de langue appliqués, parfois sur toute la surface de ma vulve grande ouverte, à d'autres moments dardant sa pointe sur mes nymphes ou mon capuchon. Le bâillon de chair qui envahissait ma bouche étouffa mon cri quand soudain elle se piqua de planter toute la longueur de sa langue dans mon vagin.

Entrouvrant les yeux, j'aperçus furtivement Olga, dont le sourire discret et les battements de cils approuvaient mon initiative. Une question idiote, échappée de je ne sais plus quel talk-show, me traversa l'esprit : « Est-ce que sucer c'est tromper ? » Et se faire sucer ? Quelle infidèle étais-je donc à Louis en consentant à ces sacrifices ?

Tandis que j'appréciais de plus en plus son savoir-faire, Mme Vestiaire se retira de mon ventre et, d'une main autoritaire, désigna mon sexe à son mari, bien décidée à m'offrir à lui.

Mais je ne leur permis pas de choisir à ma place. Il était hors de question de me laisser prendre. Abandonnant les deux femmes, je fis face à l'homme. À mon tour, je m'accrochai à ses cuisses et me projetai vers son pubis, plus violemment à chaque poussée, jusqu'à sentir son gland dans les régions les plus enfouies de ma gorge. Je le retins ainsi prisonnier de mes va-et-vient. J'allais si vite, si bien et si fort, qu'il aurait été incapable de quitter ma bouche s'il l'avait voulu.

— Du calme, chérie ! se rembrunit Mme Vestiaire. À ce rythme-là, tu vas l'épuiser en deux minutes !

La prophétie ne tarda pas à se réaliser car, après quelques contractions éclair, les premières gouttes d'un geyser chaud et visqueux perlèrent au bout de son gland. J'eus le réflexe d'un ultime mouvement de recul, et l'homme gicla dans l'air, quelques larmes de sperme éclaboussant tout de même mes joues et mes lèvres.

— Oooooh… brama-t-il. T'es une supersuceuse, toi.

Je reçus le compliment d'un sourire et me relevai, massant mes genoux endoloris. Abandonnant le couple à moitié repu, je me collai à Olga.

— C'est bon, vous avez eu ce que vous vouliez. On peut y aller maintenant ? demandai-je, le regard provocateur.

27

Étrange sentiment que la colère quand la frustration s'y mêle.

Je n'avais pas joui, et je m'étais soumise à un ordre. J'étais furieuse. Moins contre ceux qui avaient bénéficié de mes faveurs que contre moi-même. J'aurais pu, j'aurais *dû*, refuser ces conditions.

Je suivis la blonde Olga, silhouette gracile tout juste couverte d'une petite robe blanche transparente. D'une main, elle pianota un message sur son portable – je supposai qu'il s'agissait du signal convenu avec David. J'avais surmonté l'épreuve qu'il m'avait réservée, et sa complice avait rempli sa mission. L'heure du véritable combat pouvait sonner. Nous pouvions monter sur le ring.

À cette heure, Pigalle fourmillait de touristes et de provinciaux qui formaient autour de nous une foule cosmopolite et bigarrée. Ainsi vivait ce quartier, véritable creuset universel de la diversité.

— C'est cool ici, hein ? me lança Olga, soudain plus amène. J'aime bien tous les gens différents !

Devais-je comprendre qu'elle affectionnait tout particulièrement la pénétration interraciale que les mâles qui la reluquaient semblaient aptes à lui proposer en guise de préliminaire ?

J'abandonnai mon mauvais esprit et vérifiai dans mon sac que le petit appareil photo compact était là, sa batterie bien chargée.

Quittant le boulevard de Clichy et contournant l'arc de cercle de la place Pigalle, nous dépassâmes l'imposant fronton du Folie's Pigalle, l'une des institutions de la nuit, côté rive droite. Nous n'avions plus, pour parvenir à destination, qu'à nous laisser couler dans la rue Jean-Baptiste-Pigalle. L'affaire de deux minutes à peine.

Ça va trop vite, pensai-je, alors que nous nous engagions dans la voie en pente douce. Sophia et Fred ne pourraient jamais me rejoindre à temps. Les événements s'emballaient, et c'est avec une émotion presque comparable à celle ressentie lors de ma toute première visite, plus d'un an et demi auparavant, que j'arrivai sur la petite place, juste au-dessus des Charmes, celle qui comptait trois arbres chétifs du même nom.

Chacun de mes pas pesait son comptant de douleurs, d'espoirs déçus et de souvenirs. Dire que seulement quelques mois auparavant, je n'avais jamais mis les pieds dans ce quartier ! J'avais vécu tant de nouvelles expériences ici… Mais l'une d'elles dépassait toutes les autres : là avait eu lieu ma première fois avec l'homme de ma vie.

— Ça va pas ? Tu te sens pas bien ? s'inquiéta Olga, qui me voyait à la traîne.

Plus que Louis, n'étaient-ce pas mes souvenirs dans ce lieu que je m'apprêtais à trahir ? Mais ma soif de vérité emportait tout, m'entraînant malgré moi vers des révélations décisives.

— Si, si. Allons-y.

À notre passage dans le hall, monsieur Jacques leva à peine le nez de ses registres. Maintenant que je connaissais la véritable identité de ses employeurs, je comprenais mieux l'attitude du concierge envers moi, entre ruse et déférence. Ysiam n'était pas à son poste près de l'ascenseur, et nous montâmes seules jusqu'en haut de l'immeuble, le cinquième et dernier étage. Son couloir rouge sang était probablement celui que j'avais le moins fréquenté. Je ne m'y étais aventurée qu'une fois, dans la chambre Marie Bonaparte. Ainsi demeurait-il pour moi le niveau des mystères les mieux cachés, là où notre inconscient s'ébat librement, hors de tout contrôle, comme en son jardin secret.

Olga m'ordonna d'éteindre mon portable et, une fois vérifié que cela était fait, elle me conduisit à la porte en face de la Marie Bonaparte. Contrairement à toutes les autres, la porte n'était pas rouge, mais noire et, au moment de la franchir, je tâchai de ne pas y voir un présage funeste. Comme je l'avais exigé, la pièce était plongée dans une obscurité parfaite préservée par un lourd rideau derrière l'entrée.

Ma respiration s'emballait. À chaque seconde, mes inspirations devenaient plus fébriles et j'expirais aussitôt après un souffle bref et vicié. Mes jambes flageolaient. Malgré moi, ma poitrine gonflait et mes tétons durcissaient à vue d'œil.

Olga partit sans un mot. Plusieurs minutes s'écoulèrent, précieux instant de répit que je mis à profit pour répéter mon plan : laisser David entrer sans intervenir, pour qu'il ne se doute de rien ; me dévêtir et l'inviter à faire de même ; effleurer ses zones les plus sensibles – si ce que je me remémore sur ce point est juste : torse, ventre, scrotum, gland – ; attendre qu'il atteigne un état d'excitation élevée ; dégainer enfin mon appareil et, avec le flash, prendre en photo le véritable auteur du blog.

Un dispositif simple, impossible à déjouer. Imparable.

Les minutes se succédaient avec la mollesse d'une guimauve. L'attente virait au supplice. David allait-il me faire faux bond ? Le compte rendu d'Olga avait-il éveillé ses soupçons ? Dix minutes au moins avaient passé, et j'hésitais à quitter la pièce quand un léger frémissement dans les ténèbres me fit sursauter. Mes pupilles avaient beau être dilatées, je n'y voyais rien. J'aurais pourtant juré avoir perçu un mouvement dans l'un des coins… Une musique éclata soudain, tonitruante, aussi percutante qu'un coup de poing au visage. Si Louis cherchait inlassablement la musique érotique idéale, celle-ci avait pour but évident de me déstabiliser, avec ses violents accords de guitare électrique et le martèlement fou de sa batterie. Du death metal, death hardcore, death-quelque chose… Il y avait là une brutalité morbide qui prédisposait au carnage plutôt qu'à l'amour.

L'instant d'après, comme si elles avaient surgi de la furie sonore, quatre ombres se précipitèrent sur moi depuis les quatre coins de la chambre. Je pus sentir le souffle de leur déplacement rapide. Le temps que je réagisse, mes poignets et mes chevilles étaient entravés par leur poigne de fer. Je hurlai et me débattis, mais on me fit basculer brusquement au-dessus du sol comme si je ne pesais pas plus qu'un fétu de paille. Des boucles de cuir se refermèrent bientôt sur mes quatre membres, et il y eut ensuite un cliquetis métallique. Quand on me lâcha, mon corps était écartelé, j'étais suspendue en lévitation à un mètre du plancher. Je me sentais comme une petite mouche prise au centre d'une toile. Ne manquait que l'araignée qui, à coup sûr, allait me dévorer.

Leur forfait accompli, les silhouettes se retirèrent, indifférentes à mes cris désespérés :

— Vous ne pouvez pas me laisser comme ça ! J'ai prévenu les flics !

Bluffer était inutile, je le savais bien. Ma seule planche de salut était Sophia, et c'était une planche que j'avais moi-même savonnée en lui imposant une mission impossible. Je me répétai tel un mantra le minutage des trajets. Au mieux, je pouvais espérer la voir débarquer autour de 23 h 30. Or, si mon calcul était exact, nous devions tout juste approcher 23 heures. Soit trente minutes pendant lesquelles David pourrait me ferait subir absolument tout ce qu'il désirait.

Comme s'il avait perçu mes craintes, celui-ci entra dans la pièce. J'aurais été incapable d'apercevoir quiconque à travers les larmes qui coulaient irrépressiblement sur mes joues. C'est à son parfum que je l'identifiai. Puis à sa voix, reconnaissable entre mille, si semblable à celle de l'éternel jeune premier du théâtre français... Mais je n'avais pas affaire à Gérard Philippe. David n'était ni le Cid ni Fanfan la Tulipe. Juste l'homme qui avait voulu détruire mon fiancé et me duper de la plus abjecte des manières. David, mon tourmenteur.

— Eh bien, tout arrive, finalement.

— Quoi ? criai-je, tremblante, percluse de souffrance et d'effroi. Qu'est-ce qui arrive ?

— Nous deux, dans une chambre de cet hôtel. Dieu sait combien de types tu t'es tapé ici, m'insulta-t-il. Peut-être bien tout Paris. Mais il n'y en avait qu'un seul assez bête pour ne pas y avoir goûté...

— Qu'est-ce que tu veux, putain ?

Je m'agitais comme une possédée, mais mes contorsions désordonnées eurent pour seul effet de resserrer les liens de cuir sur ma peau et de déchirer un peu plus mes muscles tendus à l'extrême.

Il ne répondit pas. Je l'entendis fureter dans la pièce, puis se poster face à moi, juste entre mes jambes.

— Jouir un peu de la vue, pour commencer.

— Quoi ?

L'effroi me glaça quand, aussitôt après, le flash d'un appareil photo m'éblouit. *Mon* appareil photo, supposai-je.

— T'es complètement taré ! hurlai-je, terrorisée. Sophia et Fred vont débarquer d'une seconde à l'autre !

— Avec plaisir. Tes petits amis seront les bienvenus ! Je suis même surpris qu'ils ne soient pas venus avec toi.

Surpris ? Comment pouvait-il être surpris alors qu'il ignorait tout de notre stratagème ?

— J'avoue que tes complices me déçoivent, poursuivit-il avec la même morgue. Yves a tout de suite compris qu'il avait été pisté. Il a même fait en sorte que tes pirates du dimanche croient avoir mis la main sur ma machine sans être traqués en retour.

Ainsi David se savait-il démasqué depuis le début. Voilà pourquoi il avait pu déjouer mon plan. Et pour empêcher un débarquement en force de mes amis, il avait pris la précaution de m'envoyer au Two Moons avec Olga en éclaireur.

Nouveau balancement au centre de mon piège, nouvelle douleur atroce foudroyant mes membres.

— David, c'est grave ce que tu fais, tentai-je de le raisonner sans réel espoir. Séquestration, acte de barbarie... Ça va chercher loin !

— Moi, je ne vois qu'un jeu entre adultes, pas très différent de ceux auxquels tu as déjà participé, ici-même, avec Louis. Et de si bonne grâce.

— Je suis désolée, l'implorai-je. C'est ça que tu veux entendre ? Alors d'accord. Je suis désolée pour tout : le mariage raté, les rendez-vous ici avec ton frère... Tout !

Le raffut de la musique nous obligeait à brailler, et je me dis que l'insonorisation de la pièce devait être parfaite pour que personne n'ait été alerté.

Sans que je m'en rende compte, il s'était déplacé jusqu'à mon côté. Il souffla alors à mon oreille :

— Tu n'as rien compris...

— Compris quoi ?

Alors, lentement, il caressa de la main mon corps bandé. Des cuisses jusqu'aux lèvres, il me balaya d'un geste indolent, presque lancinant.

— Que je pourrais vous infliger mille supplices, à tous les deux, et que cela ne suffirait pas à réparer les trahisons de Louis.

J'avais du mal à respirer. Parler devenait une souffrance supplémentaire, chaque mot déchirait ma poitrine et comprimait mes poumons.

— Je te le répète, je suis désolée pour notre maria...

— Mais je me fiche complètement de ce putain de mariage ! tonna-t-il sans me laisser finir. Tu crois vraiment qu'un type comme moi a du mal à se trouver une épouse convenable ? Non, mais regarde-toi, Annabelle !

Il éclata d'un rire cruel.

— Elle, franchement. Si tu crois que mon ego ne peut supporter l'affront d'être rejeté par une petite *banlieusarde*...

Il avait craché ce dernier mot avec tout le mépris dont il était capable. Je remerciai le ciel que maman n'ait jamais croisé cet individu ignoble.

— Tu te goures sur toute la ligne, ma pauvre fille ! Je n'ai qu'à siffler pour que des plus jolies et des plus brillantes que toi accourent ! Tu m'entends ?

Comme si un bataillon de beautés serviles allait pousser la porte et se prosterner à ses pieds, il se mit à siffler, ivre d'orgueil, pathétique, ridicule.

— OK, encaissai-je le plus calmement possible. Alors quel est ton problème ? Quelles sont toutes ces trahisons que Louis t'a infligées ?

Grâce à Rebecca, j'en connaissais au moins une, peut-être la plus douloureuse : la relation secrète et illégitime que son frère avait entretenue avec Aurore.

— Vas-y ! Dis-moi ! Ça tombe bien, je n'ai rien d'autre à faire pour le moment. On a tout notre temps.

Je m'étonnai moi-même de trouver encore les ressources nécessaires à ce genre de provocations. Mais il ne fut pas impressionné par mon courage.

Il dut actionner une commande, car la musique se tut soudainement. Et, de là où il se tenait maintenant, à quelques pas en direction de la porte, il murmura doucement, presque comme une plainte, d'un timbre méconnaissable :

— Il a tout gâché... Il a toujours fallu qu'il salisse ce que j'avais. C'est tout. Louis ne sait faire que cela : voler ce que possèdent les autres, ou l'avilir quand ça lui échappe.

— Aurore ? C'est ça ? Tu parles d'Aurore ?

Ses pas précipités vers la sortie furent sa seule réponse. Il frappa deux coups secs sur le vantail derrière le rideau, entrouvrit légèrement la porte et, au lieu de quitter la pièce comme je m'y attendais, s'effaça pour laisser pénétrer plusieurs silhouettes, au jugé trois ou quatre, sans doute les individus qui m'avaient placée en si fâcheuse posture.

J'espérais silencieusement qu'ils dénoueraient mes entraves mais, à la place, ils saisirent avec vigueur mes seins, mes fesses et mes cuisses, qu'ils pétrirent, claquèrent et battirent comme du pain. Je n'étais plus qu'une pâte livrée à leurs jeux d'enfants. Une femme à modeler.

La panique monta encore d'un cran lorsque je compris que David s'éclipsait pour de bon et m'abandonnait aux caprices de sa horde frénétique et impitoyable. Il était clair que la fantaisie érotique allait virer au viol collectif.

Pourtant, la première chose qui se présenta entre mes jambes était froide et aussi dure que l'acier. L'autre fait surprenant était le silence religieux avec lequel ils officiaient. Aucune insulte, aucune injure, aucune exhortation à me baiser plus fort, plus vite ou à m'humilier. Plus qu'un rituel, ils semblaient suivre avec soin une liste d'instructions. Un mode d'emploi.

— David ! David, non ! Reviens ! appelai-je aussi fort que me le permettaient mes poumons ronflants comme une forge.

La chose se planta en moi d'un mouvement sec mais moins douloureux que je ne le redoutais. C'était un godemiché de taille intermédiaire, que l'une des mains sans visage faisait maintenant aller et venir au creux de mon ventre d'un mouvement mécanique, appliqué. Sans ce soucier de mes réactions, comme si j'étais un objet.

Quand son monstrueux remplaçant effaça à son tour mes nymphes et darda sa pointe deux à trois fois plus large à l'entrée de mon vagin, je ne ressentis même pas son intrusion en moi.

Aucune de mes sensations n'était plus claire : j'avais, je crois, perdu connaissance.

28

6 juin 2010

Je me réveillai dans la Joséphine, ma bien-aimée chambre un, aussi surprise de me trouver là que de me sentir vivante. Je me secouai, mais ma tête lourde et mes muscles courbaturés me tirèrent un gémissement. Comment avais-je été transportée là ? Par qui ? Et, surtout, dans quel état ? Si plusieurs hommes avaient abusé de moi dans cette chambre obscure, sans doute pendant des heures, alors pourquoi mon sexe restait-il la seule partie de mon corps à ne pas être endolorie ?

Je captai des bruits de toilette dans la salle de bains attenante. Alors seulement je compris que je n'étais pas seule et que celui qui s'affairait ainsi à ses ablutions avait partagé ma nuit. Je m'attendais à tout, à voir surgir un des sbires ou bien David, un sourire de triomphe sur le visage. À qui avait-il pu me livrer ? Quelle option lui avait paru la plus humiliante pour moi ?

Mais ce qui me plongeait dans des abîmes de perplexité et d'angoisse était que je sois encore prisonnière. Fred et Sophia m'avaient-ils abandonnée ? Avait-on réussi à leur faire rendre les armes à leur arrivée aux Charmes ?

Une dernière hypothèse, la plus atroce, m'effleura telle une brûlure : étaient-ils ses complices ? David les avait-il achetés ?

Que pouvait bien peser la loyauté de Fred face à la sauvegarde de son emploi à BTV ?

Soudain, les bruits d'eau se firent plus présents. L'inconnu était passé sous la douche, et un sifflotement léger me parvint. J'aurais juré reconnaître les quelques notes sorties des lèvres de David, la veille, dans le noir de la chambre des supplices.

N'était-il pas logique que David reprenne son bien et en abuse ? À moins que me livrer à un tiers, comme au temps où j'étais hotelle, constitue pour lui le meilleur moyen de me rabaisser au rang d'objet sexuel. Un gadget qu'on se prête entre hommes, comme n'importe quel jouet.

Je n'aurais su dire laquelle de ces deux possibilités m'était la plus pénible.

— David ? l'appelai-je à mi-voix. David ?

Quand la porte de la salle de bains grinça enfin et m'arracha à ma torpeur, je poussai plusieurs petits cris brefs. Peut-être un peu trop perçants. Sans doute avais-je fini par croire que sa présence n'était qu'un songe. L'inconnu s'immobilisa derrière la porte, hésitant à sortir. J'imaginais sa main crispée sur la poignée, son souffle suspendu.

Après des secondes interminables, la porte de la salle de bains s'ouvrit complètement. Le corps qui m'apparut était nu, et la première chose que je vis fut une rose tatouée, largement éclose sur une épaule mouchetée de rousseur et de beauté.

— Louis ? manquai-je m'étouffer.

Il était bien là, face à moi, le sexe à demi dressé, un sourire retenu biffant son visage. Un sourire dont je ne sus dire, à ce moment, s'il exprimait le contentement ou la gêne, l'empathie ou la sévérité.

Je me redressai dans le lit de Joséphine, sonnée.

— Non, non, non, m'affolai-je en secouant la tête, horrifiée et tremblant de tous mes membres. Ne me dis pas…

Il se précipita vers moi, affichant un air tendre.

— Du calme, ma belle. Tout va bien.

— Qu'est-ce que tu fais ici ? Qu'est-ce que…

Il se cala confortablement, pressant mon flanc contre sa poitrine douce et chaude. Il caressa mes épaules, ma nuque et mes cheveux. J'aurais pu rester là toute une vie, bercée par sa présence rassurante et ses odeurs subtiles de lavande et de vanille.

Mais je n'oubliais pas notre dispute. Je n'oubliais pas cette interdiction de dévoiler leurs secrets, à son frère et lui. Nous nous étions quittés fâchés, et je le retrouvais la nuit où David me séquestrait. Cela méritait quelques explications.

— Quand j'ai vu ton message sur le blog, se lança-t-il, il était déjà 23 heures.

— Il ne t'était pas adressé.

— Je sais. Mais je me suis douté que ton traquenard ne fonctionnerait pas si facilement. David a toujours un coup d'avance. Quand on était petits, il gagnait tout le temps nos parties d'échecs.

Son aveu de faiblesse me toucha, et je l'invitai à poursuivre d'un regard plus conciliant.

— Pour satisfaire tes conditions, je me doutais qu'il t'avait attirée au dernier étage. C'est là que se trouvent les pièces complètement aveugles de l'hôtel.

— Et après ?

— David avait déjà décampé quand je suis arrivé. Quant aux types qui se trouvaient là, ils n'ont pas opposé beaucoup de résistance. Ce sont simplement des fétichistes SM qu'il a ramassés dans des clubs et grassement payés pour sa petite mise en scène. Ils voulaient de l'argent, pas des ennuis.

C'est donc lui qui m'avait sauvée de leurs griffes. Ses précisions confirmaient mon impression que mes tortionnaires avaient simplement fait leur job.

— Est-ce que… ?

Il devina ma question sans que j'aie à la poser.

— Non. Ils n'ont pas eu le temps. Mais, si tu le souhaites, on peut tout de même porter plainte contre X, pour tentative de viol.

J'agitai faiblement la tête en guise de refus.

Il posa une main tendre sur mon front et conclut, sincèrement rassuré :

— Tu as l'air d'aller mieux.

— Oui, à part mon poignet et mon bras, admis-je avec une moue. Et Fred, et Sophia ?

Ma remarque sembla le surprendre. Il écarquilla ses petits yeux bruns, dont le contour fin conférait à son regard toute son intensité.

— Ils n'étaient pas là.

— Tu es sûr ?

— Certain. Ou alors ils étaient déjà repartis.

En me livrant à la barbarie de mes bourreaux ?

— À quelle heure es-tu arrivé ?

— Je ne sais plus. Pas avant 23 h 30.

Soit l'heure où mes deux amis étaient censés voler enfin à mon secours. Or, quand bien même ils seraient arrivés après Louis, ils auraient sans doute demandé de mes nouvelles à monsieur Jacques, qui leur aurait indiqué la chambre où Louis m'avait transférée.

S'ils ne s'étaient pas présentés à la réception de l'hôtel, cela voulait dire…

Un frémissement épouvanté me parcourut de part en part. Fred. Sophia. Je ne parvenais pas à croire qu'ils aient pu tourner casaque et me déposer ainsi entre les mains de mon ennemi.

C'en était trop. J'avais besoin de calme, d'isolement, de réflexion.

— Tu peux me déposer chez moi, s'il te plaît ?

— Au studio ? s'étonna-t-il. Tu ne veux pas venir te rétablir à la maison ?

Contrairement à ce que j'attendais, la nuit passée ne m'avait rien appris de plus, ni sur David ni sur Louis, et ce n'était pas en retombant dans les bras de ce dernier, délicieuse tentation, que j'aurais le discernement nécessaire pour dénouer l'écheveau de leurs secrets.

Je voulais Louis, plus ardemment que jamais. Mais je le voulais libre, droit, et fier. Mien par choix, et par un consentement dégagé de toutes chaînes, passées ou présentes. Or je voyais bien que, en dépit de son amour pour moi, il demeurait autant que David l'esclave de leur contentieux fraternel, enfermé dans son rôle, son aigreur, et peut-être aussi certains souvenirs.

Si j'acceptais de regagner l'hôtel de Mademoiselle Mars, il était probable que je n'en repartirais plus et que, enveloppée de confort et de tendresse, enivrée de sexe et de passion, je renoncerais à jamais aux réponses que j'espérais encore.

Son taxi me déposa à l'entrée de l'impasse du Trésor. Notre baiser fut bref, mais chargé d'une ferveur inédite. Il m'apparut comme une promesse : celle de nos retrouvailles prochaines.

Comme j'esquissais un geste vers la poignée, il me retint et m'attira à lui. Ses bras se refermèrent autour de ma taille, délicieuse prison dont il fallut toute ma volonté pour m'arracher.

— Je peux monter avec toi, suggéra-t-il à nouveau, cajolant, tentateur. Juste un moment.

Et m'offrir ce réconfort dont j'avais tant besoin. Et me faire l'amour.

Mais, une fois encore, je fis le choix sévère de la vérité au détriment de mes envies.

— Non, vraiment, refusai-je avec un sourire forcé. J'ai besoin d'être un peu seule.

Oh, je me serais damnée pour quelques heures contre lui. Mais ce temps n'était pas encore venu. Et je ne trouvai aucun mot juste pour le lui expliquer.

— Repose-toi bien, alors, me souffla-t-il.

— Oui, toi aussi.

Je refermais la portière de la grosse berline sombre, une clinquante allemande dernier cri, quand je crus l'entendre ajouter en sourdine :

— Toi surtout. Tu vas en…

Moi surtout ? Qu'avait-il voulu dire par là ? En prévision de quoi ? Quels étaient donc ces derniers mots que le claquement de la porte avait emportés : Tu vas en… avoir besoin ?

Je voulus l'interroger, tentai en vain de m'accrocher à la poignée, mais déjà le puissant véhicule repartait en trombe, me laissant là, hagarde, sur mon petit bout de pavés.

Ce n'est qu'une fois dans le studio que je songeai à rallumer mon mobile, éteint sur ordre d'Olga depuis la veille au soir. Il était à court de batterie, et je dus le recharger une dizaine de minutes au moins pour que s'affichent enfin les messages en souffrance : un message vocal et deux MMS.

Sur ma messagerie, la voix de Sophia sonnait d'une manière étrange, altérée par le stress, peut-être même la peur : « Elle, c'est moi… Enfin, c'est nous. Je suis au poste, avec Fred. J'ai pas beaucoup de temps pour te parler. On a fait ce que tu voulais. Mais quand on repartait, deux voitures de police sont arrivées pour perquisitionner l'hôtel particulier de Louis. On est en garde à vue pour effraction, tentative de vol et quelques autres bricoles sympathiques… »

Les chefs d'inculpation étaient absurdes : il ne pouvait y avoir eu effraction puisqu'ils avaient ma clé. Quant au vol, je doutais que la police ait découvert les images sur CD ou la clé USB qu'ils avaient subtilisées. « Je ne sais pas quand on pourra sortir, poursuivait-elle. J'ai essayé de contacter Louis, sans succès. Bref, on ne va pas pouvoir te retrouver comme prévu. Je suis… Je suis désolée. Je t'embrasse. Je te rappelle dès que j'en sais plus. »

J'étais sur le point d'appeler Zerki sur-le-champ pour qu'il vole à la rescousse de mes amis, quand un coup d'œil à l'expéditeur des deux MMS arrêta mon geste. Voilà que Marchadeau, silencieux depuis vingt-quatre heures au moins, se manifestait. J'en déduisis qu'il avait mis la main sur des éléments qui lui avaient donné du fil à retordre. Les deux messages dataient de la nuit précédente, envoyés coup sur coup, quelques minutes après minuit.

Étrangement, ils comportaient tous deux le même texte – *Trouvé dans caisse cadenassée, cave Saint-Broladre* – et n'étaient accompagnés d'aucune note. Qu'avait-il pu exhumer du champ de poussière et de gravats qu'était devenu l'ancien orphelinat ? Une caisse, trouvée dans une cave. Était-il possible que des archives aient été abandonnées sur place et soient restées tout ce temps inviolées ?

D'un doigt fiévreux, je cliquai sur la première image qui mit une poignée de secondes avant de s'afficher en entier. Je zoomai sur le document, dont le texte était trop petit pour être déchiffré. L'entête indiquait qu'il s'agissait d'un formulaire d'admission à Saint-Broladre établi le 11 mars 1972 pour une petite fille alors âgée de deux ans à peine. Son nom de naissance était Émilie Jeanne Laure Lebourdais. Née le 1er juin 1970, à Dinard.

Je me répétai son nom plusieurs fois de suite, comme pour mieux me convaincre de sa réalité.

— Émilie Lebourdais…

Comme la demoiselle des Charmes. Émilie comme le E du cœur gravé dans le vestiaire de l'orphelinat.

— Émilie Lebourdais… David Lebourdais.

Les deux noms dansaient une sarabande infernale dans mon esprit. La logique de tout cela effleurait mon cortex, prête à jaillir, et pourtant une ultime pièce me manquait.

— David Lebourdais, Émilie Lebourdais. Même nom de famille. Admis tous les deux le même jour : 11 mars 1972. Un frère et une sœur…

Énoncer à voix haute les éléments en ma possession me donnait la sensation de les sortir peu à peu de leur enveloppe de secret.

La petite Émilie qu'il aimait tant, la petite Émilie qui lui était si chère qu'il lui avait attribué un rôle dans l'organigramme des Charmes… était sa sœur. Qu'était-il advenu d'Émilie Lebourdais quand son frère aîné, le petit David, était devenu le second fils Barlet, en novembre 1976 ? Sous quelle nouvelle identité était-elle à son tour reparue ?

Hélas, le formulaire ne le disait pas.

Le souffle court, je pressai le bouton pour consulter la deuxième image adressée par Marchadeau. Elle s'afficha lentement – sans doute le fichier était-il plus volumineux. De haut en bas, ligne par ligne, dès que les premières couleurs passées du cliché apparurent, je le reconnus. La photo devant le sapin. Mieux encore : il s'agissait de l'original. Intact, cette fois.

Le visage de la petite fille aux côtés de David, souriante, si jolie dans sa petite robe écossaise, ne me surprit pas le moins du monde.

Car, malgré vingt années de différence, malgré le mystère qui l'enveloppait encore, ce visage… était le mien. Ou, plutôt, celui d'Aurore.

Ou celui d'Émilie Lebourdais.

Sœur de David. Et sa première femme.

29

Ô, pouvoir sidérant des écrans. Ô, abrutissante magie de la télévision. Ô, effet stupéfiant qui chasse les soucis et fait redémarrer notre esprit fatigué par le stress.

Voilà sans doute pourquoi, submergée par ces informations fraîches, disons même glaçantes, mon premier réflexe fut d'allumer la télévision et de me laisser bercer par le ronron insipide des émissions de la matinée. Je zappai mollement, ne m'interrompant que pour laisser un message à Zerki et réclamer son aide afin de sortir Sophia et Fred du pétrin dans lequel je les avais moi-même précipités. Je passai ainsi d'un tunnel de clips à celui tout aussi inepte d'une chaîne d'information en continu.

Entre deux nouvelles sportives, je captai une brève note sur la fusion Barlet-GKMP. Le journaliste économique, un chauve pète-sec, exposait l'impact positif que cette annonce avait déjà eu sur le cours respectif de leurs actions, courbes à l'appui : « … plus 9,7 % pour l'action Barlet Groupe depuis le 1er mai dernier, et plus 11,2 % pour GKMP sur la même période, soit leur plus forte progression de ces trois dernières années… Le moins que l'on puisse dire, c'est que les marchés accueillent cette fusion avec une évidente bienveillance. »

C'était une tout autre équation que je ressassais pour ma part : E + A + D = vérité. Trois identités, mais seulement deux personnes physiques. Je me demandais s'il existait un symbole mathématique pour exprimer l'incertitude qui pouvait peser sur l'une des composantes d'une formule.

Lorsque j'émergeai enfin de ma torpeur, je cherchai un surplus de réconfort auprès de mon ordinateur portable – songeant au passage que Yves-le-génie-des-réseaux aurait pu tout aussi bien pirater mes comptes de messagerie.

Je constatai sans réelle surprise que rechercher « Émilie Lebourdais » sur Google offrait presque aussi peu de résultats que « Aurore Delbard ». Une seule réponse correspondait. Celle d'un registre de sociétés immobilières, qui désignait mademoiselle Émilie Lebourdais comme actionnaire minoritaire de la SCI Tour des Dames, aux côtés de ces messieurs David et Louis Barlet.

L'information était bien mince mais elle attestait néanmoins d'un fait essentiel :

— Elle est vivante ? énonçai-je pour moi-même, la voix tremblante.

Sinon, pourquoi figurerait-elle encore dans ce registre ? Un rapide coup d'œil aux conditions d'utilisation du site me confirma que les fiches société étaient mises à jour chaque année. Ainsi, sa présence dans l'organigramme de la SCI des Barlet ne pouvait avoir qu'une signification : Émilie Lebourdais, alias Aurore Delbard, était encore de ce monde au 1er janvier 2010.

Tel un pixel manquant qui apparaîtrait soudain, cet élément éclairait l'ensemble de la fresque familiale des « DelBarlet », comme certains s'amusaient à les appeler. S'ils avaient su à quel point leur jeu de mots était pertinent !

Voilà pourquoi les témoignages sur la mort d'Aurore étaient si contradictoires.

Voilà pourquoi Florence Delbard semblait si mal à l'aise au sujet de la disparition de sa fille.

Voilà pourquoi cet ex-client avait cru m'apercevoir place Saint-Georges alors qu'il s'agissait de mon double.

Pourtant, aussi nombreux que fussent les éclaircissements engendrés par cette révélation, des zones d'ombre persistaient. Je me demandai pêle-mêle qui avait pu soustraire l'acte d'adoption d'Émilie-Aurore à la DDASS ; qui, parmi la famille et les convives, savait qu'il assistait à l'officialisation d'un inceste, le 18 juin 1988, jour du mariage d'Aurore et David ; et pourquoi certains protagonistes clés de ce drame avaient joué la comédie tout ce temps en accréditant la thèse du suicide d'Aurore par noyade.

Au milieu de ce maelström, des interrogations se faisaient plus pressantes, plus cuisantes que toutes les autres : si Aurore était toujours parmi nous, tout près de la rue de la Tour-des-Dames, à Paris, pourquoi David et Louis avaient-ils pourchassé son double toutes ces années ? Le scénario échafaudé depuis le début venait de voler en éclats.

Aurore vivante, qu'étais-je donc pour eux ?

Un dernier point me taraudait plus encore que l'amour fou entre un frère et une sœur orphelins, plus que la démence d'un homme prêt à épouser une femme de son sang pour réparer les blessures d'enfance : Louis, *mon* Louis, dans tout ça… Quel avait été son rôle ?

Rebecca affirmait que Louis avait été le premier à suspecter le lien unissant David et la petite Aurore de la plage de l'Écluse. Il connaissait donc le secret de leur mariage. Mais avait-il participé à cette mise en scène savante organisée par David pour soustraire sa sœur et femme aux yeux du monde ?

Cela semblait évident. Comme je le soupçonnais depuis quelque temps déjà, les récits du 25 décembre 1989 sur les circonstances fatales de l'accident avaient fait l'objet d'un accord entre les frères Barlet. Mais pourquoi ? Comment Louis, dont je ne doutais pas qu'il avait éprouvé pour Aurore un amour sincère, avait pu accepter un tel marché ? N'aurait-il pas dû tout entreprendre pour empêcher cette union contre nature et ravir celle qu'il aimait à son frère ? À *leur* frère, puisque aux yeux de la loi, David était autant celui d'Aurore que le sien.

Pire : leurs relations fraternelles allant de mal en pis après le décès accidentel de leurs parents, Louis aurait sans doute eu mille occasions, et au moins autant de raisons, de se dédire et de révéler à tous l'innommable vérité sur les époux. J'imaginais la bombe médiatique qu'aurait constituée un gros titre du genre : « David Barlet (P-DG de Barlet Groupe) : inceste, mensonges et disparition. »

Louis aurait récupéré dans le même temps son amour et sa place légitime au sommet de l'empire Barlet.

Non, vraiment, qu'il n'ait dégainé un tel atout à aucun moment n'avait pas de sens. Entre ennemis, ne fait-on pas feu de tout bois ? Qu'une trêve ait pu tenir entre eux durant plus de vingt ans ne parvenait pas à me convaincre. Parce qu'aucun des deux n'avait passé l'éponge. Je m'étais déjà fait cette réflexion : comment expliquer que, en dépit de leurs innombrables conquêtes, aucun des deux ne se soit remarié jusqu'à ce que je fasse irruption dans leurs vies ?

Si le pacte s'était perpétué, c'est qu'une force, des intérêts ou un secret terrible les y avait contraints. Je ne voyais pas d'autre explication. Sur quoi reposait donc cette alliance des contraires ? Quelle pression chacun d'entre eux exerçait-il sur l'autre ?

Incapable d'embrasser en une seule pensée l'étendue de ce problème tentaculaire, je repris mon mobile et regardai durant de longues minutes la photo au sapin de Noël à la recherche d'une inspiration.

— M. et Mme Lebourdais, fis-je à moi-même les présentations.

Les deux adultes inconnus avaient retrouvé leur identité. Il ne pouvait s'agir que des parents d'Émilie et de David. Le cliché avait probablement été pris quelques semaines ou quelques mois avant l'entrée du frère et de la sœur à

Saint-Broladre. Qu'était-il arrivé aux Lebourdais dans ce bref intervalle entre Noël 1971 et mars 1972 ? Comment leurs enfants s'étaient-ils retrouvés orphelins en aussi peu de temps ?

Il était trop tôt pour émettre la moindre hypothèse. Je m'interrogeais juste sur les éléments dont avaient disposé leurs parents adoptifs. Face à moi, Florence Delbard avait prétendu ne rien savoir du passé d'*Aurore* avant son arrivée à l'assistance publique. Mais pouvais-je me fier à elle ? Elle m'avait bien affirmé que sa fille était morte, allant jusqu'à jouer la comédie des visites au cimetière ! Se pouvait-il qu'elle ignore tout ?

La forêt de signes qui se dressait tout autour de moi m'engloutissait plus que jamais, et je m'y perdis toute la matinée. Tout me semblait logique, désormais. J'envisageai même le dernier projet de tatouage de Louis comme un acte manqué : S et F, les deux initiales qui encadraient les rochers où Aurore était supposée avoir péri, ne sonnaient plus à mes oreilles comme la devise *Semper Fidelis*, mais comme le lien entre les deux amants maudits qu'avaient été Émilie-Aurore et David. S et F. Sœur et Frère.

Toutes ces informations débordaient en moi comme une expérience chimique qui tourne mal. Mon cerveau était saturé d'écume opaque. Tous les éléments étaient là, à portée de main, et pourtant je perdais tout discernement. Qui croire ? Qui appeler à l'aide ?

Louis ? Il nierait l'évidence. Rebecca ? Elle chercherait à dissimuler la vérité derrière les non-dits. Sophia ? Marchadeau ?

Un appel décida pour moi.

— Ici Jean-Marc Zerki. Louis m'a fait part des soucis de votre amie… Celle que j'ai rencontrée l'autre jour.

Le capitaine Lechère avait donc averti Louis que son équipe avait croisé deux invités surprise lors de la perquisition de l'hôtel Mars.

— Heureusement, se réjouit placidement l'avocat, la police n'a réussi à établir ni l'effraction ni la destruction de preuves, ce dont ils les soupçonnaient en premier lieu, compte tenu des rapports amicaux que ces deux jeunes gens entretiennent avec vous.

Destruction de preuves, non. Mais soustraction aux investigations de la police, je l'espérais encore. Pourvu que Fred soit parvenu à effectuer le transfert avant le débarquement des flics et à cacher la clé USB le temps de leur garde à vue !

— Ils vont être relâchés ?

— En principe, dès cet après-midi.

— Vous savez quels fichiers les hommes de Lechère ont récupérés sur la console ?

— Non, hélas, pas encore. Et ils ont bouclé le périmètre jusqu'aux premières audiences. On ne pourra pas accéder à la console avant cette date.

Ce n'était pas une très bonne nouvelle pour les affaires judiciaires de Louis. Car toute la stratégie offensive de Zerki reposait sur les fameuses vidéos russes. Sans elles, il serait beaucoup plus difficile d'accabler David puis de blanchir son frère aîné.

Je dormis ensuite plusieurs heures d'un sommeil plombé puis progressivement plus superficiel, traversé d'une rêverie étrange. Dispersées en désordre autour de mon corps engourdi, les nombreuses pages adressées par Louis recouvraient de mots chaque recoin de ma petite surface. Dans mon songe, elles se dressèrent soudain, comme mues par un vent invisible. Chacune prenant la forme de l'organe auquel elle était dédiée, elles se mirent à reconstituer nos deux corps en une étonnante architecture de papier.

À défaut de faire l'amour, nous allions « faire les mots ».

Mais très vite, chaque blason se désolidarisa de ses voisins et, plutôt que de se coller à son homologue de l'autre sexe – pectoraux de Louis contre poitrine d'Elle, par exemple – comme on aurait pu s'y attendre, il fondait sur les zones qui le tentait le plus, sans respecter d'autre impératif que son envie du moment. Ainsi vis-je distinctement sa bouche se coller à mes fesses, l'un de mes mamelons flatter son scrotum, ou encore nos sexes s'unir dans une surprenante lévitation. Ainsi démembrés, nous ne rencontrions plus aucune limite à nos caresses. Nous n'étions plus bridés par le sens de nos articulations ou notre souplesse. Les acrobaties érotiques les plus folles nous étaient permises, par la magie de l'écrit.

En aurais-je réellement eu envie si Louis avait été présent pour de bon dans cette pièce ? La pointe tendre de ma langue titilla le bouton brun de son anus, si sensible que le moindre effleurement faisait se contracter le sphincter de papier. Une feuille de rose pour l'homme à la rose.

J'aurais juré entendre les feuilles virevoltantes bruire d'extase. Lorsqu'il n'en put vraiment plus, le nez se lança à l'assaut de ma vulve. L'utilisant comme un jouet, il caressa mes nymphes et tout le pourtour des lèvres de son arête droite et noble et de ses narines. Puis, sans crier gare, il tendit la pointe bombée, reconnaissable entre toutes à son extrémité légèrement recourbée, à l'entrée de mon vagin. Avide, il plongea à la rencontre de mes odeurs aussi profondément qu'il put. Il alla et vint ainsi en moi, petit membre au milieu de son visage qui, par intervalles, disparaissait tout à fait entre mes cuisses, jusqu'à m'offrit un orgasme léger et suavement inédit. Un liquide abondant et pur coula de moi. C'était de l'encre.

Un nouveau coup de fil m'extirpa brusquement de ces plaisants délires. Toutes les feuilles retombèrent instantanément et reprirent leur position immobile.

— Putain-mon-dieu-merci, tu réponds !

— So ? Où es-tu ?

— Je suis avec Fred. On sort tout juste du commissariat du 9e.

— Ça va ?

— Comme après une nuit à se faire cuisiner par deux poulets vicieux et un troisième alcoolique.

— Mince, Sophia. Je suis désolée…

— La prochaine fois que tu as besoin de ce genre de services, oublie que je suis ta meilleure amie, OK ?

Je savais que si une telle occasion se présentait elle n'hésiterait pas une seconde à m'aider. Mais je comprenais son exaspération.

— Qu'est-ce qui s'est passé, exactement ?

— Ce que je t'ai dit sur mon message. À ce détail près qu'avant de se faire gauler à la sortie, on a réussi à copier la vidéo sur le portable de Fred. Ils n'ont pas pensé qu'on pouvait l'avoir transférée là-dessus ! Ils n'ont même pas fouillé le contenu de nos Smartphones.

— C'est dingue.

— Mouais… Tu verrais les superflics, on est loin des *Experts* !

— Et les autres séquences en mémoire ?

— On a tout effacé. Ni la police ni David ne pourront plus rien récupérer. Les seules images à charge sont entre nos mains.

— C'est génial ! m'enflammai-je. So, je ne sais pas comment…

— Remercie surtout Fred. Sans ses bidouilles de geek, on se serait fait prendre comme des bleus.

Quelle ironie : le sort de mon homme reposait entre les mains de mon ex.

— On a rendez-vous avec Zerki tout de suite aux Antiquaires, reprit Sophia. On doit lui donner le fichier qu'on a gratté. Ensuite on va chez moi, on se douche, on baise comme des castors, et on dort deux jours.

— Ça me semble un bon programme, ris-je doucement.

— Et toi ? Ça va ? Si j'ai bien compris ce que m'a dit son avocat, Louis a joué les héros providentiels.

— Oui. Il a…

Menti sur toute la ligne. Couvert son frère incestueux. Renoncé pour cela à celle qu'il aimait. Et hypothéqué son union avec son nouvel amour : moi.

Mais pouvais-je lui dire ça en quelques mots au téléphone ?

— … Il a été formidable, finis-je par lâcher.

« *For me*, formidable », aurait chanté Aznavour dans son franglais si savoureux. Mais si je n'avais jamais douté du second mot, je questionnais plus que jamais le premier. Était-ce vraiment pour moi qu'il avait fait tout ça ? Son cœur était-il seulement disponible ? Morte, Aurore planait comme une ombre sur notre relation. Mais si elle était vivante… Ne devenait-elle pas une rivale ?

C'est alors que le prénom de mon fiancé s'afficha sur l'écran de mon téléphone.

— J'ai un double appel, informai-je mon amie. C'est Louis.

— Prends-le.

— Non, c'est pas grave. Il rappellera.

Il rappela en effet tout au long de l'après-midi, par salves de plus en plus rapprochées. Mais je déclinai à chaque fois ses pressantes sollicitations. Il finit par se lasser et les appels s'espacèrent, puis cessèrent tout à fait.

Que m'aurait dit maman en pareilles circonstances ? Quelle solution proverbiale, simple et affectueuse, aurait-elle soufflée à mon oreille, elle qui savait toujours comment me guider ?

« Rentre à la maison, ma chérie. »

Maude Lorand avait un adage pour chaque situation de la vie, mais une seule formule répondait selon elle à tous les maux : « Rentre à la maison. » Trouve refuge, retourne aux sources. Retrouve-toi, *toi*.

Je songeai, une larme perlant au coin de l'œil, que j'avais vendu sa maison de Nanterre. *Ma* maison. Que, désormais, mon seul port d'attache était ces quelques murs impersonnels, dans une ville où je serais toujours la banlieusarde épinglée par David. Passée la griserie de l'indépendance, étais-je réellement chez moi ici ?

— Rentre à la maison, répétai-je à voix haute.

Soudain, tout s'emballa.

Je me dressai d'un bond sur mes draps défaits, encore humides de mon sommeil fiévreux.

30

7 juin 2010

« Vous résidez toujours au 5, square d'Orléans, Paris 9e, nous sommes d'accord ? » La question de la téléconseillère de Mutaliz résonnait encore à mes oreilles.

M'y rendre seule était probablement la pire des idées. J'aurais dû, dans l'ordre : 1. demander des explications à Louis, David ou encore Rebecca ; 2. m'introduire dans l'immeuble en quêtant une nouvelle incursion d'Armand ; 3. dans tous les cas, m'assurer l'aide de Sophia, dans le rôle du fidèle Sancho n'hésitant jamais à charger le moulin des illusions.

Pourquoi ne fis-je rien de tout cela ? Même aujourd'hui, même avec le recul dont je dispose désormais, je ne saurais le dire. Sans doute parce que nos plus grandes peurs s'affrontent seul, à l'instar du héros dans ces films d'horreur, qui contre toute logique, alors même qu'il pourrait, au choix, appeler la police, réveiller sa femme ou mobiliser ses voisins, descend seul à la cave où gît le monstre qui finira par le dévorer – tout le monde le sait bien.

C'est donc accompagnée par la seule image de maman dans sa cuisine de la rue Rigault, une Maude qui me susurrait inlassablement les mêmes paroles – « Rentre à la maison, ma chérie » – que je partis seule, à pied, en direction du quartier de La Trinité, après deux journées ou presque à tergiverser.

Le soir qui tombait était doux et caressant. Un orage avait rafraîchi l'air de la capitale, et l'atmosphère était propice à la flânerie, nez au vent, à l'affût des odeurs de saison – fleurs, eaux de toilette légères, sandwiches chauds…

En chemin, je tâchai de me remémorer ces anecdotes historiques dispensées par Louis lors de nos balades en ville. Je me souvins notamment de sa théorie selon laquelle, quelle que fût notre humeur du jour, Paris recelait dans son décor au moins un détail qui pouvait y faire écho.

Passant devant le sauna libertin du boulevard Sébastopol que j'avais observé de près, deux semaines auparavant, mes pensées prirent une tournure différente. Bientôt, une farandole de corps nus occupa mon esprit. Quand je tentais de les chasser ils revenaient plus présents, bien décidés à s'installer, leurs traits se faisant un peu plus précis à chaque offensive.

Deux individus se dégagèrent peu à peu de cet ensemble indistinct. Louis et Aurore.

Et si je les surprenais en position scabreuse ? Et si, quand il disparaissait mystérieusement, Louis partait rejoindre mon double ? Rebecca avait été claire sur ce point : ils avaient été amants avant et après le mariage d'Aurore avec David. Pourquoi Aurore aurait-elle mis un terme à sa relation clandestine avec Louis ? Avaient-ils jamais cessé de se voir ?

Je refoulai autant que possible les images, mais elles s'accrochaient, lancinantes, si vivaces que je pouvais presque toucher Louis et Aurore, les flairer, sentir le frissonnement de leur peau et la palpitation sourde de leurs cœurs qui s'emballaient dans leur poitrine. Cette perspective avait beau me brûler la tête, torrent de lave qui brûlait mes dernières et plus tenaces convictions, je ne parvins bientôt plus à m'en détourner. J'éprouvais une fascination morbide pour cette autre qui était moi-même autant qu'elle ne l'était pas. Quoique de vingt ans mon aînée, elle présentait dans mon imagination un corps inaltéré. Sous les mains avides de Louis, ses seins étaient aussi fermes et hauts que les miens. Même son sexe, grandes lèvres replètes et nymphes délicatement rosées, n'avait pas vieilli et ressemblait au mien. Lorsque Louis introduisit soudain son majeur en elle, je sursautai comme si je l'avais accueilli moi-même et que son mouvement léger avait pressé ce renflement granuleux qui me prodiguait tant de plaisir.

— Continue… soupirait Aurore dans une plainte que j'avais proférée si souvent.

Alors que j'atteignais le quartier de Strasbourg-Saint-Denis, sa foule cosmopolite, ses vendeurs à la sauvette et ses embouteillages, j'imaginai Louis introduisant un deuxième doigt en elle et fouillant son vagin avec une vigueur qui manqua la faire chanceler. J'en perdis un instant le sens de l'orientation.

Où devais-je aller ? Devais-je réellement aller voir mes pires craintes réalisées ?

Après quelques errements, je repris mon chemin sur les Grands Boulevards. Je ne prêtai attention ni aux brasseries chic, ni aux théâtres et leurs affiches criardes. C'est à peine si un pincement étreignit ma poitrine lorsque je dépassai le passage Jouffroy, là où Louis se fournissait en cannes anciennes.

Le reste du trajet se fit dans un songe, comme si le GPS de mes sentiments avait pris le contrôle de mes jambes, et décidé pour moi du chemin à prendre : tout droit sur le boulevard Montmartre, puis dans son prolongement sur le boulevard Haussmann, jusqu'à l'embouchure de la rue Taitbout, sur la droite, pour remonter cette voie en sens unique, d'abord plane, puis en légère montée une fois passée la rue La Fayette.

Depuis combien de temps marchais-je ainsi, ballottée dans l'océan de la ville ? Je parvins à hauteur du numéro 80. Les lettres d'or du square d'Orléans brillaient dans le soleil.

À quoi pouvait ressembler leur quotidien sexuel ? Louis faisait-il l'amour à Aurore comme à moi ? Ou réservait-il à chacune d'entre nous, malgré notre ressemblance, un traitement bien particulier ?

Je tentai de me les représenter, vautrés sur un vieux tapis persan, Louis allongé sur le dos de sa maîtresse de longue date comme il affectionnait de conclure nos propres ébats. Son sexe long et fin fouillait le sillon des fesses qui s'offraient à lui, jusqu'à le plonger d'un coup sec dans la vulve entrouverte, liquéfiée d'envie. Écrasant sa partenaire soumise de tout son poids, il mordait son épaule, sa nuque, parfois même sa joue, et je crus sentir la pointe de ses dents sur ma pommette rebondie.

De temps en temps, il passait les mains sous le ventre d'Aurore et, selon le désir du moment, il écartait ses cuisses blanches et délicates pour s'ouvrir un passage plus large ou venait asticoter le pourtour de sa vulve et son bouton hypertrophié.

Elle murmurait : « Louis… Mon Lou… »

J'en demeurai pétrifiée plusieurs minutes devant le porche imposant, le regard abîmé dans un détail ornemental qui m'avait échappé lors de ma première visite. Un 80 doré était frappé de chaque côté de la porte, tandis qu'un troisième séparait les deux mots, de la manière suivante : SQUARE 80 D'ORLÉANS. Ces trois 80 m'apparurent comme les protagonistes de triangles amoureux qui s'étaient joués ici.

Sand, Musset et Chopin.

Aurore, David et Louis.

Louis, David et moi.

Dans quelques secondes, maintenant, Aurore, Louis… et moi.

3 x 80 = 240. 24, comme l'âge que j'aurai très bientôt, pensai-je en me perdant dans d'absurdes superstitions.

— Vous cherchez quelque chose, mademoiselle ?

Un vieux monsieur traînant un bouledogue s'était arrêté à une enjambée de moi. Affecté d'une lippe aussi tombante que celle de son chien, coiffé d'une casquette écossaise, il ressemblait à s'y méprendre à Jacques Prévert.

— Non. Enfin si, me repris-je aussitôt. Je viens voir quelqu'un, mais j'ai oublié son code.

— Vous n'avez pas son numéro de téléphone ? s'étonna-t-il, un tantinet suspicieux.

— Si, mais mon portable est à court de batterie.

J'agitai le coupable sous son nez, prenant soin d'occulter l'écran qui éclairait de toute sa lumière

— Ah. Et où allez-vous, si je peux me permettre ?

— Au numéro 5.

— Au 5 ? Mais c'est là que j'habite ! s'exclama-t-il, comme si cette banale coïncidence faisait soudain de nous de vieux complices. À qui rendez-vous visite ?

J'hésitai, car le sésame dépendait de ma réponse. Je ne devais pas me tromper : Émilie Lebourdais ? Aurore Delbard ? Ou une combinaison trompeuse comme Aurore Barlet ? Après tout, c'était bien sous ce dernier nom qu'elle avait officiellement disparu de la surface de la Terre.

Rentrer à la maison. Revenir aux origines. Ou bien suivre Mutaliz, qui localisait la dénommée Aurore *Delbard* au 5, square d'Orléans…

— Aurore Delbard, proposai-je sur un ton presque interrogateur.

— Ah bien, d'accord.

Son visage s'était refermé, soudain moins amène.

— Il y a un souci ? m'enquis-je en lui emboîtant le pas vers la première cour.

— Non, non, dit-il en haussant les épaules. Aucun souci. C'est juste que…

— Oui ?

— Eh bien, on ne la voit pas très souvent. Cela fait dix ans que j'habite ici, et je n'ai pas dû la croiser plus de trois fois. La dernière remonte même à plusieurs années.

— Elle sort beaucoup, pris-je la défense de mon sosie. Et elle travaille souvent en horaires décalés.

L'homme sembla se satisfaire de mes mensonges, puisqu'ils lui étaient servis avec conviction.

Mais, lorsque nous eûmes laissé derrière nous la fontaine et son gargouillement mélodieux et que nous approchâmes enfin du but, il tourna vers moi un visage curieux à nouveau.

— Vous lui ressemblez. Vous êtes sa sœur ?

— Non. Une cousine, affabulai-je à nouveau.

— Ah, je me disais bien...

Qu'il y avait comme un air de famille, achevai-je à sa place en mon for intérieur.

Parvenus devant la double porte vitrée, il composa le code d'entrée en me présentant son dos pour que je ne puisse pas deviner la course de son index sur les touches. Affable, certes, mais prudent.

À l'intérieur, après l'avoir dûment remercié, j'empruntai l'escalier sur ma droite. Comme il pressait le bouton d'appel de l'ascenseur, l'un de ces antiques modèles en fer forgé, il s'étonna de me voir lui fausser compagnie.

— Vous ne montez pas ? Vous allez à quel étage, déjà ?

Sa remarque prouvait, en effet, qu'il ne l'avait pas vue souvent et ignorait à peu près tout d'elle.

— Non, merci, c'est gentil. Je m'arrête au premier.

Il acquiesça d'une dernière moue et me laissa enfin à mon exploration. Je gravis les marches larges et profondes, mes pas absorbés par l'épaisseur de la moquette rouge agrémentée de grands motifs floraux. Les murs tanguaient légèrement, et la situation me semblait si irréelle que je n'aurais pas été surprise de voir un couple en frac et crinoline de bal dévaler l'escalier, échappé du flamboyant passé des lieux.

Pourtant, excepté les crissements suraigus de l'ascenseur, aucun bruit ne me provenait des appartements. Sur le palier, je remarquai trois portes. Je ne me souvenais pas des indications de Marchadeau, et aucune des sonnettes ne portait de nom.

Je commençai par tenter ma chance avec la plus proche de moi, à droite. J'écrasai le vieux bouton de Bakélite noire durant plusieurs secondes. J'attendis, l'oreille aux aguets, presque collée au vantail. Mais aucune vie ne se manifesta de l'autre côté.

La seconde sonnette, face à l'ascenseur, déclencha après un temps assez long un claquement de talons sur du parquet puis un grincement de serrure et de gonds. La porte s'ouvrit sur une minuscule grand-mère comme on n'en voit plus que dans les contes, bésicles, chignon gris et châle rose sur les épaules.

— Oh, pardon, madame. Je me suis trompée de porte.

— Y'a pas de mal, mademoiselle, y'a pas de mal.

Elle espérait visiblement que cette erreur lui profite, et je pressentais que la moindre conversation était précieuse à ses yeux. Mais je fis mine de tourner les talons aussitôt, me confondant en remerciements et en excuses, l'abandonnant lâchement à sa solitude.

Pour ne pas éveiller ses soupçons, au cas où elle me surveillerait à travers son judas, je montai quatre ou cinq marches, que je redescendis sur la pointe des pieds une trentaine de secondes plus tard.

Ne restait plus que la porte de gauche. Forcément la bonne. J'appliquai mon oreille contre le panneau de bois vernis. Je perçus quelques notes, qui résonnaient de manière assez profonde pour en déduire qu'elles étaient produites par un instrument de musique.

— Chopin, murmurai-je.

Le jeu était haché, malhabile. Néanmoins, au milieu des accrocs, je reconnus ce nocturne que nous avions entendu, Louis et moi, lors de notre première rencontre.

Par moments, le morceau s'interrompait, puis reprenait à nouveau, une à deux mesures en arrière.

Faisaient-ils l'amour en musique ? Ces quelques volutes constituaient-elles sa partition sexuelle idéale, telle que Louis la recherchait inlassablement ?

Et si le fantasme absolu d'Aurore et Louis, c'était… moi, un double érotique d'Aurore ? Et si les événements de l'année écoulée n'avaient servi qu'à cela : nous réunir tous les trois dans un même lit ?

Un instant, j'eus la sensation qu'ils étaient postés là, de l'autre côté, collés à même la porte, elle le visage écrasée sur le vantail, lui plaqué contre son dos, son sexe planté en elle, tous deux conscients que seule une mince couche de chêne nous séparait. J'entendais presque les soupirs d'Aurore tandis qu'il allait et venait en elle, pinçait ses tétons entre le pouce et l'index, pressait son clitoris gonflé à chacune des poussées. Sentir leur chaleur si proche de moi, l'odeur de leur peau et de leurs sexes unis, manqua me faire défaillir. Et, en tentant de me redresser, j'appuyai malencontreusement ma paume sur le bouton de la sonnette.

Le piano cessa aussitôt. Le mirage se dissipa. Un instant passa, puis je crus entendre des pas légers qui s'approchaient. Une main tournait la poignée avec gaucherie.

Il était encore temps de fuir, de dévaler l'escalier et de ne plus jamais songer à Aurore. Prendre Louis tel qu'il était, avec sa part de folie et de mystère.

— Bonjour...

La voix étonnée provenait d'une petite fille d'une dizaine d'années, habillée d'une robe bleu pâle, sagement coiffée d'un serre-tête assorti.

Je saisis son trouble dès le premier regard. Elle me dévisagea, incrédule, un voile de panique altérant la grâce de ses traits enfantins : j'étais là, devant elle, et en même temps là-bas, près du piano.

Incapable de parler, je détaillai son nez, ses yeux, sa bouche, tout ce qui aurait pu porter la trace d'une ressemblance, même légère. Était-il possible qu'ils aient conçu un enfant ensemble ?

Soudain, elle jeta un œil perdu vers l'intérieur de l'appartement et glapit un faible :

— Mademoiselle !

Non, Aurore n'était pas sa mère.

Du fond du couloir s'éleva une voix qui me parut être la mienne, à peine plus grave peut-être, mettant un terme au supplice de l'enfant :

— Qu'est-ce qu'il y a, ma puce ? Ce n'est pas ta maman ?

S'ensuivirent quelques pas inquiets, et une silhouette en robe blanche traversa le corridor, fondant sur nous. Sa main saisit le panneau de bois et l'ouvrit largement pour découvrir qui mettait son élève dans un état pareil.

Elle aurait pu crier, rouler à son tour des yeux effarés et finir par me chasser de son palier. Elle n'en fit rien. Elle se contenta d'un sourire en coin qui semblait dire : « Enfin, nous y voilà. » Elle me contempla quelques secondes, une main posée sur la tête de sa petite protégée, qu'elle finit par congédier avec douceur :

— Rentre chez toi, Louise. On s'arrête là pour aujourd'hui. Tu diras à ta maman que je te garderai un quart d'heure supplémentaire la prochaine fois. D'accord ?

— Oui, mademoiselle.

La fillette me jeta un dernier regard apeuré puis disparut dans l'escalier, me laissant seule face à son professeur de piano. Mon reflet dans un miroir.

J'étais frappée de voir à quel point le temps avait épargné Aurore, ou devrais-je dire Émilie. Plus déstabilisant encore était le contraste entre ses traits lisses et l'intensité de son regard, que l'on eût cru âgé de mille ans.

— Je suis... balbutiai-je, incapable de construire la moindre phrase cohérente.

Rencontrer Aurore n'était pas seulement un immense choc. Je ne savais pas encore le définir, mais je pressentais déjà combien cet instant allait redessiner mon existence et mes sentiments les plus profonds, autant qu'il déterminerait mon avenir. Ce n'était pas une banale confrontation entre deux quasi-jumelles, c'était un nouveau départ.

Son attitude me déconcerta. En effet, au lieu de m'inviter à entrer, elle se contenta, toujours souriante, de hocher la tête puis de refermer la porte sur moi. Comme ça. Sans se presser et sans s'expliquer. Sans envie d'en apprendre plus sur moi, de comprendre, ou tout simplement de comparer nos récits.

Aussi peu agressive que fût cette réaction, elle me gifla comme la plus violente des claques. À peine avait-elle verrouillé la porte que je m'effondrai sur le paillasson, des larmes chaudes et lourdes roulant sur mes joues. K.-O. avant d'avoir livré le moindre combat.

Lorsqu'un peu d'énergie me revint, j'expirai un cri grave, profond, un vagissement de bête blessée démunie qui ne sait plus comment se redresser. J'écrasai un poing lourd sur le bas de la porte d'Aurore, puis un autre, puis une quantité d'autres encore. Un tambourinement sourd et forcené. Mais aucun bruit à l'intérieur ne trahit une quelconque réaction. Ma douleur la laissait parfaitement indifférente.

Il en alla autrement de ses voisins. Plusieurs descendirent des étages supérieurs, y compris mon vieil ami, cette fois-ci sans son chien. Certains se voulaient plutôt secourables et s'enquéraient de ce qui me mettait dans cet état si pitoyable. D'autres menaçaient d'appeler la police. Mais, du fond de mon désarroi, je notai qu'aucun ne mentionna Aurore ou un quelconque autre occupant de son appartement. Personne n'osa sonner à sa porte.

De quoi avaient-ils peur ? Savaient-ils seulement que le lieu était occupé et que cette femme n'était pas un fantôme ?

Soutenue par un adolescent au gabarit de rugbyman, je titubai jusqu'à l'entrée puis poursuivis seule à travers la placette arborée. Dans mon dos, les exclamations indignées s'estompaient et, par une fenêtre ouverte, je crus entendre le nocturne de Chopin, filant cette fois à toute allure et sans heurts, sous des doigts assurés.

La recluse du square d'Orléans avait repris le cours indolent de sa vie et me renvoyait sans égard à la mienne.

Je parvins au sommet de la rue Taitbout sans bien mesurer le chemin que j'avais parcouru jusque-là. J'errai quelque temps dans le quartier, sans but. Un zombie, comme si Aurore m'avait vidée de ma substance. Si bien que je discernai à peine la longue carrosserie fuselée de la voiture qui s'arrêta à ma hauteur dans un crissement de pneus strident. Deux portes s'ouvrirent, et les individus qui en jaillirent se jetèrent sur moi sans un mot. Je ne pus les identifier puisque, comme je le notai trop tard, ils étaient tous deux cagoulés. Ils m'arrachèrent à l'asphalte et me jetèrent à l'intérieur avec force. Je ne pesais entre leurs mains guère plus qu'un sac-poubelle. Je n'avais, à cet instant, guère plus de valeur.

La limousine repartit en trombe, nous secouant à l'arrière comme trois paquets. Mais, en dépit des embardées, les gestes de mes ravisseurs demeuraient sûrs et précis. Avant que je ne puisse pousser le premier cri, une grosse seringue fut introduite dans ma bouche, et son contenu gicla aussitôt au fond de ma gorge. Je l'avalai d'une gorgée douloureuse, incapable de le recracher.

L'instant d'après je dormais d'un sommeil profond, le crâne pris dans un étau chimique, toute résistance muselée par le produit. Pourtant, depuis mes songes nauséeux, je me sentais soulagée que ces inconnus m'aient arrachée à ce cauchemar. Heureuse, en quelque sorte, de m'abandonner.

31

Ouvrir les yeux lentement pour ne pas éblouir mes rétines, juste assez pour me prouver que je suis sortie du coma où l'on m'a plongée.

Je tournai la tête à droite et à gauche pour comprendre où je me trouvais. Mais sans doute n'avais-je pas encore pleinement repris conscience, et me situer dans un lieu ou une époque me fut impossible.

Le champ de vision réduit à un mince tunnel de flou, je ne voyais presque rien. Un cognement sourd frappait l'intérieur de mon crâne et m'empêchait de me concentrer.

Je notai que la salle où je me trouvais paraissait vaste. Elle était plongée dans une semi-obscurité, trouée ici ou là par la lueur de quelques chandeliers posés à même le sol en damier noir et blanc. L'agencement caractéristique de ce dernier, en losanges, ainsi que quelques meubles de style Empire dont le vernis luisait dans la pénombre, m'offrirent des indices précieux. Et comme les dimensions étaient inférieures à celles du château de Joséphine…

— Bois-Préau…

Ce petit château voisin de Malmaison, reconstruit quasiment à neuf sous le Second Empire, proposait un décor presque identique à son prestigieux modèle. J'espérais ne pas me tromper, sinon Dieu seul sait comment je pourrais apprendre où mes ravisseurs m'avaient conduite.

Car les hautes fenêtres obstruées de tentures de velours noir me dissimulaient tout autre indice.

Saisie à cette idée par un bref sentiment de panique, je m'agitai. C'est alors que je ressentis sur mes poignets la morsure d'un lien. J'étais attachée aux bras du fauteuil de satin rouge sur lequel je me trouvais assise.

Heureusement, je n'étais pas nue comme je le craignais après la scène traumatisante que m'avait infligée David. Néanmoins, on m'avait débarrassée de mes vêtements et recouverte, à la place, d'une sorte de longue chemise de nuit blanche.

Je tentai de me débattre, mais les nœuds qui me retenaient captive résistaient à mes assauts. Aurore, la femme que j'avais surprise quelques heures auparavant square d'Orléans, était-elle au courant de ce macabre piège ? En était-elle la complice ?

À l'autre extrémité de la salle, une porte enchâssée dans le mur grinça et s'entrouvrit juste assez pour laisser passer une ombre. Celle-ci s'approcha à pas légèrement déséquilibrés. Quand elle fut à mi-parcours, je distinguai une silhouette d'homme revêtue d'un habit d'apparat, un long frac de soie blanche brodé d'or. Un loup assorti masquait son visage.

À quelques enjambées du fauteuil, il bifurqua à droite. Il pressa alors ce qui devait être un interrupteur car, aussitôt, deux immenses lustres de cristal s'illuminèrent, inondant la pièce d'un éclat aveuglant. Je reconnus, avec certitude cette fois, les teintes saumon et les ornementations de style antique de la salle de bal de Bois-Préau, tels que je les avais vus en photo.

L'instant d'après, je sentis la présence de l'homme à mon oreille, et sa voix chaude distilla en moi ces quelques mots qui se voulaient rassurants :

— Ne t'inquiète pas. Je vais te détacher tout de suite. C'était juste pour t'éviter de tomber.

— Louis ? balbutiai-je.

La brume s'effaçait de mes yeux et les traits qui apparurent ne me laissèrent plus de doutes.

— Tout va bien se passer.

— Pourquoi... Pourquoi on est ici ?

Le sourire léger qui animait son visage s'élargit, plus énigmatique. Le sourire du Louis exalté qui m'avait fait découvrir *son* Paris romantique. Je me demandais à quel nouveau mystère il comptait m'initier, mais il se contenta de cette formule sibylline :

— J'espère que tu me pardonneras la méthode, mais je crois que la fin justifie parfois les moyens.

Il aurait pu me dire n'importe quoi, j'étais heureuse de l'entendre à ce moment-là. De sentir la lavande et la vanille caresser mon nez et étouffer ma peur dans un cocon de souvenirs doux. Pourtant, tandis qu'il défaisait mes liens, libérant mes bras l'un après l'autre, une part de moi se rebellait, moins docile, ou simplement moins étourdie par la substance qu'il m'avait fait administrer dans la voiture.

À quoi rimait cette mascarade ? Pourquoi m'avoir séquestrée au sortir de chez Aurore ? Devais-je comprendre qu'il m'y avait fait suivre ? J'avais certes rejeté ses appels, mais cela l'autorisait-il à employer un tel procédé ?

Il s'éloignait à nouveau, cette fois vers l'une des portes situées dans mon dos, échappant opportunément à ma volée de questions.

« Tout va bien se passer », venait-il de dire. Mais tout quoi ?

— Viens ! m'intima-t-il en faisant signe de le rejoindre.

Les pieds nus sur le dallage frais, le pas hésitant, je tenais tout juste sur mes jambes. Tandis que je le rejoignais, je remarquai que, pour la deuxième fois seulement depuis que je le connaissais, il marchait sans l'aide d'une canne.

Il poussa une porte décorée d'une lyre et d'un bouquet de fleurs qui desservait une petite pièce attenante. Là, au milieu du mobilier d'époque, se dressait un mannequin de couturier revêtu d'une longue robe de soie ivoire. En dépit de mon état, je la reconnus instantanément : la robe de mariée Schiaparelli, celle de Hortense, celle dans laquelle j'avais failli épouser le cadet des Barlet, un an plus tôt.

— C'est pas vrai… soupirai-je de stupéfaction.

Je m'en étais voulu de l'avoir renvoyée à David après l'avoir retirée dans la Joséphine, ce soir-là, pour livrer mon corps aux mains empressées de Louis. Armand était passé aux Charmes quelques jours plus tard et s'était manifestement chargé de la remettre en état.

— Elle a demandé quelques petits travaux de reprise, mais je crois qu'elle est redevenue aussi belle que le jour du mariage de mes parents, spécifia Louis avec un air de triomphe.

— Je… je ne peux pas, parvins-je à bredouiller.

Il fit mine de ne pas comprendre.

— Elle ne te plaît pas ?

— Louis, soufflai-je avec une grande lassitude. On ne va pas se marier… pas maintenant.

— Et pourquoi pas ?

Il m'opposa un sourire aussi rayonnant qu'au soir de notre premier baiser, aussi doux et amène que ceux dont il m'avait gratifiée chaque jour de notre vie commune. Il semblait si sûr de son fait, si maître de son charme.

— Tu n'es pas sérieux ?

— Au contraire, je pense que je ne l'ai jamais autant été, répliqua-t-il après un temps, soudain plus grave.

Voilà que cette robe sublime allait devenir le linceul de cet engagement que j'avais pris avec moi-même : ne pas l'épouser tant que je ne l'aurais pas affranchi de ses secrets.

— Je t'aime. Tu m'aimes aussi, je le sais.

— On ne peut pas faire ça, m'insurgeai-je à nouveau, ne retenant plus mes piaillements d'indignation. C'est complètement dingue !

Il me saisit alors le bras, plus passionné que menaçant.

— Ah oui, tu trouves ? N'es-tu pas la jeune femme qui m'a demandé en mariage il y a tout juste un mois ? Celle qui a organisé nos fiançailles à quelques pas d'ici ?

Ses yeux ne quittaient plus les miens, impérieux, exigeant une réponse.

— C'est bien toi, non ?

— Je… Je l'ai vue ce soir, répliquai-je hors de propos. *Je l'ai vue*, Louis.

Cette information, même martelée, ne parut pas le déstabiliser. À ce regard droit, cette absence de cillement, je vis qu'il comprenait de qui il était question.

— Je sais. Enfin, je m'en suis douté. Et crois-moi, cela n'a aucune espèce d'importance.

— Vraiment ? Aucune ? m'étranglai-je.

Comment pouvait-il traiter son ancien amour aussi légèrement ? Comment était-il capable de l'effacer d'un simple revers de manche, alors qu'Aurore avait conditionné chaque aspect de son existence, jusqu'à notre rencontre ?

— Si j'avais voulu, souffla-t-il à mon intention, j'aurais pu l'épouser mille fois. Or, c'est *toi* qui es là ce soir. Avec moi.

Que répondre à cela, moi qui avais toujours pensé être une erreur de casting au sein de l'univers si glamour et sophistiqué des Barlet ? Doublure d'une femme dont j'avais bien du mal à croire qu'elle était totalement sortie de sa vie…

Il m'acceptait alors que je m'étais soustraite à presque toutes les épreuves qu'il espérait me voir supporter avant notre union. Absorbée par cette folle quête de la vérité, j'avais effectivement négligé le cœur même de notre amour, cette fusion des âmes et des plumes qui puisait sa force dans l'entente de nos corps.

Retournant vers la salle d'apparat, il pivota brusquement vers moi et me toisa avec une intensité difficile à soutenir.

— Nos invités sont là. Ils vont entrer d'une seconde à l'autre.

— Louis, je…

Il désigna la Schiaparelli, si flamboyante sous les lustres, symbole du vœu qu'il espérait obtenir de moi dans quelques minutes à peine.

— Alors, tu veux mettre cette robe, oui ou non ? Tu dois me le dire maintenant, Elle. Et sache que, quelle que soit ta réponse, je ne reposerai plus jamais cette question.

Il me confrontait à la fois au plus doux et au plus odieux des ultimatums. Devais-je faire le choix de cet amour débridé alors qu'il avait déjà brisé un mariage et ranimé une guerre familiale ?

— Oui. C'est oui. Je vais la mettre.

Ou plutôt, la *re*mettre, priant pour que cette fois soit la bonne.

Alors, sans le moindre commentaire, il se rua à l'autre bout du salon et entrouvrit l'un des battants de la double porte. Deux silhouettes graciles s'engouffrèrent par l'interstice et trottèrent jusqu'à moi.

— Bonsoir, susurrèrent de concert deux jeunes femmes.

La coiffeuse-maquilleuse brandissait la brosse, le pinceau et le fer à lisser, tandis que l'habilleuse se dissimulait derrière une botte d'épingles et des ciseaux.

S'emparant de moi comme d'une poupée, elles n'eurent besoin que de quelques virevoltes expertes pour me faire enfiler la robe, l'ajuster au mieux sur ma taille et ma poitrine replètes, dresser mes cheveux en un chignon retombant en cascade sur ma nuque puis pomponner mon visage de quelques touches délicates.

Elles tournoyaient autour de moi comme les moineaux de Cendrillon, et bientôt, en moins de temps qu'il ne me fallut pour passer de l'affliction à l'émerveillement, elles achevèrent leur œuvre. Elles me tendirent enfin deux miroirs de poche pour que je puisse me contempler. La métamorphose était saisissante. Ces deux filles étaient de véritables fées et, en quelques gestes émérites, elles avaient fait de moi une princesse.

Louis m'enveloppa un instant d'un regard suave, muet d'admiration et de fierté. Puis il alla ouvrir, cette fois-ci en grand, les deux portes à l'autre bout du salon, libérant des grappes de convives. Ceux-ci étaient tous masqués et habillés en tenues de soirée, aussi contemporaines que la sienne était datée. Un homme en livrée de domestique, coiffé d'un casque de cheveux gris – Armand ? –, se précipita dans ma direction, portant un second fauteuil identique au mien qu'il déposa sans un mot à mes côtés. Un autre factotum disposa à proximité un petit guéridon d'inspiration égyptienne soutenu par deux sphinx dos à dos, et sur lequel on devinait un gros écrin de velours pourpre.

Les invités s'approchèrent de nous dans un silence religieux. L'instant d'après, Louis prit place dans le siège voisin du mien.

— Merci, siffla-t-il du bout des lèvres à ma seule intention, le regard humide.

Comme il disait cela, une jeune femme brune, peau mate, boucles sombres, vint se poster à ma droite.

— Salut princesse ! Et merci !

Elle aussi ? Mais de quoi ?

— Merci ? bafouillai-je.

— Ben oui… Sans toi et tes délires, je ne l'aurais jamais portée une seconde fois.

Sophia tira des deux mains sur le décolleté d'une robe que je reconnus aussitôt : sa fameuse robe idéale. Son mouvement souleva sa poitrine d'une manière indécente qui n'échappa pas au parterre masculin déjà en train de la détailler. Parmi eux, je repérai les cheveux blonds de Fred et les tempes dégarnies de François Marchadeau, qui dévorait mon amie du regard avec plus d'avidité que tous les autres. Rien, en revanche, ne semblait indiquer que David était présent.

Étrangement tout le monde, y compris Sophia, se comportait comme s'il s'agissait de la plus ordinaire des soirées.

— So, lui demandai-je en me penchant vers elle, encore groggy, quand avez-vous été prévenus ?

— Pour ce soir ? Complètement à l'arrache. Un SMS collectif cet après-midi, du genre « Pointez-vous fissa à Rueil-Malmaison en tenue de soirée. » En plus on était au lit avec Fred... On l'a lu super tard !

La ligne sèche et si menue de Rebecca s'avança à son tour vers nous. Elle prit place à côté de Louis, suivie de près par un homme en costume sombre, la poitrine ceinte d'une écharpe tricolore. Sans doute le seul officier d'état civil qui avait accepté de célébrer un mariage en un tel lieu et dans une telle précipitation.

Comme il désignait la pièce et ses occupants d'un geste fugace, le représentant de la mairie se planta à quelques mètres de nous, les mains croisées sur sa bedaine qui pointait entre les deux pans de sa veste ouverte.

Soudain, d'entre les robes et les costumes, je vis apparaître la blouse à fleurs de maman. Celle-ci m'adressa ce sourire tout miel dont elle avait le secret, et je l'entendis distinctement me murmurer :

— Il t'aime. Et tu l'aimes.

Ma gorge se serra et les larmes me montèrent aux yeux.

L'homme à l'écharpe s'avança encore d'un pas.

Il se racla brièvement la gorge, et sa voix de stentor, à l'image de son gabarit, ronde et profonde, s'éleva dans la salle, imposant le silence au public. Une foule compacte d'une centaine de personnes était maintenant réunie.

— Bonsoir à tous, merci d'être venus si nombreux et, surtout, aussi vite, dans ce cadre prestigieux. Nous allons procéder ce soir au mariage de mademoiselle Annabelle Lorand, vingt-trois ans, journaliste-pigiste, résidant 29, rue Rigault à Nanterre, dans les Hauts-de-Seine... C'est bien cela, mademoiselle ?

Il m'adressa un sourire de circonstance qui me laissa de marbre. La mention de mon ancien domicile m'émouvait, et j'aurais troqué n'importe quoi contre la présence de maman auprès de moi en un jour pareil. Décidément, elle manquait à chacun de mes mariages.

Je notai d'ailleurs que son mirage s'était dissipé parmi la masse des invités.

— Oui, oui, c'est ça, à Nanterre, finis-je par répondre, sous les coups de coude insistants de Sophia.

— Bien. Mademoiselle Lorand, donc, et monsieur Louis Barlet, quarante-deux ans, directeur d'une galerie d'art, résidant 1, rue de la Tour-des-Dames, à Paris. Nous sommes également d'accord ?

— C'est bien ça, approuva Louis d'une voix ferme.

— Je vais commencer par vous rappeler vos droits et obligations...

Tandis que l'adjoint au maire récitait son couplet dans une molle indifférence, je tâchai de repérer les autres visages amicaux de l'assistance. Sous leurs masques, il me sembla reconnaître les inévitables Alban, Peggy, David Garchey et même Jean-Marc Zerki, plus gominé que jamais, sa chevelure noir corbeau luisant sous l'éclairage des lustres. Tous les autres devaient être des amis de Louis. Voilà donc à quoi ressemblait la vie sociale de mon futur mari. Voilà donc le milieu dans lequel j'évoluerais bientôt.

— ... les époux se devront une mutuelle et parfaite sincérité, excluant de fait tout mensonge sur leur vie passée, présente ou future, par intention comme par omission. Je vous écoute. Dites après moi : « Je le jure. »

Non, évidemment, l'homme grassouillet qui s'apprêtait à nous unir n'avait pas prononcé de telles paroles. Et pourtant, j'aurais tant aimé qu'il le fasse. J'aurais tant souhaité que les serments nous liant l'un à l'autre fussent le gage d'une transparence aussi évidente.

J'allais épouser Louis. Ici. Maintenant.

Je ne pouvais plus fuir ni reculer. J'avais déjà éconduit son cadet ; je ne me sentais pas capable de sacrifier l'aîné, celui des deux que j'aimais, sur l'autel de quelques doutes persistants. Sur l'ombre d'une femme qui me paraissait encore plus hostile vivante que morte.

— Mademoiselle Lorand, consentez-vous à prendre pour époux monsieur Louis Barlet, ici présent ?

Il dut répéter la phrase rituelle au moins deux ou trois fois et, devant mon silence obstiné, un frisson de légère hilarité parcourut l'assemblée. Sophia me tira à nouveau le coude, sifflant entre ses dents avec une grimace autoritaire :

— Putain, Elle, dis oui !

À la place, je déclarai de la voix la plus claire et la plus assurée qui m'était donné ce soir-là :

— Je le jure.

L'adjoint ventripotent pouffa légèrement, repris par les spectateurs en face de lui. Il me corrigea sur un ton professoral :

— Dans l'immédiat, un simple oui suffira, mademoiselle.

— Oui, balbutiai-je, les yeux soudain inexplicablement remplis de larmes. Oui, bien sûr.

— C'est parfait, merci, valida-t-il sur le ton de la plaisanterie. Monsieur Barlet, consentez-vous à votre tour à prendre pour épouse mademoiselle Annabelle Lorand, ici présente ?

L'homme se rengorgea avec un petit gloussement qui gonfla et rougit son cou, ajoutant aussitôt :

— Et inutile de nous le jurer, hein.

Louis ignora la facétie du représentant légal et se tourna vers moi. Il clama alors de sa voix la plus chaude, la plus caressante, qui évoqua la palette infinie de nos étreintes et de ses fragrances intimes :

— Oui. Je le veux.

Sa réponse me sembla sourdre de tout son corps. J'en tremblai jusqu'au fond de l'âme.

— Bien, bien, bien, approuva trois fois l'officiant, comme l'aurait fait Whurman, le notaire. Par les pouvoirs qui me sont conférés, je vous déclare donc mari et femme.

Et, comme s'il avait été au fait des péripéties qui nous avaient conduits jusqu'à cet instant, il ajouta de son air badin :

— Cette fois-ci c'est officiel, je peux vous le jurer !

Malgré la pauvreté de son humour, deux ou trois rires fusèrent, et l'instant d'après, les applaudissements crépitèrent comme un feu d'artifice un soir de fête nationale.

Entre mes sanglots, Louis m'embrassa, croquant mes lèvres à pleine bouche. Et dans un tourbillon de pleurs, Sophia m'écrasa contre sa poitrine débordante. Je réalisai enfin ce qui venait de se dérouler. Oui, il était bien question de moi. J'étais cette mariée chancelante, encore un peu droguée, sans doute, ivre d'un bonheur impur.

Louis m'enlaça à nouveau et glissa à mon oreille :

— Il ne peut plus rien contre nous, maintenant.

David avait tout fait pour nous éloigner, et cet instant prouvait qu'il avait perdu la partie. Je craignais pourtant que l'institution du mariage ne suffise pas à nous prémunir pour toujours de sa colère.

Mais Louis y croyait. Il rayonnait dans son habit de soleil et ne se départissait pas du sourire comblé avec lequel il avait accueilli les mots consacrés.

— J'allais presque oublier…

Il attrapa l'écrin sur le guéridon tout proche et l'ouvrit sans cérémonie. À l'intérieur, deux bagues attendaient leur heure bénie. Au premier coup d'œil, j'identifiai la bague familiale, poncée et gravée, cette fois, à nos deux noms. À ses côtés, une réplique plus grande, plus sobre, en un mot plus masculine, attendait que Louis la passe à son annulaire.

Il saisit mon doigt et lui glissa l'alliance avec solennité. À mon tour, je pris l'anneau qui lui était destiné et le lui enfilai, les mains tremblantes d'émotion, intensément plongée dans l'instant, enfin libérée des pensées parasites qui empoisonnaient mon allégresse.

Alors, avec un sourire mutin, un air de défi comme au temps de nos jeux en chambre, je le fixai.

— Tu ne m'as même pas réservé une dernière petite épreuve ?

Qu'il ait conçu notre union comme un mariage ordinaire me semblait presque une injure à notre passion. J'imaginai les invités se dévêtant soudain et se vautrant dans une pièce montée de chair vibrante, en un spectaculaire aboutissement de nos fiançailles. Mais les tables d'un buffet se dressaient déjà à l'autre bout de la pièce, une musique rythmée s'élevait, et certains des convives se mirent peu à peu à danser, comme dans n'importe quelle réception nuptiale.

— On dirait que cela te déçoit, s'esclaffa-t-il.

— Hum… un peu.

Il ne laissa pas à ma déception le temps de s'épanouir. Pressant ma main dans la sienne, il m'entraîna à sa suite sur le dallage noir et blanc. Étrangement, aucun des invités ne tenta de nous intercepter. Dans le hall d'entrée, Richard nous attendait, sa casquette de chauffeur sur le crâne, aussi impassible qu'à l'accoutumée. Il tendit à Louis l'une de ses cannes et nous fit signe de le suivre.

— J'ai bien mieux qu'une épreuve érotique à te proposer : une première.

Ce disant, Louis désigna la même limousine dans laquelle il m'avait emmenée à Malmaison la première fois.

— Attends, tu veux dire qu'on va les planter là ?

Sophia, Fred, Marchadeau… Tous. Abandonnés à une fête dont nous étions le roi et la reine, et dont nous nous éclipsions pourtant. Fuirais-je donc toutes les réceptions de mes mariages ?

— Mais où allons-nous ?

— Ça fait partie de la surprise… si tu veux bien me laisser le bénéfice de ce petit avantage.

Il m'ouvrit la portière en grand et attendit patiemment que j'accepte son invitation à m'engouffrer dans l'habitacle luxueux. Je m'écroulai à l'intérieur, tirant sous moi la traîne de ma robe. L'instant d'après, Louis m'y rejoignit, et Richard fit crisser les pneus de la puissante berline sur les graviers de l'allée. Nous étions partis « en route pour n'importe où », aurait dit Sophia, embarqués vers une Cythère hypothétique. L'exaltation gonflait ma poitrine et mon ventre d'une onde chaude. Je souriais bêtement, sans même m'en rendre compte, arrachant au paysage urbain qui s'était mis à défiler quelques instantanés lumineux.

À cette heure – la nuit était tombée – la circulation était fluide, et nous ne tardâmes pas à aborder la capitale par les tunnels de la Défense.

— Tu ne veux toujours pas me dire où…

— Chut, m'intima-t-il, une main sur ma bouche. Laisse-toi aller. Tu vas voir.

C'est le moment qu'il choisit pour extraire du vide-poches une bouteille de champagne ruisselante de fraîcheur et deux flûtes étincelantes. Il l'ouvrit d'un geste expert et nous servit.

— Madame Barlet, entonna-t-il en me tendant mon verre. Si mon souvenir est exact, il existe une chose que vous n'avez jamais pratiquée… et que je suis heureux de vous offrir ce soir.

À ces mots, il me confisqua la coupe qu'il venait tout juste de m'offrir et la déposa avec la sienne dans un réceptacle prévu à cet effet. Les lèvres encore pétillantes, il m'embrassa et lova son corps musculeux contre mon sein palpitant.

Il avait raison : je n'avais jamais fait l'amour en voiture. Je compris alors, tandis que nous tournions sur la place de l'Étoile, baignés par la lueur de l'Arc de triomphe illuminé, que cette escapade n'avait d'autre objet que celui-ci : accrocher notre plaisir aux plus beaux monuments de la capitale. Faire de Paris le jardin de nos plaisirs. Associer à jamais les étoiles de la Ville lumière à ce que nous avions de plus intime et de plus précieux.

Sur les Champs-Élysées, je découvris sous ses doigts inquisiteurs que j'étais déjà trempée. Si cette avenue est la plus belle du monde, le chemin que sa main se frayait en moi était la plus douce des incursions. Aux innombrables lampadaires, aux façades cossues des immeubles et des commerces de luxe, nous laisserions l'écume des préliminaires.

Il tournait ses trois doigts avec l'application lente de celui qui se sait voulu, repoussant mes muqueuses autant que leur plasticité le permettait, évaluant à la fréquence de mes gémissements l'amplitude qu'il pouvait donner à ses caresses. Chaque cahot du pavé parisien projetait mon amour un peu plus profondément en moi. S'il poursuivait ainsi, je ne tarderais pas à perdre tout contrôle et à me liquéfier sur sa main. Aussi marquait-il une pause à chaque feu, en même temps que notre véhicule, ses sens aux aguets, prêt à fondre de plus belle sur mon sexe dès l'apparition du voyant vert. De l'autre côté des vitres teintées, on devinait la foule grouillante des badauds qui effleuraient les flancs de la limousine par grappes entières. Qu'ils fussent là, à quelques pas de nous, épiçait le jeu. Ils ne nous voyaient peut-être pas, mais ils pouvaient m'entendre. Je retenais donc mon souffle, tandis que mon vagin privé de Louis endurait le supplice de son absence. L'attente était si douloureuse, la main de Louis posée sur mes lèvres et mon capuchon gonflés, que j'aurais pu hurler à Richard de griller le feu, au risque d'écraser un piéton, pour nous rendre enfin à la course folle de nos désirs.

Place de la Concorde, je libérai d'une main sa verge, déjà dressée. Elle jaillit des replis de l'étoffe avec fierté. Dehors, l'obélisque, si majestueux dans son halo d'éclairage artificiel, se laissait asperger par les fontaines tout autour de son pied. Lançant à Louis un regard de défi, j'introduisis son sexe dans ma bouche. Je m'appliquai d'abord à lécher d'une pointe taquine la couronne de peau si sensible qui ceignait son gland. Chaque passage sur son frein lui tirait un soupir docile qui me stimulait mieux que n'importe quelle parole. Nous dépassions l'Assemblée nationale lorsque je le pris tout entier dans ma gorge, et je me mis à fouetter sa verge captive à grands coups de langue. À mon tour de le maîtriser : une poussée de trop et il viendrait dans ma bouche, long fleuve bouillonnant et blanchi de chaleur.

Après un virage à gauche, Notre-Dame se profilait lorsqu'il se retira de moi, au bord du K.-O. Sans se soucier de son propre plaisir, il dégagea mon ventre des épaisseurs mousseuses de la robe et retira d'autorité ma culotte trempée. Les élastiques fins ne résistèrent pas, et bientôt la faible muraille de dentelle vola sur le plancher à nos pieds. Mon sexe apparut sous la lumière orangée du plafonnier. Je découvris alors que, dans mon sommeil, on avait rasé d'un geste expert la petite toison sauvage que j'y avais laissé pousser depuis nos fiançailles. Le tatouage Yin sortait à nouveau de l'ombre, symbole de mon sexe, clé de ma féminité. Louis y déposa le plus léger des baisers, de la fleur des lèvres. Puis il colla sa bouche sur les pétales de chair rosée qui, lentement, s'ouvraient un peu plus bas. Il les picora ainsi un moment, butinant la sève qui y perlait par endroits, jouissant de la vue et de mon odeur.

— Ma rose… murmura-t-il pour lui-même.

Si Louis avait pu capter la fragrance de mon sexe, il en aurait fait son eau de toilette pour la porter sur lui et s'enivrer de moi à toute heure du jour.

Exalté sans doute par cette première approche, il ficha sa langue en moi sans préavis, puis la ressortit aussitôt pour se délecter du pourtour musqué de ma vulve. Il repassait sans cesse aux mêmes endroits en modulant le rythme et la pression de sa langue afin que chaque caresse me semble animée d'une intention unique.

— Plus haut, l'implorai-je, exaspérée par tant d'attentions.

Répondant à ma prière, il remonta sa bouche jusqu'à la petite tente de peau triangulaire et, arrondissant ses lèvres, il entreprit d'aspirer le bourgeon qui se dissimulait en-dessous. Il l'aspirait puis le repoussait un instant au-dehors, pour mieux savourer le plaisir de la prochaine immersion. Le mouvement de succion emportait tout avec lui : tabous, préventions, doutes, chagrins et pudeur. Et plus il gobait avec ferveur, plus je me sentais me dissoudre tout entière dans sa bouche. J'étais au bord de la folie.

Entre deux papillonnements des paupières, un regard jeté par la fenêtre m'informa que la voiture s'était rangée sur le vaste parvis de la cathédrale.

Mon plaisir montait, jaillissait hors de l'habitacle, s'envolait vers les deux tours et dansait autour des gargouilles, pour illuminer les vitraux de ma jouissance. J'étais la madone de Louis, et mon bonheur son chef-d'œuvre.

— Oui !

Mon cri claqua comme un coup de feu, et je crus percevoir autour de la voiture les battements d'ailes des pigeons effrayés. Être entendue ne m'importait plus. Je voulais crier oui à cette joie. Oui à nos corps réunis. Oui à la vie ensemble. Oui à notre accomplissement. Pas ce oui hésitant que, au pied du même monument, j'avais répondu à David un an plus tôt. Un acquiescement plein, franc, impatient d'en découdre, à peine terni par les ultimes mystères des Barlet.

Vraiment, j'étais prête à accueillir Louis en moi, à faire mien son désir. Mes cils murmurèrent l'appel sans même que mes lèvres aient à le prononcer. Il se redressa légèrement, désormais à genoux entre mes cuisses largement ouvertes. Son gland fouilla mon entrejambe comme un oiseau cherche l'entrée du nid. Il me pénétra au ralenti, décidé à jouir de chaque centimètre. Nous étions faits pour cet accord, et pour bien d'autres encore que cette nuit et les suivantes nous offriraient. Il bougeait à peine, préférant sentir son membre palpiter contre mes parois. Nos muqueuses s'épousaient à la perfection.

J'ignore combien de temps nous restâmes comme des statues de chair, concentrés sur les infimes variations de sensations que dispensaient nos sexes réunis, son torse effondré sur ma poitrine et son nez perdu au creux de mon cou. Il vint enfin dans un spasme doux.

— Je t'aime, soupira-t-il tout simplement.

Je m'apprêtais à lui faire ma déclaration, mais il l'empêcha d'un baiser tendre.

Il fouilla alors le vide-poches dans la portière. Il sortit une enveloppe et me la tendit avec un air timide qui m'attendrit.

— Qu'est-ce que c'est ? m'étonnai-je, les cuisses encore tremblantes de notre danse.

— Ouvre.

Une fois décacheté, le pli livra son contenu : une clé. Je la pris en main avec autant de soin que s'il s'était agi d'un oiseau blessé et détaillai l'étiquette accrochée à son anneau.

— Chambre deux, dis-je à haute voix.

— *Notre* chambre. La chambre des couples mariés. La seule à laquelle les hotelles n'ont jamais eu accès.

— Mais… où se trouve-t-elle ?

Je pouvais me vanter sans exagérer de connaître par cœur la géographie des Charmes. Pourtant je ne parvenais pas à situer cette suite nuptiale qu'il m'offrait en cadeau.

— On ne peut pas y accéder du couloir. Uniquement par une porte dérobée dans la numéro un.

Derrière l'un des nombreux miroirs de la Joséphine, supposai-je. Il me brûlait de l'investir, d'y écrire des pages plus belles et ardentes encore que dans la précédente. Je songeai à quel point il serait doux de reprendre le dialogue de nos plumes en même temps que celui de nos corps. Je me régalais d'avance du jour où je restituerais en mots l'instant présent.

Je me blottis contre Louis. J'étais bien.

Prête à le défendre, prête à lui pardonner. Prête à l'aimer.

Fermez les yeux, maintenant. De bonheur. De plaisir. D'abandon parfait. Car il est dit que, même les paupières closes, plus rien ne vous échappera. Vous verrez. Vous verrez tout, désormais.

Je verrai tout.

Remerciements

Je tiens tout d'abord à remercier Anna Jarota, mon agent.

Merci aussi à l'équipe formidable dont elle est entourée et qui a veillé à la bonne éclosion de ce projet : Ted, Gwladys, Marc, Anne, Audrey, Alexis, et tous ceux que j'oublie et qui se reconnaîtront.

Merci aux éditeurs de par le monde qui ont fait confiance à la plume française que je suis, avec tous ses tics, ses coquetteries et ses gallicismes intraduisibles !

Merci aux divers tatoueurs qui ont accompagné à leur manière la gestation de cet ouvrage, durant tous ces mois, et en particulier les filles formidables de Dragon Tatoo.

Merci à Alphabet Man, moins virtuel qu'il ne le croit lui-même.

Merci aux amis et aux proches, au soutien indéfectible et néanmoins, pour certains d'entre eux, de nature à m'aiguillonner : en particulier Emmanuelle, pour sa bienveillante lecture ; mais aussi Véronique, Christine, Valérie, Philippe, Éric, Virginie, etc.

Un immense merci également, pour la présente édition, à toute l'équipe de choc chez First : Vincent Barbare, mais aussi Zoé, Damien, Christelle, Laurent et les deux Caroline.

Bibliographie indicative

Ceux qui commencent tout juste à constituer leur propre bibliothèque de littérature érotique pourront suivre les recommandations de Louis Barlet et lire avec profit (dans leur ordre chronologique de publication) :

Hymne à Aphrodite, Sappho
Le Satyricon, Pétrone
L'Art d'aimer, Ovide
Le Décaméron, Boccace
Les Contes de Canterbury, Geoffrey Chaucer
Vies des dames galantes, Brantôme
Contes interdits, Jean de la Fontaine
Sonnets érotiques, Giorgio Baffo
Histoire de ma vie, Giacomo Casanova
Le Sopha, Conte moral, Claude Crébillon
Mémoires de Fanny Hill, femme de plaisir, John Cleland
Erotika Biblion, Honoré-Gabriel de Mirabeau
Le Pornographe, Nicolas Edme Restif de la Bretonne
La Philosophie dans le boudoir, Marquis de Sade
Ma vie secrète, Anonyme
L'Enfant du bordel, Pigault-Lebrun
Gamiani ou Deux nuits d'excès, Alfred de Musset
La Vénus à la fourrure, Leopold von Sacher-Masoch

Chansons pour elle, Paul Verlaine
Journal d'une enfant vicieuse, Hugues Rebell
Les Onze Mille Verges ou les Amours d'un hospodar, Guillaume Apollinaire
Les Exploits d'un jeune Don Juan, Guillaume Apollinaire
Manuel de civilité pour les petites filles à l'usage des maisons d'éducation, Pierre Louÿs
Le Con d'Irène, Louis Aragon
Histoire de l'œil, Georges Bataille
L'Amant de Lady Chatterley, David Herbert Lawrence
Tropique du Cancer, Henry Miller
Notre-Dame-des-Fleurs, Jean Genet
Sexus, Henry Miller
Histoire d'O, Pauline Réage
Lolita, Vladimir Nabokov
Emmanuelle, Emmanuelle Arsan
Septentrion, Louis Calaferte
La Marge, André Pieyre de Mandiargues
Portnoy et son complexe, Philipp Roth
Vénus Erotica, Anaïs Nin
Contes de la folie ordinaire, Charles Bukowski
Moi et Lui, Alberto Moravia
Le Complexe d'Icare, Erica Jong
Les Mémoires d'une culotte, Aymé Dubois-Jolly
Lunes de fiel, Pascal Bruckner
L'Amant, Marguerite Duras
L'Orage, Régine Desforges
Le Boucher, Alina Reyes
La Femme de papier, Françoise Rey
La Mécanique des femmes, Louis Calaferte
Autoportrait en érection, Guillaume Fabert
Baise-moi, Virginie Despentes
Sex Vox Dominam, Richard Morgiève
Éros mécanique, Pierre Bourgeade
Dans ma chambre, Guillaume Dustan

La Foire aux cochons, Esparbec
Les Vies de Loulou, Almudena Grandes
Vers chez les Blancs, Philippe Djian
La Vie sexuelle de Catherine M., Catherine Millet
Ma reddition, Toni Bentley
Femmes secrètes, Ania Oz
Le Cahier noir, Joë Bousquet
Dictionnaire horizontal, Jean-Luc Fornelli
Le Beau Sexe des hommes, Florence Ehnuel

Composition et mise en pages
Nord Compo à Villeneuve-d'Ascq

DÉPÔT LÉGAL : Septembre 2014
Imprimé en Espagne